DE VERANO

David Liss, licenciado en literatura inglesa en la Universidad de Columbia, es autor de *Una conspiración de papel*, que le mereció el Premio Edgar a la mejor primera novela. *El mercader de café* es su segunda novela, de nuevo en la línea de thriller histórico, por la cual ha recibido excelentes críticas y han sido vendidos los derechos en varios países. Vive en San Antonio, Texas.

Visita la web del autor en: www.davidliss.com

EL MERCADER DE CAFÉ

David Liss

Traducción de

Encarna Quijada

DEBOLSILLO

Título original: *The Coffee Trader*
Diseño de la colección: Departamento de diseño de Random House Mondadori
Diseño de la portada: And Desing
Ilustración de la portada: Vista de la ciudad y el puerto de Amsterdam. Grabado de D. G. Hucquier. Colección privada

Segunda edición en esta colección: junio, 2005

Printed in Spain – Impreso en España

ISBN: 84-9793-714-7
Depósito legal: B. 31.347 - 2005

Fotocomposición: Revertext, S. L.

Impreso en Cayfosa-Quebecor, Ctra. de Caldas, km. 3
Santa Perpètua de Mogoda (Barcelona)

P 837147

1

En el cuenco, un líquido más consistente que el agua o el vino, oscuro, caliente, poco atractivo, con espesas ondas en la superficie. Miguel Lienzo lo cogió y se lo acercó tanto que casi metió la nariz dentro. Sostuvo un instante el recipiente y aspiró, llevando el aroma hasta los pulmones. El acre olor a tierra y hojas le sorprendió, pues más parecía cosa que hubiera de estar en alguna desportillada urna de porcelana de una botica.

—¿Qué es esto? —preguntó, estirando la cutícula de uno de sus pulgares con la uña tratando de contener su irritación. Aquella mujer sabía que él no podía andar perdiendo el tiempo; así pues, ¿por qué llevarlo hasta allí por una tontería semejante? Miguel sentía borbotear en su interior un agrio comentario tras otro, pero no expresó ninguno de ellos en voz alta. Y no porque temiera a la mujer, aun cuando las más de las veces se descubría haciendo grandes esfuerzos por no disgustarla.

Echó un vistazo y vio que Geertruid había reaccionado a la mutilación silenciosa de su cutícula con una mueca. Él conocía esa sonrisa irresistible y su significado: se sentía intensamente complacida consigo misma, y cuando tenía aquel aspecto, a Miguel se le hacía difícil no estar también intensamente complacido con ella.

—Es algo extraordinario —le dijo, señalando el cuenco con el gesto—. Bebedlo.

—¿Que lo beba? —Miguel miró pestañeando aquella negrura—. Parecen los orines del demonio, lo que ciertamente sería extraordinario, aunque no tengo el menor deseo de averiguar cómo saben.

Geertruid se inclinó sobre él, rozando casi su brazo.

—Tomad un sorbo y os lo contaré todo. Los orines del demonio nos ayudarán a hacer una fortuna a ambos.

Todo había empezado una hora antes, cuando Miguel notó que alguien lo cogía del brazo.

En el instante que transcurrió antes de que volviera la cabeza, descartó las posibilidades más desagradables: un rival o un acreedor, una amante abandonada o un pariente furioso de la susodicha, el danés a quien había vendido aquellos cargamentos de grano del Báltico, acaso recomendándoselos con demasiado entusiasmo... Hacía no tanto, cuando un desconocido se le acercaba, siempre auguraba algo bueno. Mercaderes, conspiradores, mujeres, todos buscaban a Miguel, pedían su consejo, anhelaban su compañía, buscaban sus florines. Ahora lo único que deseaba era descubrir bajo qué nueva forma había de presentarse el desastre.

No se le ocurrió dejar de caminar. Era parte de la procesión que se formaba cada día cuando las campanas de la Nieuwe Kerk tocaban las dos, señalando el final de la jornada de comercio en la Bolsa. Cientos de corredores inundaban el Dam, la gran plaza del centro de Amsterdam. Se repartían por los callejones, las calles, junto a los canales. Los tenderos salían ocupando todo el largo de la Warmoesstraat, la vía más rápida para llegar a las tabernas más populares, poniéndose sombreros de cuero de ala ancha para resguardarse de la humedad que llegaba del mar del Norte. Fuera colocaban sacas de especias, rollos de lino, barriles de tabaco. Sastres, zapateros y sombrereros hacían señas a los hombres para que entraran; los vendedores de libros y plumas y fruslerías exóticas pregonaban su mercancía.

La Warmoesstraat se convertía en una riada de sombreros y trajes negros, con el único aderezo del blanco de los cuellos, las mangas y las calzas o el destello plateado de las hebillas de los zapatos. Los comerciantes pasaban ante mercancías procedentes de Oriente o del Nuevo Mundo, de lugares de los que, cien años atrás, nadie sabía nada. Entusiasmados como niños que quedan libres de sus lecciones, hablaban de sus negocios en una docena de idiomas diferentes. Se reían, gritaban, señalaban; se agarraban a cualquier mujer joven que se cruzara en su camino. Sacaban sus bolsas y devoraban las mercancías de los tenderos, dejando solo monedas a su paso.

Miguel Lienzo no reía ni admiraba los objetos expuestos ante él, ni echaba mano a las carnes de las voluntariosas y jóvenes tenderas. Caminaba en silencio, con la cabeza gacha para protegerse de la llovizna. Según el calendario cristiano, estaban a 13 de mayo de 1659. En la Bolsa, las cuentas se cerraban el veinte de cada mes; que cada hombre hiciera las transacciones que gustase, nada de ello importaría hasta el veinte, cuando los créditos y los débitos del mes quedaban registrados y el dinero cambiaba por fin de manos. Ese día a Miguel las cosas le habían ido muy mal en un asunto relacionado con unos futuros de brandy y tenía menos de una semana para ponerse a cubierto si no quería encontrarse con otros mil florines de deuda.

Otros mil. Ya debía tres mil. En una ocasión ganó el doble en un año, pero seis meses atrás el mercado del azúcar se había derrumbado llevándose la fortuna de Miguel con él. Y entonces... bueno, fue un error detrás de otro. Le hubiera gustado ser como los holandeses, pues ellos no consideraban la bancarrota como algo vergonzoso. No tiene importancia, decía él entre sí, un poco más de tiempo y desharía el entuerto. Pero para creer tal cosa cada vez le hacía falta más fe. ¿Cuánto tiempo pasaría antes de que en su rostro ancho e infantil se trasluciera el cansancio? ¿Cuánto antes de que sus ojos perdieran la chispa del mercader y adoptaran la mirada desesperada y perdida del jugador? Rezaba para que eso no le pasara a él. No, él no se convertiría en una de esas almas perdidas, de esos fantasmas que pululaban por la Bolsa, yendo de un día de cuentas al otro, luchando por asegurar los beneficios mínimos y así mantener las cuentas a flote un mes más, pues sin duda mañana todo sería más fácil.

En aquel momento, mientras sentía aquellos dedos desconocidos rodeando su brazo, Miguel se dio la vuelta y vio a un holandés de clase media elegantemente vestido, que no tendría mucho más de veinte años. Era un hombre musculoso y de hombros anchos, con el pelo rubio y un rostro, más que atractivo, guapo, aunque el mostacho caído le daba un aire masculino.

Hendrick. Un nombre corriente. El hombre de Geertruid Damhuis.

—Saludos, judío —dijo, sujetando aún a Miguel por el brazo—. Espero que todo os vaya bien esta tarde.

—Las cosas siempre me van bien —contestó él, a la par que volvía el cuello para comprobar que no hubiera algún charlatán agitador por allí. El *ma'amad*, el consejo rector de los judíos portugueses, prohibía la relación entre judíos y gentiles «inadecuados», y aun cuando dicho calificativo pudiera resultar engañosamente ambiguo, nadie hubiera tomado a Hendrick, con su jubón amarillo y las medias calzas rojas, por persona adecuada.

—Mi señora Damhuis me envía a buscaros —dijo.

Geertruid había jugado a aquello antes. Sabía que Miguel no podía arriesgarse a ser visto en una calle tan transitada como la Warmoesstraat con una holandesa, más cuando hacía tratos con ella, así que en vez de eso mandaba a su hombre. No por ello corría un riesgo menor la reputación de Miguel, pero así ella podía presionarlo sin necesidad de mostrarse abiertamente.

—Decidle que no tengo tiempo para tan adorable diversión —dijo él—. En este momento, no.

—Claro que lo tenéis. —Hendrick esbozó una amplia sonrisa—. ¿Qué hombre podría decir que no a mi señora Damhuis?

Miguel no. Al menos no era fácil. Él había de hacer grandes esfuerzos para decir que no a Geertruid o a la persona que fuere —incluido él mismo— que propusiera algo divertido. Miguel no tenía estómago para la mala suerte; el desastre le venía grande. Cada día había de obligarse a desempeñar el cauto papel de un hombre al borde de la ruina. Eso, y él lo sabía, era su verdadera maldición, la maldición de todo antiguo converso: en Portugal se había familiarizado demasiado con la falsedad pues hacía ver que seguía el culto de los cristianos que despreciaba a los judíos y respetaba a la Inquisición. Jamás pensó si acaso sería correcto ser una cosa mientras hacía creer al resto del mundo que era otra. El engaño, aun a uno mismo, llevaba la mayoría de las veces a excesos.

—Dadle las gracias a vuestra señora, pero ofrecedle mis excusas. —El día de cuentas se le echaba encima, y tenía nuevas deudas que lo abrumaban, así que debía moderarse, al menos por un tiempo. Y había recibido otra nota aquella mañana, un extraño anónimo garabateado sobre un pedazo de papel. «Quiero mi dinero.» En el último mes había recibido una media docena. «Quiero mi dinero.» Espera tu turno, pensaba Miguel con ánimo sombrío cuando abría cada uno de aquellos anónimos, pero aún estaba inquieto por el tono cortante y la letra irregular. Solo un demente hubiera enviado un mensaje semejante sin firmar porque... ¿cómo había él de responder, suponiendo que tuviera el dinero y aun la inclinación de utilizar lo poco que tuviere en algo tan absurdo como pagar deudas?

Hendrick miró a Miguel como si no entendiera su holandés, bueno pero con un marcado acento.

—Hoy no es el día —dijo Miguel con algo más de contundencia. Evitaba ser demasiado brusco con Hendrick, pues en cierta ocasión lo había visto descalabrar a un carnicero contra las piedras de la Damplatz por vender a Geertruid tocino rancio.

Hendrick miró a Miguel con la piedad especial que los hombres de rango medio reservaban a sus superiores.

—La señora Damhuis me ha encargado que os diga que hoy es el día. Me dice que os mostrará algo y que cuando vuestros ojos lo vean, dividiréis por siempre más vuestra vida entre un antes y un después de este momento.

La imagen de la mujer desnudándose ante él le vino a las mientes. Esa sería una adorable forma de separar pasado y futuro y, ciertamente, valdría la pena dejar a un lado sus asuntos de la tarde por semejante menester. Sin embargo, poco pluguían a Geertruid tales juegos. No es probable que tuviera intención de quitarse nada, como no fuere la cofia. Pero no lograba desembarazarse de Hendrick y, por apremiantes que fueran sus problemas, pocos negocios haría Miguel con el holandés siguiéndole los pasos. Le había sucedido otras veces. Seguiría a Miguel de taberna en taberna, del callejón al canal, hasta que Miguel se rindiera. Mejor zanjar esto ahora, decidió. Así pues, suspiró y dijo que iría.

Con un gesto brusco del cuello, Hendrick lo guió lejos de las antiguas calles adoquinadas, a través de los empinados puentes, hacia la parte nueva de la ciudad, rodeada por los tres grandes canales: el Herengracht, el Keizersgracht y el Prinsengracht. Luego fueron hacia el Jordaan, la zona de la ciudad que crecía con mayor rapidez, en la cual se oían resonar el martillo contra el yunque, el cincel contra la piedra.

Hendrick lo llevó siguiendo las aguas del Rozengracht, donde las barcazas surcaban la espesa niebla del canal en su camino hacia los muelles para descargar sus mercancías. Las flamantes casas de los nuevos ricos se alzaban a ambos lados de las aguas lóbregas, de cara al canal bordeado por robles y tilos. Miguel había alquilado en una ocasión la mejor parte de una refinada casa de ladrillo rojo rematado por una cubierta de tejas a dos aguas. Pero entonces la producción de azúcar del Brasil excedió con mucho sus expectativas. Él había contado con que la producción sería baja durante años, pero de pronto los agricultores pusieron en el mercado una cosecha inesperada y los precios se desmoronaron rápidamente. De pronto un gran hombre de la Bolsa se convertía en deudor y tenía que conformarse con vivir de la caridad de su hermano.

Una vez salieron de la calle principal, el Jordaan perdió su encanto. El barrio era nuevo —la zona donde estaban era tierra de granjas hacía solo treinta años— pero los callejones ya habían adquirido el aire decrépito de los barrios bajos. En vez de adoquines allí había tierra, y chabolas hechas con paja y trozos de madera que se apoyaban contra casas chatas, ennegrecidas con brea. En los callejones resonaba el sonido hueco de los telares, pues los tejedores tejían del alba hasta bien entrada la noche, con la esperanza de ganar suficiente para llenar la panza un día más.

En momentos de debilidad, Miguel temía que la pobreza lo reclamara como había reclamado a los desposeídos del Jordaan, que caería en un pozo de deudas tan hondo que hasta perdería la esperanza de recuperarse. ¿Sería entonces el mismo hombre, el mismo aunque sin dinero, o se convertiría en alguien tan vacío como los mendigos o los infortunados que veía por las calles y que se ganaban la vida en trabajos infames?

No, eso no pasaría. Un verdadero mercader nunca cedía al pesar. Un hombre que ha vivido secretamente como judío siempre tenía un último recurso. Al menos hasta que caía en las zarpas de la Inquisición, se recordó, y no había Inquisición en Amsterdam. Solo el *ma'amad*.

Pero ¿qué estaba haciendo él allí con el inescrutable holandés? ¿Por qué había permitido que doblegara su voluntad cuando tenía asuntos, importantes asuntos que resolver?

—¿A qué clase de lugar me lleváis? —preguntó Miguel, esperando encontrar alguna razón para excusarse.

—A un lugar miserable —dijo Hendrick.

Miguel abrió la boca para quejarse, pero era demasiado tarde. Ya habían llegado.

Él no era hombre dado a supercherías, al contrario de los holandeses, pero, según recordaría más tarde, su aventura se había iniciado en un lugar llamado Becerro de Oro, sin duda un nombre poco prometedor. Bajaron por una escalera empinada y con el techo espantosamente bajo al sótano, una pequeña habitación que hubiera podido albergar sobradamente treinta almas, pero que en aquellos momentos albergaba tal vez a cincuenta. El humo asfixiante del tabaco barato de las Antillas y de las viejas estufas de turba casi disimulaba el olor a cerveza y vino derramados, a queso rancio, y el olor de cincuenta hombres sin asear —o más bien, cuarenta hombres y diez rameras— que expulsaban tufaradas de cebolla y cerveza por sus bocas.

Al pie de la escalera, un hombre inmenso, con una figura que recordaba extrañamente una pera, les cerraba el paso pero, intuyendo que alguien quería pasar, desplazó su mole hacia atrás para evitar que entraran. Tenía un bock de cerveza en una mano y una pipa en la otra, y gritó algo incomprensible a sus compañeros.

—Quitad esa sucia mole del camino, amigo —le dijo Hendrick.

El hombre volvió la cabeza lo justo para ver que le torcían el gesto y apartó la mirada.

—Amigo... —Hendrick lo intentó otra vez—, sois como una boñiga atascada en el culo de esta jornada. Acaso tenga que aplicar un purgante para expulsaros.

—Pues como si os queréis aliviar de orines en las calzas —contestó el otro, y escupió una risa en las caras de sus amigos.

—Amigo —dijo Hendrick—, daos la vuelta y veréis a quién le estáis hablando tan rudamente.

El hombre se dio la vuelta y, cuando vio a Hendrick, la sonrisa se esfumó de su angulosa cara con barba de tres días.

—Os pido perdón —dijo. Se quitó la gorra y se apartó, chocando torpemente con sus compañeros.

Aquella novedosa humildad no fue suficiente para Hendrick, el cual alargó el brazo cual látigo y cogió al hombre por sus sucias ropas. El bock y la pipa cayeron al suelo.

—Dime —dijo Hendrick—, ¿debo o no debo partirte el cuello?

—No debéis —sugirió el borracho impaciente. Sus manos se agitaban como las alas de un pájaro.

—¿Qué decís, noble judío? —preguntó Hendrick a Miguel—. ¿Debo o no debo?

—Oh, dejadle ir —contestó Miguel con hastío.

Hendrick lo soltó.

—El noble judío dice que te deje. Recuérdalo, amigo, la próxima vez que arrojes un pez muerto o una col podrida a un judío. —Se volvió hacia Miguel—. Por aquí.

Un gesto de la cabeza de Hendrick bastó para que la multitud se apartara a su paso igual que el mar Rojo se abrió para Moisés. Al otro lado de la taberna, Miguel vio a Geertruid, sentada en la barra, hermosa como un tulipán sobre un montón de excrementos. Cuando Miguel se acercó, la mujer se dio la vuelta y le dedicó una sonrisa amplia, radiante, irresistible. Miguel no pudo tenerse y le devolvió la sonrisa, como un joven necio, pues así es como ella le hacía sentirse. Tenía el encanto de lo ilícito. Y estar con ella era como ayuntarse con la esposa de un amigo (algo que él nunca había hecho, pues el adulterio es un pecado terrible, y ninguna mujer que hubiera conocido le había parecido lo suficientemente tentadora para seguir por tal camino) o dar a una virgen su primer beso (que era algo que sí había hecho, pero solo una vez y con la virgen que habría de convertirse en su esposa). Geertruid parecía estar siempre envuelta en un halo de deseo prohibido y escurridizo. Acaso fuera porque Miguel nunca había dado en pasar tan largo espacio de tiempo con una mujer que no fuera pariente sin ayuntarse con ella.

—Señora, me honra que desearais verme, pero me temo que no tengo tiempo para diversiones en estos momentos.

—Se acerca el día de cuentas —dijo ella con gesto comprensivo. Negó con la cabeza con una tristeza que estaba en algún punto entre el sentimiento maternal y la burla.

—Se acerca, y yo tengo muchas cosas que poner en orden. —Pensó en decirle más, que las cosas habían ido muy mal y que, a menos que pudiera idear un plan notable, en una semana debería otros mil. Pero no lo dijo. Después de seis meses de endeudamiento brutal, implacable y paralizante, Miguel había aprendido un par de cosas sobre la manera de vivir como deudor. Hasta había pensado escribir un pequeño tratado sobre el asunto. La primera norma era no comportarse como deudor y no anunciar sus problemas ante cualquiera que no debiera saberlos.

—Venid y sentaos conmigo un momento —dijo ella.

Miguel pensó en negarse, prefería quedarse de pie, pero sentarse junto a ella era aún más delicioso que permanecer cerca, de suerte que, antes de darse cuenta, su cabeza ya había hecho que sí.

Geertruid no era más hermosa que otras mujeres, aunque no le faltaba belleza. De entrada no parecía mujer excepcional, era una viuda próspera de treinta y tantos años, alta, aunque muy bella, sobre todo si se la miraba desde la distancia adecuada o con la suficiente cerveza en las tripas. Pero aun cuando ya le había pasado la juventud, conservaba parte de sus encantos y había sido bendecida con uno de esos rostros suaves y redondeados del norte, terso como la mantequilla de Holanda. Miguel había visto a jóvenes veinte años más jóvenes que Geertruid mirándola furiosas.

Hendrick apareció detrás de Miguel y apartó al hombre que estaba sentado junto a Geertruid. Miguel se instaló en su sitio mientras Hendrick se lo llevaba.

—Solo puedo concederos unos minutos —le dijo.

—Creo que me concederéis más que eso. —La mujer se inclinó hacia delante y lo besó, justo por encima del borde de su elegante barbita.

La primera vez que lo besó estaban en una taberna y Miguel, que nunca antes había tenido una mujer por amiga, menos aún una holandesa, se sintió obligado a llevarla a un aposento de la parte de atrás y levantarle las faldas. No hubiera sido la primera vez que una holandesa confesaba sus intenciones a Miguel, pues a todas les gustaban sus maneras desenvueltas, su sonrisa pronta, sus grandes ojos negros. Miguel tenía el rostro redondo, suave y juvenil. En ocasiones las holandesas preguntaban si podían tocarle la barba. Le sucedía en las tabernas y lugares de mala nota donde se comía acompañado de música, y en las calles de las zonas menos elegantes de la ciudad. Decían que querían tocar su barba, tan bien cuidada y bonita, aunque Miguel sabía que no era eso. Les gustaba su rostro porque era suave como el de un niño y duro como el de un hombre.

Sin embargo, Geertruid no quiso ir más allá de apretarle los labios contra la barba. Hacía ya tiempo que había dejado muy claro que no quería que le levantaran las faldas, al menos, no Miguel. Aquellas holandesas besaban a quien les placía por cualquier razón que les pluguiera y lo hacían con mayor empeño del que ponían las mujeres judías de la nación portuguesa en besar a sus esposos.

—Es que, veréis —le dijo al apartarse—, si bien hace años que estáis en esta ciudad, aún tengo cosas que mostraros.

—Temo que vuestro repertorio de cosas nuevas se esté agotando.

—Al menos no tendréis que preocuparos de que ese Consejo vuestro nos vea en este lugar.

Cierto. A judíos y gentiles se les permitía hacer sus negocios en tabernas, pero ¿qué judío entre los portugueses elegiría un antro semejante? Sin embargo, nunca se era lo bastante cauto. Miguel echó un rápido vistazo a su alrededor buscando los reveladores signos de la presencia de espías del *ma'amad*: hombres que pudieran ser judíos ataviados como sirvientes holandeses, solos o en parejas, sin probar la comida; barbas, las cuales nadie llevaba sino los judíos, bien recortadas por que parecieran recién afeitadas (la Torá solo prohibía el uso de cuchillas en la cara, no recortarse la barba, pero las barbas estaban tan en desuso en Amsterdam que aun la más leve señal de una delataba al hombre como judío).

Geertruid deslizó su mano junto a la de Miguel, un gesto que estaba lejos de ser amoroso. Adoraba la liberalidad con los hombres por encima de todo. Su esposo, de quien hablaba como del más cruel de los bellacos, llevaba ya años difunto, y se conoce que no había terminado aún de celebrarlo.

—Ese saco de grasa que hay detrás de la barra es mi primo Crispijn —dijo.

Miguel miró al hombre: pálido, corpulento, de párpados pesados... en nada diferente de otros diez mil de la ciudad.

—Gracias por dejarme ver a vuestro hinchado pariente. Espero que al menos se me permitirá pedirle que me traiga un bock de su cerveza menos repulsiva para ahuyentar el hedor.

—Nada de cervezas. Para hoy tenía pensada otra cosa.

Miguel no hizo ningún esfuerzo por contener la sonrisa.

—¿Otra cosa? ¿Es aquí donde finalmente habéis decidido darme a conocer vuestros secretos encantos?

—Tengo muchos secretos, podéis estar seguro, pero no de los que estáis pensando. —Le hizo una señal con la mano a su primo, y este, asintiendo con gesto solemne, desapareció en la cocina—. Quiero que probéis una nueva bebida... un lujo extraordinario.

Miguel se la quedó mirando. Hubiera podido estar en media docena de tabernas, hablando del negocio de la lana, el cobre, la madera. Luchando por reparar sus cuentas maltrechas, encontrando alguna ganga que solo él hubiera podido reconocer o convenciendo a algún borracho para que pusiera su nombre a los futuros de brandy.

—Señora, pensé que habíais entendido que mis asuntos son urgentes. No tengo tiempo para lujos.

Ella se acercó más, lo miró directamente y, por un instante, Miguel pensó que iba a besarlo. No con un besillo furtivo en la mejilla, sino un beso de verdad, furioso y salvaje.

Se equivocaba.

—No os hubiera hecho venir por nada, y descubriréis que lo que os ofrezco no es cosa ordinaria —le dijo la mujer, con los labios tan próximos a su rostro que podía sentir su suave aliento.

Y entonces el primo Crispijn les llevó algo que cambió su vida.

Dos cuencos de barro humeaban con un líquido más negro que los vinos de Cahors. Bajo aquella luz pobre, Miguel cogió su cuenco algo desportillado con las dos manos y dio su primer sorbito.

Tenía una amargura rica, casi embriagadora... algo que Miguel no había sentido nunca antes. Tenía cierta semejanza con el chocolate, el cual había probado en una ocasión, hacía años. Quizá pensó en el chocolate porque los dos brebajes eran oscuros, calientes y se servían en gruesos cuencos de barro. Aquel tenía un sabor menos voluptuoso, más áspero, más limitado. Miguel dio otro sorbito y dejó el cuenco. Cuando probó el chocolate se había sentido lo bastante intrigado para beberse dos tazones, que inflamaron de una forma tal su ánimo que aun después de haber visitado a dos complacientes rameras le fue menester visitar a su médico, el cual restituyó el desequilibrio de sus humores con una sólida combinación de eméticos y purgantes.

—Se hace con el fruto del café —le dijo Geertruid, cruzando los brazos como si hubiera inventado el bebedizo ella misma.

Miguel ya había topado con el café una o dos veces, pero solo como parte de la mercancía de las Indias Orientales. En la Bolsa, los negocios no requerían que el hombre conociera la naturaleza de cada objeto, solo su demanda... y a veces, en el calor del negocio, ni tan siquiera eso.

Miguel recordó que debía pronunciar una bendición ante las maravillas de la naturaleza. Algunos judíos se daban la vuelta ante sus amigos gentiles cuando bendecían la comida o la bebida, pero Miguel se deleitaba en las oraciones. Gustaba de pronunciarlas en público, pues en aquellas tierras no podían perseguirlo por hablar la lengua sagrada. Deseó que se le presentasen más ocasiones para bendecir cosas. Pronunciar aquellas palabras le producía una satisfactoria sensación de vértigo; se imaginó cada palabra hebrea pronunciada abiertamente como un cuchillo clavado en las tripas de algún inquisidor.

—Es una nueva sustancia... totalmente nueva —explicó Geertruid cuando Miguel terminó—. No se toma para deleite de los sentidos, sino para despertar el intelecto. Sus defensores lo toman en el desayuno por bien de recobrar el sentido y por la noche para mantenerse despiertos más tiempo.

El rostro de Geertruid se tornó sombrío como el de un predicador calvinista que despotrica desde un púlpito improvisado en la plaza de una ciudad.

—El café no es como el vino o la cerveza, que bebemos para divertirnos o porque ataja la sed o incluso porque es delicioso. Esto os dará más sed, nunca os pondrá alegre y el sabor, seamos sinceros, puede resultar curioso, pero no placentero. El café es algo... algo mucho más importante.

Miguel conocía a Geertruid lo suficiente para estar al tanto de sus hábitos descabellados. Podía reír toda la noche y beber tanto como cualquier holandés vivo, podía descuidar sus asuntos y corretear descalza por los campos como una niña. Pero con los negocios era tan seria como cualquier hombre. Que una mujer se dedicara a los negocios como ella hubiera sido impensable en Portugal, pero entre los holandeses aun cuando no eran cosa común, las de su género podían encontrarse.

—Esto es lo que pienso —dijo ella con una voz que a duras penas se oía entre el bullicio de la taberna—: la cerveza y el vino pueden provocar el sueño, pero el café hará al hombre estar despierto y despejado. La cerveza y el vino lo mudan en un ser meloso, pero el café le hará perder el interés por la carne. El hombre que bebe el fruto del café solo se preocupa por los negocios. —Hizo una pausa para tomar otro sorbo—. El café es la bebida del comercio.

¿Cuántas veces, llevando un asunto en una taberna, no había vacilado el ingenio de Miguel con cada bock de cerveza? ¿Cuántas veces no había deseado tener la concentración necesaria para otra hora de claridad con las listas de precios de la semana? Una bebida que ayudara a mantenerse sobrio era justamente lo que necesitaba un comerciante.

Miguel empezaba a sentirse exaltado y se dio cuenta de que golpeteaba el suelo con el pie con impaciencia. Los sonidos e imágenes de la taberna se desvanecieron. Solo estaba Geertruid. Y el café.

—¿Ahora quién lo bebe? —preguntó.

—No puedo saberlo —reconoció Geertruid—. He oído decir que hay una taberna de café en la ciudad... frecuentada por turcos, según dicen, pero nunca la he visto. No conozco holandés que tome este café, a menos que se lo mande el médico, pero se correrá la voz. En Inglaterra ya han abierto algunas tabernas que sirven café en lugar de vino y cerveza, y los comerciantes corren a ellas en tropel para hablar de negocios. Estas tabernas de café se están convirtiendo en pequeñas Bolsas en sí mismas. Sin duda, en breve espacio, empezarán a abrirse aquí también, porque ¿qué ciudad ama los negocios más que Amsterdam?

—¿Estáis sugiriendo que queréis abrir una taberna? —preguntó Miguel.

—Las tabernas no importan. Debemos ponernos en posición de poder suministrarles el café. —Le cogió de la mano—. Pronto habrá demanda, y si nos preparamos para responder a esa demanda, podemos hacer mucho dinero.

El aroma del café empezó a marear su cabeza con algo semejante al deseo. No, no deseo, sino avaricia. Geertruid había dado con algo, y Miguel sentía su ansia contagiosa hinchándose en su pecho. Era como el pánico, o el júbilo, o alguna otra cosa, pero hubiera querido saltar de su asiento. ¿Venía aquella energía de la fuerza de la idea o era efecto del café? Si el fruto del café hacía que un hombre no pudiera tenerse, ¿cómo había de ser la bebida del comercio?

El café era algo maravilloso y, si en Amsterdam nadie planeaba sacar provecho de aquel nuevo brebaje, podía ser exactamente lo que lo salvara de la ruina. Durante seis terribles meses, Miguel se había sentido a veces como si estuviera soñando despierto. Su vida había sido sustituida por una triste imitación, por la vida exangüe de un hombre inferior.

Miguel adoraba el dinero que venía del éxito, pero veneraba más el poder. Le gustaba el respeto que inspiraba en la Bolsa y el Vlooyenburg, el barrio vecino donde vivían los judíos portugueses. Le gustaba ofrecer pingües comidas sin preocuparse por el dinero. Le complacía dar dinero a obras de caridad. Ahí iba, dinero para los pobres... ¡que coman! Ahí iba ese dinero para los refugiados... ¡Que puedan encontrar casa! Ahí iba ese dinero, para los eruditos de Tierra Santa... ¡Que trabajen para traer la venida del Mesías! El mundo podía convertirse en un lugar más sagrado si Miguel tenía dinero para dar y lo daba.

Ese era Miguel Lienzo, no aquel despojo de cuyos fracasos se mofaban los niños y las orondas esposas. No podría soportar mucho más las miradas inquietas de los otros comerciantes, que se alejaban de él a toda prisa por miedo a que su infortunio se extendiera como una plaga, ni la mirada compasiva de la mujer de su hermano, cuyos ojos humedecidos delataban que encontraba cierta semejanza entre su desdicha y la de él.

Tal vez ya había sufrido bastante y Él, bendito sea, había puesto la oportunidad ante él. ¿Cómo osaba pensar cosa semejante? Miguel deseaba aceptar cualquier cosa que Geertruid propusiera, pero había perdido demasiadas veces en los meses pasados como para dejarse llevar por una corazonada estúpida. Sería necedad seguir adelante, más aún con un socio cuya sola existencia lo pondría en una posición vulnerable ante el *ma'amad.*

—¿Cómo es que esta poción mágica no se ha extendido aún por Europa?

—Todo debe tener un principio. ¿Hemos de esperar a que otro ambicioso mercader sepa de este secreto? —añadió la mujer con tono conspirador.

Miguel se apartó de la mesa y se sentó más derecho.

—Decidme lo que proponéis. —Esperó con sorprendente hambre las palabras de Geertruid; la mujer no contestaba con la suficiente rapidez, y Miguel quería responder antes incluso de que las palabras hubieran sido pronunciadas.

Geertruid se frotó sus largas manos.

—He decidido hacer cierta clase de negocio con el café y tengo un capital, pero ignoro cómo he de proceder. Vos sois hombre de negocios, y yo necesito vuestra ayuda... y vuestra asociación.

Una cosa era llamar a aquella animosa viuda amiga cuando estaban en privado, beber y apostar con ella, hacer de intermediario en la Bolsa y realizar pequeños acuerdos de vez en cuando, a pesar de que el *ma'amad* había prohibido ejercer de corredor para los gentiles so pena de ser excomulgados. Otra muy distinta aceptarla como socia. Algunos judíos tal vez pudieran salir airosos de aquella inusual disposición, pero Miguel no podía contar con su buena suerte, al menos sin un dinero o unas influencias que lo protegieran.

En otro tiempo Miguel se había mofado de la falta de humor de la censura del consejo, pero el *ma'amad* había empezado a cumplir sus amenazas. Enviaba a sus espías en busca de quienes violaban el *sabbath* y comían alimentos impuros. Y expulsaba a quienes, como el usurero Alonzo Alferonda, quebrantaban sus normas arbitrarias. Perseguía a quienes, como el pobre Benito Spinoza, proferían herejías tan imprecisas que nadie hubiera podido imaginar que sus palabras eran herejía. Es más, Miguel tenía un enemigo en el consejo que, sin duda, esperaba la más mínima excusa para golpear.

Tantos riesgos... Miguel se mordió el labio para contener las ganas de sonreírse. Podía vivir con el riesgo si se prometía no pensar en ello con demasiada frecuencia.

Miguel comenzó a dar golpecitos en la mesa. Quería actuar enseguida. Podía empezar inmediatamente a asegurarse los contactos y los agentes para cualquier intercambio importante en Europa. Podía hacer malabarismos con el café por barriles, llevándolo de un puerto a otro. Tal era la verdadera esencia de Miguel Lienzo; tratos, conexiones, arreglos. No era un cobarde que renunciase a una oportunidad porque unos amargados hipócritas creyeran saber mejor que los sabios lo que estaba bien y lo que estaba mal.

—¿Cómo hemos de hacerlo? —dijo él por fin, cayendo de pronto en la cuenta de que hacía varios minutos que no decía nada—. El comercio del fruto del café pertenece a la Compañía de las Indias Orientales, y no podemos esperar arrebatárselo a hombres con su poder. No entiendo qué me proponéis.

—¡Yo tampoco! —Geertruid levantó las manos exaltada—. Pero propongo algo. Debemos hacer algo. No permitiré que el hecho de no saber lo que propongo se interponga en mi camino. Como dicen incluso el ciego tropieza con el cielo. Os preocupáis por el día veinte... ¿Debéis dinero? Yo os ofrezco riquezas. Una nueva e importante empresa con la que reconstruir y hacer que vuestra deuda actual parezca nimia.

—Necesito tiempo para pensarlo —le dijo, aunque no necesitaba nada parecido. Pero Geertruid tendría que esperar. Un hombre no tiene muchas oportunidades como esa en su vida, y arruinar sus posibilidades por impaciencia hubiera sido necedad—. Hablaremos de esto después del veinte. En una semana.

—Una semana es mucho tiempo —dijo la viuda con tono reflexivo—. En una semana se hacen fortunas. Imperios se levantan y caen.

—Necesito una semana —repitió Miguel suavemente.

—Una semana, entonces —dijo ella en tono amistoso. Sabía que no debía presionar más.

Miguel se dio cuenta de que había estado toqueteándose los botones del capote.

—Y ahora debo marchar para atender otros asuntos de importancia.

—Antes de iros, dejad que os dé algo que os ayudará a considerar la empresa. —Geertruid hizo una señal a Crispijn, que acudió rápidamente y colocó ante ella un tosco saco de lana.

—Me debe cierto dinero —explicó Geertruid en cuanto su primo se hubo retirado—. Estuve de acuerdo en aceptar un poco de esto como pago y quería daros algo en lo que pensar.

Miguel miró en el interior del saco, en el cual acaso habría unos doce puñados de bayas marrones.

—Café —dijo Geertruid—. He hecho que Crispijn tueste los frutos para vos, pues sé que no se puede pedir a un hidalgo portugués que los tueste él mismo. Ahora solo tenéis que molerlos, mezclarlos con leche caliente o agua dulce y después filtrarlo o dejar que se asiente en el fondo, como gustéis. No bebáis demasiado, si no queréis agitar vuestros intestinos.

—No mencionasteis la alteración intestinal cuando me cantasteis sus alabanzas.

—Aun los mejores productos de la naturaleza hacen daño si se toman en demasía. No os hubiera dicho nada, pero un hombre con los intestinos alborotados no es buen socio en los negocios.

Miguel dejó que la mujer lo besara de nuevo, y luego se escabulló por la taberna saliendo al frío y la niebla de media tarde. Después del hedor del Becerro de Oro, el aire salado del IJ resultaba tan maravillosamente purificador como la *mikvah*,* y Miguel dejó que la niebla le bañara el rostro hasta que un niño que no tendría ni seis años empezó a tirarle de la manga, llorando lastimeramente por su madre. Miguel le arrojó al mocoso medio ochavo, saboreando ya la riqueza que el café habría de darle: nada de deudas, una casa propia, la oportunidad de volver a tomar esposa y tener hijos.

Un instante después se reprendió a sí mismo por permitirse aquellas fantasías a la luz de los reveses de la jornada. Otros mil florines de deuda. Ya debía tres mil por todo el Vlooyenburg, incluidos los mil quinientos que tomó prestados a su hermano cuando el mercado del azúcar se vino abajo. Había permitido que la Oficina de Bancarrotas del Ayuntamiento llevara las deudas que había contraído con los cristianos, pero los judíos de su barrio llevaban sus propias cuentas.

La marea había empezado a subir y las aguas habían rebasado los límites del Rozengracht y cubrían las calles. Del otro lado de la ciudad, en la casa de su hermano, en el cavernoso sótano donde Miguel dormía pronto empezaría su inundación particular. Aquel era el pre-

* Baños públicos a los que acuden los judíos en ciertas ocasiones para purificarse. *(N. de la T.)*

cio de vivir en una ciudad construida sobre pilares encima de las aguas, pero Miguel ya no se preocupaba por las incomodidades de Amsterdam que tanto le molestaron cuando llegó. Ahora apenas reparaba en el hedor a pescado muerto del agua del canal ni en el agua que pisaba al caminar. El olor a pez muerto era el perfume de la riqueza de Amsterdam, y el sonido del agua al pisarla, su melodía.

Lo más prudente era volver a casa enseguida y escribir una nota a Geertruid explicando que los riesgos de trabajar con ella eran demasiado grandes y podían llevarlo a la ruina. Pero nunca se libraría de las deudas siendo prudente y ya estaba arruinado. Solo unos meses atrás, su azúcar atestaba almacenes enteros a los lados del canal y él paseaba por el Vlooyenburg como un burgués. Estaba dispuesto a superar la pérdida de Catarina, a tomar nueva esposa y tener hijos, y las alcahuetas se lo disputaban. Pero ahora estaba endeudado. Su posición había quedado poco menos que en nada. Recibía notas amenazadoras de algún demente. ¿Cómo podía cambiar su suerte si no era haciendo algo osado?

Había corrido riesgos toda su vida. ¿Acaso tenía que dejar de hacerlo por temor al poder arbitrario del *ma'amad*, unos hombres a quienes se había encargado hacer respetar la Ley de Moisés y que valoraban su poder por encima de la Palabra de Dios? La Ley no tenía nada que decir sobre las viudas holandesas. ¿Por qué había de evitar hacer fortuna con una de ellas?

Hubiera querido cerrar algún negocio más aquel día, pero tenía la sospecha de que su agitación no le hubiera llevado a hacer nada de provecho, de modo que fue a la Talmud Torá para las plegarias de la tarde y la noche. Aquella liturgia ahora tan familiar lo amansaba como vino especiado de modo que, para cuando salió de allí, se sentía renovado.

Mientras recorría la escasa distancia que separaba la sinagoga de la casa de su hermano, manteniéndose pegado a las casas del lado del canal para evitar a ladrones y serenos, Miguel no dejó de oír el sonido de las ratas sobre los tablones colocados sobre las alcantarillas. Café, canturreó para sí. No necesitaba una semana para darle una respuesta a Geertruid. Solo necesitaba tiempo para convencerse de que si hacía negocios con ella, no acabaría de forjar su ruina.

de

Las reveladoras y verídicas memorias de Alonzo Alferonda

Mi nombre es Alonzo Rodrigo Tomás de la Alferonda. Yo traje la bebida llamada café a los europeos, podría decirse que inicié su andadura por estas tierras. Bueno, acaso sea un tanto vanidoso, pues sin duda el café hubiera recorrido el mismo camino turbio sin mis esfuerzos. Digamos más bien que yo fui la partera que lo ayudó a pasar de la oscuridad a la gloria. No, diréis, tampoco fui yo, que fue Miguel Lienzo. Entonces, ¿qué papel pudo tener Alonzo Alferonda en el triunfo de este gran fruto? Más del que se supone, os lo aseguro. Y para quienes dicen que no hice sino maldades, que no hice sino entorpecer, poner trabas, zaherir, solo puedo decir que yo sé más que mis detractores. Yo estuve allí... y vos, con toda probabilidad, no.

Mi verdadero nombre es Abraham, como lo fuera el nombre de mi padre y el del padre de mi padre. Todo primogénito varón nacido de un Alferonda ha llamado secretamente a sus primogénitos varones Abraham desde que los judíos tienen nombres secretos; y antes de esto, cuando los moros gobernaban en Iberia, los llamaban Abraham abiertamente. Durante la mayor parte de mi vida no se me ha permitido pronunciar mi nombre salvo en oscuras habitaciones, y aun entonces solo en voz baja. Aquellos que cuestionen mis acciones debieran recordarlo. ¿Quién seríais vosotros, pregunto a aquellos que tan duramente me juzgan, si vuestro propio nombre fuera un secreto que pudiera costaros la vida y hasta la de vuestros amigos y familiares?

Nací en la ciudad portuguesa de Lisboa, en el seno de una familia judía a la que no se permitía orar según el rito judío. Nos llamaban cristianos nuevos, o conversos, pues nuestros antepasados habían sido obligados a elegir entre la fe católica o entregar sus propiedades... y a menudo sus vidas. Por temor a la tortura, la ruina e incluso la muerte, públicamente rezábamos como católicos, pero entre las sombras, en los sótanos, en sinagogas secretas que iban de una casa a otra, orábamos como judíos. Los libros de oraciones eran raros y preciosos para nosotros. A la luz del día, un hombre medía su riqueza en oro, pero en la oscuridad de aquellas sombrías habitaciones, medíamos la riqueza en páginas y conocimiento. Entre nosotros, raros eran los que podían leer en hebreo en los pocos libros que teníamos. Raros los que conocían las oraciones para el día sagrado del *sabbath*.

Mi padre era uno de ellos, o cuando menos algo sabía. Había pasado parte de su mocedad en Oriente, se había criado entre judíos a quienes la ley no prohibía practicar su religión. Era dueño de libros de oraciones que prestaba libremente. Poseía algunos volúmenes del Talmud de Babilonia, pero no conocía el arameo y poco sentido podía extraer a sus páginas. Los Judíos Secretos de Lisboa acudían a él para que les instruyera en los rudimentos de la lectura de la lengua sagrada, de las oraciones para el *sabbath*, del ayuno para los días de ayuno. Y él les enseñó a comer al aire libre en la fiesta de Succot,* y por supuesto, les enseñó a beber hasta caer en un alegre sopor en Purim.**

Permitid que sea directo: mi padre no era hombre santo ni sabio. Nada más lejos de la realidad. Lo admito sin coacción alguna y no lo tengo por un insulto a su nombre. Mi padre tenía por oficio la fullería; en sus manos, el engaño era cosa hermosa y digna de ver.

Habiendo sido instruido en los caminos de nuestra fe —aun sin ser erudito, como digo, solo un hombre con cierta educación—, la presencia de mi padre se toleraba entre los Judíos Secretos de Lisboa cuando de otro modo no se hubiera permitido, pues atraía sobre su persona mucha más atención de la que convenía a un cristiano nuevo. Allí donde hubiera un mercader con unas pocas monedas, aparecía mi padre, con sus pócimas para prolongar la vida, aumentar la virilidad o curar toda suerte de males. Sabía de trucos con cartas, dados y bolas. Hacía juegos de manos, funambulismo y volteretas. Podía en-

* Festividad para celebrar la cosecha y con la que se conmemora el final del período durante el que los judíos tuvieron que vagar por el desierto después de huir de Egipto. *(N. de la T.)*

** Festividad que conmemora la liberación de los judíos cautivos en Persia de la conspiración tramada por Amán. *(N. de la T.)*

señar a un perro a sumar y restar números simples, y a un gato a bailar sobre las patas traseras.

Mi padre había nacido para guiar a otros y atraía a su lado a gentes que se ganaban la vida mediante un sinnúmero de entretenimientos extraños y engañosos. Dirigía un ejército de tramposos en el manejo de las cartas y los dados, faquires que tragaban fuego y espadas. Y bajo su estandarte se reunían también quienes se ganaban la vida mostrando las formas con que la naturaleza los había castigado. Entre los primeros compañeros que tuve en mi niñez se contaban enanos y gigantes, gentes monstruosamente gordas y terriblemente deformes. Yo jugaba con el encantador de serpientes y la adiestradora de cabras. Y cuando me fui haciendo mayor, despertó en mí una sucia curiosidad por una persona conocida de mi padre con anatomía de hombre y de mujer. Por unas monedas, este infortunado permitía a cualquiera ver cómo fornicaba consigo mismo.

Cuando yo tenía diez años, en una ocasión mi padre recibió a una hora tardía de la noche la visita de un joven algo mayor, Miguel Lienzo, a quien reconocí de la sinagoga. Era este Miguel un pendenciero, tan interesado por la compañía de tramposos y bichos raros de mi padre como por su saber. Y digo que era pendenciero porque siempre gustaba de desafiar a una autoridad u otra. Cuando yo lo conocí en Lisboa, las autoridades a quienes más se empecinaba en desafiar no eran otras que su familia y la Inquisición.

El tal Lienzo procedía de una familia relativamente sincera de cristianos nuevos. En este género no había escasez: personas que, por verdadera fe o por bien de evitar la persecución, se hicieron a los caminos de los cristianos, rehuyendo a quienes queríamos vivir como judíos. El padre de Lienzo era un comerciante de fortuna y poseía demasiados bienes como para arriesgarse a ser blanco de las iras de la Inquisición. Acaso por esta sola razón, acudía Miguel de tan buena gana a nuestros lugares secretos de oración y se esforzaba por aprender cuanto podía enseñarle mi padre.

Más aún, el joven Miguel utilizaba los contactos que su padre tenía entre la vieja comunidad cristiana para descubrir cuanto pudiera de la Inquisición. Su oído siempre estaba al tanto de los rumores y se deleitaba en advertir del peligro cuando podía. Yo sabía de media docena de familias que habían huido de sus casas una noche antes de que los inquisidores llamaran a su puerta... y todo porque Lienzo había sabido estar al acecho y escuchar. Estoy convencido de que realizó estas grandes proezas por un afán de justicia, pero acaso también por el placer de pisar allá donde no le correspondía. Años después, cuando volví a verlo en Amsterdam, él no me reconoció ni tan siquiera recordaba lo que había hecho por mi familia. Yo nunca he olvidado su bondad, por mucho que otros insistan en lo contrario.

Miguel vino a prevenirnos después de ofrecerse a ayudar a nuestro cura a limpiar sus aposentos privados en la iglesia (siempre se ofrecía para estas tareas ingratas con la esperanza de aprender cosas de provecho) y por azar escuchó una conversación entre aquel miserable y un inquisidor que tenía interés en mi padre.

Y así, en la oscuridad de la noche, dejamos el único hogar que yo había conocido, llevándonos a muchos de nuestros amigos con nosotros. Había entre nosotros judíos, cristianos, moros y gitanos, y viajamos a más ciudades de las que puedo ahora contar. Durante años vivimos en Oriente, y tuve la fortuna de pasar varios meses en la ciudad santa de Jerusalén. Ya no es sino una sombra de lo que fue, pero ha habido momentos, en esta vida mía de infortunios, en que el recuerdo de aquellos días, de mis paseos por las calles de la antigua capital de mi pueblo y las visitas al lugar donde en otro tiempo se alzaba el Santo Templo, han sido mi sustento cuando nada tenía sentido. Si es la voluntad del Santo, algún día he de volver a ese lugar sagrado para pasar allí los días de vida que me resten.

En nuestros viajes también cruzamos Europa, y estábamos en Londres cuando mi padre murió de una fiebre cerebral. Tenía yo entonces veinticinco, y era ya hombre, pero no un hombre de la disposición de mi padre. Mi hermano menor, Mateo, quería ponerse al frente del ejército de proscritos, y yo sabía que tenía carácter para ello. Sin embargo yo, aunque llevaba años errando, no era persona errante. Podía hacer trampas con las cartas y trucos con los dados, pero no tan bien como Mateo. No era capaz de conseguir de un perro sino que me mostrara la panza, y de un gato que se sentara en mi regazo. Mi padre siempre hablaba de la importancia de que un judío viviera como judío y entre judíos, y de una visita que hicimos a Amsterdam años antes recordaba yo que en dicha ciudad los judíos gozaban de un grado de libertad sin par en el resto del mundo cristiano.

Así pues, crucé el mar del Norte y fui acogido en el seno de la gran comunidad de judíos portugueses de Amsterdam. Fui acogido, cuando menos al principio. Y este es el motivo de que escriba esta relación de los hechos. Quiero que se sepa que fui injustamente expulsado de un pueblo al que amaba. Quiero que el mundo sepa que no soy el villano por quien se me tiene. Y quiero dejar por escrito la verdad sobre Miguel Lienzo y sus diligencias en el comercio del café, pues también él ha sido acusado y culpado injustamente. Es mi voluntad describir mis acciones en Amsterdam, las circunstancias de mi expulsión, mi vida posterior en la ciudad y el papel que desempeñó exactamente en los asuntos de Lienzo.

Cierto es que antes de caminar aprendí a ocultar una carta en mis ropas y hacer que los dados cayeran a mi conveniencia, pero prometo que no he de hacer uso de ningún subterfugio en estas páginas. Seré como el Hombre Barbudo, petulante sujeto en cuya compañía viajé unos años. Me desprenderé de mis vestiduras para mostraros la obra de la naturaleza. Y si el lector lo desea, puede incluso tirar de mi piel y verá que bajo ella no se esconde engaño ni falsedad.

2

Geertruid no comprendía por qué Miguel se resistía a hacer negocios con ella. Cierto es que le sonrió con gesto comprensivo cuando él le confesó sus temores, pero acabó por pensar que acaso su resistencia se debiera a alguna excentricidad propia de judíos, como la de no comer calamar o negarse a hablar de negocios en día de sábado, y en cambio no tener reparos en hacerlo en sábado por la noche.

Miguel detestaba que ella pudiera tenerlo por hombre estúpido u obstinado. Cuando violaba alguna pequeña ley —beber vino impuro o trabajar, por bien que poco, en *sabbath*—, ella preguntaba cómo podía hacer tales cosas y fingir que le preocupaba tanto su observancia. Y él no sabía qué hacer para que entendiera que solo un *tsadik*, un santo, podía aspirar a obedecer todas las leyes; es el esfuerzo lo que hace que el hombre esté más próximo a Él, bendito sea.

Aunque Miguel le habló de su pasado, Geertruid seguía sin comprender lo que había sido vivir como judío secreto en Lisboa y solo tenía una idea muy vaga de quién era realmente. Si de verdad era tan terrible, preguntaba ella, ¿por qué seguían quedando judíos?

¡Cierto! ¿Por qué? Porque es donde siempre habían vivido, durante cientos de años. Porque sus familias estaban allí, y sus negocios. Algunos se quedaban porque no tenían dinero, otros porque lo tenían en demasía. Las historias sobre la libertad de culto en Amsterdam o en Oriente parecían tan engañosas como las de la llegada del Mesías.

Muchos cristianos nuevos abrazaron el catolicismo con un fervor servil, como el padre de Miguel. No porque creyera profundamente, sino porque creía profundamente que debía convencer al mundo de su sinceridad asistiendo con regularidad a la iglesia, denunciando en público el carácter supersticioso del judaísmo, haciendo donativos a la iglesia... El padre de Miguel quería que sus hijos se apartaran de la apostasía. «Mis abuelos prefirieron la conversión al exilio —le había explicado—, y no faltaré a su decisión.»

Acaso por contrariar a su padre o porque era arriesgado, lo cierto es que Miguel había empezado a asistir en secreto a grupos de estudio cuando aún era mozo. Los ancianos lo animaban, le hacían sentirse especial con sus oraciones, y no eran menester las palabras para que Miguel supiera que también ellos tenían a sus respectivos padres por grandes patanes. A Miguel le gustaba sentir que formaba parte de algo grande, que hacía algo malo que, a la vez, era correcto.

El hermano menor, Daniel, no dejó de apercibirse de este antagonismo entre padre e hijo y supo aprovecharlo, mostrando diariamente a su padre de mil maneras distintas que él no era otro de aquellos necios que solo acarreaban aflicción a su comunidad. El padre también sentía una predilección natural por Daniel, pues en su persona encontraba más semejanzas con su lado de la familia, mientras que Miguel guardaba un sorprendente parecido con el padre de su madre. Daniel siempre había sido enjuto, como él, todo ángulos y aristas afiladas, ojos demasiado grandes para su rostro, manos demasiado pequeñas para su cuerpo. Miguel se parecía a la familia de su madre: hombres entrados en carnes que llamaban la atención, la clase de hombre que Lienzo padre siempre había despreciado.

Cuando su padre descubrió que Miguel había estado asistiendo a las sinagogas secretas, lo llamó traidor y loco. Lo tuvo una semana encerrado en un aposento sin otra cosa que vino, unos higos secos, dos hogazas de pan y un orinal demasiado pequeño para tan largo espacio de tiempo. Más adelante, Miguel tendría esto por gran ironía, pues la Inquisición tuvo preso a su padre y lo torturó —por error, dijeron— hasta matarlo. Había sido delatado por otro converso que, bajo la presión del cuchillo inquisitorial, gritó cuantos nombres pudo recordar, fueran cristianos, judíos o mahometanos.

Por aquel entonces, Miguel hacía ya tres años que se había ido, después de romper definitivamente con su padre por tomar como esposa a una mujer con una dote insuficiente. Su padre prohibió terminantemente el matrimonio. Catarina no solo tenía poco dinero, sino que además, la suya era una familia de conocidos judaizantes que les acarrearían grandes problemas a todos. Y además, insistía, era demasiado hermosa.

—No deseo verte con tan bella mujer —le había dicho a Miguel—. Es impropio que tomes una esposa más hermosa que la de tu padre. Sería un gesto de insumisión.

A Miguel no le interesaban tanto las dotes y le parecía perfectamente razonable tomar por esposa a una mujer hermosa. Pero, además de belleza, Catarina poseía un gran entendimiento. Su familia era devota; además, tenía un tío que vivía en Damasco y era un gran talmudista. Catarina entendía el hebreo mucho mejor que la mayoría de hombres judíos de Lisboa. Conocía la liturgia y podía llevar la casa en consonancia con las Santas Escrituras. Cuando Miguel anunció que se habían casado en secreto, su padre escupió al suelo.

—Te arrepentirás de haber desafiado mi palabra —le dijo—. Y te arrepentirás de haberte casado con una mujer que sabe leer. No volveré a dirigirte la palabra hasta que vengas a mí y me supliques perdón.

Cuatro meses más tarde, cuando Catarina murió inesperadamente a causa de unas fiebres, hablaron por última vez.

—Gracias a Dios que esto se ha acabado —le dijo a Miguel cuando terminó el entierro—. Ahora podrás casarte con alguien que sirva de algún provecho a tu familia.

Dos semanas después, Miguel embarcó en un navío con destino a las Provincias Unidas.

Mientras él se instalaba en Amsterdam, su padre y su hermano continuaron con la exportación de vino, higos y sal, hasta que la Inquisición arrestó a Lienzo padre y todo se acabó. Según la ley portuguesa, la Iglesia podía confiscar todos los bienes de cualquier persona condenada por la Inquisición, de suerte que los mercaderes acaudalados se convirtieron en las víctimas más populares. Después de expirar repentinamente tras un interrogatorio, el padre de Miguel fue hallado culpable y el negocio de la familia dejó de existir. Daniel quedó sin nada, salvo unos pocos partidos a su nombre, y no tuvo más remedio que salir de Lisboa. Parecía inevitable que siguiera los pasos de su hermano y del éxodo masivo de judíos conversos hacia Amsterdam.

El *ma'amad* dio la bienvenida a Miguel cuando llegó a Amsterdam; sus maestros aumentaron su comprensión de la lengua sagrada, le enseñaron liturgia y le explicaron el significado de los días sagrados. Aquellas primeras semanas, a pesar del dolor por la muerte de Catarina, estuvieron llenas de emociones y cosas nuevas, y aun un suceso tan sangriento como la circuncisión, el cual prefería no recordar, le resultó conmovedor. Sin embargo, no tardó en comprender que la ayuda del Consejo tenía un precio. Los *parnassim*, los hombres que componían el *ma'amad*, tenían el poder absoluto, y aquellos que vivían en la comunidad debían atenerse a sus normas o eran expulsados.

Dos noches después de reunirse con Geertruid, Miguel asistió a una sesión de estudio en la Talmud Torá. Allí era donde el *ma'amad* destacaba. Los grupos de estudio se reunían de forma constante en las cámaras enclaustradas de las sinagogas. Los judíos que habían escapado recientemente de Iberia y de la Inquisición, que no sabían nada de su fe salvo que la llevaban en la sangre, aprendían a conducirse, a rezar, a vivir como judíos. En una cámara contigua, los ancianos, los *chachamin*, discutían detalles del Talmud que a Miguel se le hacía que jamás llegaría a comprender. Él se reunía con un grupo de hombres en situación muy similar a la suya: habían vuelto en los últimos años y se habían propuesto abrazar la fe de sus ancestros. Cada semana leían en hebreo la sección de la Torá correspondiente y estudiaban su significado mientras un *chacham* los guiaba y dirigía el comentario del Talmud.

Miguel adoraba estas reuniones. Las esperaba con ansia todas las semanas. No podía permitirse el lujo de estudiar la Torá en casa tanto como hubiera deseado, si bien trataba de asistir a las sesiones de estudio de primera hora de la mañana una o dos veces por semana y, si algún tiempo le quedaba, no siempre hacía un buen uso del mismo. Así pues, estas reuniones eran doblemente preciosas para él. Por espacio de unas pocas horas, podía permitirse olvidar que el día de cuentas avanzaba cruelmente y que los futuros de brandy que había comprado tan impulsivamente incrementarían de forma desesperante sus deudas.

En los salones de la Talmud Torá, después de la reunión, Miguel se demoró para debatir con su amigo Isaías Nunes la interpretación de algún aspecto particularmente espinoso de la gramática hebrea. Nunes comerciaba principalmente siguiendo las rutas levantinas, pero en tiempo reciente había empezado a traficar también con el vino portugués. El hombre se había excedido probando la mercancía de un comprador antes de la reunión y en aquellos momentos argumentaba ruidosamente. Su voz resonaba por los techos altos de la sinagoga casi vacía mientras los dos hombres se dirigían a la salida.

Nunes era un hombre grande y recio, que no gordo. Aún no tenía los treinta años, y sin embargo, había sabido hacerse un lugar importante en las rutas del Levante. A Miguel le gustaba, pero el aprecio que un viudo endeudado de su edad podía sentir por alguien tan joven y afortunado tenía sus límites. Casi por accidente, Nunes tropezaba con lucrativos negocios; invertía con cautela y en cambio sus ganancias eran obscenas; tenía una esposa hermosa y obediente que le había dado dos hijos. Aun así, Nunes era incapaz de disfrutar de nada de cuanto hacía, lo que en parte compensaba el exceso de logros. Siendo niño, había visto a sus parientes caer uno tras otro en manos de la Inquisición y eso lo había convertido en persona de natural nervioso. Tenía sus éxitos por una mera ilusión, un engaño que el demonio urdiera para hacerle cobrar esperanzas antes de aplastarlas.

Los dos hombres se dirigieron hacia la salida en la oscuridad, pues solo unas pocas velas alumbraban las zonas comunes. Nunes estaba en mitad de una arenga y decía grandes disparates, pues razonaba, se desdecía, se disculpaba por no decir más que tonterías y luego le pedía a Miguel que le diera la razón. Y entonces se detuvo y se inclinó hacia delante.

—¡Por los clavos de Jesucristo, acabo de romperme un dedo del pie! —gritó. Al igual que la mayoría de los judíos de Portugal, maldecía como un cristiano—. ¡Miguel, ayudadme a andar!

Miguel se inclinó para ayudar a su amigo.

—Borracho, ¿con qué os habéis roto el dedo?

—Con nada —susurró Nunes—. Era un ardid. ¿Acaso no sabéis reconocer un ardid cuando lo veis?

—No, si es un buen ardid.

—Supongo que he de tomarlo como un cumplido.

—Y ahora que ya hemos establecido que habéis hecho ver que os rompíais un dedo para hacerme quedar como un necio —dijo Miguel muy tranquilo—, tal vez podríais explicarme por qué habéis hecho tal cosa.

—¡La Virgen santa! —exclamó Nunes—, ¡qué dolor! ¡Ayudadme, Miguel! —Bajo la luz de las escasas velas, Miguel vio que Nunes cerraba los ojos en un momento de concentración—. Hay un hombre oculto entre las sombras, junto a la puerta —añadió más comedido—. Os ha estado observando.

Miguel sintió que se ponía tenso. Un hombre que esperaba oculto en la penumbra no le daba buena espina. En más de una ocasión había tenido que permanecer casi preso en el sótano de alguna sucia taberna a causa de algún acreedor furioso hasta que podía mandar en busca del dinero que debía o —las más de las veces— lograba convencerlo para que lo dejara marchar.

Y entonces otro pensamiento se le pasó por las mientes. Aquellas extrañas notas que había estado recibiendo. «Quiero mi dinero.» Sintió un escalofrío en la piel.

—¿Habéis podido ver quién es? —le preguntó a Nunes.

—He mirado de reojo y, a menos que yerre, se trata de Salomão Parido.

Miguel lanzó una mirada hacia la salida y vio una figura que se adelantaba en la oscuridad.

—¡Jesús! ¿Qué quiere? —Aquel *parnass* había sido su enemigo desde un desafortunado incidente que tuvieran hacía dos años y que concluyó cuando el hombre retiró la oferta de casar a su hija con Miguel.

—Nada bueno, podéis estar seguro. Un *parnass* al acecho nunca augura nada bueno, y si se trata de Parido, menos aún. Y si Parido espera a Miguel Lienzo... bueno, es difícil pensar en una situación más apurada. Sinceramente, detesto que nos vea juntos. Ya tengo bastantes problemas sin necesidad de que un *parnass* se ponga a indagar en mis asuntos.

—Vos no tenéis problemas —dijo Miguel con gesto sombrío—. Podría dejaros algunos de los míos.

—Vuestro hermano hace negocios con él, ¿me equivoco? ¿Por qué no le pedís que le diga a Parido que os deje en paz?

—Si he de seros sincero, creo que es él quien lo anima —dijo Miguel con amargura. Ya era bastante malo que tuviera que depender de su hermano menor, pero la amistad de Daniel con el *parnass* le sacaba de quicio. Tenía la impresión de que Daniel contaba todo cuanto decía o hacía.

—Volvamos adentro —sugirió Nunes—. Esperaremos a que pase.

—No le daré esa satisfacción. Tendré que arriesgarme, aunque no creo que vuestra interpretación haya engañado a nadie. Deberíamos romperos el dedo de verdad. Si acaso decide examinar vuestro dedo, se os hallará culpable de haber mentido en la sinagoga.

—Me he arriesgado por vos. Deberíais mostrar algo de gratitud.

—Tenéis razón. Si acaso inspecciona vuestro dedo y lo hallara íntegro, diremos que aquí se ha obrado un gran milagro.

Fueron cojeando hacia el patio y, por bien que quería tenerse, Miguel miró hacia el rincón donde había visto ocultarse a Parido. Pero el *parnass* ya se había ido.

—Que Parido os aceche es mal asunto —observó Nunes—, pero que os espíe y desaparezca entre las sombras... ha de ser mucho peor de lo que había imaginado.

Miguel ya tenía miedos suficientes sin necesidad de que su amigo los alentara.

—Y ahora me diréis que la luna en cuarto menguante es peor.

—La luna en cuarto menguante es un mal augurio —concedió Nunes.

Miguel profirió un sonido áspero, entre risa ahogada y carraspeo. ¿Qué querría de él el *parnass*? No se le ocurría ninguna ley religiosa que hubiera podido violar abiertamente en el pasado reciente, aunque tal vez lo habrían visto en la calle con Hendrick. Y sin embargo, el contacto impropio con un gentil difícilmente justificaría aquella vigilancia. Parido tenía alguna otra cosa en las mientes, y si bien no acertaba a imaginar el qué, sabía que no sería nada bueno.

de

Las reveladoras y verídicas memorias de Alonzo Alferonda

Al principio, mi traslado a Amsterdam resultó todo lo que hubiera podido desear. Después de pasar años entre los asquerosos fangos de Londres, pútrida capital de una nación pútrida, Amsterdam se me antojó el más limpio y hermoso de los lugares. Inglaterra se había convertido en un país desordenado, con revoluciones y regicidios. Cuando vivía allí, tuve ocasión de conocer a un hombre llamado Menaseh ben Israel,* que llegó de Amsterdam para convencer al rey guerrero-cura, Cromwell, de que permitiera a los ingleses judíos establecer allí su hogar. Por la forma en que Menaseh describía Amsterdam se hubiere dicho que era el mismísimo Jardín del Edén con casas de ladrillo rojo.

En mis primeros días en esta tierra, pensé que acaso tuviera razón. El *ma'amad* local, el Consejo Rector de los judíos, abrazaba cordialmente a los recién llegados. Hacía las diligencias para que amables desconocidos nos acogieran hasta que pudiéramos encontrar una casa. Enseguida evaluaba nuestro conocimiento de las costumbres y las santas leyes de nuestra raza, y empezaba a instruirnos en aquellos aspectos en los que manifestábamos ignorancia. La Talmud Torá, la gran sinagoga de los judíos portugueses, ofrecía la posibilidad de estudiar según el grado de conocimiento de cada uno.

* Célebre rabino sefardita que luchó por conseguir que se permitiera a los judíos volver a instalarse en Inglaterra (de donde habían sido expulsados en 1290) porque estaba convencido de que allí se completaría la diáspora, condición imprescindible para que pudiera producirse la venida del Mesías. *(N. de la T.)*

Llegué a Amsterdam con unas cuantas monedas en mi bolsa y estaba a mi alcance establecerme como negociante, si bien aún no sabía a qué suerte de negocio pudiera dedicarme. Sin embargo, pronto descubrí algo que fue de mi agrado. En la Bolsa había surgido una nueva forma de comerciar, que consistía en comprar y vender cosas que nadie poseía y que, ciertamente, nadie tenía intención de poseer. Se trataba de algo muy semejante al juego y que recibía el nombre de «futuros». La persona tenía que apostar si el precio de un producto iba a subir o a bajar. Si el comerciante había supuesto correctamente, ganaba más dinero del que hubiera conseguido de haber comprado o vendido directamente. Si se equivocaba, el coste era formidable, pues no solo perdía el dinero invertido, también debía pagar la diferencia entre lo que había comprado y el precio final. Enseguida vi que no era este comercio para los tímidos ni tan siquiera para los valientes. Era un negocio para los afortunados, y yo me había pasado la vida aprendiendo a labrarme mi propia fortuna.

No era yo el único. La Bolsa estaba repleta de grupos llamados asociaciones comerciales que manipulaban los mercados como mejor sabían. Una asociación podía hacer circular el rumor de que pensaba comprar, digamos, prendas de lana inglesa. La Bolsa, al oír que un importante grupo iba a comprar, respondía y en consecuencia el precio subía. Sin embargo, desde el principio, la verdadera intención de esta asociación era vender y, tan pronto alcanzaban los productos de lana un precio satisfactorio, vendían. Estas asociaciones, como bien verá el lector avisado, hacen muchos negocios por aparentar; sus hombres deben hacer lo que dicen las más de las veces, pues de lo contrario, los rumores que rodean sus movimientos jamás se tomarían en consideración.

Yo mismo no tardé en convertirme en abastecedor de rumores. Hacía bailar a mi antojo las mercancías y me daba buena maña en no dejar huellas. Comprobad los dados si queréis, caballero. Veréis que son completamente normales. Una palabra aquí, un rumor allá. No por mi boca, por supuesto, pero se hacía. Se apostaba por tal artículo, en contra de aquel otro. Un sistema muy útil.

Poco después de mi llegada a la ciudad, acabé pasando las horas muertas en un establecimiento de apuestas regentado por un sujeto llamado Juárez. El juego estaba estrictamente prohibido por el *ma'amad*, pero lo cierto es que muchas cosas prohibidas se toleraban siempre que se hicieran con discreción. Juárez tenía una taberna pequeña y discreta que atendía a los judíos portugueses. Les ofrecía comida y bebida conforme a las leyes sagradas y no permitía que las rameras practicaran allí su oficio, de modo que los *parnassim* no lo molestaban.

Allí, yo jugaba a las cartas, entre otros, con un mercader unos diez años mayor que yo llamado Saloma˜o Parido; ni yo le gustaba a él, ni él me gustaba a mí. ¿Por qué? No sabría decirlo. No hubo ningún agravio, ningún desaire que vengar. A veces es algo tan simple como que, por su natural carácter, dos hombres no pueden estar cerca, como imanes que se repelen. A mí, él, se me antojaba una persona agria; para su gusto, yo era demasiado entusiasta. Aun cuando nuestro trabajo y nuestra fe con frecuencia nos hacían coincidir, ninguno de los dos se sentía contento de ver al otro. A veces estábamos en una misma habitación y, sin ningún motivo, él me miraba con el ceño fruncido y yo le sonreía a él con descaro. Él decía que si los fulleros... queriendo azuzarme por mi pasado; y yo respondía que si los idiotas... pues sabía que su único hijo le había nacido corto de entendederas.

Quizá dirá el lector «Alferonda, es cruel burlarse del infortunio de un hombre», y tenéis toda la razón. Es cruel, pero fue Parido quien hizo brotar en mí la crueldad. De haberse mostrado más amable, tal vez lo hubiera mirado con más compasión. Acaso entonces hubiera visto sus riquezas —su inmensa casa llena de alfombras, cuadros y fruslerías de oro, su ostentoso coche de caballos, sus manejos en la Bolsa, los cuales prosperaban simplemente por el volumen de dinero que los apoyaba— como una pequeña compensación por sus cuitas domésticas. Hubiera tenido sus caros ropajes por una máscara tras la que ocultar su pena. Hubiera visto sus opíparos banquetes —comidas con docenas de invitados, toneles de vino, ruedas de queso, rebaños de ovejas asadas— con otros ojos, pues yo habría sido uno de los invitados y hubiera visto la satisfacción que ponía haciendo de huésped. Pero jamás recibí las invitaciones hermosamente caligrafiadas para visitar su casa. Mis amigos sí, os lo aseguro, y yo había de oírles contar maravillas. Pero Parido no tenía lugar para Alferonda en su magnífica casa. Así pues ¿por qué había de buscarle Alferonda un lugar en su magnífico corazón?

Una noche, el destino quiso que coincidiéramos en una partida de cartas. Yo había bebido más vino del que conviene a un jugador y, viendo que Parido miraba con buena cara a todos cuantos había en la mesa menos a mí, fui incapaz de tener las ganas de hacer trampa con él, aunque fuera un poco.

Si un hombre hace trampas en las cartas con la simple intención de ganar, suscitará la desconfianza de todos. Pero si hace trampas sin otro motivo que conseguir que otro pierda, seguramente encontrará más amigos que enemigos. Cuanto más desdén me demostraba Parido, más certificado estaba yo en que las cartas no iban por camino que le conviniera. La escalera o el número que él buscaba acababan siempre en manos de otro o, cuando me veía apurado, escondido en mi manga. Los momentos en que pensaba que todo saldría bien reventaban como simples burbujas. En más de una ocasión le vi mirar con recelo en mi dirección, pero yo no había logrado más que pequeñas ganancias. ¿Qué culpa podía tener?

Supongo que este asunto hubiera quedado en nada de haber terminado ahí. Aquella noche, él perdió unos cuantos florines, pero nada importante. Un hombre como Parido sabe que nunca ha de poner sobre la mesa más de lo que está dispuesto a perder como precio por la diversión de una noche. Sin embargo, unos meses después, las cosas tomaron otro cariz.

Yo sabía que Parido y su asociación de comerciantes tenían pensada una maniobra con la sal de Setúbal. El precio había caído en picado y las exportaciones se habían reducido. Por tanto tenía que subir, y los hombres de Parido querían provocar ellos mismos la subida en lugar de esperar a que los cogiera por sorpresa. La noticia me llegó por boca de un tabernero —uno de los muchos a quienes pagaba por tales informaciones— y vi en ello la ocasión de beneficiarme. Quiero dejar claro que jamás hice nada con el solo propósito de herir a Parido. Él no me gustaba ni yo a él, pero eso no tiene importancia cuando se trata de negocios. Hice lo que hice buscando beneficios. Nada más.

La asociación de Parido hizo correr el rumor de que los últimos cargamentos de Setúbal estaban vendiéndose por un precio mucho más alto del que se esperaba. Con esto esperaban desatar el frenesí comprador de aquellos que en la Bolsa deseaban mantener los bajos precios del momento para beneficiarse de la sal que ellos habían adquirido y de sus opciones de venta, se daba por seguro que el precio subiría. Cuando ellos empezaron a vender la sal al nuevo precio, yo y mis agentes vendimos también, desbordando el mercado para poder sacar provecho de la diferencia de precios. Mi jugada me permitió hacer algunas ganancias gracias al plan de Parido. Y tuvo el inevitable efecto de hacer que su negocio no fuera rentable: sus opciones de venta acabaron por costarles más que una cantidad significativa. Pero fue el precio que tuvieron que pagar por sus astucias.

Yo siempre me aseguraba de ocultarme detrás de corredores desconocidos cuando ponía en ejecución alguna de estas maniobras, pero Parido se preciaba de tener muy buenos contactos y acabó por descubrirme. Al día siguiente vino detrás de mí en la Bolsa.

—Habéis contrariado al hombre equivocado, Alferonda —dijo.

Yo fingí no saber de qué hablaba. Mi padre me había enseñado a negarlo siempre todo.

—Vuestras mentiras no me impresionan. Habéis sacado provecho arruinando mi plan y haciéndome perder dinero, y me aseguraré de que tengáis lo que merece un fullero ruin como vos.

Yo me reí de sus amenazas, como me había reído de otras. Y ciertamente pasaron los meses e incluso los años hasta que acabé por olvidarlas. Nunca le gusté, renegaba de mí siempre que podía, pero jamás supe que hubiera actuado en mi contra en nada de importancia. Bien podía ser que estuviera detrás de ciertos negocios que se torcieron, pero también pudo ser el azar, y se me hace que no se habría comedido a la hora de alardear por cualquier mal que hubiera estado en su mano hacerme.

Y entonces fue elegido para el *ma'amad*. Como hombre rico que era y *parnass* tenía en sus manos todo el poder que un hombre podía aspirar a conseguir en nuestra comunidad. Yo no tenía motivos para alegrarme de su elección, pero tampoco los tenía para sospechar que pudiera utilizar su nueva posición para atacarme de forma tan despiadada.

3

En la cocina, Hannah a punto estuvo de cortarse el dedo cuando troceaba unos espárragos. No atendía a lo que hacía, y el cuchillo, embotado después de meses de descuido de la criada, se le escurrió de la mano y fue a clavarse despiadadamente en su carne. Pero el mismo embotamiento que lo hacía peligroso le quitaba su fuerza, y el metal húmedo apenas le arañó la piel.

Hannah levantó la vista por ver si Annetje se había dado cuenta. No. La moza estaba ocupada gratinando queso, tarareando entre sí alguna cancioncilla de bebedores... muy apropiado pues había estado dándole al vino otra vez. De haber reparado en el pequeño accidente de Hannah, sin duda hubiera dicho algo. «¡Oh, qué torpe sois!» o «¡Cuánta finura, que no podéis ni manejar un cuchillo!». Y lo habría hecho con una risa, volviendo su linda cabeza, como si con reír y volver la cabeza todo quedara en cosa amable. Y Hannah la hubiera dejado fingir que su comentario era cortés, aunque se muriera de ganas de estamparle el queso en la cara.

Hannah oprimió la lengua contra la herida y empujó el espárrago al cuenco, donde había de mezclarlo con el queso y pan duro, y cocinarlo para hacer un flan como los que hacían en Portugal, aunque en Lisboa utilizaban verduras y quesos distintos. A Annetje le parecía que los flanes eran repugnantes... malsanos, palabra que utilizaba para describir cualquier alimento ajeno al lugar donde ella se crió, en Groninga.

—Algún día... —decía la moza en aquellos momentos— vuestro marido echará de ver que solo preparáis comidas elaboradas cuando su hermano os acompaña.

—Dos personas comen poco —repuso Hannah sin ponerse apenas colorada—. Tres comen mucho más. —Su madre se lo había enseñado, pero en el caso de su esposo era doblemente cierto. Si Daniel hacía según su antojo, no comían más que pan, queso viejo y pescado encurtido, cualquier cosa con tal que fuera barata. Y era él quien insistía en que preparara comidas de mayor sustancia cuando su hermano los acompañaba, sin duda por que no lo tuviera Miguel por avaro, que lo tenía.

Pero a ella también le gustaba alimentarlo bien. Miguel no comía adecuadamente cuando estaba solo, y a Hannah no le gustaba que pasara hambre. Además, a diferencia de Daniel, él siempre parecía disfrutar de la comida, como si fuera un placer y no una mera necesidad para pasar con vida otra jornada. Miguel le daba las gracias, la elogiaba. Se apartaba de su camino para decirle pequeñas cosillas, como que la nuez moscada con la que había preparado el arenque daba lumbre al plato o que la salsa de ciruela que había servido sobre los huevos estaba más deliciosa que nunca.

—Hay que cocer las zanahorias en ciruelas y uvas pasas —dijo Annetje al ver que Hannah se había tomado un momento de descanso.

—Estoy cansada —y suspiró para relcalcar sus palabras. Detestaba mostrarse débil ante la moza, pero estaba encinta y eso hubiera de ser excusa bastante. Habría de serlo, pero nada lograría pensando en lo que habría de ser. Habría de ser, por ejemplo, que la esposa de un hidalgo portugués no estuviera en una cocina bochornosa y casi sin ventanas troceando espárragos con su criada. Sin embargo, eso era lo que él le exigía, y ella había de hacerlo. Mantener la casa en orden, mostrarse sin tacha a sus ojos, le producía una agria satisfacción.

Cuando se mudaron a Amsterdam, Daniel le permitió contratar muchos sirvientes, pero en pocas semanas descubrió que era costumbre entre los holandeses que las esposas, aun las de los más altos *heren*, compartieran las tareas domésticas con sus sirvientas. Una casa sin hijos jamás tenía más de una sirvienta. Y Daniel, ansioso por ahorrar su dinero, despidió a casi todo el mundo y conservó a la moza, por ser católica, para que ayudara a Hannah con sus tareas.

—Estáis cansada —repitió Annetje agriamente. Luego se encogió de hombros.

Hannah conocía de forma muy limitada el holandés, y Annetje sabía aún menos portugués, por lo que sus intercambios solían ser escuetos y limitados. Pero no lo bastante. Hannah —estúpida, estúpida Hannah— había confiado demasiado en la moza aquellos primeros días. Había confiado en su bonita sonrisa, su dulce carácter y sus ojos verde mar. En las horas que pasaban juntas, trajinando como hermanas —fregando suelos, lavando el porche de la entrada, recogiendo el agua del suelo de la cocina—, Hannah había llegado a apreciar a la moza y acabó por confiar en ella. Annetje le enseñó tanto holandés como Hannah pudo aprender y con paciencia ella a su vez trató de aprender portugués. Le enseñó a Hannah cómo fregar los escalones de la entrada de una casa (cosa que nadie hacía nunca en Lisboa), cómo escoger los mejores productos de los mercaderes del Dam y a adivinar cuándo un panadero añadía tiza para blanquear su pan.

Hannah había llegado a verla como su única aliada. Encontró pocas amigas entre las otras mujeres judías del Vlooyenburg y, con tanto trabajo, apenas tenía tiempo para solazarse. Fregar suelos, lavar ropa, cocinar. El desayuno antes del amanecer, la comida cuando Daniel regresaba de la Bolsa —entre las dos y las seis, de modo que siempre tenía que estar a punto— y después, dependiendo de dónde cenara, un pequeño refrigerio. Además, estaban las comidas con invitados del *sabbath*, y los encuentros del *havdalah*.* A veces, cuando invitaba a amigos o a otros caballeros que trabajaban en la Bolsa, supervisaba el trabajo de Hannah y Annetje en la cocina, haciendo sugerencias absurdas y estorbando.

Hannah nunca había trabajado tanto en su vida. En Lisboa se le había pedido que cosiera y zurciera, y que ayudara en la cocina para las fiestas. Había cuidado a los hijos de parientes mayores, se había ocupado de enfermos y ancianos. Nada que ver con aquello. Al cabo de una semana, Annetje se la encontró acurrucada en un rincón, sollozando tan fuerte que casi golpeaba su cabeza contra el muro de ladrillo que tenía detrás. La moza le había suplicado que le dijera qué tenía, pero ¿por dónde empezar? ¿Cuál era el problema? Amsterdam. Los judíos. La oración. La sinagoga. Cocinar. Fregar. Y Daniel. Todo estaba mal, pero no podía decir nada de ello, así que dejó que la moza la consolara y le llevara vino caliente y le cantara nanas como si fuera una criatura.

* Ceremonia judía que se celebra al finalizar el *sabbath* u otra festividad religiosa. *(N. de la T.)*

Y entonces empezó a contarle secretos, como que había acudido a escondidas de su esposo a una bruja en las afueras de la ciudad para que le hiciera un conjuro que la ayudara a quedar encinta. Le habló de las manías y caprichos, y de la frialdad de Daniel. Por ejemplo, que nunca, bajo ninguna circunstancia, aceptaba quitarse todas las ropas. O que, después de utilizar el orinal, volvía hora tras hora a olerlo.

Y le contó otras cosas, las cuales deseó haber podido recuperar. Incluso cuando las decía, Hannah sabía que estaba hablando en demasía. Quizá esa fue la razón que la movió a hacerlo. La emoción de hablar de cosas prohibidas, de pedir ayuda para aquello que no ha de hacerse... Había sido demasiado bonito. Y seguramente sería su perdición.

—¿Iremos mañana? —preguntó Annetje como si intuyera sus pensamientos.

—Sí —dijo Hannah. Aquellas visitas furtivas fueron divertidas al principio. Agradables, bienvenidas, pero también emocionantes, como suele ser todo lo vetado. Pero se había convertido en una terrible obligación que no podía evitar sin ver una pequeña chispa en los ojos de la mozuela, una chispa que decía «Haced lo que os digo o le diré a vuestro esposo cosas que no querríais que supiera». Solo en una ocasión pronunció aquella amenaza en voz alta, furiosa porque Hannah no quería subirle los diez florines de más que le pagaba a escondidas de lo que le pagaba su marido. Y con una vez fue suficiente. Ahora se limitaba a insinuar. «No me gustaría tener que decir cosas que es mejor callar», le decía a su señora; o «A veces temo que mi lengua sea demasiado suelta y si vuestro marido está por allí... bueno, mejor no hablar de eso».

Hannah volvió a mirar el cuchillo embotado. En Lisboa hubiera sentido la tentación —auténtica tentación— de clavarlo en el corazón de la moza y dar cuenta de ella. ¿Quién iba a preguntar nada si una cocinera moría en la casa de un rico mercader? Pero en la mercantil Amsterdam las cosas eran distintas, y una mujer de su casa difícilmente hubiera salido indemne del asesinato de una sirvienta. Y tampoco es que Hannah hubiera sido capaz de matar a otro ser humano, por mucho que lo odiara. Aunque hubiera preferido tener esa opción.

A Daniel los dientes le molestaban. Hannah se dio cuenta en cuanto se sentaron a comer. Tenía las dos manos ocupadas en la boca, buscando sabe Dios qué. También hacía aquello por las noches, hurgarse en la boca durante horas, sin atender a los movimientos de su codo ni a quién golpeaba.

Después de meses viendo esto, Hannah trató de hacer que visitara al cirujano, un asunto delicado, pues Daniel se ofendía grandemente si ella sugería algo. Si tuviera la mano ardiendo y ella sugiriera que la metiera en una palangana de agua, seguro que la miraría enojado y dejaría que se le quemara. Esta vez trató de disfrazar sus palabras.

—La esposa de Jerónimo Javeza me dice que su marido fue a un dentista que trabaja cerca del Damrack a que le sacara un diente malo. Dice que hacía cinco años que no lo veía tan a gusto.

Así que Daniel fue y volvió con el mismo diente malo con el que salió de casa por la mañana.

—¡El muy ladrón quería quince florines por arrancar cinco dientes! —dijo—. Tres florines por diente. Por quince florines se pueden conseguir dientes nuevos.

En aquel momento, mientras la moza servía el vino y Miguel lo bendecía, Daniel parecía listo para echar mano de un cuchillo con el cual ayudarse en su excavación. Miguel rezaba por todo lo que comían, por cualquier cosa que no se moviera. Acaso también rezara cuando hacía uso de las necesarias. Cuando Daniel comía solo con ella, musitaba las palabras en hebreo, o al menos algunas, si no lo recordaba todo. Y a veces hasta se olvidaba de decir nada. Y cuando comía él solo, *siempre* lo olvidaba, pues no tenía que impresionar ni instruir a nadie. Sin embargo, Miguel bendecía los alimentos siempre. Hannah había visto hacerlo a otros hombres del Vlooyenburg, y a menudo le parecían furiosos, extraños, atemorizadores. En las palabras de Miguel, en cambio, veía deleite, como si estuviera recordando algo hermoso cada vez que pronunciaba sus oraciones. Era difícil no oír aquellas palabras extrañas cuando salían de su boca... No las decía entre murmullos como hacían algunos, él las articulaba claramente, como un discurso. Hannah percibía la musicalidad de las palabras, sus cadencias y repeticiones, y sabía que las cosas hubieran sido distintas si en vez de a Daniel tuviera por marido a Miguel.

No era esto una mera fantasía nacida de sus cavilaciones constantes sobre el hecho de que Miguel era más bien parecido y recio que su hermano. Allá donde Daniel era enjuto y semejaba un mendigo con ropas de mercader, Miguel se veía orondo, sonrosado, saludable. Aunque Miguel era el hermano mayor, parecía más joven y sano. Sus grandes ojos negros siempre miraban aquí y allá, buscando, no con nerviosismo como los de Daniel, sino con deleite y asombro. ¿Cómo sería, se preguntaba, estar casada con un hombre que amaba las risas en lugar de recelar de ellas, que abrazaba la vida en lugar de mirarla con desconfianza?

Una pequeña ironía del destino. Hannah sabía que su padre había estado buscando la alianza con los Lienzo y quería casarla con el hijo mayor. En aquel entonces, Hannah no conocía a ninguno de los dos, así que no le dio mayor importancia, pero entonces, sin el consentimiento de la familia, el hijo mayor tomó por esposa a una joven sin dinero, de modo que su padre optó por el siguiente Lienzo de la lista. Para cuando la esposa de Miguel murió, cuatro meses más tarde, ella ya estaba casada con Daniel.

¿Qué significarían aquellas oraciones para ella si se hubiera casado con Miguel? Daniel no sabía apenas nada de la liturgia. Iba a la sinagoga porque era lo que los *parnassim* esperaban de él, sobre todo su amigo Salomão Parido (que a Hannah le desagradaba por su acre actitud hacia Miguel). A ella le había evitado muchas veces el tedio de tener que acompañarle, pero ahora que la había dejado encinta, la obligaba a ir para que los hombres de la congregación tuvieran un recordatorio de su virilidad. Más de uno le había deseado que fuera varón para que pudiera decir un *kaddish* por él cuando muriera.

Daniel ni siquiera había hablado con Hannah en privado sobre los ritos judíos hasta que empezaron a hacer los preparativos para mudarse a Amsterdam. Su padre y sus tres hermanos eran devotos judíos en secreto, pero a ella nadie le dijo nada hasta la víspera de su boda. Esa noche, cuando no tenía más que dieciséis años, su padre le explicó que, puesto que su madre era conocida por la ligereza de su lengua, había supuesto que también ella adolecería de ese rasgo traicionero y femenino y, por eso, decidieron no confiarle la verdad. Por el bien de la familia, se le había hecho creer que era católica, se le hizo practicar como católica y odiar a los judíos como católica. En aquel momento, mientras se preparaba para casarse con un desconocido a quien habían elegido sin pedir su opinión (había comido con la familia en un par de ocasiones y, como su padre señaló, Hannah había correspondido educadamente a las sonrisas tensas y torpes de él, que más semejaban la mueca de un hombre con fuertes padecimientos), su padre decidió revelarle el secreto de la familia.

El secreto: ella no era la persona que le habían hecho creer que era; aun su nombre era falso.

—Tu verdadero nombre no es Bernarda —le dijo—. Tu nombre es Hannah, que también es el verdadero nombre de tu madre. A partir de este momento te llamarás Hannah, pero no en público, pues eso nos delataría a todos, y espero que no serás tan necia para hacer tal cosa.

¿Cómo era posible que fuera judía? ¿Era posible que ella perteneciera a la raza de asesinos de niños y envenenadores de pozos? Sin duda su padre había cometido algún error que su marido aclararía, de modo que se limitó a asentir y trató de no pensar en ello.

Pero ¿cómo no pensar? Su padre le había ocultado su propio nombre, y ahora se veía obligada a practicar extraños rituales que el hombre le explicó con grandes prisas, asegurándole que su esposo le aclararía cualquier pregunta absurda que tuviera la imprudencia de hacer. Ella nunca preguntaba, y él nunca le explicaba nada. Más adelante llegaron a sus oídos historias extrañas: que solo los circuncidados pueden entrar en el Reino de los Cielos (¿significaba eso que a las mujeres les estaba vedada su recompensa eterna?); que en primavera solo debía comerse pan ázimo; que había que extraer toda la sangre de la carne antes de comerla...

En la víspera de su boda, a su padre no le preocupaban los conocimientos de Hannah o su capacidad para atenerse a las leyes, solo le preocupaba su lengua.

—Supongo que tu silencio será ahora problema de tu esposo —le dijo—, pero si la Inquisición te arrestara, espero que tengas el buen juicio de traicionar a la familia de él, no a la tuya.

Hannah a veces lamentaba no haber tenido ocasión de traicionar a ninguna de las dos.

Enseguida supo que la comida no iría bien. Annetje derramó parte del flan sobre la mesa y a punto estuvo de arrojar otro montón humeante sobre el regazo de Daniel.

—Jovencita, aprende a comportarte —le espetó Daniel, en su holandés casi ininteligible.

—Aprended a ponerme la boca en el culo —contestó la moza.

—¿Cómo? —exigió Daniel—. ¿Qué ha dicho? Con ese acento que tiene no le entiendo una palabra.

Cierto es que la moza hablaba a la extraña manera de los holandeses del norte —y exageraba el acento cuando hablaba con impertinencia—, pero Daniel lo utilizaba como excusa para justificar que apenas conocía el idioma, aun cuando llevaba casi dos años en el país. Ignoraba lo que la moza pudiera haber dicho, pero vio la risa envarada de Miguel, y eso fue suficiente.

Miguel, quien Hannah tenía por seguro habría puesto la boca en todo tipo de lugares sobre la anatomía de Annetje, trató de relajar la tensión alabando la comida y el vino, pero no había cosa capaz de aplacar el orgullo herido de su anfitrión.

—He oído —dijo Daniel— que vas a perder mucho en el negocio del brandy.

Daniel jamás había manifestado afecto por su hermano. Entre ellos siempre hubo rivalidad. Hannah sabía que, siendo chicos, su padre les dijo que entre los hermanos Lienzo nunca había entendimiento, no desde que su tatara-tatara-abuelo mató a su tatara-tatara-tatara-tío en una disputa por la cuenta de una taberna. Y siempre que veía a sus hijos jugando alegremente les recordaba la tradición. Miguel prefería evitar a su hermano siempre que podía, pero Daniel exhibía una actitud más violenta, la cual se había acentuado en los últimos meses. Acaso a Daniel le incomodaran las dificultades que Miguel estaba teniendo con los negocios, o lamentara haberle prestado una cantidad tan importante, o tal vez fuera por su amistad con Salomão Parido.

Hannah no acababa de comprender la relación que había entre su esposo y el *parnass*, pero se inició prácticamente en el momento en que llegaron a Amsterdam. Siempre había algún miembro de la comunidad que cuidaba de los recién llegados (se le había pedido a Miguel que lo hiciera, pero él se negó, alegando que es bien sabido que los refugiados siempre llevan extraños olores a una casa ya hecha), y fue Parido quien socorrió a Daniel. A los pocos meses, ya estaban trabajando juntos, y Parido aprovechó los contactos portugueses de Daniel para comerciar principalmente con vinos, pero también con higos, sal, olivas y, a veces, limón seco. Durante aquel primer año, Hannah oyó por azar una conversación —fue por azar, ciertamente— en la que Daniel se lamentaba de tener esposa, y preñada por añadidura, pues Parido tenía una hija en edad casadera y una alianza entre los dos hubiera sido la cosa más beneficiosa del mundo. Fue entonces cuando se les ocurrió unir las dos familias a través de Miguel.

Si este matrimonio se hubiera realizado como deseaban, tal vez los sentimientos entre los hermanos se hubieran suavizado, pero las cosas salieron espantosamente mal. Y no es que a Hannah le molestara (a ella la joven no le agradaba), pero Miguel merecía una esposa mejor. Sin embargo, aquel desastre le hizo sentir a Daniel con derecho a hablarle a su hermano de cualquier manera, sentimiento que vinieron a acentuar las pérdidas de Miguel en el mercado del azúcar.

Cuando menos, Miguel mantenía una calma aparente. Mientras su hermano lo acosaba a preguntas sobre sus futuros de brandy, él se limitó a dar un sorbo a su vino y a medio sonreír.

—El día de cuentas aún está por llegar. Ya veremos cómo están las cosas entonces.

—Por lo que he oído, tu deuda aumentará en otros mil o más.

Daniel había prestado a Miguel mil quinientos florines cuando sus asuntos empezaron a torcerse y, aun cuando nunca aludía al dinero directamente, conocía un centenar de maneras de aludir a él indirectamente.

Miguel trató de poner la misma media sonrisa, pero no dijo más.

—¿Y qué es eso que ha llegado a mis oídos sobre el negocio del café? —insistió Daniel.

Miguel mantuvo la mueca desdeñosa, pero al punto adoptó un deje rabioso y forzado, como si hubiera probado una carne amarga y hubiera menester de algo donde escupirla discretamente.

—¿Qué te hace pensar que pueda tener intereses en el negocio del café?

—Pues que anoche, cuando llegaste a casa, estabas bebido y con el ruido me despertaste y te oí decir cosas sobre el café.

—No recuerdo haber hecho tal cosa —contestó Miguel—, pero supongo que tal es la naturaleza de las palabras que uno dice estando borracho... nunca las recuerda.

—¿Qué interés tienes en el café?

—Ninguno. Mis humores se me hacían húmedos en exceso, así que tomé el café que se me había prescrito para secarme. Probablemente lo que oíste fuera de puro asombro ante sus poderes curativos.

—No te aconsejo que entres en el negocio del café —dijo Daniel.

—No tengo intención de hacerlo.

—Creo que descubrirías que es una mercancía menos agradecida de lo que imaginas. Después de todo, no es más que una medicina que utilizan algunos boticarios y prescriben unos cuantos médicos. ¿Qué provecho puede darte comerciar con una mercancía tan poco solicitada?

—Estoy seguro de que tienes razón.

—Comerciar con algo que nadie quiere solo puede acarrear una ruina mayor.

Miguel dejó su vaso de vino sobre la mesa con demasiada fuerza, y unas gotas le salpicaron la cara.

—¿Estás sordo? —Se limpió el vino de un ojo—. ¿Tienes los oídos en los dientes? ¿Acaso no me has oído? He dicho que no tengo interés en el negocio del café.

—Solo quería dejar claro lo que pienso —dijo Daniel malhumorado, mareando la comida en el plato mientras esperaba que alcanzara la temperatura de su boca para comérsela sin dificultad.

—Sin embargo —añadió Miguel al cabo de un momento—, tu insistencia despierta mi curiosidad. ¿Por qué habría de temer un hombre, quienquiera que fuere, meterse en el negocio del café?

Pero ahora fue Daniel quien no quiso hablar más del asunto.

Tomaron el resto de la comida mayormente en silencio. Daniel, con la vista clavada en su comida; Miguel, intercambiando miradas con Hannah cuando sentía que podía hacerlo sin que el marido se diera cuenta. Si alguna vez se le venía a las mientes que hubiera podido casarse con ella, no daba muestras de ello aunque siempre era amable. Miguel rara vez estaba en la casa, salvo para dormir en aquel sótano húmedo y oscuro, así que eran pocas las ocasiones en que podían hablar sin la presencia de Daniel. Sin embargo, en esas ocasiones, Miguel se dirigía a ella con cordialidad, como si fueran viejos amigos, como si apreciara su opinión.

En una ocasión, Hannah hasta se atrevió a preguntarle por qué dormía en el sótano. Cuando se instalaron en Amsterdam, Daniel le había cedido una habitación pequeña y sin ventanas en el tercer piso —lo que los holandeses llamaban la habitación del cura—, pero Miguel decía que si quemaba turba hacía demasiado calor y había humo, y si no, hacía demasiado frío, así que se cambió al sótano. Hannah sospechaba que el motivo era otro. La habitación del cura estaba situada justo debajo de la habitación donde ella y Daniel dormían, y los sábados por la mañana, después de que ella y su marido hubieran cumplido con sus deberes conyugales (una de las pocas reglas de los hebreos que Daniel mostraba interés por seguir, al menos hasta que ella quedó encinta), Miguel siempre parecía incómodo y abochornado.

Así que ahora vivía en un sótano húmedo, en una cama armario donde incluso el hombre más pequeño habría de dormir encogido. Por la noche, cuando la marea subía, el agua del canal entraba por las ventanas e inundaba el suelo, pero él seguía prefiriendo aquello a la habitación del cura. Eso cuando no se escabullía por las escaleras hasta la habitación de Annetje.

Hacia el final de aquella triste comida, unos golpes en la puerta vinieron a rescatarlos de su miseria. Resultó ser el *parnass*, el *senhor* Parido, el cual entró e hizo una reverencia excesivamente formal. Al igual que su esposo, Parido vestía como portugués, y aunque Hannah se había educado sin pensar nada en particular sobre los hombres que vestían con brillantes colores y llevaban grandes sombreros, allí, en Amsterdam, aquellos ropajes se le antojaban algo ridículos. Aunque al menos Parido iba a un buen sastre, y los llamativos rojos, dorados y azules de sus ropas parecían más adecuados que los de su marido. Parido tenía los hombros anchos y era musculoso, sus rasgos eran duros y sus ojos mortecinos.

Irradiaba una sensación de melancolía que Hannah no había logrado comprender hasta el día que lo vio por la calle, llevando a su único hijo de la mano. El chico tenía la misma edad que ella, pero bamboleaba la cabeza y emitía los mismos sonidos que un mono que una vez viera en un espectáculo ambulante. Parido no tenía más hijos varones, y su esposa ya era demasiado mayor.

Para Daniel la tristeza de Parido nada significaba. Seguramente ni tan siquiera lo habría notado. Daniel solo veía la grandeza de la casa de Parido, lo costoso de sus ropas, el dinero que daba a las casas de caridad. Parido era uno de los pocos hombres de la ciudad, judíos o gentiles, que poseía un carruaje, y guardaba sus propios caballos en unos establos de las afueras. A diferencia de Lisboa, en Amsterdam no se permitían los desplazamientos a caballo, y cada salida requería la aprobación expresa de una cámara del ayuntamiento. Y, aunque el carruaje en realidad no era muy útil, Daniel envidiaba sus relucientes dorados, los asientos acolchados, las miradas de envidia de los que iban a pie. Eso era lo que Daniel quería. La envidia. Quería ser objeto de la envidia de los demás y no sabía cómo conseguirla.

Daniel recibió al *parnass* en los términos más ceremoniosos que se pueda imaginar. Casi se cayó al levantarse de la mesa para poder corresponder a la reverencia. Y entonces le dijo a Hannah que él y el *senhor* Parido se retirarían a la sala de recibir. La sirvienta debía llevarles vino —una botella de su mejor portugués— y retirarse inmediatamente antes de que los obsequiara con alguna de sus palabras.

—Tal vez el *senhor* Lienzo mayor querría acompañarnos —sugirió Parido. Se acarició la barba, la cual siempre llevaba adecuadamente corta y algo afilada, como una versión en pintura de su tocayo.

Miguel levantó la vista de su plato de arenque estofado. Apenas había respondido con un gesto de la cabeza a la reverencia de Parido. Ahora siguió mirando como si no entendiera su portugués.

—Estoy seguro de que mi hermano tiene otras cosas que hacer con su tiempo —sugirió Daniel.

—Sin duda —concedió Miguel.

—Por favor, ¿por qué no nos acompañáis? —volvió a sugerir Parido con una suavidad inusitada. Miguel no podía rehusar sin parecer grosero, y acaso a Hannah le hubiera gustado ver aquello.

En lugar de eso, Miguel asintió bruscamente, como si quisiera sacudirse algo del pelo, y los tres hombres desaparecieron en la sala de recibir.

Hannah había empezado a escuchar a pesar de su determinación de obedecer los deseos de su marido. Un año antes, había descubierto a Annetje, siguiendo con la tradición de las sirvientas holandesas, con la oreja pegada a la pesada puerta de roble de la antecámara. Dentro, la voz nasal de Daniel vibraba, amortiguada e incomprensible, a través de las paredes. Ya no recordaba lo que la moza escuchaba. ¿Daniel con un comerciante? ¿Daniel con un compañero de negocios? O tal vez fuera Daniel con aquel desagradable y pequeño pintor de retratos que, en una ocasión, cuando se quedó a solas con ella, trató de besarla. Ante sus protestas, el hombre dijo que no tenía importancia y que de todas formas era demasiado rolliza para su gusto.

En aquella ocasión, al entrar en el vestíbulo, Hannah se encontró a Annetje con la cara pegada a la puerta y la cofia medio torcida en su afán por escuchar.

Hannah se llevó las manos a las caderas. Y se puso una máscara de autoridad.

—No debieras escuchar de esa forma.

Annetje se apartó un momento de la puerta, y en su pálido rostro de holandesa no apareció ni una sombra de sonrisa.

—No —dijo—. No debiera —y siguió con lo suyo.

Hannah no podía hacer nada, así que pegó también ella la oreja a la puerta.

Ahora oía la voz amortiguada de Parido desde la otra habitación.

—Esperaba poder intercambiar unas palabras con vos.

—Podíais haberlo hecho anoche, os vi en la Talmud Torá.

—¿Y por qué no había de estar en la sinagoga? —preguntó Daniel—. Es un *parnass.*

—Por favor, Daniel —dijo Parido con calma.

Un silencio, luego Parido siguió hablando.

—*Senhor,* solo puedo deciros una cosa: entre nosotros las cosas no han ido bien desde hace un tiempo. Después del asunto de Antonia, vos me enviasteis una nota de disculpa, y en aquel momento yo no mostré ningún interés. Ahora lamento haberme mostrado tan frío. Vuestro comportamiento fue absurdo y desconsiderado, pero no malicioso.

—Estoy de acuerdo —dijo Miguel tras un momento.

—No espero que nos hagamos amigos enseguida, pero desearía que hubiera menos animosidad entre nosotros.

Una breve pausa, luego un sonido, como si bebieran vino. Luego:

—Sentí un particular desasosiego cuando me llevasteis ante el *ma'amad.*

Parido dejó escapar una risotada.

—Sed honesto y admitid que jamás os he acusado injustamente, y que no habéis sufrido ningún castigo serio. Mis deberes como *parnass* exigen que guíe el comportamiento de la comunidad y, en vuestro caso, he tratado de mostrar misericordia por el afecto que le tengo a vuestro hermano en lugar de dejarme llevar por el resentimiento y ser cruel.

—Es curioso que jamás se me haya ocurrido.

—¿Veis? —dijo Daniel—. No tiene interés en reconciliarse.

Parido no pareció hacerle caso.

—Durante estos dos años hemos estado furiosos el uno con el otro. Sé que no puedo esperar que nos hagamos amigos solo porque yo lo diga. Os pido únicamente que no os esforcéis por aumentar las hostilidades, y yo haré otro tanto; con el tiempo quizá lleguemos a confiar el uno en el otro.

—Aprecio vuestras palabras —dijo Miguel—. Me alegraría mucho si entre nosotros las cosas pudieran ser más fáciles.

—La próxima vez que nos veamos —insistió Parido—, nos encontraremos, si no como amigos, al menos sí como compatriotas.

—Acepto —dijo Miguel, con algo más de cordialidad—. Y agradezco vuestro gesto.

Hannah oyó como si rascaran, sonido de pies acercándose a la puerta, y no se atrevió a permanecer en la sala más tiempo.

A las mujeres no se les informaba de los asuntos de negocios, pero Hannah sabía que durante mucho tiempo Parido había hecho lo posible por perjudicar a Miguel. ¿Podía confiar ahora en la amistad que le ofrecía, viniendo además de una forma tan inesperada? A Hannah le hizo pensar en los cuentos de niños, en brujas que engañaban a los niños para que las siguieran a sus casas prometiéndoles dulces o en duendes que tentaban a viajeros avaros con oro y joyas. Pensó en advertir a Miguel, pero él no necesitaba de sus consejos. Él sabía reconocer muy bien a una bruja o un duende cuando los veía. No lo engañarían tan fácilmente.

4

Aunque tenía asuntos más apremiantes, Miguel visitó a un librero cerca de la Westerkerk y encontró una traducción de un panfleto inglés en el cual se ensalzaban las virtudes del café. El entusiasmo del autor dejaba chico el de Geertruid. El café, decía, prácticamente ha erradicado la peste de Inglaterra. Ayuda a mantener la salud en general y hace que quienes lo beban estén fuertes y rollizos; ayuda a la digestión y cura la consunción y otros males del pulmón. Es bueno para los humores, aun la sangre, y se conoce que ha sanado ictericias y toda suerte de inflamaciones. Además, escribía el inglés, proporciona a quien lo bebe una asombrosa capacidad de razonamiento y concentración. En los años venideros, aquel que no tome café difícilmente puede esperar competir con un hombre que haga acopio de sus poderes secretos.

Más tarde, en su sótano de la casa de Daniel, Miguel hubo de contenerse para no coger una jarra de peltre y arrojarla contra la pared. ¿Debía dedicar su atención al café o al brandy?¿Podía separar las dos cosas? El negocio del brandy lo arrastraba hacia el fondo como arrastra un peso a un hombre que se ahoga, pero acaso el café lo ayudara a salir de nuevo a la superficie.

Como hacía cada vez con más frecuencia, se volvió a su colección de panfletos buscando consuelo. Desde su llegada a Amsterdam, Miguel había descubierto que tenía gran aprecio por las aventuras españolas, las traducciones de *roman* francés, los maravillosos relatos de viajes y, sobre todo, los salaces cuentos de crímenes. De tales relatos de bandidos y asesinos, Miguel tomaba mayor deleite en los que narraban las aventuras de Pieter el Encantador, astuto bandido de cuyos engaños habían sido víctimas durante años los necios ricos de Amsterdam y sus alrededores. Fue Geertruid quien le diera a conocer las aventuras de este héroe canallesco que, junto con su esposa, la comadre Mary, encarnaba la astucia de los holandeses. Ella leía estos panfletos con entusiasmo, en ocasiones para su lacayo Hendrick o para los hombres de la taberna, que reían y silbaban y brindaban por el tal ladrón. ¿Eran ciertas aquellas historias? ¿Eran meras ficciones, como la historia de Don Quijote? ¿O estarían acaso entre una cosa y la otra?

De primero, Miguel se había resistido al encanto de estas historias. En Lisboa nunca se había molestado en atender a aquellos increíbles relatos sobre asesinos y ejecuciones, y ahora las lecciones de la Torá eran lectura suficiente. Pero Pieter el Encantador lo había cautivado; Miguel había sucumbido al curioso ensalzamiento del carácter tramposo del bandido. En Lisboa, los conversos siempre hubieron de mostrarse falaces por necesidad, aun quienes abrazaron el cristianismo. Un cristiano nuevo podía ser traicionado en cualquier momento por una víctima de la Inquisición. Miguel mismo mentía con frecuencia, ocultaba detalles sobre su persona, había comido cerdo en público; lo que fuera con tal de evitar que su nombre llegara a labios de algún preso. El engaño siempre había sido una carga; en cambio Pieter el Encantador se solazaba en sus astucias. Miguel estaba encantado pues, al igual que el bandido, él quería ser un embaucador, no un mentiroso.

Aquella noche trató de sumergirse en uno de sus relatos favoritos, el de un rico burgués que, seducido por la belleza de la comadre Mary, tramaba poner los cuernos a Pieter. Mientras ella lo distraía con su astucia y sus malas artes, Pieter y sus hombres se llevaban todas las posesiones del burgués. Después de echar al burgués de su propia casa, Pieter y Mary abrían la despensa del hombre a la gente del pueblo y permitían que disfrutaran a costa de sus riquezas. Y así, a su manera, Pieter el Encantador aplicaba la justicia del pueblo llano.

Después de cerrar el pequeño volumen, Miguel seguía cavilando sobre el brandy y el café.

Aquella tarde Miguel recibió una carta del usurero Alonzo Alferonda, con quien mantenía una cauta amistad. Alferonda tenía fama de ser hombre peligroso —en Amsterdam, decenas de deudores ciegos y cojos lo atestiguaban—, de forma que a Miguel se le hacía difícil reconciliar a las tullidas víctimas de Alferonda con aquel hombre rollizo y jovial a quien tenía por amigo, aun cuando no debiera. El *ma'amad* hubiera podido destruirlo por relacionarse con un hombre a quien había expulsado, pero era tal el contento que sentía en la compañía de Alferonda que difícilmente hubiera podido dejarla de lado. Aun exiliado, poseía conocimientos e información, y jamás vacilaba a la hora de compartirla con otros.

Unos meses atrás, Miguel había mencionado un rumor que había llegado a sus oídos, del que Alferonda se había ofrecido a averiguar lo que pudiere. Ahora decía haber descubierto algo importante y solicitaba hablar con él... un asunto siempre delicado, pero que no había de ser problema si actuaban con precaución. Miguel le escribió a Alferonda sugiriendo que se reunieran en la taberna de café, lugar que descubrió preguntando a unos hombres, conocidos suyos del negocio de las Indias Orientales.

Miguel solo sabía que el lugar estaba situado en el Plantage, que se extendía hacia el este desde el Vlooyenburg, entre interminables paseos que atravesaban jardines de setos recortados en caprichosas figuras. Rectos senderos cruzaban los paseos, que abarrotaban por igual encumbrados y humildes. Los burgomaestres habían dispuesto que ningún edificio permanente se construyera en aquellos terrenos tan verdes, de suerte que allí todas las estructuras estaban hechas de madera y podían ser desmontadas en cualquier momento si la ciudad así lo decidía. En las noches agradables, el Plantage se convertía en un jardín de los placeres para quien tuviere el dinero y la inclinación. Las gentes podía pasear entre bandas de violinistas y hombres que tocaban el pífano. En los senderos bien iluminados, los había que habían instalado mesas y servían cerveza, salchichas, arenques o queso; en edificios que apenas si eran simples chozas se podían adquirir manjares algo más carnales.

Miguel encontró el lugar con ciertas dificultades después de pedir razón a varios propietarios. Finalmente llegó al que sospechaba que era el edificio, una miserable estructura de madera bastante despareja que no parecía lo bastante recia para aguantar ni una tormenta. Miguel se encontró con la puerta cerrada, pero el tendero de un burdel cercano le aseguró que ese era el sitio así que Miguel llamó con fuerza.

Casi al punto se abrió una rendija en la puerta, y Miguel se encontró mirando a un turco de piel oscura con un turbante amarillo. El hombre no dijo nada.

—¿Es esta la taberna de café? —preguntó Miguel.

—¿Quién sois? —gruñó el turco en un holandés confuso.

—¿Es una taberna privada? No lo sabía.

—No he dicho que lo fuera. Ni que no lo fuera. Solo he preguntado quién sois.

—No sé si mi nombre os dirá algo. Soy Miguel Lienzo.

El turco asintió.

—El amigo del *senhor* Alferonda. Podéis pasar. Los amigos del *senhor* Alferonda siempre son bien recibidos aquí.

¿Amigo del *senhor* Alferonda? Ignoraba que Alferonda supiera de la existencia del café, pero se conoce que era persona conocida entre los mahometanos. Miguel siguió al turco al interior, el cual destacaba tan poco como el exterior: un suelo húmedo de tierra, y unas toscas mesas y sillas. Enseguida se sintió abrumado por el olor a café, mucho más intenso y cargado que el que se percibía en la taberna del primo de Geertruid. Sentados en la media docena aproximada de bancos, una extraña combinación de hombres: turcos con turbantes, marineros holandeses, un batiburrillo de extranjeros... y un judío. Alonzo Alferonda estaba dialogando con un turco alto vestido con túnica azul. Viendo que Miguel se acercaba, susurró algo y el turco se fue.

Alferonda se puso en pie para saludar a Miguel, aun cuando con ello no hizo sino subrayar su escasa estatura. Era hombre rechoncho de rostro ancho y ojos grandes que se ocultaban tras de una espesa barba negra que empezaba a encanecer. A Miguel le resultaba difícil creer que alguien pudiera temblar ante aquel rostro gordito. Una noche habían estado bebiendo juntos en una taberna y estaban caminando cerca de los muelles cuando dos ladrones salieron de pronto de un callejón, esgrimiendo sus cuchillos, para robarles la bolsa. Uno de ellos miró a Alferonda y a continuación se escabulleron como gatos asustados.

—Me sorprende que me hayáis pedido que nos encontremos aquí —dijo Alferonda—. Ignoraba que supierais nada del café.

—Lo mismo puedo decir de vos. Acabo de enterarme. Quería ver cómo es una taberna de café.

Alferonda indicó con el gesto que tomaran asiento.

—No es gran cosa, pero consiguen buenos frutos, y la demanda es lo bastante baja para que nunca se queden sin provisiones.

—Pero ¿hay ocasiones en que el suministro es escaso?

—Puede ser. —El usurero estudió a Miguel—. El café está bajo el control de la Compañía de las Indias Orientales y, puesto que en Europa no hay apenas demanda, la Compañía no importa mucho. Comercia con este fruto principalmente en Oriente. ¿A qué se debe vuestro interés por los suministros?

Miguel no hizo caso de su pregunta.

—Olvidaba que habíais vivido en Oriente. Conocéis el café, claro.

El hombre extendió las manos.

—Alferonda ha vivido en todas partes y tiene contactos en todas partes, que es el motivo por el que lo buscáis.

Miguel sonrió por la insinuación.

—¿Tenéis información?

—Una información excelente.

Miguel había pedido a Alferonda que indagara sobre un rumor que había llegado a sus oídos sobre la participación de Parido en un inminente negocio con el aceite de ballena. No estaba seguro de si debía seguir con aquello, puesto que oponerse al *parnass* en asuntos de negocios podía resultar peligroso. Aun así, pensaba Miguel para sí, él solo buscaba información. No era menester que hiciera uso de ella.

—Ciertamente teníais razón sobre Parido —empezó diciendo Alferonda—. Tiene un espía en la Compañía de las Indias Orientales.

Miguel arqueó las cejas.

—Pensaba que tal cosa superaría aun sus ambiciones.

—La Compañía no es tan poderosa como quiere haceros creer. En ella el oro hace igual función que en todas partes. Parido ha sabido que piensan adquirir grandes cantidades de aceite de ballena para venderla en Japón y Catai, pero estos hombres de la Compañía pueden permitirse esperar a que el precio caiga, pues saben que últimamente la producción ha ido aumentando de forma continuada. Parido ha estado reuniendo con gran sigilo aceite de ballena en otras bolsas —un poquito aquí y un poquito allá, ya me entendéis— y espera poder inundar el mercado con la suficiente lentitud para hacer descender los precios sin despertar sospechas. Entretanto, él y sus asociados también están adquiriendo opciones de compra, las cuales les permitirán asegurar los bajos precios.

Miguel dejó escapar un suspiro.

—No soy amigo de ese hombre, pero estoy impresionado. Llegará un momento en que la Compañía de las Indias Orientales decidirá que el precio está lo suficientemente bajo para comprar y abastecer sus almacenes, y cuando esto suceda el precio subirá. Y mientras, la asociación de Parido tiene las opciones de compra, que les permiten comprar al precio que ellos mismos han bajado de forma artificial y volver a vender por el precio inflado. —Las asociaciones comerciales manipulaban los mercados continuamente, pero aquel plan, comprar en otras bolsas para crear un mercado con el fin de tentar a un comprador, superaba cualquier argucia que Miguel hubiera oído—. ¿Y cómo habéis averiguado todo esto?

Alferonda se atusó la barba.

—Todo lo que se sabe se puede averiguar. A vos os llegan rumores sobre el aceite de ballena, yo hago algunas preguntas y pronto todo se desvela.

—¿Cuándo tendrá lugar este negocio?

—El mes que viene, entre el próximo día de cuentas y el siguiente. No es menester que diga nada, pero como amigo debo advertiros que actuéis con cautela. Podéis hacer negocio aprovechando el plan de Parido. Le molestará que os hayáis aprovechado de su trabajo, pero eso no tiene importancia. Sin embargo, no le agraviéis en nada que pueda saber, pues de lo contrario jamás os perdonará.

—Debéis de tenerme por persona despreciable para advertirme algo así —dijo Miguel con buen humor.

—No, no despreciable, pero detestaría ver que un exceso de entusiasmo da al traste con vuestras ambiciones. Bien, yo ya he adquirido aceite de ballena al precio bajo y os sugiero que hagáis otro tanto lo antes posible.

—El asunto habrá de esperar hasta después de este día de cuentas. Para entonces espero tener algunas monedas a mi nombre.

Un turco les puso dos pequeños cuencos delante. Eran más pequeños que ningún recipiente que Miguel hubiera visto, y contenían un líquido negro y espeso como el fango.

—¿Qué es esto?

—Es café. ¿Aún no lo habéis probado?

—Lo he hecho —dijo Miguel tomando el cuenco y acercándolo a una lámpara de aceite—, pero se me hace que era muy distinto de este.

—Esta es la manera en que lo beben los turcos. Lo hierven tres veces en un cazo de cobre y lo destilan. En su tierra, a menudo lo sirven con gran boato. Pero los amsterdameses no tienen tiempo para ceremonias. Tened cuidado. Dejad que el polvo se asiente en el fondo.

—La vez anterior —dijo Miguel observando el brebaje con escepticismo—, estaba hecho con leche. O vino dulce. Ahora no lo recuerdo.

—Los turcos creen que combinar café y leche es causa de lepra.

Miguel se rió.

—Espero que no. Parece que sabéis mucho del café. ¿Qué más podéis decirme?

—Puedo hablaros de Kaldi, el cabrero abisinio.

—No tengo especial interés por los cabreros.

—Pues yo creo que esto os interesará. El tal cabrero vivió hace bastante tiempo, cuidando de sus rebaños en las colinas de Abisinia. Una tarde, el hombre echó de ver que sus cabras estaban más animadas que de ordinario, brincaban, se levantaban sobre las patas traseras, cantaban sus cantos de cabra. Kaldi las vigiló durante varios días y vio que cada vez estaban más animadas. Corrían y jugaban y brincaban cuando hubieran debido dormir. Cantaban y bailaban en vez de comer.

»Kaldi estaba convencido de que un demonio había poseído a las cabras, pero se armó de valor y las siguió, esperando poder ver a escondidas a aquel demonio. Al día siguiente observó que las cabras se acercaban a un extraño arbusto y, después de comer de él, dieron de nuevo en brincar. Kaldi comió unas pocas bayas y al poco no pudo tenerse de modo que se puso a bailar con las cabras.

»Dio la casualidad de que en aquel momento un hombre santo pasaba por allí y preguntó a Kaldi el motivo de aquel comportamiento suyo. Él explicó que había comido el fruto del arbusto y que lo había llenado de un vigor desconocido. Así que el hombre santo, que era persona de natural anodino, tomó algunas bayas y se las llevó consigo a su casa. Le mortificaba que sus discípulos se amodorraran durante sus clases, de modo que preparó una infusión con aquellas bayas y se la hizo beber antes de las clases. Pronto se le conoció en todos los confines del mundo de los mahometanos por ser hombre que podía dar sermones del alba hasta el anochecer sin que sus discípulos se durmieran.

Por un momento, Miguel guardó silencio.

—Es muy interesante. Pero yo quería saber cómo está ahora el negocio del café, no cómo funciona entre los cabreros abisinios.

Alferonda arqueó una ceja.

—Fuera de Oriente no existe un comercio de café importante, y lo controla la Compañía de las Indias Orientales. No queda gran cosa para los demás.

—Pero me estáis hablando de Oriente. Quizá el café podría interesar a los europeos. Yo, personalmente, no tengo mucho aprecio por el sueño pues lo considero una pérdida de tiempo. Si en vez de dormir pudiera tomar café, sería una alegría.

—Algún día tendríais que dormir —dijo Alferonda—, pero os entiendo. El hombre que prueba el café acaba apreciándolo por encima de todas las cosas. He oído que entre los turcos la mujer puede divorciarse de su marido si no le proporciona el suficiente café. Y las tabernas de café de Oriente son lugares extraños. Allí la bebida se combina con poderosas medicinas, como el extracto de adormidera, y los hombres acuden a estos lugares buscando el placer de la carne.

Miguel miró en derredor.

—No veo nada placentero aquí.

—Los turcos no exponen a las mujeres en lugares públicos como una taberna de café. Los placeres por los que se paga en esos lugares tienen que ver con mozuelos, no con hembras.

—Una forma bien curiosa de hacer las cosas —comentó Miguel.

—Para nosotros, pero ellos disfrutan. En cualquier caso, debéis mantenerme informado de vuestro interés por el café. Si puedo ayudaros en algo, contad conmigo. Pero recordad, debéis ser cauto. El café es una bebida que hace brotar fuertes pasiones en el hombre, y pudiera ser que desatarais grandes fuerzas si jugáis con él.

Miguel se bebió el resto del cuenco, tragando un poco del poso del fondo que se le pegó en el paladar desagradablemente.

—Sois la segunda persona que me previene contra el café —le dijo a Alferonda, mientras se limpiaba la boca con la manga.

El usurero ladeó la cabeza.

—Detesto ser el segundo en nada. ¿Quién fue el primero?

—Mi hermano, si podéis creerlo.

—¿Daniel? Razón de más para seguir adelante si él lo desaconseja. ¿Qué os dijo?

—Solo que es peligroso. De alguna forma sabe que tengo interés por el café. Dijo haberme oído musitar estando ebrio, pero no sé si debo creerle. Creo más bien que habrá estado revolviendo mis cosas.

—Yo no prestaría atención a sus consejos. Vuestro hermano, y perdonadme si os lo digo, no tiene más luces que el hijo tonto que Parido tiene encerrado en su desván.

—Me pareció raro. Me pregunto si sabe que he estado pensando en el negocio del café y quiere que abandone por despecho. No le gusta que goce de su sirvienta.

—Oh, una mozuela bonita. ¿Le tenéis aprecio?

Miguel se encogió de hombros.

—Supongo. Le tengo aprecio a sus tirabuzones —dijo con aire ausente. En realidad, a Miguel se le antojaba un tanto impertinente, pero fue ella quien lo buscó primero, y Miguel sabía desde muy chico que nunca había de desairarse a una sirvienta inflamada de deseo.

—Aunque no tanto como su señora, ¿eh?

—Cierto. A mi hermano no le gusta la forma en que le hablo.

—¡Oh! —El rostro de Alferonda se distendió en una amplia sonrisa—. ¿Y qué forma es esa?

Miguel tuvo la sensación de haber caído en una trampa.

—Es una joven agradable. Hermosa, despierta, pero Daniel nunca tiene una palabra amable para ella. Creo que toma gran deleite en las pocas ocasiones en que puede dialogar conmigo.

Alferonda movía las cejas y las aletas de sus narices se hinchaban.

—A mí, personalmente, me pareció una sabia decisión cuando los rabinos revocaron el mandamiento en contra del adulterio.

—No seais necio —dijo Miguel, volviéndose para ocultar el rubor del rostro—. Solo me da pena.

—Sé que Miguel Lienzo ha tenido tratos con bellas mujeres y nunca ha llegado a mis oídos que ello fuera motivo de cuitas.

—No tengo intención de ayuntarme con la mujer de mi hermano —dijo—. De todos modos, es demasiado virtuosa para consentirlo.

—Que Él, alabado sea, os ayude —dijo Alferonda—. Cuando un hombre protesta de la virtud de una fémina, significa que ya la ha tomado o que mataría por hacerlo. Yo diría que es una buena forma de vengaros de vuestro hermano por su mal temperamento.

Miguel abrió la boca para protestar, pero no dijo nada. Las justificaciones son para quien tiene culpa y, desde luego, él no había hecho nada malo.

de

Las reveladoras y verídicas memorias de Alonzo Alferonda

Llevaba ya un tiempo ejerciendo mi oficio con cierta fortuna cuando un mercader tudesco se me acercó con una propuesta que se me antojó lucrativa y gratificante. En los últimos años, la presencia de los tudescos, los judíos del este de Europa, se hacía notar cada vez más en Amsterdam, lo cual no era del todo del agrado del *ma'amad*. Si bien los judíos de la Nación Portuguesa contaban con gran cantidad de mendigos, también teníamos entre nosotros buen número de prósperos mercaderes que podían permitirse el lujo de la caridad. Nuestra comunidad había llegado a un acuerdo con el burgomaestre: nosotros formaríamos una ciudad aparte, nos ocuparíamos de nuestros propios mendigos y de no abrumarlos a ellos con ninguna carga. Así pues, podíamos atender a nuestra gente, pero entre los tudescos pocos eran los que tenían una fortuna importante, y los más de ellos eran gentes desesperadamente pobres.

Nuestras barbas y los llamativos colores con los que vestíamos nos hacían diferentes de los holandeses, pero nosotros teníamos esta diferencia por cosa digna. Un hebreo de Portugal no podía ir a ningún sitio, por bien recortada que llevara su barba o apagadas que fueran sus ropas, sin que se le reconociera como tal, pero el *ma'amad* consideraba que nuestros mercaderes eran nuestros embajadores. Era como si, con nuestra sola apariencia, dijéramos: «Miradnos. Somos diferentes, pero somos gente valiosa con quien podéis compartir vuestra tierra». Y, lo que es más importante, ellos podían mirar a nuestros pobres y pensar: «Ah, estos judíos alimentan y visten a sus mendigos, liberándonos de esa carga. No son mala gente».

De ahí el problema de los tudescos. Habían oído que Amsterdam era un paraíso para los judíos, de suerte que llegaron a nuestra ciudad desde Polonia, Alemania, Lituania y otros lugares semejantes donde se les maltrataba. En especial, yo había oído decir que Polonia era tierra de terribles tormentos y crueldades indecibles: hombres a quienes se obligaba a mirar mientras se abusaba de sus esposas e hijas, niños metidos en sacos y arrojados a las llamas, eruditos enterrados vivos con sus familias asesinadas.

Sin duda, los *parnassim* simpatizaban con estos refugiados, pero se habían acostumbrado a las comodidades de Amsterdam y, como suele suceder con los ricos de todas las naciones y creencias, no deseaban sacrificar su bienestar a favor del bienestar de otros. No les faltaba razón, pues temían que en el futuro las calles de Amsterdam se llenarían de mendigos, rameras y ladrones judíos, lo que sin duda envenenaría la buena voluntad de los holandeses. Por tanto, el *ma'amad* decidió que la comunidad tudesca acaso sería de más fácil manejo si su número se mantenía pequeño.

Los planes para lograr esto eran diversos, pero todos se concentraban en mantener a estas gentes alejadas de la opulencia de Iberia... Una maniobra que, pensaban ellos, haría de Amsterdam un lugar menos atractivo a sus ojos que las ciudades donde medraban los de su género. Así pues, se prohibió a los tudescos que llevaran a sus hijos a las mismas escuelas donde estudiaban los hijos de los judíos portugueses. Sus carnes se declararon impuras y no aptas para las casas de los portugueses, de modo que sus carniceros no podían vender a nuestra gente. El *ma'amad* incluso declaró que era delito penado con la excomunión ofrecer caridad a un tudesco, salvo a través de alguna de las casas oficiales de caridad. Y esas casas creían que la mejor caridad tal vez fuera meterlos en algún barco que saliera de Amsterdam y que ningún bien se haría animándolos a quedarse dejando caer uno o dos florines en sus manos avariciosas.

Yo sabía todo esto, pero no me preocupaba particularmente cuando este miembro de la comunidad tudesca vino a mí. Muchos de los refugiados, me dijo, conseguían escapar de sus tierras opresivas con una o dos piedras preciosas ocultas sobre su persona. ¿Tendría a bien hacer de intermediario entre estas piedras y los mercaderes portugueses? Sugirió que pidiera un poco más del precio más bajo, diciendo que las piedras pertenecían a vagabundos maltrechos que deseaban comenzar de nuevo, y que solo aceptara una fracción de la tasa habitual de corredor. Yo ganaría unos florines de más y estaría haciendo una buena obra que me haría hallar favor a ojos de Él, bendito sea.

Durante varios meses me ocupé en este negocio en cuantos momentos de ocio pude hallar. Una botella de vino, una sonrisa, una palabra sobre la importancia de la caridad, y pronto descubrí que los más entre los mercaderes de gemas pagarían gustosos unos florines de más por una piedra si con ello ayudaban a que una familia necesitada pudiera disfrutar de un *sabbath* tranquilo. Así procedí hasta que un día, al llegar a mi casa, encontré una nota escrita en un florido español y elegantemente caligrafiada. Se me había convocado ante el *ma'amad*.

Yo no le di mayor importancia. Tarde o temprano, todo hombre acaba ante el Consejo. Algún rumor sobre alimentos impuros o una ramera holandesa que hubiera quedado encinta. El Consejo en sí no era mucho mejor que un puñado de comadres, y solo era menester alguna palabra que los tranquilizase. Yo sabía que mi antiguo enemigo, Salomão Parido, ocupaba un cargo importante en el tal consejo, pero no pensé que pudiera utilizar su poder con fines infames.

Lo cual es justamente lo que hizo. Estaba allí sentado, muy rígido, con sus vestiduras de ricos brocados, mirándome con gesto airado.

—*Senhor* Alferonda —dijo—, sin duda conocéis la norma del Consejo que prohíbe prestar ayuda a los tudescos aparte de la que otorgan las casas de caridad de la sinagoga.

—Por supuesto, *senhor* —dije yo.

—Entonces ¿por qué habéis seducido a hombres de nuestra nación, hombres temerosos de la Ley, incluyéndolos en vuestros perversos planes para vender joyas?

—Mis perversos planes, como decís, proporcionan ayuda a los pobres. Y si bien habéis dejado muy claro que no deseáis que lancemos monedas a los mendigos tudescos, nada habéis dicho de vender y comprar con ellos.

—¿No es lo mismo que arrojarles monedas si voluntariamente pedís a los mercaderes que den más de lo que desean pagar para que el vendedor pueda tomar ese dinero y hacer con él lo que le plazca?

—Lo que le plazca —señalé— muchas veces no es más que comprar algo de pan.

—Eso no es de vuestra incumbencia —dijo uno de los otros miembros del Consejo—. Hay casas de caridad que se ocupan de que esa gente no se muera de hambre.

La ofensa era bien nimia, pero Parido se había propuesto arrojar sobre ella la luz más lúgubre posible. Volvió a los otros *parnassim* en mi contra. Me increpó para que me encolerizara. Y sin embargo, aun cuando yo veía sus intenciones, fui incapaz de tener la ira. No había hecho nada malo. No había violado ninguna de las leyes sagradas. Al contrario, seguía el mandamiento de dar a la caridad. ¿Debía ser castigado por seguir los mandamientos de la Torá? Esta pregunta en particular fue sin duda lo que los puso contra mí. A nadie le gusta que pongan de manifiesto su hipocresía.

Después de un largo interrogatorio, los *parnassim* me pidieron que esperara fuera. Cuando volvieron a llamarme, después de más de una hora, anunciaron su decisión. Debía pedir a los hombres para quienes había hecho de corredor que rescindieran sus ventas. En otras palabras, aquellas gentes tenían que volver a comprar sus piedras.

Yo había visto a esos hombres. Eran pobres, vestían con harapos, estaban abrumados por las calamidades y la desesperación. Muchos habían perdido a sus padres, sus hijos, sus esposas a manos de los crueles polacos o los cosacos. Acudir a ellos y pedirles que devolvieran el dinero, el cual sin duda ya no tendrían pues lo habrían gastado para no morir de hambre o ir desnudos, no solo se me antojaba absurdo, sino depravado. Supongo que esa era la intención. Para deshacer esas ventas hubiera sido menester comprar las piedras con mi propio dinero, y sin duda Parido sabía que no aceptaría esa condición.

El Consejo me instó a que lo meditara, pero yo juré que jamás obedecería una petición tan irrazonable. Entonces los *parnassim* me dijeron que había abusado de su buena voluntad y que no tenían más remedio que imponerme el *cherem*, el destierro... la excomunión.

El destierro se imponía con frecuencia. Las más de las veces se limitaba a un día o una semana, pero en algunos casos era permanente. Y así lo decidieron en mi caso. Más aún, Parido dejó muy claro a los tudescos que si me admitían en su sinagoga, sufrirían las consecuencias. Escribió a los *ma'amads* de todas las comunidades que había sobre la faz de la tierra, dándoles mi nombre y hablando de mis delitos en los términos más extravagantes. Me había convertido en un proscrito sin ningún sitio adonde ir; llevaba el estigma de Caín sobre mí.

Ellos decidieron tratarme como un villano. ¿Qué podía hacer sino convertirme en villano?

5

Miguel había conocido a Geertruid cerca de un año antes de que le propusiera la aventura del café. Fue en la Urca, una taberna que salía del Warmoesstraat, lo bastante próxima a la Bolsa para que los mercaderes la tuvieran como una prolongación de esta, un lugar donde continuar con sus negocios cuando la Bolsa cerraba sus puertas. Aun cuando lo regentaba un holandés, servía también a mercaderes judíos, pues ofrecía bebidas que se adecuaban a sus normas. Se contrataba a mozos judíos de la Nación Portuguesa para que mantuvieran separados los vasos con que se servía a los judíos y los lavaran de acuerdo a la Ley judía, y ocasionalmente un rabino pasaba a inspeccionar las cocinas, caminando como un general con las manos a la espalda mientras comprobaba el interior de alacenas y abría cajas. El dueño cobraba casi el doble del precio normal por el vino y la cerveza, pero los mercaderes judíos pagaban alegremente a cambio de poder hacer negocios en una taberna holandesa con la conciencia tranquila.

Aquel día, Miguel había estado conversando con un tratante de azúcar después del cierre de la Bolsa. Los dos hombres habían ocupado una mesa y habían hablado de sus negocios durante horas, bebiendo con intensidad neerlandesa. El comerciante de azúcar era uno de esos holandeses bondadosos que veían a los judíos con fascinación, como si sus creencias y sus costumbres extrañas los convirtieran en un enigma. El Vlooyenburg estaba a rebosar de tales hombres, los cuales iban a aprender hebreo o estudiaban la teología judía, en parte por entender mejor su religión, pero acaso también por la fascinación natural que los holandeses sentían por los extranjeros. La estricta orden del *ma'amad* contra el debate religioso con los gentiles solo hacía que Miguel fuera más irresistible, y el comerciante había pagado una bebida tras otra con la intención juguetona de quebrantar sus defensas. Finalmente, renunció a sus esfuerzos y anunció que debía volver a casa si no quería enfrentarse a la furia de su esposa.

Miguel, reconfortado por la cerveza, no sintió ganas de volver a la soledad de su hogar, así que permaneció en su mesa, bebiendo en silencio mientras chupaba ociosamente una pipa de buen tabaco. A su alrededor bullían las conversaciones, y él escuchaba a medias por si oía algún rumor útil. Y entonces oyó un fragmento de una conversación que lo arrancó de su estupor.

—... un triste fin para el *Flor de la India* —pronunció una voz, con el fervor narrativo que solo es posible escuchar de labios de un holandés borracho—. Lo dejaron limpio, no quedó más que un puñado de marineros abatidos y perplejos.

Miguel se volvió lentamente. Él tenía acciones en el *Flor de la India*... muy pocas, eso sí. Avanzando dificultosamente por el cenagal de la borrachera, trató de recordar cuánto había invertido. ¿Quinientos florines? ¿Setecientos? No lo bastante para arruinar a un hombre que se mantenía como hacía él entonces, pero sí para que no pudiera considerar la pérdida una insignificancia, sobre todo porque había invertido sus beneficios con antelación.

—¿Cómo decís? —preguntó Miguel al que hablaba—. ¿El *Flor de la India*?

Echó una ojeada al hombre, un sujeto de pelo cano, de mediana edad y con el rostro rubicundo de una vida entera en el mar. Sus compañeros eran los habituales holandeses rudos que frecuentan las tabernas próximas a los muelles.

—El *Flor de la India* ha sido capturado por los piratas —le dijo el hombre de más edad a Miguel—. Al menos he oído que eran piratas. Si queréis que os diga la verdad, yo creo que están todos al servicio de la Corona española.

—¿Y cómo sabéis eso? —quiso saber Miguel. Se retorcía las manos y se las notaba torpes por la excesiva bebida, aunque su cabeza ya había empezado a aclararse.

—Tengo un amigo en el *Gloria de Palma*, que ha atracado en el puerto esta tarde. Él me contó la nueva —explicó el hombre.

Esta tarde. Nadie lo sabía todavía. Acaso aún estuviera a tiempo de salvarse del desastre.

—¿Tenéis algún interés especial en ese barco? —preguntó uno de los compañeros del hombre. Era más joven que los otros y se le notaba menos la huella del mar.

—¿Y si lo tuviera? —No lo estaba desafiando. Cada uno probaba al otro.

—Podría ofreceros mis servicios —apuntó el andrajoso marino—. Mañana a esta hora habrá corrido la voz, y esas acciones suyas no le harán gran servicio como no sea para limpiarse las posaderas. Pero es posible que esta noche aún valgan algo.

—Aparte de para limpiarse las posaderas —aclaró uno de los amigos.

—¿Y cuánto valen esta noche? —Miguel reconocía a un intrigante en cuanto lo veía, pero las intrigas era la sangre que corría por las venas de la ciudad, y solo un necio se hubiera negado a escuchar.

—Si queréis venderlas a un cincuenta por ciento, os liberaré de vuestra carga gustosamente.

A Miguel no le agradaba la idea de perder el cincuenta por ciento de su inversión, pero le agradaba mucho menos tener que perderlo todo. Aun así, no acababa de verlo claro.

—Si el barco ha sido capturado, ¿qué servicio pueden haceros esas acciones?

—Las venderé, por supuesto. Mañana la Bolsa abre, y yo venderé a un setenta y cinco u ochenta por ciento. Para cuando la noticia llegue a la Bolsa, yo ya me habré deshecho de las acciones.

—Y entonces ¿por qué no habría de hacer yo otro tanto? —inquirió Miguel—. Podría recuperar un ochenta por ciento en lugar de solo el cincuenta.

—Podríais —contestó el otro—, pero siempre cabe la posibilidad de que la noticia llegue antes que vos a la Bolsa. Además, los hombres os conocen; si vendéis, vuestra reputación quedaría maltrecha. Yo suelo moverme por La Haya, de modo que poco puede afectarme cuanto aquí haga.

Miguel se llevó las manos a la frente. No podía hacer caso omiso del dilema moral ante el que se encontraba: si vendía sus acciones a aquel individuo, estaría permitiendo conscientemente que un desconocido le comprara algo sin valor. ¿No decían los sabios que el hombre que roba a un compañero, aun una simple moneda, es tan culpable como el asesino? Por otra parte, cualquier inversión suponía un riesgo. Cuando Miguel había comprado aquellas acciones no sabía que el barco sería capturado por los piratas, y sin embargo había pasado; acaso estuviera predestinado. Sin duda, el Altísimo conocía el destino del barco, pero Miguel no podía creer que Él, bendito sea, le hubiera engañado. ¿Qué diferencia había si *alguien* lo sabía de antemano?

El negociante adivinó las dudas de Miguel.

—Haced lo que os plazca, judío. Aún he de estar por aquí otra hora. Si queréis hacer negocios, mejor actuar deprisa.

Antes de que Miguel pudiera contestar, una voz intervino.

—Ay, sí, lo bastante deprisa para que este hombre no sepa la verdad. —La mujer hablaba como la heroína de una obra. Ahí estaba, con las manos en jarras, el voluminoso pecho hacia fuera, con sus suaves rasgos dirigidos directamente a aquellos hombres.

Con aquellos ropajes negros y amarillos parecía una abeja, una bien hermosa, por cierto, aun cuando superaba en edad a las hembras que a Miguel gustaban. No acababa de decidir si parecía más una fulana o una mujerona.

—¿Qué verdad es esa? —preguntó Miguel con cautela, recelando no por primera vez del marino y sus amigotes. Frente a aquellos ebrios hombretones se había plantado una bella mujer, segura y desafiante. Enseguida supo que más fiaba en ella que en los hombres.

—Que el barco del que hablan no ha sufrido ningún mal —anunció—. Cuando menos le va todo lo bien que sería de esperar.

En la mesa los hombres se miraron.

—¿Os conozco, comadre? —preguntó el de más edad—. Deberías pensarlo bien antes de acusar a un hombre en público, arruinando sus negocios. De lo contrario —añadió echando una mirada a su compañero—, el hombre y sus amigos podrían ofenderse y daros una bonita azotaina en las posaderas.

—Ay, pero si ya me conocéis. Mi nombre es Geertruid Damhuis, y vos sois el amable desconocido que me habló del naufragio del *Piedad del Ángel*, en el cual tenía yo acciones. Tuvisteis la amabilidad de comprarme mis acciones a la mitad de su precio. Y unas semanas después el barco llegó a puerto, en la fecha prevista y con su cargamento intacto.

—Os confundís —dijo el hombre de mayor edad a la par que el negociante comentaba—: No puedo garantizar la veracidad de todos los rumores que escucho. —Y, viendo que habían sido descubiertos, el grupo se levantó en un único movimiento y fueron con gran prisa hacia la puerta.

—¿Debemos perseguirlos o llamar al sereno? —preguntó Miguel.

Geertruid Damhuis negó con su bonita cabeza.

—No levantaré mis faldas para correr en la oscuridad en pos de una banda de rufianes, pues acaso solo conseguiría que me descalabraran.

Miguel rió, con un repentino sentimiento de amistad y gratitud.

—Hace un momento hubiera dicho que erais lo bastante valiente.

Ella sonrió: amplia, hermosa, blanca como el nácar. Miguel contuvo el aliento, con la sensación de haber entrevisto algo prohibido.

—Es fácil ser valiente cuando estás rodeada de decenas de hombres que jamás tolerarían ver a una mujer ultrajada. Otra muy distinta es perseguir ladrones en la oscuridad. —Dejó escapar un sonoro suspiro y se llevó la mano al pecho—. Jesús, creo que necesito beber algo. ¿Veis cómo tiemblo? —Y le mostró la mano temblorosa.

Mientras bebía, Geertruid explicó que aquellos hombres se dedicaban a descubrir los nombres de la gente que invertía en determinados barcos. Entonces les seguían y contaban alguna historia cuando sabían que la persona les oiría. Luego solo necesitaban un poco de palabrería y convencían incluso al más desconfiado para que se desprendiera de sus acciones.

—Es la necesidad de actuar deprisa lo que desarma a las víctimas —le dijo Geertruid—. Yo tenía que tomar una decisión en aquel momento o sufrir las consecuencias, y no podía soportar la idea de haber podido evitar el desastre y no haberlo hecho por mi indecisión. Como se suele decir, el perro paciente se come el conejo, el que tiene prisa pasa hambre.

Miguel se sintió cautivado por las maneras espontáneas de Geertruid, a la vez masculinas y seductoras. La mujer le contó que su marido, el cual nunca la había tratado bien, había muerto, dejándola en una acomodada situación y, aun cuando la mayor parte de su dinero estaba comprometido en pequeñas inversiones, disponía de algunos florines con los que jugar.

Aunque Miguel y Geertruid hablaban con frecuencia, bebían y fumaban juntos, había muchas cosas que Miguel seguía sin entender sobre la viuda. La mujer callaba casi todo lo que tenía que ver con su vida. Ni siquiera sabía en qué parte de la ciudad vivía. Ella le pedía que hiciera de corredor, pero solo con pequeñas cantidades, sin duda mucho menos de lo que tenía a su disposición. Y desaparecía durante semanas, sin avisar nunca a Miguel ni darle explicaciones cuando regresaba. Flirteaba continuamente con él, acercándose mucho cuando hablaban, permitiendo que tuviera una buena panorámica del canalillo de sus pechos, cautivándolo con sus palabras lascivas y ambiguas.

Una noche de verano, los dos habían bebido mucho y se habían mojado a causa de un chaparrón repentino; entonces Geertruid se inclinó para susurrarle alguna nadería al oído y Miguel la besó con fuerza en la boca, chocando los dientes con los de ella a la par que trataba de meter una mano entre sus pechos. Geertruid se liberó de sus brazos y dijo una pequeña ocurrencia, pero quedó claro que Miguel había sobrepasado una línea que Geertruid no deseaba que volviera a cruzar. La próxima vez que vio a Miguel, le entregó un pequeño volumen como regalo: *'t Amsterdamsch Hoerdom*, una guía de las rameras y casas de citas de la ciudad. Él le dio las gracias con buen humor, pero por dentro sintió más humillación que por su bancarrota así que se prometió no volver a sucumbir nunca a sus coqueteos estúpidos.

Y además estaba el asunto de Hendrick, un hombre unos quince años más joven que ella. Geertruid lo llevaba casi siempre a su lado. A veces él se sentaba en otra parte en las tabernas en tanto ella hablaba con hombres de negocios, pero siempre sin quitarle un ojo de encima, como un perro de caza medio dormido. ¿Era su amante, su sirviente o alguna otra cosa que Miguel no acertaba a imaginar? Ella nunca lo aclaraba, y esquivaba sus preguntas con tal gracia que hacía ya tiempo que Miguel había dejado de preguntar.

Con frecuencia, cuando se encontraban, Hendrick se escabullía, dedicando una mirada furiosa a Miguel antes de marcharse a donde fuera que un hombre como él hubiera de ir. Pero jamás actuaba con resentimiento. Llamaba a Miguel «judío», como si lo tuviera por una gran astucia o una muestra de la amistad privada que los unía. Y le daba palmadas en la espalda, lo bastante fuertes como para que pareciera más que un gesto amistoso. Pero cuando los tres se sentaban juntos, si Miguel callaba o cavilaba en sus cuitas, siempre era él quien trataba de sacarlo de su silencio, era él quien se ponía a entonar una canción obscena o a contar algún relato pícaro, a menudo sobre sí mismo, como aquella ocasión en que contó que había estado a punto de ahogarse en un montón de bostas de caballo. Si a Miguel le hubiera sucedido algo así, jamás lo hubiera contado, ni aun para animar al Mesías.

A Miguel le molestaba la negativa de Geertruid a hablar sobre su relación con Hendrick, pero entendía que era una mujer capaz de guardar secretos y que esa era una cualidad que no debía tenerse en poco. Ella sabía que su amistad podría acarrearle a Miguel problemas con el *ma'amad*, por eso no solía frecuentar las tabernas donde los judíos se reunían... y si alguna vez lo hacía, fingía no conocer a Miguel. Ciertamente, en una o dos ocasiones se le había visto hablar con ella en términos algo íntimos, pero ahí precisamente estaba la ventaja de que fuera mujer... era invisible para los hombres de la Nación. Si acaso la veían, se imaginaban que era la ramera de Miguel; un par de veces incluso habían hecho chanza a propósito de que le gustaban las holandesas maduritas.

6

Miguel llegó a la plaza del Dam un cuarto de hora antes del mediodía, momento en el que se abrían las puertas de la Bolsa. El bullicio de las transacciones ya había empezado a resonar entre las paredes de los edificios circundantes. Los burgomaestres habían limitado las horas del comercio de las doce a las dos, pues las cofradías se quejaban de que tanto alboroto alteraba la marcha de los talleres de toda la ciudad. Una acusación absurda, en opinión de Miguel. El sonido del comercio era un afrodisíaco monetario; movía a los hombres a vaciar su bolsa. Si sus horas fueran el doble, acaso fuera la ciudad doblemente rica.

Miguel se deleitaba en el entusiasmo que se extendía por toda la plaza en los momentos que precedían a la apertura de la Bolsa. Las conversaciones bajaban de tono hasta convertirse en murmullos. Cientos de hombres a la expectativa como los participantes de una carrera esperando una señal para echar a correr.

Por todo el Dam, los buhoneros pregonaban sus panes, pasteles y toda suerte de fruslerías a la sombra de las grandes maravillas de la plaza: el imponente y macizo ayuntamiento, elevándose como una catedral laica; la Nieuwe Kerk y la Bolsa, y la Casa del Peso, insignificante en comparación con el resto. A lo largo del Damrak, los pescaderos pregonaban a voces el precio de sus mercancías en el abarrotado mercado, las rameras pronunciaban sus versos buscando amorosos inversores; prestamistas que operaban al margen de la ley andaban en busca de los desesperados; vendedores de fruta y verduras empujaban sus carretas a través de un laberinto de mercaderes ansiosos por gastar un dinero recién adquirido en objetos brillantes, jugosos o de vivos colores. Los tenderos bromeaban animadamente con mercaderes previstos de abultadas bolsas, y las mujeres trataban de seducirlos con una palabrería tan obscena que aun Miguel se ruborizaría de oírlas.

Entre los corredores y especuladores holandeses se estilaban las ropas negras como las que Miguel solía vestir, una evidente muestra de la austera influencia de los calvinistas. Los predicadores de la Iglesia Reformada decían que las ropas llamativas y de vivos colores eran muestra de vanidad, y por ello en Amsterdam los hombres vestían de riguroso negro, aun cuando especiaban el lóbrego conjunto con buenas telas, caros encajes, cuellos de seda y costosos sombreros. En ocasiones, el mar de negro se veía salpicado por la chispa de un judío de Iberia vestido de rojo o azul o amarillo, o un osado holandés católico que vestía con los colores que le apetecían. En otros lares, las gentes miraban con recelo cuantas ropas les fueren desconocidas, pero en Amsterdam había tantos extranjeros que las más de las veces los ropajes distintos se miraban con admiración, no se ridiculizaban. A Miguel, la holandesa se le antojaba la más curiosa de las razas... una combinación perfecta de creencia protestante y ambición.

Mientras observaba a la muchedumbre, Miguel echó de ver que un sujeto con aire de desesperación iba directo hacia él. Pensó que acaso fuera un tendero insignificante, enzarzado en una riña con un cliente, pero cuando se apartó para dejarlo pasar, el rufián siguió con la vista clavada en él.

El individuo se detuvo y mostró una hilera de dientes maltrechos.

—¿No me conocéis, Lienzo?

El sonido de aquella voz lo apaciguó: ciertamente, conocía a ese hombre: Joachim Waagenaar. Joachim, que en otro tiempo vistiera como caballero, con ropas de terciopelo y finos encajes, vestía ahora la gorra calada de cuero de un campesino, un jubón sucio de áspera tela, y calzas rotas y holgadas. Aquel hombre que usaba afeites y recortaba con esmero su mostacho hedía ahora a orines y sudor como un mendigo cualquiera.

—Joachim —dijo Miguel tras un momento—. No os había reconocido.

—Ya lo imagino. —El hombre desplegó otra tensa sonrisa. Siempre había tenido malos dientes, pero varios que antes tuviera rotos ya no estaban y los de abajo se veían todos resquebrajados y mellados—. Los tiempos no me han sido favorables.

—Me causó gran pesar saber de vuestras pérdidas —contestó Miguel, hablando tan rápido que su holandés le sonó confuso aun a su propia persona—. Yo también perdí mucho —añadió con grandes prisas, en respuesta a una acusación no formulada. Después de todo, él había animado a Joachim para que arriesgara su fortuna en los fallidos futuros de azúcar de Miguel, creyendo que si lograba encontrar suficientes inversores, podría mantener el precio del azúcar a flote. Sin embargo, sus esfuerzos fueron como sacos de arena que tratan de contener la riada, y el precio acabó desmoronándose de todos modos. Joachim no había perdido ni mucho menos tanto como Miguel, pero su fortuna era mucho menor, y eso lo hizo caer.

—Bonitas ropas me lleváis. —Joachim lo miró de arriba abajo y se pasó una mano por la cara, una cara áspera, con una barba de diferentes medidas, como si se afeitara valiéndose de una hoja embotada—. A vos no os quitaron la ropa —dijo—, a mí sí. Me obligaron a venderlas.

¿A quién se referiría, a los acreedores, a los prestamistas? Miguel había sido prendido y arrastrado a tabernas, donde fue retenido hasta que accedió a pagar. Había sufrido la humillación de que un comerciante de vinos enfurecido le tirara el sombrero al fango. Había sido amenazado, insultado y provocado más allá de toda razón. Pero jamás le habían obligado a vender sus ropas.

Con un sujeto tan extraño como Joachim, todo era posible. Joachim, hijo de un pescadero que había sabido aprovechar la moda de los tulipanes treinta años atrás, había terminado sus años mozos creyendo que solo un necio trabajaría pudiendo hacer dinero comprando y vendiendo. Aun así, se conoce que poco sabía de la Bolsa, como no fuera qué tabernas quedaban más cerca, y siempre eran los corredores quienes pensaban por él. Pero, para ser poco más que un borracho con dinero, se mostraba considerablemente celoso de sus valores y se inquietaba grandemente cuando perdía un ochavo aquí o allá, recelando de los medios que él mismo había elegido para hacer su dinero.

—El negocio de la Bolsa es como el tiempo —le había dicho Miguel en una ocasión—. A veces parece que habrá de llover, pero entonces sale el sol.

—¿Pero qué ha pasado con mis florines? —repuso el otro, que había perdido quinientos insignificantes florines en un negocio con la Compañía que no salió como Miguel esperaba.

Miguel trató de reír.

—¿Dónde está el viento después de haberos soplado en la cara? —Y estuvo a punto de añadir que cualquier hombre que se haga esa pregunta debiera retirar su dinero de la Bolsa y dedicarse a la venta. A Miguel, Joachim le parecía persona mal pertrechada para esta suerte de inversión, pero no tendría suficiente número de clientes como para poder permitirse prescindir de uno.

Y allí lo tenía, jadeando como un perro, echándole el aliento en la cara. A lo lejos, vio que las puertas de la Bolsa se abrían y los comerciantes empezaban a entrar, y algunos, de puro entusiasmo, alborotaban como niños traviesos.

Aunque todo el mundo tenía asuntos que atender, Miguel temió que alguien lo viera con aquel harapiento. Los burgueses de Amsterdam habían prohibido a los comerciantes judíos hacer de corredores para gentiles y, aunque el *ma'amad* decía castigar este delito con la excomunión, en opinión de Miguel debía de ser aquella la segunda ley más violada en la ciudad (después de la que prohibía a los corredores negociar para su propio provecho aparte de para el de sus clientes). Sin embargo, en su situación, cualquiera hubiera temido que se le persiguiera por un delito que otros perpetraban con impunidad. Aquella conversación con Joachim debía acabar enseguida.

—Lamento que las cosas os hayan ido tan mal, pero no tengo tiempo para hablar ahora —dijo, y dio un paso atrás para probar qué pasaba.

Joachim asintió y dio un paso adelante.

—Me gustaría hacer un negocio con vos para compensar lo que he perdido. Acaso, como decís, todo haya sido sin intención.

Miguel no supo qué contestar. «Acaso todo ha sido sin intención.» ¿Es que tenía la audacia de acusarle de haberle engañado, de haberle puesto alguna suerte de trampa, como si las pérdidas que él mismo sufrió en el negocio del azúcar no fueran más que un ardid para hacerse con los quinientos florines de Joachim? No pasa un día sin que algún corredor dé un consejo equivocado, arruinando tal vez a aquellos a quienes pretende ser útil. Quienes no son capaces de soportar el riesgo no tienen nada que hacer en el mercado.

—Quiero lo que me debéis —insistió Joachim.

Miguel reconoció al punto la voz áspera de Joachim. En su cabeza, la vio transfigurarse en una letra torpe e irregular.

—*Vos* enviasteis las notas.

—Quiero mi dinero. Quiero que me ayudéis a recuperar mi dinero. No es sino lo que me debéis.

Miguel no tenía ya sitio en su vida para más deudas, de modo que aquella conversación sobre lo que debía se le hizo muy desagradable. Había cometido un error de juicio, nada más. Los dos lo habían pagado; y ahí hubiera debido acabar todo.

—¿Qué clase de asunto es este que os atrevéis a mandarme tales notas? ¿Cómo debo interpretar vuestras extrañas misivas?

Joachim no dijo nada. Miró a Miguel de la misma forma que un perro mira a un hombre que lo alecciona.

Miguel volvió a intentarlo.

—Hablaremos de esto cuando tenga tiempo —le dijo a Joachim, mirando a su alrededor con nerviosismo, pensando si habría por allí espías del *ma'amad*.

—Entiendo que sois un hombre ocupado. —Joachim extendió las manos—. Como veis, yo no tengo mucho que hacer.

Miguel lanzó una ojeada al edificio de la Bolsa. Cada minuto que pasaba allí podía significar dinero perdido. ¿Y si, en aquel mismo instante, el hombre sobre quien podía descargar sus futuros de brandy, perdiendo acaso poco dinero, estaba comprando esas acciones a otro?

—Pero yo sí —le dijo a Joachim—. Hablaremos después. —Dio otro paso atrás.

—¡Cuándo! —la palabra brotó con dureza, más como orden que como pregunta. Era palabra poderosa, como si hubiera gritado «¡Deteneos!». También el rostro de Joachim se había demudado. Ahora miraba a Miguel con severidad, como un magistrado que promulga un decreto. En los puestos de carne, varias personas tuvieron sus pasos y miraron. El corazón de Miguel empezó a latir desbocado.

Joachim avanzó con él en dirección al Dam.

—¿Cómo os pondréis en contacto conmigo si no sabéis cómo encontrarme?

—Cierto —concedió Miguel con una risa tonta—. Qué inconsciente por mi parte. Hablaremos el lunes, después del cierre de la Bolsa, en la Carpa Cantarina. —Se trataba de una pequeña y apartada taberna que Miguel visitaba cuando necesitaba un lugar tranquilo donde beber y meditar.

—Bien, bien. —El hombre asintió con impaciencia—. Me ocuparé de que todo se haga bien. Lo que se ha hecho sin duda puede deshacerse, así que ahora nos daremos la mano como hombres de negocios.

Pero Miguel no estaba dispuesto a tocar a Joachim si podía evitarlo, de modo que se fue apresuradamente, fingiendo no haberlo oído. Después de abrirse paso entre la multitud que se agolpaba en el exterior de la Bolsa, se aventuró a mirar atrás y no vio rastro de Joachim, de modo que antes de entrar se tomó un instante para serenarse. Los mercaderes desfilaban junto a él, saludando muchos de ellos a voces de camino a la entrada. Miguel se enderezó el sombrero, tomó aliento y musitó en hebreo la oración para cuando se reciben malas noticias.

7

Hubiera debido saber que no debía pararse, pues en el momento en que dejó de moverse se vio asaltado por una docena de negociantes de baja estofa determinado cada uno de ellos a poner a prueba los límites de su gratitud.

—¡*Senhor* Lienzo! —Un hombre a quien apenas conocía estaba a escasos pasos, casi gritando—. ¡Permitidme un momento para hablar de un cargamento de cobre procedente de Dinamarca!

Un segundo comerciante empujó al primero a un lado.

—Buen *senhor*, sois la única persona a quien podría confiar esto, pero tengo motivos para creer que el precio del comino cambiará drásticamente en los próximos días. Pero ¿subirá o bajará? Venid conmigo y sabréis más.

Un joven negociante con ropas portuguesas, que no habría ni veinte primaveras, trató de apartarlo de la multitud.

—Quiero explicaros cómo se ha extendido en los últimos tres meses el mercado del sirope.

Tras su inquietante encuentro con Joachim, Miguel no estaba de humor para aquellos carroñeros. Los había de todas las procedencias y naciones, pues la hermandad de la desesperación no sabe de lenguas ni fronteras, solo de la voluntad de sobrevivir saltando de un precipicio al siguiente. Miguel estaba tratando de abrirse paso cuando vio que su hermano se acercaba, acompañado por el *parnass* Salomão Parido. Detestaba que Daniel y Parido lo vieran en tan deshonrosa compañía, pero no podía escapar, puesto que lo habían visto. Todo es saber estar, se dijo entre sí.

—Caballeros, caballeros —dijo al cúmulo de infortunados—, se equivocan si creen que soy persona a quien interese hacer negocios con ustedes. Buenos días tengan.

Se adelantó a empellones y casi topó con su hermano, que estaba a escasos pasos.

—Te he estado buscando —dijo Daniel, quien, desde la caída del azúcar, no se había dignado ni mirar a su hermano durante las horas de Bolsa. Ahora estaba muy cerca, y se inclinaba hacia él para no tener que gritar ante la algarabía del lugar—. Sin embargo, debo decir que no esperaba verte haciendo tratos con gente tan miserable.

—¿Qué es lo que desean, caballeros? —preguntó él, dirigiendo su atención sobre todo a Parido, que hasta el momento guardaba silencio. El *parnass* había tomado por costumbre aparecer con demasiada frecuencia para su gusto.

Parido hizo una reverencia.

—Vuestro hermano y yo hemos estado hablando de vuestros asuntos.

—Sin duda Él me ha bendecido, cuando tan grandes hombres dedican su tiempo a discutir mis asuntos —dijo Miguel.

Parido pestañeó.

—Vuestro hermano mencionó que teníais dificultades. —Y esbozó media sonrisa, aunque no por ello pareció menos agrio.

Miguel lo miró con frialdad, sin saber muy bien cómo responder. Si ese necio hermano suyo había estado hablando del café otra vez, lo estrangularía allí mismo.

—Creo —dijo— que mi hermano no está tan bien informado de mis asuntos como él quisiera.

—Sé que aún recibes cartas de ese hereje de Alferonda —dijo Daniel alegremente, como si ignorara que estaba revelando una información que podía poner a Miguel bajo el *cherem*.

Parido negó con la cabeza.

—Vuestra correspondencia no es de mi incumbencia, y creo que vuestro hermano, en su afán por ayudaros, habla de asuntos familiares que es mejor callar.

—En eso estamos de acuerdo —dijo Miguel con cautela. ¿Qué significaba aquella inusitada generosidad? Cierto que la ira de Parido parecía haberse apaciguado un tanto desde que Miguel perdió dinero por la caída del azúcar. Ya no se acercaba a los mercaderes

—a veces incluso cuando Miguel estaba hablando con ellos— para aconsejarles que pusieran sus asuntos en manos de un corredor más honrado. Ya no dejaba una estancia simplemente porque Miguel entraba en ella. Ya no se negaba a hablar con Miguel cuando Daniel invitaba al *parnass* a comer.

Sin embargo, Parido podía encontrar otras formas de hacerle daño. Se mofaba abiertamente de él con sus amigos, desde el otro extremo del Dam, señalando y haciendo muecas como si fueran mocetes. ¿Y ahora quería que fueran amigos?

Miguel no se molestó en disimular sus dudas, pero Parido se limitó a encogerse de hombros.

—Creo que mis acciones os parecerán más convincentes que ninguna sospecha. Venid a dar una vuelta conmigo, Miguel.

No tuvo más remedio que ir.

Los problemas de Miguel con el *parnass* empezaron cuando aceptó el consejo de su hermano de tomar a Antonia, la única hija de Parido, por esposa. Casi habían pasado dos años y en aquel entonces Miguel era un próspero mercader, de suerte que se le antojó que la joven sería una buena esposa y que con el casamiento podría afianzar la posición de la familia en Amsterdam. Daniel ya estaba casado, por lo que no podía entrar personalmente en la familia de Parido, pero Miguel sí. Llevaba demasiado tiempo sin esposa, le decían las esposas del Vlooyenburg, y Miguel ya estaba harto de casamenteras. Además, Antonia aportaría una buena dote y podría contar con los contactos comerciales de Parido.

No había motivo para que Antonia le desagradara, pero lo cierto es que tampoco le gustaba. Era una mujer hermosa, aun cuando estar con ella no se le hacía experiencia particularmente hermosa. Miguel había visto un retrato en miniatura de ella antes de conocerla y se había sentido muy complacido, pero si bien guardaba parecido, el pintor había dado a sus rasgos mayor animación de la que les diera la naturaleza. Miguel se sentaba en la sala de recibir de Parido, tratando de entablar conversación con la joven, que no lo miraba a los ojos, que no preguntaba nada que no estuviera directamente relacionado con la comida o la bebida que traían los sirvientes y no podía contestar nada que no fuera «Sí, *senhor*» o «No, *senhor*». Miguel pronto sintió curiosidad por hacer chanza con ella, y dio en preguntarle cuestiones relacionadas con la teología, la filosofía y el conservadurismo político del Vlooyenburg. Y las preguntas resultaron en el mucho más interesante «No sabría deciros, *senhor*».

Miguel sabía que no debía complacerse en torturar a su futura esposa, pero no había muchas más cosas interesantes que hacer con ella. ¿Cómo sería estar casado con una mujer tan insulsa? Sin duda podía moldearla para que fuera más de su agrado; enseñarle a decir lo que pensaba, a tener opiniones, puede que incluso a leer. De todos modos, una esposa solo sirve para dar hijos y mantener en orden la casa. La alianza con el patrón de su hermano sería buena para sus negocios y, si la mujer no servía para otras cosas, había rameras de sobras en Amsterdam.

Así pues, con toda la intención de ceñirse a su promesa, Miguel había sido sorprendido por Antonia en la habitación de su doncella... él con las calzas bajadas, ella con las faldas subidas. La impresión de entrar en la habitación y encontrarse mirando las posaderas desnudas de Miguel fue tal que Antonia se desmayó con un chillido, golpeándose al caer la cabeza contra la puerta.

El matrimonio ciertamente se arruinó, pero la desgracia podía haberse evitado, y Miguel consideraba que si el incidente se había convertido en escándalo había sido por culpa de Parido. Miguel le mandó una extensa carta pidiendo su perdón por haber abusado de su hospitalidad y haber provocado sin querer una situación tan embarazosa.

> No puedo pediros que no penséis más en estos hechos o que los apartéis de vuestra mente. Lo único que os pido es que me creáis cuando digo que jamás quise haceros daño ni a vos ni a vuestra hija, y espero que algún día podré demostraros el grado de mi respeto y arrepentimiento.

Parido contestó con algunas líneas bruscas:

> No os esforcéis por volver a poneros en contacto conmigo. No me importa en absoluto lo que vos consideréis respeto o cómo planeéis vuestro parco arrepentimiento. De ahora en adelante habremos de estar enfrentados en todas las cosas.

La carta, para deleite de las comadres del Vlooyenburg, no significó el final del conflicto. La doncella, según se supo muy pronto, estaba encinta, y Parido insistió públicamente en que Miguel mantuviera a la criatura una vez naciera. Parido tenía al pueblo de su parte porque había tenido las calzas bien puestas durante todo el asunto, así que durante una semana Miguel hubo de soportar que las viejas lo abuchearan y le escupieran, y que los niños le tiraran huevos podridos a la cabeza. Pero Miguel no estaba dispuesto a admitir las acusaciones. La experiencia le había enseñado un par de cosillas sobre la forma de hacerse los niños y sabía que ese niño no podía ser suyo. Se negó a pagar.

Parido, pensando más en la venganza que en la justicia, insistió en que Miguel fuera llevado ante el *ma'amad*, para el cual Parido aún no había sido elegido. El Consejo estaba acostumbrado a esas disputas de paternidad, y los investigadores descubrieron que el padre era el propio Parido, de suerte que, viéndose humillado públicamente, se retiró de la vida social durante un mes a la espera de que algún nuevo escándalo distrajera a los vecinos. Durante ese mes, pensando que acaso Antonia no pudiera encontrar marido en una ciudad donde todos sabían que había visto a Miguel Lienzo sin calzas, la mandó a Salónica a casar con el hijo de su hermana, un mercader de posición acomodada.

Todo el mundo conocía la historia: que Miguel tenía que casarse con Antonia Parido, que el compromiso se había roto, que Parido había hecho acusaciones que se habían vuelto en su contra. Pero había algo que no todos sabían.

Miguel no había querido quedarse sentado mientras el *ma'amad* decidía el caso, pues Parido era un hombre poderoso, destinado a llegar al Consejo, y Miguel no era más que un comerciante advenedizo. Así que fue a ver a la pequeña zorra y realizó su propia investigación. Después de azuzarla adecuadamente, ella confesó que no podía decir el nombre del padre. No podía decir su nombre porque no había niño. Había dicho que estaba embarazada solo por encontrar con qué sostenerse, pues se había de ver en la calle.

Miguel tal vez hubiera podido convencerla de que dijera la verdad y, con ello, limpiar un tanto su imagen a ojos de Parido, pero también era posible que Parido se riera de su gesto. De modo que, en vez de eso, explicó a la moza que si convencía al *ma'amad* de que Parido era el padre, sacaría un beneficio de su problema.

Finalmente, Parido dio a la moza cien florines y la despachó. Miguel pudo volver a caminar por las calles del Vlooyenberg sin miedo a que lo asaltaran abuelas y niños. Sin embargo, una nueva preocupación había ocupado el lugar de la anterior. Si alguna vez Parido se enteraba de su engaño, no tendría piedad.

El gran edificio abierto de la Bolsa se extendía ante ellos, con una estructura no muy distinta a la de las Bolsas de los otros edificios de comercio de Europa. La Bolsa de Amsterdam era un enorme rectángulo de ladrillo rojo, con tres pisos de altura y un pórtico a lo largo del perímetro interior. El centro quedaba expuesto a los elementos, como la llovizna que caía en aquellos momentos, tan ligera que no se distinguía de la niebla. En la zona resguardada, bajo el porche sostenido por columnas gruesas e imponentes, cientos de hombres congregados en decenas de grupitos gritaban en holandés, portugués, latín o una docena de otras lenguas europeas y de otros lugares, para vender o comprar, comerciar con rumores y tratar de predecir el futuro. Por tradición, cada sección de la bolsa tenía un sitio de reunión determinado. Siguiendo las paredes, los que comerciaban con joyas, propiedades, lana, aceite de ballena, tabaco... Un mercader podía conversar con intermediarios de mercancías de las Indias Orientales, las Indias Occidentales, el Báltico o el Levante. En la zona central, descubierta, menos prestigiosa, se concentraban los mercaderes de vino, pinturas, medicinas, los que comerciaban con Inglaterra y, más cerca ya del extremo sur, los que trataban con brandy y azúcar.

Miguel veía con regularidad a españoles, alemanes y franceses. Y, aunque con menos frecuencia, podía encontrarse con turcos e incluso gentes de las Indias Orientales. Era un misterio la manera en que aquella ciudad había emergido en los últimos cincuenta años como centro del comercio mundial, atrayendo mercaderes de cualquier lugar de importancia. Difícilmente hubiera podido considerarse ni una ciudad. Los de allí solían decir que Dios creó el mundo y los holandeses crearon Amsterdam. La ciudad, excavada en mitad de un cenagal, con un puerto que solo el piloto más experimentado podía abordar (y eso solo teniendo la suerte de su lado), carente de cualquier tipo de riqueza natural como no fueran el queso y la mantequilla, había alcanzado aquella grandeza por la pura determinación de sus ciudadanos.

Parido caminó en silencio durante unos instantes, pero Miguel no pudo evitar la sensación de que el *parnass* se deleitaba un tanto haciéndolo esperar.

—Sé que vuestras deudas son una grave carga para vos —dijo finalmente—, y sé que habéis estado comerciando con futuros de brandy. Habéis apostado a que los precios subirán. Sin embargo, a la hora de cierre, de aquí a dos días, sin duda permanecerán tan bajos como ahora. Si calculo correctamente, perderéis cerca de mil quinientos florines.

Le estaba hablando de brandy, no de café, a Dios gracias. Pero ¿qué sabía Parido de ellos... o qué le importaba?

—Cerca de mil —dijo Miguel, con la esperanza de controlar el tono de voz—. Veo que estáis bien informados sobre mis asuntos.

—La Bolsa es mal sitio para ocultar secretos cuando hay quien quiere descubrirlos.

Miguel lanzó una risotada.

—Y ¿por qué habríais de querer conocer mis secretos, *senhor*?

—Como he dicho, deseo suavizar las cosas entre nosotros, y si confiáis en mí, si me creéis cuando os digo que no utilizaré mi influencia como *parnass* para perjudicaros, veréis que actúo en vuestro favor. Bien, respecto al problema que nos ocupa, conozco un comprador, un francés, que os liberará de vuestros futuros.

Su irritación desapareció. Aquel era el golpe de suerte que no se atrevía ni aun a soñar. Basándose en los rumores de una inminente escasez, los cuales llegaron a conocimiento suyo por boca de un informante de confianza, había comprado los futuros de brandy con un margen del setenta por ciento, pagando solo el treinta por ciento del valor de la cantidad total por adelantado, aun cuando perdería o ganaría como si hubiera invertido la cantidad entera. Cuando llegara el día de cuentas, si el precio del brandy aumentaba, sus beneficios serían como si hubiera invertido una cantidad mucho mayor, pero si bajaba, como parecía que harían las acciones, debería mucho más de lo que había invertido.

Lo que necesitaba era justamente un comprador ansioso, un regalo del cielo. Acaso deshacerse de una nueva deuda fuera la señal de que su mala fortuna se acababa. ¿Podía creer de verdad que su enemigo, por la bondad de su corazón, había decidido ofrecerle la solución a su problema más acuciante? ¿Dónde había de encontrar un comprador para aquellos futuros, cuando todo el mundo sabía que solo podían acarrear deudas a su propietario?

—No acierto a imaginar que ningún hombre, francés o de donde fuere, sea tan necio como para comprar mis valores cuando el mercado se ha vuelto contra ellos. El valor del brandy poco ha de cambiar en los pocos días que restan hasta el día de cuentas mensual. —A menos, pensó Miguel, que una asociación comercial estuviera pensando manipular los precios. En más de una ocasión, Miguel había actuado, movido por el aparente cambio en la tendencia de los precios, y al cabo, se había descubierto víctima de las maquinaciones de una asociación.

—El precio cambiará o no. —Parido se encogió de hombros—. Es suficiente para que desee adquirir algo de lo que vos deseáis desprenderos.

Antes de que pudiera contestar a la propuesta, Miguel oyó que alguien gritaba su nombre y vio que se trataba de un feo mozalbete con los cabellos bermejos y la piel enrojecida. El tal mozuelo volvió a gritar el nombre de Lienzo, agitando una carta, con una voz más potente que chillona. Miguel lo llamó y le ofreció una moneda por la carta. Al punto reconoció la letra de Geertruid. Se retiró un poco antes de abrirla.

> *Senhor*:
>
> Deseo que todo os vaya bien en la Bolsa, pero cualquier beneficio que podáis obtener no será sino una sombra de las riquezas que el fruto del café puede reportaros. Mientras atendéis vuestros asuntos, dejad que el espíritu de este maravilloso fruto anime vuestra mente e incremente vuestros beneficios. Escribo estas palabras como persona que se considera vuestra amiga.
>
> GEERTRUID DAMHUIS

Parido sonrió apenas.

—Se me hace que es letra de mujer. Espero que no permitiréis que las intrigas os distraigan durante las horas que dedicáis a los negocios. Sois hombre apasionado, pero estas puertas abren solo dos horas al día.

Miguel devolvió la falsa sonrisa.

—No hay ninguna intriga. Es algo sin importancia.

Parido se rascó la nariz.

—Entonces hagamos algo que sea de importancia. Buscaremos al mercader que os decía y veremos si podemos arreglar las cosas.

Los dos hombres se abrieron paso hasta el extremo sur de la Bolsa, donde el brandy cambiaba de manos. Algunos negociantes iban allí para hacer pedidos o vender lo que sus barcos llevaban a puerto, pero cada vez eran más los que compraban opciones de compra, de venta y futuros, comerciando con unas mercancías que en ningún momento pretendían poseer y que jamás verían. Tal era la forma como se llevaban ahora los negocios, lo que convertía la Bolsa en una gran sala de apuestas donde el resultado no venía determinado por la suerte, sino por las necesidades de los diferentes mercados del mundo.

En sus primeros tiempos, Miguel creyó poseer una innata habilidad para predecir las necesidades de tales mercados. Tenía entonces conexiones entre los más influyentes mercaderes de las Antillas y podía adquirir azúcar a precios excelentes y venderla por mucho más. Los almacenes de ladrillo rojo del Brouwersgracht estaban a rebosar con sus adquisiciones, y todos en la Bolsa sabían que Miguel era el hombre del azúcar. Pero entonces la fortuna lo cogió por sorpresa y todo aquel azúcar se evaporó.

Cerca de la esquina donde los hombres compraban y vendían brandy, Parido presentó a Miguel a un pequeño y achaparrado francés —acaso no más alto que un niño— con el rostro regordete y nariz como una nuez. Llevaba una gorguera, como se estilaba cincuenta años atrás, y su capa roja había mudado casi a marrón con el fango de Amsterdam.

—Jamás juzguéis la riqueza por las vestiduras —le susurró Parido, poniéndose en su papel de gran sabio de la Bolsa—. Acaso un necio se deje engañar por fruslerías y vivos colores, pero ¿quién ignora que es mejor manjar el pollo que el petirrojo?

El francés, a quien Miguel hubiera tenido por un hidalgo apurado de medio pelo, dijo con su torpe acento que deseaba hacer negocios. Extendió las manos en dirección a Miguel.

—Vos sois el hombre que desea vender sus futuros de brandy —dijo en un holandés defectuoso—. Desearía hablar de esos valores, pero no penséis que podéis mofaros de mí, *monsieur*, o descubriréis que no hay venta.

—Siempre conduzco mis negocios como hombre de honor —le aseguró Miguel. El corazón le golpeaba furioso contra el pecho en tanto explicaba al francés que estaba en posesión de futuros por valor de 170 toneles* de brandy. Su voz estaba desprovista de toda infle-

* Unidad de capacidad equivalente a 1,6 m^3 (tonel portugués).

xión, pues no quería apremiar al mercader. La situación requería cierta mano izquierda.

—¡Eso tenéis! —gritó el francés, como si Miguel le hubiera ofrecido una limosna—. ¡Ja! No tanto como pensaba, ni tan bueno. Pero tiene un pequeño valor para mí. Seiscientos florines es más de lo que podéis esperar, pero los pagaré.

—Esa oferta es absurda —replicó Miguel, y ciertamente lo era, pero no por las razones que pretendía dar a entender. El francés debía estar loco si quería entrar en un negocio con el que perdería su dinero casi con total seguridad. O eso o conocía un gran secreto del que Miguel podía sacar provecho. Y sin embargo, Miguel había invertido poco más de quinientos florines, de suerte que no podía desdeñar la oferta ociosamente. Supondría un pequeño beneficio en lugar de una gran pérdida.

—No me desprenderé de ellas por menos de seis cincuenta —dijo.

—Entonces no os desprenderéis de ellas. No tengo tiempo para vuestros regateos de holandés. O lo acordamos así, o buscaré a quien ofrecer lo mismo y que me sea más agradecido que vos.

Miguel sonrió a modo de excusa y llevó a Parido aparte.

—No es necesario que diga que habéis de aceptar la oferta —anunció Parido.

Allí estaba, el gusano moviéndose deliciosamente, y Miguel era el pez. Bien podía coger el gusano, pero ¿valía la pena acabar con el anzuelo clavado en la mejilla?

—No estoy seguro —dijo Miguel uniendo índice y pulgar, cual si palpara el aire buscando algo sospechoso—. ¿Por qué tanto interés en esos futuros? Acaso fuera más sabio conservarlos yo mismo para aprovechar lo que sea que sabe.

—Los beneficios de la Bolsa son los tesoros de los duendes, que pasan de carbón a diamantes y vuelven al carbón. Debéis tomar los beneficios allá donde podáis encontrarlos.

—Yo veo las cosas de otro modo —dijo Miguel secamente.

—Hay un tiempo para la osadía y un tiempo para la prudencia. Pensad un momento. ¿Qué sabemos del francés? Es posible que quiera esos futuros para un plan suyo que en modo alguno podría beneficiaros. Quizá solo pretenda azuzar a un enemigo acaparando lo que este desea. O tal vez ha perdido el juicio. Quizá sepa que el precio triplicará su valor. No podéis saberlo. Lo único que sabéis es que si vendéis ahora os habréis ahorrado una deuda e incluso obtenido un pequeño beneficio. Así es como se hace la fortuna... con porciones pequeñas y gran cautela.

Miguel se volvió. Pocos hombres tenían tan buenos contactos en la Bolsa como Parido, y si había decidido que quería zanjar sus diferencias con Miguel, aquella transacción podía ser el primer paso en una amistad que tal vez le ayudara grandemente a saldar sus deudas. ¿Trataría Parido de empeorar los asuntos de Miguel ante todo el mundo? Aun así, Parido había sido muy rudo con él durante dos años, y Miguel intuía algo siniestro en aquel altruismo suyo.

Su instinto le decía que rechazara la oferta, que conservara esos futuros y viera lo que el mercado le ofrecía, pero ¿osaría hacer caso a sus instintos? La emoción de deshacerse de los futuros malditos era tentadora. Finalizaría aquel mes con beneficios. Y al siguiente comerciaría con aceite de ballena —otra ganancia asegurada— e iniciaría su aventura con el café. Acaso en aquellos momentos estuviera ante el punto de inflexión de su suerte.

Enfrentado a tan grave decisión, de la que bien podía depender su futuro, se hizo la que se había convertido en la única pregunta que le venía a las mientes en aquellas circunstancias. ¿Qué camino tomaría Pieter el Encantador en su lugar? ¿Desafiaría a Parido y se dejaría guiar por sus instintos o cedería ante el hombre que fuera su enemigo y que ahora decía ser su amigo? Pieter, Miguel lo sabía, jamás desaprovechaba una oportunidad, y mejor es hacer creer a quien pretende engañarte que lo ha logrado que desenmascararlo. Pieter seguiría el consejo de Parido.

—Aceptaré el trato —dijo Miguel al cabo.

—Es lo más sensato.

Quizá. Miguel hubiera debido estar eufórico. Tal vez dentro de unas horas lo estaría, cuando el inefable alivio de haberse librado de las venenosas acciones pareciera real. Rezó dando gracias pero, aun sabiendo de su suerte, notó un regusto amargo en la boca. Se había librado del problema con ayuda de un hombre que, dos semanas atrás, lo hubiera metido alegremente en un saco y lo hubiera arrojado al Amstel.

Quizá fuera como Parido decía, y solo deseaba zanjar sus desavenencias, así que se volvió hacia el *parnass* e hizo una reverencia dándole las gracias, aunque con gesto sombrío. Si se descubría que era un engaño, Miguel tendría su desquite.

de

Las reveladoras y verídicas memorias de Alonzo Alferonda

No es cosa sencilla explicar a mis lectores cristianos lo que significa exactamente el *cherem*, o excomunión, para un judío portugués. Para aquellos que hemos vivido bajo el yugo de la Inquisición o en tierras como las de Inglaterra, donde nuestra religión se prohibió, o en lugares tales como las ciudades de los turcos, donde apenas se tolera, morar en un lugar como Amsterdam parecía un pequeño anticipo de la Tierra Prometida. Éramos libres de reunirnos y observar nuestras fiestas, nuestros rituales y de estudiar los textos sagrados a la luz del día. Para nosotros, que pertenecíamos a una pequeña nación condenada a no tener tierra propia, la libertad de vivir como a cada cual le placiera era una bendición por la que nunca, ni uno solo de los días en los cuales conviví con mis hermanos en Amsterdam, olvidé dar las gracias a Dios.

Por supuesto, había a quien no le importaba la expulsión. Quien se alegraba de abandonar lo que tenía por una forma de vida en exceso escrupulosa y absorbente. Miraban a nuestros vecinos cristianos, que comían y bebían a su antojo, para quienes el *sabbath*, incluso su *sabbath*, no era sino un día más, y veían aquellas libertades como una liberación. Pero los más de nosotros sabíamos quiénes éramos. Éramos judíos, y el poder del *ma'amad* de despojar a un hombre de su identidad, de su persona y su comunidad, era verdaderamente aterrador.

Salomão Parido hizo cuanto estuvo en su mano por convertirme en proscrito, pero lo cierto es que yo hubiera podido irme muy lejos y cambiar mi nombre. Nadie hubiera sabido que yo era Alonzo

Alferonda de Amsterdam. Yo conocía el engaño del mismo modo que otros conocen sus nombres.

Y ese era mi plan. Lo haría, pero no todavía. Tenía planes en relación con Parido y no partiría hasta que los viera finalmente cumplidos.

8

Hannah creía saber lo que era el café, pero no entendía por qué había de querer evitar Daniel que su hermano negociara con él ni cómo pensaba Miguel que alguien pudiera tener interés en comprarlo. Hannah los había oído decir aquellas extrañas cosas del café y, en el sótano de Miguel, encontró un saquito con unas bayas curiosamente fuertes del color de las hojas muertas. Se llevó una a la boca. Era dura y amarga, pero la mascó a pesar del ligero dolor que le produjo en las muelas. ¿Por qué, se preguntaba, iba a interesarle a nadie una sustancia tan repulsiva?

Seguramente no hacía bien en rebuscar entre las cosas de Miguel, pero tampoco pensaba decirle a su esposo nada de lo que descubriera. Y además, Miguel jamás le contaba cosas de su vida y, ¿cómo había de saber ella esas cosas si no era averiguándolas por sí misma? Por su propia astucia supo de sus deudas y sus problemas con Parido, y de las extrañas notas que había estado recibiendo. Annetje, a quien Hannah enviaba a veces a seguirlo, le dijo que mantenía una curiosa amistad con una hermosa viuda holandesa. En una ocasión, hasta la llevó a espiar por la ventana de una taberna, y pudo ver con sus propios ojos a la mujer muy orgullosa y altiva. ¿Qué podía haber hecho aquella mujer que fuera tan importante, aparte de casarse con un hombre de dinero y sobrevivirle? En otra ocasión, después de haber estado bebiendo, Miguel la llevó a la casa, pensando que ella y Daniel estaban comiendo con uno de sus socios. La viuda la miró fijamente hasta que el rostro de Hannah se puso encarnado, y los dos salieron a toda prisa, riéndose como criaturas. A juicio de Hannah, si Miguel quería trabar amistad con una mujer, debiera escoger a una mucho menos simple y que viviera en su misma casa.

Hannah volvió a abrir el saquito de café y tomó otro puñado de bayas, dejando que se escurrieran entre sus dedos. Quizá debiera comer más para cogerles el gusto. Cuando Miguel propusiera algún día que comiese café, ella podría reír y decir: «Oh, café, qué delicioso» y echarse un puñado a la boca como si hubiera comido frutos amargos toda la vida... lo que en el fondo era cierto. Con cuidado cogió otra baya negra y la partió con sus muelas. Aún le tomaría un tiempo aprender a encontrarlas deliciosas.

Con todo y eso, tenían un punto agradable. Con la tercera baya había empezado a gustarle la forma en que los trocitos de café sonaban en su boca. El sabor le pareció menos amargo, incluso ligeramente satisfactorio.

Curiosear entre las cosas de Miguel y comer sus frutos secretos le hacía sentirse culpable. Seguramente fue esa la razón por la que Annetje la sobresaltó al volver escaleras arriba. La moza arqueó sus finas cejas con gesto malicioso.

—Casi es hora de marchar, *senhora* —dijo.

Hannah tenía la esperanza de que lo hubiera olvidado. ¿Qué podía importarle en realidad si iban o no? Bueno, Hannah lo sabía: hacía que Annetje se sintiera poderosa. Le permitía tener algo con lo que dominarla, sacarle unos pocos florines cuando le apetecía, hacer que Hannah mirara hacia otro lado cuando la descubría holgazaneando con algún holandés en lugar de atender sus tareas.

Había un lugar allí mismo, en su barrio, pero Hannah jamás se atrevió a visitarlo, pues eran demasiadas las personas que transitaban el Breestraat y el amplio paseo de su lado del Verversgracht. Annetje y ella iban a un lugar cercano a los muelles, saliendo de Warmoesstraat, recorriendo calles sinuosas y empinados puentes. Solo cuando estaban lejos del Vlooyenburg y habían dejado muy atrás el Dam, cuando caminaban ya por las callejas ruinosas y angostas de la parte vieja de la ciudad, Hannah osaba detenerse para quitarse el velo y el pañuelo, temerosa de los espías del *ma'amad* que se decía acechaban por doquier.

La obligación de cubrirse había sido una de las cosas más difíciles de su vida en Amsterdam. En Lisboa, sus cabellos y su rostro jamás fueron más privados de lo que fuera su sayo, pero al trasladarse a aquella ciudad, Daniel le dijo que ningún hombre salvo él podría ver jamás sus cabellos, y que debía cubrirse el rostro en público. Más adelante supo que la Ley judaica no prescribía en ningún momento que la mujer se cubriera. La costumbre procedía de los judíos del norte de África, y la habían adoptado en Amsterdam.

Hannah comió subrepticiamente algunos de los granos por el camino, echándoselos a la boca cuando Annetje se adelantaba. Cuando llevaba ya más de una docena empezó a sentirlos agradables; la tranquilizaban, y lamentaba que con cada uno que comía quedara uno menos.

Cuando se acercaban, Annetje la ayudó a ponerse una sencilla cofia blanca sobre la cabeza, y un momento después nadie hubiera dicho que no era holandesa. Con el rostro y los cabellos descubiertos, Hannah avanzó hacia la calle despejada que salía al Oudezijds Voorburgwal, el canal que recibía su nombre por las antiguas murallas de la ciudad. Y allí estaba. Varias casas se habían combinado para crear un espacio agradable, aunque insignificante para lo que se estilaba en Lisboa, y aunque la tal calle no estaba lejos de las zonas más peligrosas de Amsterdam, allí todo parecía tranquilo y recogido. Grandes robles bordeaban el canal por ambos lados, y hombres y mujeres paseaban por las márgenes con sus ropas de fiesta. Un pequeño grupo de caballeros destacaba por sus llamativos ropajes azules, rojos y amarillos, sin las trabas de la Iglesia Reformada, que abominaba de los colores llamativos. Sus esposas lucían vestidos con pedrería, corpiños relucientes de seda y cofias centelleantes; hablaban bulliciosamente, reían y llevaban sus manos a otros hombres.

Siguiendo los pasos de Annetje, Hannah subió al cuarto piso, con una única habitación de la que se había extraído todo y que se había convertido en lugar santo. Las grandes ventanas dejaban entrar la luz tamizada por las nubes, pero la iglesia estaba iluminada por un número incontable de cirios que ardían sin humo en los candelabros. Hannah miró las pinturas: Cristo en la cruz, la Verónica con el sudario, san Juan en el desierto. En otro tiempo le habían dado consuelo, pero cada vez sentía una inquietud mayor ante ellos, como si aquellos santos estuvieran conspirando con Annetje y guiñaran los ojos o hicieran muecas de desprecio cuando ellas pasaban.

Los burgomaestres no habían prohibido la práctica del catolicismo en Amsterdam, pero solo se permitía si se hacía en privado, y las iglesias no debían ser reconocibles desde el exterior. Por dentro podían ser tan opulentas como los católicos quisieran, y los prósperos mercaderes de la comunidad católica habían sido generosos con sus donaciones. La iglesia era también un santuario; aunque la práctica del catolicismo era legal, los papistas no eran muy apreciados por el vulgo, pues la opresión vivida bajo España seguía muy presente para todos. En una ocasión, Hannah había visto cómo al padre Hans de aquella iglesia lo perseguía por las calles un grupo de niños que le arrojaba bostas.

Hannah encontró asiento en la primera fila, pues aquel día no había mucha gente, y empezó a relajarse un tanto. Le gustaba el familiar sonido del órgano, y se permitió el lujo de ponerse a divagar. Pensó en su hijo... una niña, decidió. La noche antes había soñado que era una hermosa niña. La mayoría de sueños no eran sino cosas absurdas, pero aquel tenía la consistencia de una profecía. Una niña sería una bendición. Se entregó a tal pensamiento hasta que casi pudo sentir la niña en sus brazos, pero cuando el cura empezó a recitar la misa, la fantasía se deshizo.

Tal vez erraba al buscar consuelo en la vieja religión, pero Annetje la había convencido amablemente de que fuera una primera vez... y después ya no tuvo elección. Todos aquellos hombres que le habían ocultado la verdad o solo le habían dado una triste versión no tenían derecho a obligarla a seguir los caminos que ellos quisieran. ¿Cómo decidir si deseaba ser judía o no? Tenía tan poca capacidad de elección sobre la religión que quería como sobre su rostro o su carácter. Mientras estaba allí sentada, escuchando a medias las palabras que resonaban por la cámara, Hannah sintió que su irritación con Daniel aumentaba. ¿Quién era él para decirle que tenía que adorar a Dios de una forma distinta y ni tan siquiera molestarse en explicarle qué forma era esa? ¿No tenía derecho a quejarse por semejante injusticia? Otras mujeres hablaban de sus ideas con sus esposos... raro era el día en que salía a la calle y no veía a alguna holandesa reprendiendo a su hombre por borracho u ocioso. No estaba bien, se dijo entre sí. Se sobresaltó al ver que se había dado una palmada en la pierna.

Después del servicio, la doncella bajó las escaleras charlando, pero Hannah no estaba de humor para charlas. Quería salir de allí, volver a casa, ir a alguna parte. Pero acaso debiera aprovechar y disfrutar del buen humor de Annetje, se dijo para sí. La moza era más agradable cuando conseguía lo que quería y estaba tan complacida por haber llevado a Hannah a la iglesia que sin duda estaría muy amable. Pero

¿por qué, se preguntó Hannah echándose otro grano de café a la boca, habría ella menester de la amabilidad de su doncella?

Era intolerable. Difícilmente hubiera podido rebelarse contra su esposo, pero una doncella era otra cosa. Aquellas amenazas de contarle a Daniel que era católica eran absurdas. ¿Por qué iba a creerla Daniel? Para él no era más digna de atención que un simple perro.

Después de las oraciones salieron de la iglesia y caminaron a lo largo del Oudezijds Voorburgwal con los otros fieles. Por unos deliciosos momentos, Hannah se permitió disfrutar sabiendo que entre aquel gentío nadie la conocía antes de decidir que la hora de jugar a ser libre se había acabado.

—Mi velo y el pañuelo, por favor —le dijo a la doncella. Habló con más prisa de la que pretendía, y sus palabras sonaron como una orden. Dio aún varios pasos antes de darse cuenta de que Annetje se había detenido y la miraba con una sonrisa en los labios.

—Ven, deprisa —dijo Hannah—. Alguien podría verme.

—Una mujer no habría de ocultarse a ojos del mundo —le dijo Annetje, dando un paso adelante—. No cuando es tan bella como vos. Venid, daremos un paseo.

—No quiero dar un paseo. —Las palabras bruscas empezaron a brotar en su interior, y no estaba de ánimo para reprimirlas. A la moza le gustaba tomarle el pelo, tomarse libertades, sobrepasar los límites de su poder, pero eso era porque ella lo permitía. ¿Qué sucedería si Hannah se negaba a dejar que obrara a su antojo?—. Dámelos —dijo.

—No seáis mojigata. Creo que deberíamos mostrar al mundo entero vuestras gracias.

—Mis gracias —repitió Hannah— no son de la incumbencia del mundo. Dame mis cosas.

Annetje retrocedió. Su rostro se tornó encarnado, y por un momento Hannah temió que montara en cólera. Pero en vez de eso se puso a reír.

—Venid, pues, y cogedlas. —Y, tras levantarse las faldas solo un poco, echó a correr por Leidekkerssteeg, por donde habían venido.

Hannah estaba tan sorprendida que no se movió. Al salir de la calleja, la moza giró a la derecha y desapareció. Y allí estaba ella, en la otra punta de la ciudad, lejos del Vlooyenburg, sola y sin escolta, sin nada con que cubrirse la cabeza y el rostro. ¿Qué podía decirle a Daniel? ¿Que la habían atacado? ¿Que algún rufián le había robado el velo y el pañuelo, y la había dejado marchar?

Tal vez la moza solo quería correr un poco y la estaba esperando a la salida del callejón, en el Oudezijds Voorburgwal, con aquella sonrisa suya tan impúdica en el rostro. ¿Debía correr y darle a Annetje la satisfacción de verla aterrada, o haría mejor en caminar lentamente y hacer que conservaba la dignidad?

Caminó, pero con cierto apresuramiento. Al salir del callejón se encontró con una multitud de apuestos hombres y mujeres que paseaban, un grupo de niños jugando bulliciosamente con una pelota y algunos malabaristas harapientos buscando algún ochavo perdido por la orilla del canal. Ni rastro de Annetje.

Entonces oyó la voz de la criada, su risa: estaba al otro lado del canal y se alejaba en dirección al Zeedijk. Se rió y agitó el pañuelo, como si fuera un estandarte de victoria; luego echó a correr otra vez.

Hannah se levantó las faldas y corrió tras ella. Jamás había corrido de aquella forma, y los pulmones empezaron a dolerle cuando apenas había dado unas pocas zancadas por el empinado puente del canal. Los hombres se detenían a mirarla, los niños le gritaban nombres que no comprendía.

Annetje frenó un tanto para que Hannah no la perdiera y luego echó a correr hacia el sur por Zeedijk. ¿Qué pretendía corriendo hacia el Nieumarkt? Sin género de dudas, en aquella zona de la ciudad serían atacadas. Pero un ataque podía convertirse en su salvación. Se imaginó volviendo a casa ensangrentada y magullada, que la cuidaban en vez de reprenderla. De modo que siguió a la doncella, que corría, corría, corría. Y entonces se paró. Hannah se detuvo también y se volvió para ver cómo Annetje regresaba hacia ella, luego se giró de cara a la Casa del Peso. El extremo sur de Nieumarkt señalaba la división entre limpio y sucio, repugnante y adecuado. No era lugar para la esposa de un mercader judío.

Al ver que su señora había dejado de correr, Annetje rió estruendosamente y corrió por donde había venido. A Hannah se le antojaba que las nubes habían empezado a descargar una lluvia caliente, pero entonces se dio cuenta de que eran las lágrimas, que le bañaban el rostro, y se maldijo por ser tan débil. Y comprendió que no era llanto de miedo o de pesar, sino de ira. Corre, pensó, mientras veía cómo aquella zorra se escapaba. Haces bien en correr, pues si te atrapo, te estrangularé.

Por un momento se olvidó de dónde estaba, tan clara veía la imagen de sus manos alrededor del fino cuello de Annetje. Entonces despertó y un rostro le llamó la atención. Junto a la Casa del Peso había una mujer vestida de rojo y negro, con un amplio escote que mostraba sus generosos pechos. Una pequeña cofia roja ladeada sobre la cabeza permitía mostrar al mundo su abundante cabellera castaña. Estaba hablando con dos hombres de porte muy serio, aunque ella no lo estaba. No, aquella mujer ignoraba qué cosa era la seriedad.

Hannah miró demasiado rato y con demasiado interés, y de alguna forma la mujer notó que la miraban y devolvió la mirada. En aquel momento, Hannah lo supo. Era la amiga de Miguel, la viuda.

La mujer miró en su dirección, y sus bellos ojos se encontraron con los de Hannah. Sus ojos brillantes se posaron sobre la tímida mirada de Hannah y una expresión de reconocimiento transformó el rostro de la viuda.

Y la viuda reconoció algo más que la cara; supo, sin género de dudas, que Hannah estaba haciendo algo en secreto... Y Hannah, aun sin saber cómo, comprendió que también la viuda estaba haciendo algo a escondidas.

La viuda le sonrió y se llevó un dedo a los labios en un gesto que indicaba silencio, un silencio absoluto y sin ambigüedad ninguna. Hannah vería aquella escena repetida en sus sueños. La vería cada vez que cerrara los ojos. Seguía con ella presente cuando fue vagando como un soldado que se aleja maltrecho del campo de batalla hasta regresar a la iglesia secreta, adonde Annetje fue finalmente, le devolvió sus cosas y trató de hablar como si todo hubiera sido un pequeño juego entre niñas.

Hannah no pensaba en hablar, no pensaba en perdonar a Annetje... o en no perdonarla. Solo podía pensar en aquel dedo llevado a los labios. Aún habrían de transcurrir algunos días antes de que descubriera si se trataba de una orden o una promesa.

9

El lunes la Bolsa abrió normalmente. Miguel se acercó al Dam algo alborotado, pues por fin habría de saber cómo se zanjaban sus asuntos y, además, se había bebido tres cuencos de café aquella mañana. Bien merecía una recompensa por haberse librado de sus futuros de brandy y no había podido resistirse al olor seductor del café, el cual empezaba ya a inundar su habitación. Aquella mañana se había escurrido hasta la cocina para coger el mortero y la mano. Cuando volvió al sótano, quitó la bolsa y encontró menos café en su interior del que recordaba. No importa, se dijo para sí, y machacó el café hasta convertirlo en un grano más pequeño, luego lo mezcló con licor, sin dejar de remover, esperando que los granos se disolvieran. Y entonces recordó que aquello no era azúcar o sal, así que dejó que los posos se asentaran en el fondo y dio un buen trago.

No era tan bueno como el que había tomado con Geertruid, ni siquiera como el de la taberna turca, pero a pesar de todo la combinación de dulce y amargo seguía resultando de su agrado. Tomó un sorbo y sintió el café como un beso en la boca. Aspiró su olor y lo observó a la luz de la lámpara de aceite. Y antes de terminar, supo que no saldría del sótano sin preparar un poco más.

Mientras vertía el agua, casi se echó a reír. Se había preparado un cuenco, solo uno, y lo había hecho mal —eso lo sabía porque lo había probado mejor— y aun así no se había resistido a la tentación de beber otro. Geertruid tenía razón. Aquello podía hacerlos ricos a los dos, si acaso encontraban la forma de actuar con rapidez y contundencia. Pero ¿cómo? ¿Cómo, cómo, cómo? Miguel se alteró tanto que arrojó uno de sus zapatos al otro lado de la bodega y lo vio caer al suelo con satisfacción.

—Café —musitó entre sí. Pero por el momento habría de conformarse con beberlo. Todavía le quedaba mucho que hacer.

Miguel permaneció ante el edificio del ayuntamiento, el gran palacio de piedra blanca construido gracias a la opulencia del comercio. En todas las Provincias Unidas no podía encontrarse ni un pedazo de mármol y, sin embargo, el interior del edificio estaba enteramente recubierto de mármol, una cantidad incalculable de mármol... mármol, oro, plata, por todas partes. Las mejores pinturas colgaban de sus paredes, las más finas alfombras cubrían los suelos, exquisitos primores, en maderas y baldosas. En otro tiempo, a Miguel le había deleitado pasear por su interior, con su banco, sus tribunales y sus celdas, explorando los espacios públicos, soñando con la opulencia oculta en las cámaras de los burgueses. Pero desde que conoció en sus carnes los secretos que se ocultaban en las cámaras privadas de la Cámara de la Bancarrota, el ayuntamiento había perdido su encanto.

Miguel alzó la vista y vio una sombra que se cruzaba en su camino. Pestañeó unas pocas veces y vio una figura: escasa estatura, oronda, pelo largo y barba cuidada. El hombre iba ataviado con ropas de un azul encendido, del color del cielo, y llevaba un enorme sombrero de ala ancha de idéntico color, calado hasta por encima de los pesados párpados que caían sobre sus ojos: Alonzo Alferonda.

—¡Lienzo! —exclamó el hombre, como si se hubieran encontrado por azar. Le echó un brazo al hombro a Miguel y siguió caminando, arrastrándolo con él.

—¡Jesús, María y José! ¿Acaso habéis perdido la razón que os acercáis a mí en semejante lugar? Podrían vernos.

—No, Miguel, no estoy loco, solo soy vuestro más ferviente amigo. No había tiempo para arriesgarse con notas y recaderos. El asunto de Parido y el aceite de ballena será hoy.

—¿Hoy? —Ahora fue Miguel quien lo arrastró a él, llevándolo por la estrecha senda que pasaba detrás de la Nieuwe Kerk—. ¿Hoy? —repitió cuando se detuvieron en el callejón húmedo y cerrado. Una rata los miró con gesto desafiante—. ¿Cómo que hoy? ¿Qué significa que hoy?

Alferonda se inclinó hacia delante y olfateó.

—¿Habéis estado bebiendo café?

—Lo que haya podido beber no tiene importancia.

Alferonda volvió a olfatear.

—Lo habéis mezclado con vino, ¿no es cierto? Malgastáis vuestros granos. Mejor mezcladlos con agua dulce.

—¿Y qué se os hace a vos si lo mezclo con la sangre de Cristo? Habladme del aceite de ballena.

El usurero dejó escapar una pequeña risa.

—Desde luego, os ha metido el demonio en el cuerpo, ¿no es cierto? No me miréis así. Os diré lo que sé. Mi contacto en la Compañía de las Indias Orientales, un sujeto rubicundo que me debe cuarenta florines, me mandó una nota esta mañana.

—No es necesario que me contéis todos los detalles. Hablad.

—Bueno, pues el caso es que el asunto del aceite de ballena será hoy.

Miguel sintió un dolor en el cráneo que aumentaba, hasta que estalló como la detonación de un mosquete.

—¿Hoy? Si todavía no he comprado mis futuros de aceite de ballena. Esperaba a que pasara el día de cuentas. —Escupió al suelo—. ¡Maldita sea mi suerte! Estaba todo planeado y para nada... Por un miserable día. Pensaba comprar los futuros mañana por la mañana.

—Olvidaos de los futuros por un momento. —Alferonda meneó la cabeza—. Lleváis tanto tiempo negociando con etéreos pedazos de papel que descuidáis el comercio corriente. Id y comprad aceite de ballena... no los futuros, sino el aceite en sí. Tal vez así recordaréis que el resto del mundo sigue haciendo sus transacciones de esa singular forma. Y entonces, antes del cierre de la Bolsa, podríais daros la vuelta y vender lo que habéis comprado por un bonito beneficio. Es muy sencillo.

Miguel dejó escapar una risotada y aferró a Alferonda por los hombros.

—Tenéis razón. Supongo que es sencillo. Gracias por el aviso.

—Oh, no es nada. Siempre es un placer echar una mano a los amigos.

—Sí, sois un buen amigo —dijo Miguel estrechándole la mano, al estilo de los holandeses—. Sois un buen hombre, Alonzo. El *ma'amad* erró al trataros de forma tan espantosa. —En aquellos momentos lo que más deseaba Miguel era quedar libre y ponerse a trabajar en la Bolsa. Geertruid tenía razón: el café era la bebida del comercio, puesto que el que había bebido aquella mañana, combinado ahora con la avaricia, estaba resultando ser impulso demasiado poderoso para no hacerle caso.

—Antes de que me os escapéis —dijo Alferonda—, quería preguntaros una cosa. He oído decir que Parido os ayudó a deshaceros de los futuros de brandy que os tenían atado como una soga.

—Así es. ¿Qué pasa?

—¿Que qué pasa? ¿Que qué pasa, preguntáis? Miguel, permitidme que os diga que Salomão Parido nunca olvida un agravio. Si os ha ayudado, será porque trama algo, así que haríais bien en estar prevenido.

—¿Acaso creéis que no lo he pensado? Parido es de Salónica, y yo de Portugal. Él se educó como judío; yo, fingiendo ser católico. En asuntos de fullería, él jamás podría derrotarme.

—A mí me derrotó —dijo Alferonda amargamente—. Tal vez no sea tan astuto como nosotros, los judíos secretos, pero cuenta con el poder del *ma'amad*, y eso se nota. Antes de desdeñarlo tan a la ligera, debierais pensar en la amargura de no poder pisar jamás una sinagoga en Yom Kippur* ni en asistir jamás al *seder* de la pascua judía, la amargura de no poder recibir jamás a la novia de *sabbath*. Y ¿qué me decís de vuestros negocios? ¿Os gustaría ver cómo se arruinan, cómo vuestros compañeros se muestran temerosos de negociar con vos? Si pensáis comerciar con café, haríais mejor en no perder de vista a Parido y aseguraros de que no echa a perder vuestros planes.

—Tenéis razón, por supuesto —dijo Miguel con impaciencia.

—No confiéis en ningún supuesto gesto de amistad —lo apremió Alferonda.

—Entiendo.

—Bien. Entonces os deseo suerte con vuestra empresa de hoy.

Miguel no necesitaba suerte. Solo él poseía aquel entendimiento nuevo. Y tenía café.

Cuando pasaba bajo la gran arcada de la Bolsa, Miguel cerró los ojos y musitó una oración casi olvidada en un intento de asegurar sus negocios de aquel día. Él, bendito sea, aún no lo había abandonado. Miguel estaba seguro. Casi seguro.

* Día del Gran Perdón. En él se conmemora el día en que Dios perdonó a su pueblo, culpable de adorar al becerro de oro. *(N. de la T.)*

El asunto con Alferonda solo había tomado unos minutos, pero el tono alborotado que solía escucharse cuando la Bolsa abría sus puertas ya se había calmado. Los días de cuentas, los comerciantes deambulaban por la Bolsa, comprobando si sus precios aguantaban para proteger sus cuentas de cambios inesperados. En el primer cuarto de hora, los más de ellos habían averiguado ya cuanto necesitaban saber.

Miguel se dirigió con grandes prisas a la esquina noroeste de la Bolsa y encontró a un conocido holandés que comerciaba con Moscovia a quien comprar aceite de ballena. En aquel momento, el precio era de 37,5 florines por cada cuarto de tonelada, de modo que Miguel compró cincuenta cuartos por menos de mil novecientos florines... Una cantidad que difícilmente podía permitirse perder, sobre todo porque lo hacía sobre una deuda.

Después Miguel dio una vuelta por la Bolsa, sin quitar el ojo del reloj y del extremo más alejado de la plaza. Hizo algún pequeño negocio, pues compró madera barata a un sujeto que necesitaba desprenderse de ella para aumentar su capital, y luego estuvo charlando con unos amigos hasta que reparó en cinco holandeses vestidos de negro que se acercaban a la esquina donde se traficaba con aceite de ballena. Eran jóvenes, cara regordeta, bien afeitados y con la expresión segura de quien negocia con grandes cantidades de un dinero que no es el suyo. Eran agentes de la Compañía de las Indias Orientales y llevaban su afiliación como si fuera un uniforme. Los hombres interrumpían sus conversaciones para mirarlos.

Los cinco empezaron a la par. Dando grandes voces pedían aceite de ballena, se golpeaban las manos para sellar cada venta y pasaban al siguiente trato. En apenas un momento, Miguel oyó que alguien pedía a 39 el cuarto. Empezaron a oírse exclamaciones en holandés, latín, portugués: «Compro cien cuartos a cuarenta y medio». Otra voz contestaba: «Vendo a cuarenta».

A Miguel el corazón le latía con violencia por la emoción. Era exactamente como Geertruid había dicho: el café era como un espíritu que se había adueñado de su cuerpo. Oía todas las exclamaciones con claridad; calculaba todo nuevo precio con precisión. Nada escapaba a su vista.

Allí estaba él, con su recibo aferrado en una mano, adivinando el ánimo de la multitud con mayor claridad que nunca. Había presenciado aquello docenas de veces, pero jamás se había sentido capaz de ver las corrientes que se movían en el río de la Bolsa. Cada precio hacía moverse las aguas en una dirección distinta, y si un hombre observaba, con el ingenio aguzado por aquel maravilloso bebedizo, podía verlo todo perfectamente. Miguel comprendía ahora por qué había fracasado en el pasado. Siempre actuaba pensando en el futuro, cuando en realidad ello no cuenta para nada. Lo que importa es el presente, el instante. En la exaltación del momento, el precio subía a lo más alto, mañana caía en picado. El ahora era lo único que importaba.

Cuarenta y dos florines por cada cuarto de tonelada. Cuarenta y cuatro florines. No parecía haber indicios de que fuera a aflojar. Cuarenta y siete...

Miguel siempre se había preguntado cómo saber cuándo había de moverse. Era menester habilidad, suerte y clarividencia para saber en qué momento los precios habían llegado a su techo. Lo mejor era vender justo antes de que llegaran al límite, no después, pues los precios bajaban mucho más deprisa de lo que subían, y un instante podía significar la diferencia entre los beneficios y las pérdidas. Ese día sabría cuál era el momento.

Miguel estuvo observando los rostros de los comerciantes, atento a cualquier señal de pánico. Entonces vio que los cinco agentes de las Indias Orientales empezaban a retirarse del alboroto que ellos mismos habían provocado. Sin su presencia, las compras se reducirían considerablemente, y el precio pronto empezaría a caer. Alguien sacó cincuenta cuartos por 53 florines cada uno. Había llegado el momento de actuar.

¡Ahora!, le gritó el café, ¡Hazlo!

—Cincuenta cuartos —exclamó Miguel—, por cincuenta y tres florines y medio.

Un corredor gordo y bajo llamado Ricardo, un judío del Vlooyenburg, chocó la mano de Miguel para aceptar el negocio. Y ya estaba.

El corazón le latía a toda prisa. Con la respiración agitada, Miguel vio cómo los precios empezaban a bajar a su alrededor: 50 florines, 48,45. Había vendido en el momento justo. Unos momentos más tarde y hubiera perdido cientos de florines. Las dudas que lo acosaban, la desgana, las negras ideas, todo había desaparecido. Había utilizado el café para disiparlos del mismo modo que un rabino utiliza la Torá para conjurar a los demonios.

Miguel se sentía como si hubiera ido corriendo hasta allí desde

Rotterdam. Todo había sucedido muy deprisa, envuelto en el remolino del oscuro vapor del café, pero ya estaba hecho. Apenas unos momentos de frenesí le habían reportado un beneficio de 800 florines.

Miguel hubo de hacer un gran esfuerzo para contener la risa. Era como despertar de una pesadilla y tratar de convencerse a uno mismo de que los terrores del mundo de los sueños no son reales, que ya no tienes que preocuparte más. Aquella deuda que lo atormentaba bien podía disiparse con el viento; tan escasa importancia tenía.

No fue cosa premeditada, pero en aquel momento Miguel agarró a un corredor recién llegado de Portugal por los hombros.

—¡Miguel Lienzo ha vuelto! —exclamó—. ¿Lo entendéis? Esconded vuestro dinero en el sótano, amigo. No está seguro en la Bolsa... no si Miguel Lienzo anda suelto por aquí.

Por el reloj de la torre, echó de ver que apenas faltaban unos momentos para que la Bolsa cerrara la sesión. ¿Por qué andar de un lado a otro con pequeñas fruslerías? Era hora de celebrarlo. La época más desafortunada de su vida había tocado a su fin. El Lienzo endeudado se había evaporado, y una nueva era de prosperidad acababa de iniciarse. Dejó escapar una carcajada, sin molestarse al ver que el joven corredor se alejaba como si Miguel hubiera de atacarle ni preocuparse por el corrillo de holandeses que lo miraron como si fuera un demente. No le importaba aquella gente, pero, lejos de olvidar al artífice de su buena fortuna, dio gracias a Él, bendito sea, por sustentarlo y concederle aquella bonanza.

Y entonces, como en respuesta a su agradecimiento, la idea se apoderó de él.

Llegó con una fuerza inesperada, y aun entonces fue como si le cayera del cielo, pues no salió de sus adentros, cayó sobre él desde fuera. Era un regalo.

Miguel se olvidó de los beneficios del aceite de ballena. Se olvidó de sus deudas y de Parido. En un glorioso momento supo, con total clarividencia, cómo haría fortuna con el café.

La idea lo paralizó. Miguel comprendió que, si realmente lograba mediar para llevar esa idea al mundo, tendría riquezas en un grado que solo había soñado. No dinero para comodidades o el dinero de la prosperidad: el dinero de la opulencia. Podría casarse con quien quisiera y llenar por fin los vacíos de su vida; podría llevar adelante a sus hijos judíos y situarlos como le pluguiera; no serían mercaderes que hubieran de luchar duramente por ganarse el pan como hubo de hacer él. Los descendientes de Miguel Lienzo serían caballeros, hacendados, lo que les placiera, y podrían dedicar cuanto tiempo quisieran al estudio de la Torá... o, si salían hembras, casarse con grandes eruditos. Sus hijos se dedicarían a la abogacía, darían dinero a obras de caridad, ocuparían puestos en el *ma'amad* y promulgarían sabias leyes, y expulsarían a personajes insignificantes como Parido a los márgenes de la sociedad judía.

Hubo menester de un momento para ordenar sus pensamientos, los cuales eran confusos y lentos. De suerte que, mientras mercaderes y corredores lo golpeaban al pasar como rachas de viento, Miguel repitió entre sí su plan por asegurarse de articularlo en todo su esplendor. Se enzarzó en un silencioso diálogo, en un interrogatorio tan intenso y despiadado como pudiera serlo uno del *ma'amad*. Si le golpeaban en la cabeza y perdía la conciencia y dormía hasta el día siguiente, quería tener la seguridad de que recordaría aquella idea con la misma prontitud con que recordaba su nombre.

Lo tenía. Lo entendía. Era suyo. Ahora solo tenía que empezar.

Con la espalda erguida y el paso comedido —se le vino a las mientes un asesino al cual viera en una ocasión avanzando hacia el cadalso que se levantaba cada año en la plaza del Dam—, Miguel se abrió paso hacia la zona de la Bolsa donde se congregaban los mercaderes de las Indias Orientales. Allí, entre un grupo de comerciantes judíos, encontró a su amigo Isaías Nunes.

Para ser tan joven, Isaías ya había demostrado ser un agente notablemente dotado. Tenía contactos de un valor incalculable en la Compañía de las Indias Orientales holandesa, los cuales le proporcionaban noticias y rumores y, sin duda, también comisiones. Él conseguía bienes con los que otros mercaderes tenían que limitarse a soñar, y lo hacía con una frecuencia y con un sentimiento de culpa tan grande como el amante que se oculta debajo de la cama en tanto el marido registra la habitación.

A pesar de su carácter nervioso, Nunes charlaba con soltura con un grupo de mercaderes, los más de los cuales le sobrepasaban hasta en veinte años la edad. Miguel se maravillaba de verlo, pues que era persona muy inquieta y a la par entusiasta. Cuando el precio del azúcar se desplomó, de todos sus amigos, Nunes fue el único que le ofreció su ayuda. Se ofreció espontáneamente a prestarle setecientos florines y, a las pocas semanas, Miguel le devolvió el dinero con una cantidad que pidió prestada a Daniel. Cierto es que Nunes hacía lo imposible por no llamar la atención de Parido y evitar el escrutinio del *ma'amad*, pero había demostrado quién era en un momento de dificultad.

Ahora Miguel se acercó a su amigo y preguntó si podían tener unas palabras. Nunes se excusó, y los dos hombres se dirigieron a un rincón tranquilo y fresco, a la sombra del edificio de la Bolsa.

—Ah, Miguel, he oído decir que habéis tenido un golpe de suerte con el aceite de ballena. Estoy seguro de que vuestros acreedores ya os están escribiendo alguna nota.

Nunca dejaba de sorprenderle el poder de los rumores. El negocio había tenido lugar hacía apenas unos momentos.

—Gracias por quitarme el sabor de la victoria de los labios —dijo con una sonrisa.

—Imagino que sabéis que los cambios en el negocio del aceite de ballena son obra de Parido. Su asociación de comerciantes estaba detrás de todo.

—¿De veras? —preguntó Miguel—. Bueno, pues ha sido una suerte que tropezara con sus maquinaciones.

—Espero que vuestro tropiezo no haya perjudicado sus planes. No es menester que le deis ninguna excusa para que se ponga furioso con vos.

—Oh, ahora somos amigos —dijo Miguel.

—También lo había oído. ¡Qué mundo este! Pero ¿por qué habría Parido de desviarse de su camino para ayudaros? Yo en vuestro lugar no bajaría la guardia. —La voz de Nunes se perdió cuando alzó la cabeza para mirar el reloj de la torre—. ¿Habéis venido para probar suerte con las Orientales en estos últimos minutos?

—Tengo cierto proyecto en mientes y acaso necesite a alguien con vuestros contactos.

—Sabéis que podéis confiar en mí —repuso Nunes, aunque tal vez sin la cordialidad que Miguel hubiera deseado. Probablemente, Nunes no deseaba hacer muchos negocios con el enemigo de Parido, aun si ahora el *parnass* decía ser su amigo.

Miguel se tomó unos momentos para considerar cómo iniciar sus pesquisas, pero no supo encontrar palabras de especial agudeza, así que fue directo al grano.

—¿Qué sabéis del fruto del café?

Nunes guardó silencio un instante, mientras caminaban.

—El fruto del café —repitió—. Algunos hombres de las Indias Orientales lo adquieren en Moca, y buena parte de él se destina a la venta en Oriente, donde los turcos lo beben como si fuera su vino. En Europa no es muy popular. La mayor parte de lo que pasa por esta Bolsa se vende a agentes de Londres, y una pequeña parte va hacia Venecia y Marsella. Ahora que lo pienso, también ha adquirido cierto renombre en cortes extranjeras.

Miguel asintió.

—Sé de ciertas facciones que han manifestado su interés por el café, pero es un asunto delicado. Es difícil explicarlo, pero hay quien desearía ver fracasar el negocio.

—Lo entiendo —dijo Nunes con cautela.

—Bien, ahora permitidme que sea franco. Deseo saber si podéis importar grano de café para mí. En grandes cantidades, el doble de lo que actualmente se trae en un año. Y deseo saber si podéis mantener en secreto esta transacción.

—Ciertamente, es posible. Creo que cada año llegan unos 45 toneles, cada uno con sesenta libras. En estos momentos el café se está vendiendo a algo más de medio florín la libra, lo que sumaría un total de treinta y tres florines cada tonel. Me estáis pidiendo noventa toneles, ¿cierto? ¿Justo por debajo de los tres mil florines?

Miguel trató de no pensar en lo desproporcionado de la cifra.

—Sí, exactamente.

—Las cantidades no son ilimitadas, pero creo que podré conseguir noventa barriles. Hablaré con mis contactos de las Indias Orientales y les encargaré que lo traigan para vos.

—Debo insistir en la importancia de mantenerlo en secreto. Preferiría que ni tan siquiera los marineros sepan lo que transportan, pues ¿cuántos acuerdos se pierden por la ligereza de sus lenguas?

—Oh, eso no es problema. Solo tengo que dar instrucciones a mis agentes para que pongan una mercancía más corriente en el manifiesto del barco. Hago este tipo de maniobras con cierta frecuencia. No duraría mucho en este negocio si no fuera capaz de mantener tales cosas en secreto.

Miguel sintió ganas de ponerse a dar palmas de contento, pero se tuvo. Muéstrate sereno, se dijo entre sí. Aparenta desinterés, como si todo esto apenas te importara.

—Suena prometedor. Una vez haya encargado la mercancía,

¿cuánto habré de esperar para tenerla en un almacén de aquí, en Amsterdam?

Nunes consideró la pregunta.

—Para estar seguro, necesitaría dos meses, acaso tres. Seguramente será menester algo de tiempo para reunir la cantidad que pedís. Y, Miguel, puedo mantener el secreto aquí, pero no puedo aseguraros con cuánta tranquilidad se mirará este asunto en la Compañía. Una vez que mis agentes empiecen a comprar café en grandes cantidades, alguien se dará cuenta y los precios subirán.

—Lo entiendo. —A punto estuvo de decir «No importa», pero se contuvo. Lo mejor sería no desvelar demasiado. Nunes era de fiar, pero no tenía por qué saber más de lo necesario—. El comprador ya contaba con esa posibilidad.

Nunes se pasó una mano por su barba bien recortada.

—Estaba pensando que también la Compañía está demostrando un inusitado interés por el café. El puerto de Moca, donde se compra ahora el café, está atestado de barcos procedentes de Oriente. Un barco puede tardar días en conseguir su envío.

—Pero ¿decís que podéis conseguir lo que os pido?

—A la Compañía le gusta acaparar. Y os diré algo más: los turcos, acaso ya lo sepáis, han convertido en un crimen castigado con la muerte el arrancar una sola planta de café de su imperio. No desean que nadie cultive y venda el grano salvo ellos. Todo el mundo sabe de su carácter taimado, pero os digo que son unos corderitos comparados con el holandés. Un capitán de barco llamado Van der Brock ha conseguido sacar una planta, y ahora la Compañía está poniendo en marcha sus propias plantaciones en Ceilán y Java. Espera producir lo suficiente para ponerse al nivel de sus compañeros orientales. Aun cuando se conoce que pudieran tener otros planes.

Miguel asintió.

—Una vez que la cosecha empiece a dar su fruto, la Compañía querrá crear un mercado aquí en Europa.

—Exactamente. No voy a preguntar cuáles son vuestros planes, pero creo que podemos hacer un trato. Con mucho gusto os informaré de cualquier noticia que me llegue sobre este negocio si me aceptáis como vuestro proveedor aquí en la Bolsa... siempre y cuando no lo mencionéis a nadie.

—Me parece una ganga —contestó Miguel.

Los hombres chocaron las manos para formalizar el acuerdo.

Ciertamente, Nunes debió de sentir que acaso ganaría algo de dinero con aquel acuerdo y aun es posible que esperara que el interés de su amigo significara un cambio en los mercados que pudiera reportarle algún provecho.

Miguel ya no recordaba la última vez que había sentido una exaltación semejante, de suerte que, cuando oyó que el precio del brandy había mejorado en el último minuto —y, de haber conservado sus futuros, hubiera ganado cuatro o cinco mil florines—, apenas le dio importancia. ¿Qué importancia tenían para él unas cantidades tan insignificantes? En unos años se convertiría en uno de los hombres más ricos de la comunidad portuguesa de Amsterdam.

de

Las reveladoras y verídicas memorias de Alonzo Alferonda

Cuando fui expulsado de la comunidad, la mayoría de mis amigos y asociados no me dirigían la palabra. Muchos me evitaban por miedo al poder del *ma'amad*; otros, porque no eran más que borregos que confiaban en el Consejo y creían en sus decisiones hasta tal punto que jamás se les hubiera pasado por la imaginación que se me había impuesto el *cherem* injustamente. Y si, como he prometido, he de atenerme a la verdad, también los había que creían que yo los había engañado o había abusado de ellos y se alegraron de perder de vista a Alferonda.

Los hombres que me debían dinero se negaban descaradamente a pagarme, como si las decisiones del *ma'amad* hubieran borrado toda ley cívica y honor personal. Mis viejos contactos devolvían mis notas sin abrir. La influencia de Parido me dejó sin sustento, y aunque tenía algo de dinero ahorrado, sabía que no había de durarme mucho.

No puedo decir exactamente cómo di en el oficio del préstamo con intereses. Una petición aquí, una promesa allá, y una mañana me levanté y no pude seguir negando que me había convertido en prestamista. La Torá maldice de los usureros, pero el Talmud nos enseña que un hombre puede modificar la Ley para vivir y ¿de qué otra forma hubiera podido vivir si los responsables de mantener la Ley me privaban injustamente de mi sustento?

No faltaban los que eran como yo en Amsterdam. Y estábamos tan especializados como las tabernas, cada cual servía a un grupo determinado: este prestamista trabajaba con los artesanos; ese otro, con mercaderes; aquel de allá, con tenderos. Yo determiné no entrometerme jamás con amigos judíos, pues ese era un camino que no deseaba seguir. Me producía disgusto tener que imponer mi voluntad a mis compatriotas y luego ver que hablaban de mí como de quien se ha vuelto contra ellos. Así pues, prestaba a holandeses, y no a cualquiera. Una y otra vez me descubrí ejerciendo la usura con los más indeseables de ellos: ladrones y bandidos, proscritos y renegados. Yo jamás hubiera escogido tal oficio, pero el hombre ha menester de ganarse el pan, y así fue como me vi en esta situación en contra de mi voluntad.

Supe enseguida que yo mismo habría de convertirme en una suerte de villano si quería que me devolvieran mi dinero, pues yo prestaba a quienes viven de tomar lo que no les pertenece, y no tenía razón para pensar que mi capital hubiera de ser más sagrado para ellos que la bolsa de un viajero o la caja de caudales de un tendero. La única forma de hacer que cumplieran sus promesas era imbuir en ellos el temor a las consecuencias.

Tristemente, Alonzo Alferonda no es un villano. No es persona de natural cruel o violento, pero lo que le falta en crueldad le sobra en astucia.

Así pues, hice que todos supieran que no era yo hombre con quien se juega. Una vez en que se encontró flotando en el canal el cuerpo de un mendicante sin nombre, no fue difícil hacer correr el rumor de que era un infeliz que creyó poder engañar a Alferonda. Cuando algún pobre se rompía un brazo o perdía un ojo en algún desafortunado accidente, unas monedas bastaban para persuadirlo de que contara que deseaba haber pagado a tiempo a Alferonda.

Si bien creo que Él, bendito sea, me ha bendecido con un rostro afable y bondadoso, no pasó mucho tiempo antes de que los ladrones de Amsterdam temblaran en mi presencia. Un mal gesto o una ceja levantada eran suficiente para que el oro apareciera.

Cuando me enfrentaba a un deudor que en verdad no podía pagarme, le hacía creer que, por primera vez en su vida, Alferonda había decidido mostrarse misericorde, pero que mi piedad era tan vacilante y frágil que el solo hecho de pensar en aprovecharse de ello fuera gran necedad. Y el ladrón me pagaba antes de haber podido llevarse un mendrugo de pan a la boca.

Con estas pequeñas trampas engañaba yo a mi clientela con facilidad. Los ladrones son, por naturaleza, personas simples y crédulas, prontas a creer en monstruos y ogros. Algunos, cuando me pagaban, aun me revelaban el contenido de sus bolsas y el lugar donde escondían su dinero, como si fuera yo brujo, no prestamista. Y yo nada hice para convencerles de lo contrario. Alferonda no es ningún necio.

Yo sabía que mi nombre se pronunciaba en los términos menos halagüeños entre los otros judíos del Vlooyenburg, pero también sabía que ante el Señor permanecía sin tacha... al menos tan sin tacha como pueda esperar estarlo un hombre que presta su dinero a maleantes.

10

Miguel se reunió con Geertruid en el Tres Sucios Perros, una taberna cercana al muelle donde atracaban grandes barcos cargados con codiciadas mercancías. El día era cálido e inusualmente soleado, de modo que Miguel se detuvo a contemplar el resplandor de los barcos a la luz del puerto. Algunos de los navíos eran grandes monstruos procedentes de puertos de todos los lugares del mundo, barcos cuyos capitanes se arrodillaban a rezar mientras sus pilotos maniobraban por las aguas traicioneras del puerto de Amsterdam. Eran gigantes que se contemplaban con reverencia, mas no tanta como la que un holandés sentía al contemplar los *vlieboots*, urcas, navíos pequeños y elegantes que manejaba con mucha más destreza una tripulación menos numerosa y que, sin embargo, llevaba cargamentos más pesados que los enormes barcos de otras naciones. Gracias en parte a estos milagros marítimos, los holandeses no solo dominaban en el comercio, sino también en el transporte, pues ¿quién no hubiera de querer que sus mercancías se transportaran en urcas holandesas cuando este tipo de transporte reducía los costes hasta un tercio?

El Tres Sucios Perros rara vez era frecuentado por judíos —su clientela la formaban las gentes que trabajaban en los depósitos de mercancías y sus propietarios— y Miguel sabía que cualquier hombre de la Nación que lo viera allí sin duda tendría sus propios secretos. Aquel lugar se había convertido en residencia habitual para Geertruid, cuyo marido había sido copropietario de uno de aquellos grandes edificios del Brouwersgracht.

Las ventanas de la taberna se habían orientado estratégicamente hacia el techo así que los rayos luminosos y marcados del sol cruzaban el oscuro interior. La mayoría de las mesas estaban ocupadas, pero el lugar no se veía abarrotado; había hombres sentados en pequeños grupos. Cerca de la puerta, alguien leía un pasquín con voz atronadora mientras una docena de hombres escuchaba y bebía.

Geertruid estaba sentada al fondo, con faldones grises y corpiño azul, modesta y anodina. Ese día no había ido a la taberna a divertirse, sino para hacer negocios, por lo que no llevaba colores vivos que pudieran llamar la atención. Chupaba una pipa y se sentaba muy arrimada a su hombre, Hendrick, que le susurró con gesto conspirador cuando vio a Miguel.

—Buenas tardes, judío —dijo el holandés con lo que hubiera podido ser una cordialidad sincera. Era un hombre astuto; podía presentarse como un villano en un momento, y al siguiente, ser el hombre más noble del mundo—. Sentaos con nosotros. ¿Cómo hemos podido arreglarnos todo este tiempo sin vos? Sin vuestra compañía estábamos tan secos como el desierto.

Miguel tomó asiento. El conocimiento de su inminente riqueza se debatía en su corazón con la irritante sensación de que Hendrick se burlaba de él.

—Parecéis contento —le dijo Geertruid—. Espero que hayáis cerrado el mes bien.

—Maravillosamente bien, señora. —Miguel no pudo contener la sonrisa.

—Oh, espero que la sonrisa de vuestro rostro signifique que pensáis hacer negocios conmigo.

—Podría significar eso también, sí —contestó Miguel. Con Hendrick allí, no se sentía inclinado a dar siquiera su nombre ni aun la hora del día—. Pero no es necesario que hablemos de tales asuntos ahora.

—¿Qué es eso que oigo? —Hendrick se sonrió y se inclinó hacia un lado aplicando una mano a su oreja—. ¿Alguien ha dicho mi nombre? Bueno, entonces dejaré que sigan con sus cosas, pues no tengo ningún interés en asuntos de negocios. Esto es cosa de judíos, y yo tengo asuntos de cristianos de los que ocuparme.

—¿Ir con mujerzuelas o beber? —inquirió Geertruid.

—Eso queda entre yo y el Creador.

—Entonces os veré mañana —le dijo Geertruid oprimiendo su mano con suavidad.

Hendrick se puso en pie y su cuerpo se inclinó violentamente sobre Geertruid. Se aferró a un lado de la mesa para recobrar el equilibrio.

—Sujetad esos suelos, ¿me oís, judío? Sujetadlos, digo. —Y calló por un momento, como si esperara que Miguel sujetara los suelos.

Una mujer que viera a su sirviente o su amante en semejante estado hubiera gritado de ira o enrojecido de vergüenza, pero Geertruid ya se había vuelto hacia otro lado, atraída por la historia que en esos momentos leía el hombre del pasquín. Por ello no vio que Hendrick, tras dar unos pasos vacilantes en dirección a la puerta, se volvió tan bruscamente que, por no caer, hubo de aferrarse al hombro de Miguel.

El aliento de aquel hombre musculoso era notablemente dulce para haber estado bebiendo cerveza y comiendo cebolla, pero su mostacho estaba cubierto de grasa, de suerte que Miguel reculó ante aquella perturbadora proximidad.

—La última vez que os vi —dijo directamente al oído de Miguel en un susurro—, cuando me iba, un hombre me preguntó si era conocido vuestro. Diría que era judío. Me preguntó si me interesaría ayudarlo.

Miguel miró a Geertruid, pero ella no les prestaba atención. Se estaba riendo abiertamente de algo del pasquín, junto con buena parte de la taberna.

—Diría que ese hombre era un granuja que quería timarnos a vos y a mí —mintió Miguel. ¿De quién estaría hablando? ¿De Parido? ¿De alguno de sus espías? ¿Daniel? ¿Joachim, haciéndose pasar por judío?

—Lo que yo pensé. Además, no me gusta poner la soga al cuello de los amigos de mis amigos. No soy persona de esa calaña.

—Me alegra saberlo —musitó Miguel.

Hendrick le dio otra palmadita en el hombro, pero esta vez con más fuerza, casi como un golpe, luego se fue dando tumbos hacia la salida, derribando una mesa y luego otra.

Miguel pensó si acaso no debiera haberle dado las gracias por la información y, como tan amenazadoramente había dicho él, por no haberle puesto la soga al cuello. Pero Miguel no tenía intención de andar dando las gracias a gente de la calaña de Hendrick por el daño que no hacían.

—Bueno, bella dama —dijo Miguel para llamar la atención de Geertruid—. Tenemos mucho de que hablar, ¿no es cierto?

Ella se volvió hacia Miguel, sonriendo con expresión sorprendida, como si hubiera olvidado que había alguien más sentado a la mesa.

—Oh, *senhor*, estoy deseando oír lo que tenéis que decirme. —Geertruid unió las manos. De pronto su ojo izquierdo empezó a agitarse por puro nervio—. Con un poco de fortuna, habréis estado pensando en el café tanto como yo.

Miguel pidió una cerveza mientras Geertruid sacaba una pequeña bolsita de cuero que contenía el tabaco dulce que le gustaba.

—Lo he hecho —dijo él—. Me habéis seducido con vuestra propuesta.

Ella le sonrió.

—¿De verdad?

—No he podido dormir pensando en ello.

—No sabía que mis ideas tuvieran tan gran efecto sobre vos.

El mozo colocó una jarra ante Miguel.

—Bien, entonces hablemos de los detalles.

Geertruid terminó de cargar la pipa, la encendió con ayuda de la lámpara de aceite de la mesa y se inclinó hacia delante.

—Me encanta hablar de detalles —dijo con voz susurrante. Chupó de la pipa, expulsando blancas nubes de humo hacia delante—. Sin embargo, no fingiré que me sorprende teneros de mi lado. Supe desde el principio que erais mi hombre.

Miguel rió.

—Bien, antes de proceder creo que deberíamos aclarar algunos detalles. Si he de hacer negocios con vos, me gustaría conocer antes las condiciones.

—Las condiciones dependerán de vuestro plan. Porque tenéis un plan, ¿no es cierto? Sin una idea fundada, mi capital difícilmente podrá tener buen uso.

Una risotada sincera brotó de la garganta de Miguel, aunque sus emociones eran mucho más intensas de lo que demostraba. Geertruid tenía el capital. Aquello era exactamente lo que quería oír.

—Señora, he diseñado un plan tan ingenioso que no daréis crédito a vuestros oídos. Esta idea mía... —Negó con la cabeza—. Yo mismo casi no puedo creerlo.

Geertruid dejó la pipa a un lado. Apoyó las manos sobre la mesa y se inclinó hacia Miguel.

—Contádmelo todo.

Así que Miguel se lo contó todo. Le habló de su idea con una lucidez que desconocía en su persona: desde los primeros detalles del plan hasta las diferentes facetas de su ejecución y su conclusión, en extremo compleja y, sin embargo, elegantemente simple. Su lengua hablaba con fluidez, acaso a causa de la cerveza, pero lo cierto es que en ningún momento tartamudeó o se atascó. Tenía la elocuencia de un orador así que, antes de haber llegado siquiera a la mitad de su exposición, supo que se la había ganado.

Cuando terminó, Geertruid permaneció en silencio unos momentos. Finalmente, se recostó contra su silla.

—Notable. —La mujer se aventuró a dar un sorbo a su cerveza. Luego otro sorbo y levantó la vista como quien se ha quedado dormido sin querer y de pronto despierta—. Habéis dejado chicas mis expectativas más optimistas. ¿Creéis que algo semejante pueda funcionar? Porque... bueno, habláis en unos términos tan descomunales... Me cuesta hacerme a la idea.

Miguel se descubrió sonriendo como un imbécil. Su vida se estaba transformando ante sus propios ojos. ¿Cuántas veces permanece un hombre estúpidamente al margen mientras su vida cambia de forma, sin sospechar siquiera que esté sucediendo nada fuera de lo normal? Pero que un hombre consiguiera la gloria con un plan propio y supiera el momento preciso en que esa gloria se iniciaba... era algo que gustaba saborear.

—Tenemos un importante acuerdo entre manos, es cierto. Tenemos que planificarlo todo al detalle. Será menester contratar agentes, al menos una docena, para que actúen en nuestro nombre allí donde nosotros no podamos intervenir. Se trata de coordinación. Pero, una vez hecho, el negocio se cuidará solo.

Ella dio una palmada sobre la mesa... no demasiado fuerte, pero sí lo bastante para que la jarra vacía de Miguel se tambaleara.

—Por la gracia de Dios, este plan vuestro es... ¡Oh, ni siquiera sabría decirlo!

—Sin embargo... —Miguel se aclaró la garganta antes de continuar, haciendo un gran esfuerzo por borrar la sonrisa de su rostro. Después de todo, aquello era un tema muy serio—. Sin embargo, hará falta dinero. Es necesario que aclaremos esta parte del acuerdo. —Aquel era el momento que había estado temiendo. ¿Habría hablado Geertruid solo para impresionarlo o tenía realmente acceso a tanto capital como insinuaba? Sin dinero no podían hacer nada.

La mujer tomó su mano con suavidad, como si tuviera miedo de que cayera y se hiciera añicos.

—Llevo el suficiente tiempo siendo mi propia dueña para saber que el dinero solo es uno más de los elementos del negocio. No penséis que, por el hecho de que yo ponga el dinero, eso repercutirá en vos. Propongo que vayamos al cincuenta por ciento. Incluso invirtiendo todo el capital del mundo, no podría hacerlo sin vos. ¿No es así como se hacen las cosas en esta ciudad, no es eso lo que la ha convertido en lo que es? Si dominamos el mundo es porque hemos diseñado sociedades anónimas, empresas y asociaciones comerciales para compartir el riesgo. —Oprimió la mano de Miguel con fuerza—. Y la riqueza.

—El caso —terció Miguel algo vacilante— es que yo no puedo hacer ningún movimiento en mi nombre... debido a ciertas pequeñas deudas. Si esos molestos acreedores supieran del negocio, podrían plantearme ciertas exigencias que acaso nos acarrearan gran daño.

—Entonces utilizad mi nombre, puro y limpio como el de un niño. No importa el nombre que usemos.

—Por supuesto —concedió él—. Quizá deberíamos ser muy francos en cuanto al grado de unidad y comprometernos a no revelar este asunto a nadie, ni siquiera a nuestros amigos más íntimos.

—Os referís a Hendrick. —Geertruid rió—. Él apenas comprende la naturaleza de una transacción tan simple como comprar un pastel de ciruela. Jamás pondría a prueba su intelecto con un asunto como este, aun si no fuera un secreto. No tenéis que preocuparos por eso. E incluso si se enterara de algo y lograra entenderlo, nunca se lo diría a nadie. No encontraré hombre más leal que él.

Miguel calló unos momentos pensando cómo expresar adecuadamente su siguiente preocupación.

—Todavía no hemos hablado de las exigencias de este plan ni del alcance de vuestros medios.

—Mis medios tienen sus límites —concedió Geertruid—. ¿Cuánto necesitamos?

Miguel habló con rapidez, deseando resolver cuanto antes esta parte, la más difícil.

—Creo que, para realizar estas tareas, no serán menester más de tres mil florines.

Miguel esperó. Un hombre podía vivir muy cómodamente durante un año con tres mil florines. ¿Es posible que Geertruid tuviera tanto a su disposición? Su marido le había dejado una herencia de cierto valor, pero ¿llevaba la vida de una mujer que puede reunir tres mil florines con solo pedirlos?

—No es fácil —contestó Geertruid después de reflexionar unos momentos—, pero puede hacerse. ¿Para cuándo los necesitaréis?

Miguel se encogió de hombros, tratando con todas sus fuerzas de contener su alegría.

—¿Un mes? —Lo mejor era actuar como si tres mil florines no fueran gran cosa. De hecho, viendo la rapidez con que Geertruid accedía, lamentó no haber pedido más. Con cuatro mil florines, habría utilizado el dinero de más para saldar algunas deudas y permitirse una cierta tranquilidad... sin duda un gasto legítimo del negocio.

Geertruid asintió muy seria.

—Haré las disposiciones necesarias para que el Banco de la Bolsa transfiera los fondos a vuestra cuenta, de modo que podáis proceder sin que nadie sepa que yo estoy en el negocio con vos.

—Sé que nunca es agradable hurgar en los asuntos de los demás, pero ahora que somos socios, y no simples amigos, comprenderéis que muestre cierta curiosidad por un par de cosillas.

—Me sorprendería si no fuera así —contestó Geertruid con alegría—. Os estáis preguntando cómo puedo disponer de una suma tan grande con tanta facilidad. —La mujer no dejó que Miguel advirtiera la menor señal de amargura. Después de todo, la pregunta era muy apropiada.

—Ya que habéis sacado el tema, debo reconocer que siento curiosidad, sí.

—No lo tengo enterrado en el sótano. He pensado desprenderme de algunos valores. Quizá necesite unas pocas semanas para asegurarme de conseguir el mejor precio, pero puedo reunir el dinero sin graves trastornos.

—¿Queréis que sea vuestro corredor en este asunto?

Ella dio una palmada.

—Sería un placer. Me libraríais de una pesada carga. —Pero entonces entrecerró los ojos—. Aunque me pregunto si debo. Sé que teméis a vuestro perverso Consejo. ¿Realmente deseáis hacer algo en público que pueda poner de manifiesto nuestra asociación más de lo necesario?

—El Consejo no es perverso, solo peca por exceso de celo. Pero entiendo a qué os referís. ¿Tenéis alguna otra persona a quien recurrir?

—Yo me encargaré de todo. —Geertruid echó la cabeza hacia atrás y miró al techo, luego volvió a Miguel—. Debe de ser la voluntad de Dios la que nos ha reunido, *senhor*. Me tenéis admirada.

—Pronto el mundo se admirará de los dos —repuso él.

Este plan, este fruto de su mente, a Miguel se le antojaba tan simple que no acertaba a creer que nadie hubiera pensado en ello antes. Por supuesto, se necesitaban ciertas condiciones. Un hombre tiene que moverse en el momento preciso en la vida de una mercancía, y aquel era el momento —eso lo sabía con una feroz certeza— para el café.

Primero, Miguel lo arreglaría todo para que trajeran por mar un gran cargamento de café a Amsterdam —un cargamento tan grande que desbordaría el mercado, que en aquellos momentos era escaso y especializado—, en este caso, noventa barriles. Nadie sabría nada de tal envío, de modo que el elemento sorpresa era fundamental. Para sacar provecho del secreto, Miguel compraría una gran cantidad de opciones de venta que le garantizarían el derecho a vender a un precio predeterminado de unos 33 florines por barril.

Cuando se corriera la noticia de la existencia del cargamento, el precio del café caería en picado, y Miguel sacaría unos buenos beneficios por la diferencia de precios. Aun cuando eso únicamente serviría para ir abriendo boca, sería solo el primer plato del gran festín que le esperaba. Para entonces Miguel y Geertruid ya habrían contratado agentes que llevaran sus asuntos en la docena aproximadamente de Bolsas europeas más activas en la importación de mercancías: Hamburgo, Londres, Sevilla, Lisboa, Marsella y varias otras que habría de seleccionar cuidadosamente. Cada agente conocería su trabajo, pero ignoraría que formaba parte de un entramado más amplio.

Unas semanas después de que su cargamento llegara a Amsterdam, cuando el resto de Europa supiera que el mercado del café estaba desbordado y los precios hubieran caído en todas las Bolsas, sus agentes actuarían. Cada uno de ellos compraría todo el café del mercado a aquellos precios bajados artificialmente. Actuarían todos a la vez —aquella parte del plan era tan brillante que solo de pensarlo le daban ganas de vaciar la vejiga—. Si a Londres llegaba la noticia de que un solo hombre estaba tratando de comprar todo el café de Amsterdam, allí los precios subirían vertiginosamente y resultaría excesivamente caro hacerse con él. Era imprescindible que actuaran todos a la vez. Antes de que nadie comprendiera lo que estaba pasando se habría hecho con todo el café de Europa. Él podría fijar los precios que quisiera, y estarían en disposición de imponer las normas a los importadores. Tendrían el poder más buscado, un raro regalo sobre el que se construyen fortunas incalculables: un monopolio.

Para mantener el monopolio era menester una cierta pericia, pero podía hacerse, al menos durante un tiempo. Sin duda, la Compañía de las Indias Orientales, que importaba el café, podría romper el monopolio de Miguel sobre el café, pero solo si conseguía incrementar de manera importante la presencia de café en los mercados europeos. Es cierto, la Compañía tenía plantaciones en Ceilán y Java, pero aún habrían de pasar varios años antes de que las cosechas les permitieran disponer de cantidades importantes, y vaciar sus almacenes de Oriente hubiera significado sacrificar un mercado de mucha más importancia. La Compañía no tendría ningún motivo para entrar en acción durante un tiempo; se contentaría con mirar y esperar. Plantaría, acumularía. Y solo cuando tuviera el suficiente café para romper su monopolio, golpearía.

Que golpee, pensó Miguel. Antes tendrían que pasar cinco, diez, puede que incluso quince años. La Compañía tenía la paciencia de una araña; y para cuando actuara, Miguel y Geertruid serían inmensamente ricos.

Pero, acaso el *ma'amad* se enteraría de la asociación entre Miguel y Geertruid mucho antes. ¿Qué podía decir si Miguel había donado antes decenas de miles de florines a la caridad? Solo unos meses separaban a Miguel de una riqueza con la que la mayoría de los hombres solo pueden soñar, pero ya podía sentirla en su mano y conocer su sabor. Y era delicioso, desde luego.

Tan grande era su entusiasmo que, aquella misma noche, cuando estaba tumbado en su lecho y recordó que había olvidado por completo reunirse con Joachim Waagenaar como tenía pensado, solo sintió una débil punzada de pesar.

de

Las reveladoras y verídicas memorias de Alonzo Alferonda

Hablo demasiado de mí mismo. Lo sé. He revisado las páginas escritas y ¿qué veo salvo Alferonda y Alferonda? A semejante objeción mis lectores sin duda dirán «Pero, mi querido Alonzo, ¿qué materia puede haber más interesante que vuestra vida y vuestras opiniones?». Bien cierto, lectores. Me habéis convencido con vuestros gentiles argumentos. Pero hay otras materias sobre las que escribir y que fueron las que me impulsaron a escribir estas memorias.

Esto es: el café.

No hace tanto, cuando yo era un muchacho, el café era como cualquier otra esencia o fruto exótico que pudiera encontrarse en los estantes polvorientos de un boticario. Se mandaba en pequeñas dosis para enfermedades de la sangre y los intestinos. En demasía es un veneno, te decían. Incluso ahora que este elixir se extiende como una oscura marea sobre Europa, los boticarios piden a los consumidores que se moderen. En grandes cantidades, esta medicina debilita, dicen ellos. Seca la sangre, conduce a la impotencia y la infertilidad. Pero el café no hace tal cosa, os lo aseguro. Yo lo consumo en grandes cantidades, y mi sangre es tan fuerte como la de un hombre con la mitad de mis años.

Siempre se ha mirado con cierto recelo a este pobre brebaje, el mayor deseo del cual no es sino mejorarnos, hacernos más de lo que somos. Primero se conoció entre las gentes de Oriente, que recelaban de sus fantásticos efectos. Los hombres que siguen la fe mahometana rehúyen el alcohol, de suerte que no tenían conocimiento de aquellos bebedizos que mudan la disposición del hombre. Hace más de cien años, en la tierra de Egipto, el bajá convocó a los grandes imames para debatir si, de acuerdo con las enseñanzas sagradas, había que permitir o prohibir el consumo del café. El café es como el vino, declaró un imam, y por tanto está prohibido. Pero ¿quién podía estar en disposición de opinar, cuando todos ellos eran hombres que jamás habían probado el vino y no podían más que suponer? Sabían que el vino produce somnolencia en el hombre, y sin embargo el café le hace estar más despierto. Por tanto, el café no podía ser como el vino.

El café es negro, exclamó otro, y su grano, cuando se tuesta, parece fango. Mahoma prohibía comer fango, y por tanto el café estaba también prohibido. Y aun hubo otro que argumentó diciendo que, puesto que el fuego purifica, el proceso de tostar el grano no lo embrutece, sino que elimina cualesquier impurezas que pudiera tener. Al cabo, no fueron capaces de decidir si debían o no prohibir el café y lo declararon *mekruh,* indeseable.

Por supuesto, se engañaban. El café no es sino cosa deseable. Todo hombre desea el poder que este otorga, y cuando apareció, hubo hombres que desearon la riqueza que podía reportarles. Uno de estos, ciertamente, fue Miguel Lienzo, benefactor mío en mis años mozos. Cuánta bondad manifestó para con mi familia, previniéndonos en contra de la Inquisición cuando nadie pensaba en salvarnos. ¿Lo hizo a cambio de algún beneficio? No, no hubo beneficio alguno. ¿Actuó por amor? Apenas si nos conocía. Lo hizo, así lo creo, porque es un hombre recto y se regocija desbaratando los planes de los malfactores.

Yo no tenía ningún deseo de incomodarlo, de suerte que cuando entablé amistad con él en Amsterdam, no lo abochorné recordando el bien que había hecho a mi familia. En lugar de eso, hacía algunos pequeños negocios con él, lo acompañaba en tabernas y comedores, y estudiaba con él en la Talmud Torá.

Cuando lo veía, hablábamos de temas de poca importancia. Y entonces un día me confesó que pensaba entrar en el negocio del café. Yo sabía del café por los años que había vivido en el Oriente. Sabía que el hombre que bebe café es el doble de fuerte, el doble de sabio y el doble de astuto que el hombre que de él se abstiene. Sabía que el café abre puertas en la mente.

Y sabía de otros asuntos también. Sabía cosas que aún no estaba preparado para revelar a mi amigo el *senhor* Lienzo. Y no porque deseara su fracaso, oh, no. Nada parecido. Si guardé para mí mis secretos fue porque quería que triunfara, y tenía muchas razones para pensar que aquella nueva empresa del café era justo lo que yo necesitaba.

11

Café. Un fuego que se alimentaba de sí mismo.

Miguel estaba sentado en su sótano, con los pies fríos por el agua del canal, bebiendo un cuenco tras otro de café en tanto escribía a corredores y comerciantes de todas las Bolsas que conocía. Por supuesto, habrían de pasar semanas antes de que tuviera noticias, pero las tendría. Pedía respuestas inmediatas. Prometía generosas comisiones.

Era como había dicho Alferonda. Pasó parte de la noche levantado, releyendo sus cartas, rompiéndolas, volviendo a escribirlas. Estudió la sección de la Torá que tocaba aquella semana, consciente de que iba a deslumbrar a su grupo de estudio en la sinagoga. Releyó ocho cuentos de Pieter el Encantador.

Al día siguiente se sentía fatigado, pero si tal era el precio de tanta industriosidad, lo pagaría gustoso. De todos modos, el café de la mañana saldó las deudas en las que había incurrido el café de la noche.

Miguel oyó que Parido y su asociación de comercio habían perdido mucho..., es decir, que no habían conseguido tantos beneficios como pretendían, a causa de la interferencia de Miguel con el asunto del aceite de ballena. Sin embargo, cuando los dos hombres se vieron en la Bolsa, Parido no dio muestras de mala voluntad.

—He oído que habéis cerrado el mes muy bien —dijo el *parnass*. A juzgar por el poco contento de su voz, diríase que hablaba de la muerte de un amigo.

Miguel sonrió con alegría.

—Podía haber ido mejor.

—Lo mismo digo. ¿Sabíais que vuestras maquinaciones con el aceite de ballena me han hecho sufrir ciertas desagradables pérdidas?

—Lamento oír eso —dijo Miguel—. No sabía que estuvierais implicado pues, de lo contrario, jamás me hubiera metido.

—Eso decís, pero no parece estar tan claro. Hay quien me susurra al oído que vuestra acción pretendía ser una bofetada en mi cara.

—Yo de vos, no dejaría que mi hermano me hablara al oído. Su aliento tumbaría a un caballo. Si no confiáis en mi honradez, fiad al menos en mi cautela. ¿Por qué habría de arriesgarme a disgustaros comerciando voluntariamente en contra de vuestros intereses?

—Ignoro qué es lo que hace actuar al hombre como lo hace.

—Y yo. ¿Sabéis que el brandy se recuperó en el último momento? Algunos holandeses compraron una cantidad enorme e hicieron subir los precios. No teníais conocimiento de esto, imagino, aunque hay quien me susurraría un par de cosas al oído si le dejara.

Parido torció el gesto.

—No pensaréis que pretendía engañaros para arrebataros vuestros futuros, ¿verdad?

—No parece estar muy claro —dijo Miguel.

Parido dejó escapar una sonrisa parca y amarga.

—Entonces acaso estemos igualados. Vos perdisteis mucho menos con el brandy de lo que perdí yo con el aceite de ballena, pero sin duda vuestras pérdidas os afectan más a vos que a mí las mías.

—Sin duda.

—Dejad que os pregunte una cosa. ¿Cómo fue que topasteis con el aceite de ballena? Fue una extraña coincidencia, ¿no os parece?

Miguel no fue capaz de encontrar una respuesta, pero Parido volvió a hablar antes de que el silencio se hiciera demasiado evidente.

—¿Os aconsejó alguien que hicierais negocio con el aceite de ballena?

Fue como si Pieter el Encantador le susurrara el nombre. Por supuesto. ¿Por qué no decirlo?

Implicar a aquel hombre no podía considerarse traición, pues estaba fuera del alcance de Parido.

—Recibí una nota de ese hombre, Alferonda. Sin yo pedirla, desde luego. *Él* me recomendó que invirtiera en aceite de ballena.

—¿Y le creísteis? ¿A un hombre a quien habíamos expulsado de la comunidad?

—Pensé que no tenía motivo para mentir, y cuando consideré la mercancía y pregunté en la Bolsa, vi que el consejo era bueno.

Parido se rascó la barba pensativo.

—Ya supuse que llegaríamos a esto. Os recomiendo que no tengáis más trato con él, Lienzo. Pagadle su tarifa de corredor, si estáis obligado, pero deshaceos de él. Ese hombre es un peligro para cualquiera.

Miguel no podía creerse su suerte: había escapado de la ira de Parido con tanta facilidad... Ciertamente, parecía irritado por el dinero perdido, pero estaba demasiado ansioso por culpar a Alferonda como para malgastar su cólera con Miguel. Entretanto, Miguel empezaba a pensar que conseguir sus beneficios por el aceite de ballena acaso fuera más complicado de lo que había calculado. Después del día de cuentas, cuando no se depositó ningún dinero en su cuenta en el banco de la Bolsa y empezó a recibir cartas de su agente de Moscovia en relación con sus mil novecientos florines, Miguel decidió que había llegado el momento de buscar su dinero. Encontró a Ricardo, el corredor a quien había vendido sus acciones en una taberna conocida entre los judíos portugueses. El hombre iba algo bebido y se le veía que estaba deseando irse a la cama... o, cuando menos, muy lejos de Miguel.

—¿Cómo estáis, Lienzo? —preguntó, y acto seguido se alejó sin esperar respuesta.

—Oh, pues he estado muy ocupado, Ricardo —contestó Miguel, corriendo tras él—. He hecho unos cuantos negocios acá y allá, y he ganado algunos florines. La cuestión es que, cuando un hombre gana unos florines, lo normal es que aparezcan en su cuenta en el banco de la Bolsa.

Ricardo se volvió.

—Según he oído decir, es lo mismo que piensan vuestros acreedores.

—¡Oh, no! —gritó Miguel—. Veo que hoy habéis afilado bien la lengua. Bueno, podéis afilarla cuanto queráis siempre y cuando afiléis también vuestra pluma y firméis la orden para que me den mi dinero.

—Solo lleváis cinco años en Amsterdam —dijo Ricardo muy tranquilo— y se conoce que aún no domináis el arte de hacer negocios, así que permitidme que os explique una cosa. El flujo del dinero es como el flujo del agua en un río. Podéis permanecer junto a la orilla y animarla a que corra, pero con ello no conseguiréis nada. Tendréis vuestro dinero a su debido tiempo.

—¿A su debido tiempo? El hombre a quien pedí prestado dinero para comprar ese aceite de ballena no dice nada de cobrar a su debido tiempo.

—Tal vez no debierais haber ampliado el crédito si no teníais crédito que ampliar. Ya debierais haber aprendido esa lección.

—No estáis en disposición de sermonearme por mis créditos cuando vos no me habéis pagado. Y de todos modos ¿quién es el canalla de cliente que os está reteniendo el dinero?

Ricardo rió burlón bajo su mostacho descuidado.

—Sabéis que no puedo decirlo —le explicó—. No permitiré que nos causéis problemas ni a mis clientes ni a mí. Si no os gusta mi forma de hacer negocios, ya sabéis lo que os toca.

Aquello sí que era un problema. De haber sido Ricardo un holandés, Miguel hubiera podido presentar el asunto ante la comisión de la Bolsa o los tribunales, pero el *ma'amad* animaba a los judíos a no resolver sus problemas de forma tan pública. Prefería resolverlos por sí mismo, pero a Miguel no le hacía mucha gracia llevar el asunto ante el Consejo. Acaso Parido decidiría poner al *ma'amad* en su contra por despecho y entonces no tendría adónde recurrir.

—No me gusta el tono que habéis adoptado conmigo, Ricardo —dijo Miguel—, y os prometo que este incidente habrá de dejar huella en vuestra reputación.

—Pues menudo sois vos para hablar de reputaciones —contestó el corredor dándole la espalda.

Uno de los días de aquella misma semana, Miguel salió temprano de la casa de su hermano y estuvo paseando a lo largo de Herengracht, en cuyas bonitas y amplias calles los tilos mostraban ya su nuevo follaje. Grandes mansiones se levantaban a ambos lados del canal en testimonio de la prosperidad que los holandeses habían conseguido en el pasado medio siglo, enormes edificios de ladrillo rojo demasiado bien construidos para que hubieran menester de la negra brea con que se recubrían tantas casas en la ciudad, con esquinas ornamentadas y deslumbrantes adornos. A Miguel le gustaba contemplar los dinteles que predecían la puerta de cada casa, con sus escudos de armas o los símbolos que representaban la fuente de riqueza de la familia: una gavilla de trigo, un barco con un alto mástil, un bruto africano encadenado.

Delante de él, un mendigo avanzaba a trompicones, tambaleándose como un borracho. Estaba sucio, se cubría con harapos y le faltaba la mayor parte del brazo izquierdo, se conoce que de un accidente reciente pues la herida estaba aún en carne viva y olía. Miguel, que era generoso con los mendigos de la ciudad, a veces demasiado, sintió el impulso de la generosidad. ¿Por qué no había de mostrarse generoso? La caridad era un *mitzvah*,* y en unos pocos meses difícilmente echaría en falta un puñado de ochavos.

Cuando echó mano de su bolsa, algo detuvo su mano. Miguel sintió el fuego de unos ojos detrás de él y se volvió. Joachim Waagenaar, apenas a cinco metros, le dedicó su sonrisa doliente.

—No permitáis que os detenga —le dijo aproximándose—. Si en vuestra bondad pretendíais dar unas monedas a ese infortunado, detestaría pensar que me he interpuesto en vuestro camino. Un hombre que puede regalar su dinero no debiera avergonzarse de mostrar caridad.

—¡Joachim! —exclamó Miguel aparentando tanta alegría como fue capaz—. En buena hora os encuentro.

—Guardaos vuestra falsa amabilidad —dijo— cuando habéis desdeñado con tanta rudeza reuniros conmigo.

Miguel hizo gala de la voz zalamera con la que convencía a los hombres para que compraran lo que no querían comprar.

—Un giro inesperado de los acontecimientos me impidió llegar. Fue muy desagradable y os aseguro que hubiera preferido estar con vos en lugar de con aquellos desagradables caballeros.

—Oh, no quiero ni imaginar tan terrible circunstancia —proclamó Joachim levantando la voz como un vendedor ambulante—. Unas circunstancias tan terribles que impidieron, no solo que cumplierais una promesa, sino que mandarais aviso de que no podíais hacer según lo acordado.

A Miguel se le ocurrió que acaso fuera preocupante que pudieran verlo en público con aquella persona. Si algún espía del *ma'amad* lo veía, bien podía suceder que Parido iniciara una investigación oficial. Una rápida ojeada reveló que solo había a la vista esposas, cria-

* Cualquiera de los 613 mandamientos o preceptos que atañen sobre todo a la conducta moral y religiosa de los judíos. *(N. de la T.)*

das y algunos artesanos. Había seguido un camino que por lo común no frecuentaban sus vecinos, así que supuso que podía continuar con aquella conversación sin riesgo a exponerse, al menos unos minutos.

—Debo deciros que no creo posible que en estos momentos podamos hacer ningún negocio —dijo tratando de mantener el tono amistoso—. Mis recursos son limitados y, si he de seros sincero, estoy abrumado por gran cantidad de deudas. —Era doloroso tener que decir aquellas palabras a semejante despojo, pero la verdad fue la única estrategia que se le ocurrió.

—También yo tengo deudas, con el panadero y el carnicero, y los dos me han amenazado con emprender acciones si no pago inmediatamente cuanto debo. Así pues, vayamos a la Bolsa —sugirió Joachim—. Podemos poner dinero en algún barco de carga que tenga visos de ser rentable o en algún otro plan que se os ocurra.

—¿De qué clase de inversión me habláis cuando no podéis pagaros ni el pan?

—Vos me prestaréis el dinero —contestó el otro muy seguro—. Os lo devolveré con la parte de los beneficios que me corresponda, cosa que debería impulsaros a invertir con mayor tino que en ocasiones anteriores, cuando lo que invertíais era el dinero de otros.

Miguel dejó de caminar.

—Lamento que os consideréis agraviado, pero debéis comprender que también yo perdí mucho dinero en aquel desafortunado asunto. —Tomó aliento. Mejor decirlo que aguantar las fantásticas ideas de Joachim—. Habláis de vuestras deudas, pero yo tengo tantas deudas como para comprar a vuestro panadero y vuestro carnicero juntos. Lamento vuestra situación, pero ignoro qué podría hacer por vos.

—Ibais a dar dinero a aquel mendigo. ¿Por qué darle a él si no estáis dispuesto a darme a mí? ¿No estáis siendo un tanto caprichoso?

—¿Cambiarían para vos algo un puñado de ochavos, Joachim? Si es así, os los daré de buen grado. Pero acaso tal cantidad os ofendería.

—Me ofendería —replicó el otro—. ¿Unos pocos ochavos frente a los quinientos que me birlasteis?

Miguel suspiró. ¿Cómo era posible que la vida fuera tan prometedora y tan tediosa en una misma mañana?

—Mis finanzas están un tanto desordenadas en estos momentos, pero en el plazo de medio año seguro que podré ofreceros algo... os ayudaré en este plan que habéis mentado, y lo haré con mucho gusto.

—¿Medio año? —La voz de Joachim empezaba a ponerse chillona—. ¿Acaso vos dormiríais sobre paja sucia y comeríais gachas aguadas durante medio año? Mi esposa, Clara, a quien yo prometí comodidades y contentamiento, vende ahora pasteles en los callejones que corren detrás de la Oude Kerk. En medio año ya habrá mudado en ramera. He tratado de convencerla para que se hospede un tiempo con unos parientes de Amberes, pero no quiere permanecer en esa ciudad espantosa. ¿Pensáis que me pondréis las cosas más fáciles hablándome de medio año?

Miguel pensó en la esposa de Joachim, Clara. La había visto una o dos veces, y la mujer había demostrado mejor talante y sentido común —y ciertamente más belleza— que su esposo.

Pensar en la hermosa mujer de Joachim hizo que Miguel se sintiera más generoso de lo que se hubiera sentido de otro modo.

—No llevo mucho conmigo —dijo—. Ni tengo mucho en ninguna parte. Pero puedo daros dos florines si eso sirve para aliviar vuestras necesidades más inmediatas.

—Dos florines no son sino un insignificante inicio —dijo Joachim—. Y solo podría considerarlo un primer pago de los quinientos florines que perdí.

—Lamento que os consideréis perjudicado, pero tengo negocios que atender. No puedo dedicaros más tiempo.

—¿Y qué negocios son esos? —preguntó Joachim, plantándose delante de Miguel y cerrándole el paso—. ¿Un negocio sin dinero?

—Sí, y os conviene no entorpecer mis esfuerzos.

—No debierais ser tan desagradable conmigo —dijo Joachim hablando en un portugués con un acento muy marcado—. Cuando un hombre lo ha perdido todo ya no le queda nada que perder.

Hacía un tiempo, cuando se llevaban bastante mejor, Miguel musitó algo para sí en portugués y se sorprendió al ver que Joachim le contestaba en dicha lengua. El hombre se rió y le dijo que, en una ciudad como Amsterdam, jamás hay que dar por sentado que los demás no entienden la lengua que uno habla. En aquellos momentos, Joachim había utilizado el portugués acaso para insinuar una intimidad peligrosa, una familiaridad con los manejos de la Nación Portuguesa, aun con el poder del *ma'amad*. ¿Era aquel gesto de hablar en portugués una amenaza, una indicación de que, si no conseguía lo que quería, diría al Consejo que Miguel había estado haciendo de corredor para gentiles?

—No permitiré que me amenacéis —dijo Miguel en holandés. Se mantuvo firme.

Joachim extendió la mano y empujó a Miguel. El gesto carecía de fuerza, era más bien de desprecio, un pequeño empujón, pero lo suficiente para obligar a Miguel a dar un paso y medio hacia atrás.

—Creo —dijo el hombre imitando el tono de Miguel— que seréis amenazado.

Miguel no supo qué decir. Ya odiaba bastante a Joachim por amenazarle con el *ma'amad*, pero que lo amenazara también con la violencia era intolerable. Sin embargo ¿qué podía hacer? ¿Golpearlo? Los riesgos de apartar del camino a un demente... no, no podía arriesgarse a una confrontación violenta con el holandés. El *ma'amad* lo expulsaría sin vacilar. En Lisboa no hubiera dudado en golpear a ese rufián, pero allí no podía hacer más que mirar con impotencia.

Intuyendo las dudas de Miguel, Joachim sonrió mostrando sus dientes rotos con gesto amenazador.

A su alrededor, Miguel advirtió las miradas de la gente que pasaba: un judío bien vestido entablando conversación con un mendigo. Entre católicos portugueses, que nunca ocultan su curiosidad, aquella extraña pareja hubiera sido rodeada por un corrillo de criadas y esposas de campesinos, las cuales contemplarían la escena visiblemente complacidas mientras se pasaban las manos enharinadas por los delantales, riendo y lanzándoles improperios como si aquel conflicto fuera un espectáculo de marionetas escenificado para su diversión. Allí en cambio, entre los holandeses, que se habían tomado muy a pecho el recato que predicaba la Iglesia Reformada, los curiosos apartaban la mirada educadamente, como si poner la mirada sobre los asuntos de los demás fuera cosa vergonzosa. Sin duda también tenían asuntos que atender.

—Veo que nos entendemos —dijo Joachim—. Aceptaré esos dos florines.

Miguel retrocedió un paso, retirándose, le pareció a él, con gesto desafiante.

—Ahora no me sacaréis nada. Os he ofrecido amabilidad y vos respondéis con impudicia. Manteneos alejados de mí o la paja sucia y el aguachirle os parecerán el mayor lujo del mundo.

Miguel se dio la vuelta y se dirigió hacia la Bolsa, impulsando sus piernas pesadas y rígidas tan deprisa como pudo, tratando de disipar el malestar de aquel encuentro haciendo algo decisivo. El incidente volvía una y otra vez a su cabeza. Hubiera debido darle los dos florines. Hubiera debido darle diez. Cualquier cosa con tal que se marchara.

—Maldito sea mi orgullo —musitó. Un demente podía decir cualquier cosa, aun al *ma'amad*. Si Parido se enteraba de que Miguel había estado ejerciendo de corredor para un gentil, todas sus protestas serían como el humo en el aire.

Unas semanas antes, Miguel hubiera podido incluso golpear a Joachim y dejar que pasara lo que hubiera de pasar. Ahora tenía demasiado que perder. No pensaba poner en peligro sus nuevas expectativas por un vagabundo descontento. Prefería verlo en el fondo de un canal.

12

A Hannah le gustaba visitar la lonja de pescado durante las horas en que abría la Bolsa, pues tenía que pasar junto a la plaza del Dam y a veces veía a Miguel. Él andaba siempre ocupado en alguna conversación con uno u otro gran mercader, seguro de sí, acariciándose con gesto pensativo la barba crecida, y no reparaba en su presencia. Reía, daba una palmada a su amigo en la espalda. Nunca lo había visto tan a gusto como cuando estaba en el Dam, y le gustaba pensar que aquel hombre agradable y feliz era el yo secreto de Miguel, que se sentía a sus anchas a la sombra del ayuntamiento palaciego y la gloriosa Bolsa, la persona en quien se convertiría una vez se librara de las deudas y del yugo de su hermano.

Desde que llegaron a Amsterdam, Daniel se había aficionado a comer arenque y gustaba de probarlo tres veces por semana, en estofado o en salsa con pasas y nuez moscada, a veces rehogado con mantequilla y perejil. Los tenderos de los puestos del mercadillo tenían mil maneras de vender los arenques pasados, pero Annetje conocía todos sus trucos y supo hacerse indispensable a la hora de catar los ejemplares más vistosos por ver si los habían bañado en aceite, tintado o salado para disimular el olor a podrido. Cuando las mujeres iban a comprar su pescado, solían cruzar el Dam para buscar vendedores de verduras pero, aquella mañana, como Daniel había sido generoso con el dinero, adquirió también fruta para después de comer. Mientras andaba trajinando con la compra, Hannah no apartaba los ojos de la Bolsa, pues no sabía cuándo podía tener el placer de ver por un instante a Miguel, resplandeciente en su gloria pecuniaria.

Annetje se había mostrado inusualmente amable con ella desde que salieron de la iglesia. La moza nada sabía de su encuentro fugaz con la viuda y no supo a qué achacar tanta tristeza cuando volvió con ella. La llevó a la casa y le dio vino caliente con más clavo del habitual. Cocinó col para mejorarle la sangre, aunque, si su sangre reaccionó, Hannah no dio muestra alguna de ello. Annetje hizo chanza con ella, la regañó, la mimó, le pinchó con el dedo en el costado y estuvo dándole besos y pellizcos en las mejillas, pero nada dio resultado. Al cabo, la joven se resignó y declaró que no pensaba malgastar su tiempo tratando de animar a una mujer tan aburrida.

Hannah había pensado decírselo. Quería decírselo a alguien, pero no estaba de humor para compartir más secretos con la moza, de modo que guardó silencio. Pasaba las noches rememorando aquella mirada tan perversa y, en una o dos ocasiones aun pensó en despertar a Daniel —o zarandearlo, pues con frecuencia estaba medio despierto por el dolor de muelas— y confesárselo todo. Él nunca la echaría, no mientras llevara en su vientre a su hijo. Aun así, contuvo su lengua. Pensó en decírselo a Miguel. Después de todo, la viuda era su amiga, pero no hubiera podido explicarle qué asuntos le ocupaban a ella en aquella zona de la ciudad.

No es menester que nadie lo sepa, se repetía una y otra vez durante aquellas largas noches. Nadie lo descubriría y no pasaría nada si se limitaba a callar.

Ahora lo único que la reconfortaba era el grano del café. Se había deslizado una vez más hasta el sótano de Miguel y se había guardado un puñado en el delantal. Un puñado. ¿Cuánto duraría? Cogió otro y luego medio más para asegurarse de que no sentiría el apremio de volver tan pronto a por más. En el saco echaba de verse que había menos grano, pero Miguel no se daría cuenta. Si comerciaba con aquel fruto, sin duda podría conseguirlo fácilmente. Hasta es posible que aquel saco fuera otro.

Así pues, aquel día, cuando ella y Annetje volvían ya al Vlooyenburg, con los cestos cargados de pescado y zanahorias, Hannah iba mascando grano, muy lentamente, para que duraran más. Pero aunque ya había comido una docena o más de ellos, el miedo la atenazaba y empezó a preguntarse si acaso el efecto del fruto no fuera suficiente para los terrores que ahora acechaban por doquier.

Apenas si sabía por dónde pasaban, y Annetje, viéndola tan ausente, la llevó por el estrecho y antiguo Hoogstraat, donde las piedras estaban manchadas de la sangre de los puestos de carne de cerdo que había a ambos lados. Se conoce que se complacía en la idea de llevar la sangre de un cerdo en sus pies al interior de la casa de un judío. Hannah trató de evitar los charcos de sangre, pero cuando ya habían recorrido la mitad de aquel lugar, el fuego de unos ojos que la miraban la alteró grandemente, como el aliento caliente de un predador. No se atrevía a darse la vuelta, de suerte que, con su mano libre aferró el brazo de Annetje, con la esperanza de que entendiera: apresurémonos. Pero Annetje no se dio por enterada. La moza intuyó que pasaba algo, se detuvo y se volvió para mirar. Hannah no tuvo más remedio que volverse también.

La viuda se acercó, hermosa como un retrato, con aquella sonrisa suya tan irresistible. Apenas miraba por donde caminaba, pero su gracia natural le hacía evitar los charcos de sangre y despojos. Unos pasos más atrás iba su criado, joven, rubio, bien parecido, pero con gesto amenazador. Se había quedado rezagado, para poder vigilarla.

—Querida —le dijo la viuda a Hannah—, ¿entendéis mi lengua? —Se volvió hacia Annetje—. Moza, ¿me entiende la *senhora*?

Hannah estaba demasiado asustada para mentir, aun para contestar. Su cabeza se había alborotado a causa del fuerte olor a sangre. Sin duda la viuda quería algo a cambio de su silencio y si Hannah no podía dárselo, ella, su marido y su hijo serían destruidos. Y, sin duda, para salvarse, Daniel se divorciaría. Podía salvar su reputación en la comunidad actuando cruelmente con la esposa que había mancillado su nombre. Y entonces, ¿qué haría ella? ¿Refugiarse con su hijo al amparo de algún convento?

—Entiende lo bastante —contestó Annetje sin ocultar su confusión. Sabía quién era la viuda y no acertaba a imaginar qué asuntos pudiera tener con su ama—. Pero su lengua es demasiado torpe para formar los sonidos de la lengua holandesa.

Aun cuando la moza era una picaruela, en aquel momento demostró lo que valía. Si Hannah no podía hablar, la viuda habría de ser más directa y la conversación acabaría antes.

—Muy bien, cariño, vos haced que sí con la cabeza si me entendéis y que no si no. ¿Podréis hacerlo, cielo?

Hannah asintió.

—Sois una joven fuerte y hermosa, a pesar de las ropas austeras que vestís. ¡Cuán triste ha de ser llevar tanta belleza escondida! El *senhor*

Lienzo habla con frecuencia de vuestra hermosura, y de la buena fortuna de su hermano por tener una esposa tan bella.

Hannah no sabía si debía asentir. Le parecía inmodestia admitir su belleza. Pero Miguel la tenía por mujer hermosa, y eso era bueno.

Hannah no pudo tenerse y echó mano al delantal por coger uno de los pocos granos de café que le quedaban, manchados ahora de algodón y por el polvo de la calle. Se llevó el puño a la boca como si temiera algo y deslizó el grano al interior. No podía ponerse a masticar, se dijo entre sí, así que se consoló apretándolo con fuerza entre las muelas, tanto que el grano se partió. Bueno, si masticaba con tiento no pasaría nada.

—El domingo. —Annetje estaba repitiendo unas palabras que a Hannah se le habían escapado. La cabeza de la moza repasaba las posibilidades—. ¿Cerca de la Casa del Peso?

—Cerca de la Casa del Peso —confirmó la viuda amablemente—. La *senhora* y yo nos vimos. ¿No es cierto, querida?

Hannah asintió de nuevo: era una buena oportunidad para dedicarse a algunos de los trozos más grandes del grano.

—Os vi persiguiendo a vuestra doncella. No acierto a imaginar lo que pudo hacer para que su señora hubiera de perseguirla, pero imagino que no es de mi incumbencia.

Annetje chasqueó la lengua.

—Tengo por seguro que los juegos de la juventud son un recuerdo muy lejano para vos, de ahí que os desconcierten.

—Eres una ramera muy lista. Pasaré por alto tus groserías, pues deseo que nos entendamos cuanto antes. —Miró a Hannah—. Solo quiero que sepáis que dio la casualidad de que estuve cerca de la Casa del Peso toda la mañana. Ciertamente, os vi cuando pasaba por el Oudezijds Voorburgwal y vi de qué casa salíais. Y sé lo que sucedería si todo el mundo se enterara. —Alargó el brazo y oprimió con los dedos muy suavemente el vientre de Hannah. Solo un instante—. Solo quería pediros que seáis más prudente. ¿Lo entendéis?

Hannah asintió una vez más.

—¿Y qué le importa a ella vuestra preocupación, vieja? —preguntó Annetje.

La viuda sonrió apenas.

—Seguramente no sabéis quién soy. No me imagino a mi querido *senhor* Lienzo hablándoos de mí y supongo que os preocupará saber que sé lo que sé. Solo quería deciros que no debéis temer nada de mí. Tengo muchos talentos, querida *senhora*, pero ninguno me es más querido que el de guardar secretos. Podéis dormir tranquila, pues jamás diré a nadie lo que vi... ni al *senhor* Lienzo, desde luego, aunque es un buen amigo; ni aun a mi querido Hendrick.

Hendrick hizo una reverencia ante Hannah.

—Lo único que pido a cambio... —empezó Geertruid, pero entonces calló—. No, no a cambio. No haré un trato con vos, no quiero que penséis que mi silencio es algo precioso que fácilmente se puede romper. Guardaré vuestro secreto, pero me gustaría pediros un favor, corderito. ¿Me lo permitís?

Hannah asintió y tragó el último fragmento de café que le quedaba.

—Estoy tan contenta... solo quería pediros que no habléis de lo que vos visteis... ni al *senhor* Lienzo, ni a vuestro marido, ni a ninguna amiga, ni tan siquiera a esta dulce jovencita de la cual dependéis. Creo que lo mejor es que las dos olvidemos que nos vimos aquel día. ¿No estáis de acuerdo?

Otra cabezada de asentimiento.

—Estoy tan contenta... ¿Puedo besaros? —Esta vez, Geertruid no esperó a que asintiera. Se inclinó hacia delante y aplicó sus suaves labios al velo de Hannah, apretando un poco hasta que la joven sintió muy cerca el aliento caliente de la viuda—. De ser las cosas de otro modo, estoy segura de que podríamos ser amigas. Es una pena, pero debéis saber que os deseo lo mejor. Adiós, querida mía.

Geertruid se dio la vuelta y fue hacia Hendrick, que obsequió a las damas con otra reverencia.

—Jesús —dijo Annetje en voz alta—, espero que el *senhor* no se ayuntará con mujer tan mustia.

Hannah se puso a caminar con premura. Annetje se quedó mirando cómo se alejaban y luego corrió tras de su señora.

—Jesús —exclamó Annetje—, haréis bien en decirme qué asunto era ese.

Hannah mantuvo la mirada al frente. Un grupo de damas, matronas de anchas cinturas, pasaron junto a ellas, mirando el velo de Hannah.

—Ya podéis hablar —la animó Annetje—. No hay mal en ello.

—No hablaré de ese asunto —dijo. Se sentía como si la viuda fuera alguna suerte de bruja, como si le hubieran hecho un conjuro, como si desafiar sus deseos hubiera de acarrearle alguna maldición. ¿Cómo podía estar segura de que la viuda no era una bruja?

—No seáis tonta —la encomió Annetje con tiento—. Que esa vieja ramera lo diga no significa que hayáis de hacerlo. ¿Qué sabe ella de lo que hablamos?

—Si he de esperar que ella guarde silencio, yo he de guardarlo también.

—Bonita manera de verlo. —Annetje chasqueó la lengua—. Pero yo quiero conocer el secreto de esa mujer.

Hannah se detuvo. Miró a Annetje abiertamente.

—Mi hijo está en peligro. Te ruego que no digas una palabra de esto a nadie. Debes prometérmelo.

Annetje rió alegremente.

—No, no pienso hacerlo —dijo—. Puedo arruinaros más fácilmente que esa viuda, y no pienso hacer ninguna promesa porque vos me lo digáis.

Hannah no se apartó. No pensaba dejarse intimidar, al menos con aquello.

—Me lo prometerás y harás honor a tu palabra.

Annetje dejó de reír y la sonrisa se retiró de su rostro como un gato esconde sus garras.

—¿Queréis mi promesa? Os prometo que si me ocultáis algún secreto, le diré a vuestro marido lo que sé. Ahí tenéis mi promesa. Volved a ocultarme vuestros asuntos y tendréis motivo para arrepentiros. Ahora dejad de mirarme como un cachorro y sigamos camino.

Hannah asintió con expresión indefensa. Aun así, había ganado, ¿no es cierto? Annetje le había dicho que no le ocultara ningún secreto, no que tuviera intención de revelar aquel. Se había echado atrás.

Acaso la fuerte voluntad de la moza no fuera tan mala. Pero ¿qué hacer con la viuda? Detestaba ocultarle nada a Miguel, pero ¿qué podía hacer? De todos modos, la viuda era amiga de Miguel y es posible que le estuviera preparando una sorpresa. O acaso lo estaba ayudando en algún negocio sin saberlo él. Sí, era eso, seguro. Estaba ayudando a Miguel secretamente y no quería que él lo supiera por que no se ofendiera. Todo irá bien, se repetía una y otra vez, deseando poder creerlo.

13

Después de aquella tarde decepcionante, nada hubiera complacido más a Miguel que el aislamiento y la tranquilidad del sótano de su hermano. A pesar de ser un lugar tan lóbrego, la casa constituía su refugio frente al mundo.

Habían pasado más de dos semanas y aún no había tenido noticia de ninguno de sus posibles agentes. Cierto, todavía era pronto, pero en dos semanas entraba ya dentro de lo posible que tuviera alguna noticia. Eso se había dicho para sí: «No esperes recibir respuesta alguna antes de dos semanas», aunque albergaba secretamente la esperanza de saber algo antes.

Ahora, si acaso algo pudiera tranquilizarlo, serían unas buenas velas, un vaso de vino... incluso puede que algo de café. Miguel se había pasado a ver al librero aquella tarde y encontró un nuevo cuento de Pieter el Encantador y su esposa Mary. Solo tenía dieciocho páginas, pero lo hojeó superficialmente por no estropear el misterio.

Miguel había recibido una segunda nota de su agente de Moscovia aquel día. El hombre tenía demasiadas deudas y demasiados acreedores presionándolo. Necesitaba recuperar los préstamos que él había hecho y si Miguel no podía cumplir, tal vez habría consecuencias.

Siempre había consecuencias, dijo Miguel para sí, si bien él nunca hacía caso de tales comunicaciones. Salvo cuando trataba con holandeses, los cuales bien pudieran llevarle ante los tribunales... y eso era algo que no podía permitirse ahora que sus asuntos empezaban a arreglarse. De modo que pasó el día buscando a Ricardo, pero no hubo suerte. En lugar de eso, acabó en el Urca, bebiendo con Isaías Nunes.

—¿Qué sabéis de Ricardo? —le preguntó a su amigo.

—No más que vos. No es más que un corredor de dudosa capacidad.

—¿No tenéis idea de quiénes son sus clientes?

—Eso sí que es algo que Ricardo hace bien: guardar silencio. Es muy popular entre los hombres que no desean pagar ni un minuto antes de lo que ellos decidan. No creo que Ricardo os engañara directamente, pero podría pasar un mes o incluso más antes de que os pague. He oído que una vez se escondió de un cliente durante más de un año.

Miguel no tenía intención de esperar un año.

—Le pondría un ojo morado si no pensara que va a ir corriendo al *ma'amad*. Lo que menos me interesa mientras arreglo este asunto del café es tener problemas con el Consejo.

—¿Aún estáis metido en ese proyecto? —Nunes paseó la vista por el local.

Miguel sintió que el vello se le erizaba en la nuca.

—Por supuesto.

—Acaso no sea este el mejor momento —sugirió Nunes medio tragándose las palabras.

Miguel se inclinó hacia delante.

—¿Qué me estáis diciendo...? ¿Que no podéis conseguir lo que prometisteis? Por los clavos de Cristo, si vos no podéis, ya me diréis quién puede.

—Por supuesto que puedo conseguir lo que prometo —se apresuró a contestar—. No prometería lo que no puedo cumplir. Ni aun la Compañía de las Indias Orientales osaría contrariarme. —Una fanfarronada ociosa, por supuesto.

—Pues yo estoy completamente seguro de que en la Compañía de las Indias Orientales no vacilarían en contrariarme —dijo Miguel—, pero espero que vos sí.

Nunes suspiró con nerviosismo.

—Solo pensaba si, ahora que habéis hecho algo de dinero con el aceite de ballena y os sentís confiado, no sería mal momento para invertir en algo tan arriesgado. ¿Por qué no poneros a cubierto?

—Mi hermano también ha querido disuadirme con el asunto del café.

—Yo no estoy tratando de disuadiros —le aseguró Nunes—. Si estáis sugiriendo que vuestro hermano me ha metido en esto, os engañáis. Ya sabéis que lo tengo en muy poca estima. De no ser Parido su amigo, no tendría ni dos ochavos para comprar pan. Solo que no quiero veros perder en una empresa tan arriesgada.

—Vos limitaos a hacer lo que os pago por hacer —dijo Miguel lo bastante alto para que su amigo se acobardara.

Cuando caminaba de regreso a su casa, Miguel empezó a arrepentirse de las palabras que había dicho a Nunes. Había perdido mucho dinero, y eso había perjudicado seriamente sus humores. Sus amigos hacían bien en preocuparse por él, y lo que le había dicho a Nunes del negocio del café no era del todo cierto. Mañana lo buscaría, se disculparía pagándole unos cuantos bocks de cerveza, y el asunto quedaría olvidado.

Al entrar en la casa de su hermano, Miguel echó de ver que sus planes para retirarse rápidamente se malograban. Daniel estaba sentado en la sala de recibir fumando en su pipa, junto a Hannah, que parecía ensimismada y no reparó en su llegada.

—Unas palabras —dijo Daniel con un tono más autoritario del que a Miguel gustaba—. Debo hablar contigo un momento. Mujer, sal de la habitación.

Hannah cogió su vaso de vino caliente con especias y se retiró a la cocina, lanzando una mirada furtiva a Miguel. Sus ojos se encontraron por un instante, pero ella los apartó enseguida. Siempre lo hacía.

Daniel se puso en pie para recibir a su hermano. Tenía en las manos unos papeles que parecían cartas.

—Hoy has recibido esto.

Miguel las cogió. En apariencia, las cartas no parecían cosa extraordinaria, pero Miguel reconoció enseguida la letra de una de ellas: Joachim.

—Esa es —dijo Daniel reparando en la cara de su hermano—. Por la letra se ve que la ha escrito un holandés. Me inquieta que recibas tales misivas, y que las recibas en mi casa. ¿Se trata acaso de un hombre para quien haces de corredor? Ya sabes que este tipo de transacciones con gentiles son ilegales.

Miguel quiso asegurarse de que la carta no había sido abierta, pero el sello era sencillo, de cera. Bien podían haberlo abierto y después vuelto a cerrar.

—No veo nada malo en recibir una carta en mi lugar de residencia. —Pronto controlaría todo el café de Europa; el solo hecho de tener aquella conversación no era digno de él—. ¿Acaso sugieres que tú nunca tienes necesidad de comunicarte con un holandés? ¿Todos tus asuntos, desde el banco a la adquisición de cuadros, pasan por manos judías?

—Por supuesto que no. Por favor, no me vengas con comentarios absurdos. De todos modos no creo que esta carta sea de igual naturaleza, y quiero saber lo que contiene.

—También yo, pero no la he leído. —Se inclinó hacia delante—. Me pregunto si tú podrías decir otro tanto. Me permito recordarte que ya no estamos en Lisboa —dijo Miguel al cabo de un momento—. Aquí no es menester recelar de un hermano.

—Esa no es la cuestión. Te pido que abras la carta en mi presencia a fin de que su contenido pueda ser revelado ante la comunidad.

¿Revelado ante la comunidad? ¿Había perdido Daniel el juicio y creía que Parido lo había convencido para que se presentara ante el *ma'amad*?

—¿También deseas que te la traduzca? ¿Qué prefieres, el portugués o el español?

—¿Acaso he de ser censurado por no hablar la lengua de los gentiles?

—Por supuesto que no. Continuemos esta conversación en hebreo. Estoy seguro de que tu dominio de esta lengua es superior al mío.

Daniel empezaba a enrojecer.

—Creo que te estás excediendo. Ahora abre esa carta, si no te importa, a menos que tengas algo que ocultar.

—No tengo más que ocultar que cualquier otro hombre de negocios —replicó Miguel, pues no pudo tener sus palabras, aun cuando sabía que debía callar—. Mis cartas son asunto mío.

—Mi esposa está encinta. No permitiré que extrañas cartas holandesas perturben su tranquilidad.

—Por supuesto. —Miguel bajó la vista para ocultar la risa. Sin duda, la tranquilidad de su esposa existía al margen de cualquier carta holandesa que llegara a la casa—. Si lo prefieres —propuso, consciente de que estaba siendo provocador—, haré que me manden mis cartas a una taberna, en cuyo caso será el tendero quien habrá de velar por la tranquilidad de su esposa.

—No —contestó Daniel presto—. No, tal vez no deba interferir. Todo hombre tiene derecho a poner en orden sus asuntos.

—Eres muy amable. —Miguel no pretendía que sus palabras sonaran tan amargas.

—Solo me intereso por tus negocios por curiosidad. Curiosidad fraternal. Por ejemplo, me gustaría saber más sobre ese asunto del café que mencionaste.

Miguel sintió una punzada de pánico.

—Te dije que no tengo ningún asunto con el café.

—Seamos sinceros. No hay ningún peligro en hablar de tales materias entre estas paredes.

—No tengo planes —dijo Miguel saliendo de la habitación—, pero si es cierto que el negocio del café te parece tan prometedor, sin duda lo consultaré.

Miguel pasó por la cocina, donde Hannah y Annetje se dedicaron a mover zanahorias y puerros de acá para allá por que se viera que habían estado ocupadas con la comida y no escuchando detrás de la puerta.

Una vez en su sótano, Miguel encendió algunas velas y luego machacó unos pocos granos en el mortero, que aún no había devuelto a la cocina, ni se habría echado en falta, y calentó un poco de vino. Cuando vertió la mezcla en un cuenco y dejó que se asentara, abrió por fin la carta de Joachim.

> *Senhor* Lienzo:
>
> Cuando hablamos antes, acaso mi actitud fuera un tanto encendida. De todos modos, estaréis de acuerdo conmigo en que mi cólera está justificada y que ciertamente me debéis más de lo que estáis dispuestos a admitir. Así pues, os ruego que aceptéis mis excusas. Quería haceros saber que me alegra que podamos colaborar en un asunto que pueda beneficiarnos mutuamente. Siempre a vuestro servicio,
>
> JOACHIM WAAGENAAR

Miguel dio un trago a su brebaje, aunque bien hubiera podido tratarse de cerveza, pues estaba tan embebido que no reparó en su amargor. Sin duda, aquel hombre estaba más loco de lo que Miguel había imaginado. ¿Acaso Joachim no había entendido nada de la conversación, ni aun lo relativo a su parte?

Después de doblar la carta y echarla al fuego, Miguel comprobó el resto de su correspondencia, entre la que encontró más frases inquietantes del comerciante de Moscovia, que había tomado por costumbre escribirle dos veces al día. Miguel no estaba de ánimo para contestar a aquellas palabras y, en lugar de ello, sacó su nuevo panfleto. Pero las astucias de Pieter el Encantador no tenían ningún atractivo para él en aquellos momentos.

Luego oyó pasos en la escalera, y dejó la pipa y el cuenco. Pensó que acaso tendría que hacer frente a Annetje, cuya simpleza solo haría que irritarlo, mas a quien vio fue a Hannah, en mitad de la escalera, con una vela humeante en la mano, tratando de ver algo en la habitación escasamente iluminada.

—¿Estáis ahí, *senhor*? —dijo con suavidad.

Miguel no supo qué contestar. Hannah nunca antes había bajado al sótano, y que hiciera aquello sin haber llamado antes era inconcebible. ¿Y si hubiera estado desnudo? Recordó que no había cerrado la puerta, y acaso Hannah lo había interpretado como una invitación a recibir visitas. Un error semejante, decidió, no debía repetirse.

—Aquí estoy, *senhora*. —Dejó su cuenco de café y fue hasta el pie de la escalera—. ¿Me necesitáis?

—He olido algo extraño —le dijo ella, bajando unos cuantos escalones—. Quería cerciorarme de que todo iba bien.

Ningún olor, aparte del fuego o el vómito, podía provocar tal respuesta. Sin duda, el café era el responsable. Desde que recibió el grano de Geertruid, se había acostumbrado a su aroma, pero es cierto que, para quien no estuviera familiarizado con él, sin duda parecería algo extraño.

—Oh, el suelo está mojado —comentó Hannah—. ¿Habéis derramado algo?

—Es el canal, *senhora*. Por la noche se desborda.

—Lo sé —dijo ella pausada—. Me preocupa que podáis enfermar.

—Me las arreglo bastante bien, *senhora*. Y mejor es dormir entre la humedad que en una habitación demasiado caliente y sin ventanas. Lo pregunté a un médico.

—Quería ver de dónde venía ese olor. —Parecía confusa, como si hubiera tomado demasiado vino. Y, ahora que reparaba en ello, le notaba la voz algo suelta e incoherente. Se conoce que estaba haciendo un esfuerzo por decir algo. Miguel sabía que Hannah se deleitaba indebidamente en su compañía, que le gustaba cuidarlo y hablar con él, pero bajar al sótano... ¿había descubierto en su persona una osadía ignorada?

—No hay necesidad de que os preocupéis, *senhora*. El olor no es otra cosa que una nueva clase de té. Lamento que os haya perturbado.

—¡Una nueva clase de té! —dijo ella casi gritando, como si eso fuera lo que estaba deseando oír. Aunque Miguel no lo veía del todo claro. A él le pareció más bien que Hannah había visto la ocasión y había echado mano de ella. Hannah se aventuró a dar otro paso, hasta que estuvo apenas unos centímetros por encima del agua—. Daniel cree que el té es un derroche, pero a mí me encanta.

Miguel notó que el pañuelo de Hannah se había soltado y que un grueso mechón de pelo negro le caía sobre la frente. La mujer había vuelto hacía muy poco a la fe judía y acaso no entendiera la importancia de una ley que prohibía que una mujer casada mostrara sus cabellos a ningún hombre que no fuera a su esposo. A Miguel este mandato se le había antojado un tanto extraño cuando llegó a Amsterdam, pero hasta tal punto había asimilado su necesidad que difícilmente se hubiera sentido más violento si la mujer le hubiera mostrado los pechos... los cuales eran grandes y de considerable interés. Así pues, el mechón de cabello le resultaba a Miguel extrañamente excitante.

—Tal vez podríais probarlo algún día —dijo Miguel con un aturullamiento excesivo. Sintió que el rostro se le enrojecía y el pulso se le aceleraba. Sus ojos se clavaron en aquel mechón. En un instante supo cómo sería al tacto: suave y frágil a la par; podía percibir su aroma húmedo. ¿Sabía ella que se estaba exponiendo de aquella forma? No, imposible. Miguel hubiera querido decir algo para ayudarla a rectificar su error antes de que Daniel se diera cuenta, pero si le decía que se había expuesto de aquella forma, sin duda se sentiría mortificada.

—Será un placer compartir mi té con vos en otra ocasión —le dijo—. Espero que cerraréis la puerta cuando salgáis.

Hannah entendió perfectamente.

—Lamento haberos molestado, *senhor*. —Y retrocedió subiendo las escaleras.

Miguel pensó en llamarla, en decirle que no lo molestaba. No podía dejar que se fuera sintiéndose una necia. Pero sabía que eso era exactamente lo que tenía que hacer: dejar que se sintiera como una necia. Que no vuelva a bajar. Ningún bien podría venir de ello.

Miguel volvió a su escritorio y terminó su bebida. No podía permitirse pensar en ella, pues ya tenía bastantes problemas sin necesidad de que la imagen de la mujer de su hermano lo confundiera también. Mejor haría en pensar la forma de sacar a Joachim Waagenaar de sus asuntos.

Miguel no fue capaz de hallar la solución, aun cuando pasó la noche en vela. Muchas horas después de que la casa hubiera callado, se escurrió hasta el ático para despertar a Annetje, y cuando se despachó con ella logró por fin hallar descanso.

de

Las reveladoras y verídicas memorias de Alonzo Alferonda

Desde que Miguel Lienzo empezó a interesarse por el extraordinario fruto, me había estado reuniendo con él en una pequeña taberna de café del Plantage regentada por un turco llamado Mustafá. Ignoro si era este su nombre o no. Era el nombre de un turco al cual vi una vez en una representación, y el turco de la taberna me recordaba al mahometano ficticio de la obra. Si le molestaba que lo llamara por ese nombre, jamás lo dijo.

Una tarde, cuando me encontré con Lienzo, yo había tenido la buena fortuna de que Mustafá me sirviera una exquisitez inusual. Me hallaba sentado, disfrutando del bebedizo, cuando Lienzo se presentó muy impaciente. Él había conseguido mi ayuda en un asunto relacionado con el aceite de ballena que había tenido bastante buen final para él.

—He oído que os ha ido bien —le dije, haciendo una señal a Mustafá para que trajera una taza del extraño brebaje que me había servido—. Tenéis suerte de tener a Alferonda por amigo.

—Puede que me haya ido bien, pero todavía no tengo el dinero —dijo Miguel—. El corredor que lo compró, el tal Ricardo, se niega a pagarme.

Yo conocía a Ricardo seguramente mejor que Miguel, y no podía estar más sorprendido.

—¿Cómo? ¿No os ha pagado nada?

—Nada. Me ha prometido que en el plazo de un mes, tal vez. Y entretanto, mi agente de Moscovia me exige que le pague todo lo que le tomé prestado.

—Yo, personalmente, recomiendo que uno pague siempre sus deudas, pero también es cierto que tengo un interés en todos estos asuntos.

Mustafá colocó la bebida delante de Miguel, servida en un pequeño cuenco blanco, no mayor que la cáscara vaciada de un huevo. La bebida era de color amarillo, de un dorado casi metálico, y había muy poco, pues era muy cara y muy rara. Por supuesto, no pensaba decirle aquello a Miguel. Yo pagué su bebida.

—¿Qué es esto? —me preguntó.

—¿Pensáis que solo hay una clase de café? El café es como el vino: cien variedades y sabores. Cien naciones por todo el orbe lo beben, cada una con sus preferencias, y cada una ofrece sus placeres al bebedor entendido. Mi amigo turco consiguió una pequeña cantidad de este tesoro de las Indias Orientales, y lo he convencido para que lo comparta con nosotros.

Miguel olfateó con la cautela de un gato y, tras decir una oración, se llevó el pequeño cuenco a los labios. Su frente se arrugó enseguida.

—Curioso —dijo—. Es más almizclado que los otros cafés que he probado, pero también más líquido. ¿Qué es?

—Lo llaman café de mono —dije yo—. En los bosques tropicales hay una bestia que se alimenta del fruto del café. Pero solo de los más perfectos, de suerte que los nativos han aprendido que puede hacerse un café muy gustoso con los excrementos de tales criaturas.

Miguel dejó el cuenco.

—¿Me estáis diciendo que esto está hecho con excremento de mono?

—Yo no lo diría con tanta crudeza, pero sí.

—Alonzo, ¿cómo es posible que me hayáis hecho beber esta abominación? Además de ser repugnante, sin duda es una violación de nuestras leyes sobre los alimentos.

—¿Y eso por qué?

—Porque procede de un mono, y la carne de mono no se puede comer.

—Pero ¿y las heces de mono? Jamás he oído que estuviera prohibido.

—Si no podemos comer su carne, ¿cómo habríamos de comer sus excrementos?

—Lo desconozco —dije yo encogiéndome de hombros—. Sin embargo, sé que el pollo es carne, y en cambio los huevos ni son carne ni son leche. De este modo podemos considerar que los sabios creían que lo que sale de las tripas de una criatura acaso no sea de igual esencia que la criatura en sí.

Miguel apartó el cuenco de su lado.

—Sois muy convincente, pero no creo que vuelva a beber brebaje de cacas.

Yo sonreí y di un sorbito a mi cuenco.

—He oído que la ayuda de Parido no es tan útil como cabría esperar.

—Sí —dijo él—, el brandy. No hay forma de saber si pretendía hacerme perder o si el cambio de precio le sorprendió a él también.

—Por supuesto que lo pretendía. Parido ha sido vuestro enemigo estos dos años, y cuando de pronto dice ser vuestro amigo y actúa en vuestro nombre, os cuesta dinero. No creo que sea por azar, Miguel. Se ha descubierto.

—Yo le arrebaté una cantidad semejante con el aceite de ballena.

—Es posible —comenté yo—. Pero si le arrebatasteis tal cantidad, está claro que aún no ha llegado a vuestras manos.

—¿Me estáis diciendo que el cliente de Ricardo es Parido, que es él quien se niega a pagarme?

—No necesariamente. Acaso Parido se limita a utilizar su influencia para evitar que el dinero llegue hasta vos. Sugiero que presionéis a Ricardo con más empeño. No podéis llevarlo ante el *ma'amad*, pero podéis encontrar otra forma de doblegarlo.

—¿Alguna sugerencia?

Me encogí de hombros.

—Si se me ocurre algo, no dudéis que os lo comunicaré.

—Eso no me ayuda. Siento que las cosas se me escapan de las manos. He ganado un dinero con el aceite de ballena pero no puedo hacerme con él. Empiezo en el negocio del café y todo el mundo me advierte que lo abandone.

—¿Quién os ha advertido que abandonéis?

—Isaías Nunes y mi hermano.

—Nunes tiembla de oír sus bostas caer en el orinal. No debéis permitir que su cobardía os afecte. Y en cuanto a vuestro hermano, antes es hombre de Parido que vuestra sangre.

—¿Qué queréis decir?

—Lo que digo es que acaso Parido sabe de vuestros esfuerzos con el café y teme que os salga bien. Debéis actuar con rapidez y aferraros a vuestro objetivo.

—No tengo intención de actuar de otro modo.

—Es justo lo que deseaba oír.

14

En la cocina, Annetje troceaba cebollas mientras Hannah limpiaba el pescado maloliente. Introdujo el cuchillo en el vientre grisáceo y blando del animal tratando de vencer la resistencia e hizo más fuerza de la que era menester. El pescado se abrió con facilidad, y Hannah echó las vísceras en un cuenco de madera. Annetje las utilizaría para preparar un *hutsepot* con ingredientes permitidos a los judíos... *joodspot* lo llamaba ella.

—He estado pensando en vuestro encuentro con la vieja viuda —dijo Annetje.

Hannah no levantó la vista de las vísceras. Tenía unos cuantos granos de café en el delantal, pero no quería tocarlos con las manos oliéndole a pescado. Aun así, el grano la llamaba. Hacía horas que no comía ninguno. Horas. Sus existencias se estaban acabando y, después de su embarazosa visita al sótano la noche antes, pensó que acaso lo mejor fuera racionar lo poco que tenía.

—No debéis decir nada al *senhor* Lienzo, al *senhor* Miguel Lienzo. Por supuesto, ya sabéis que tampoco debéis decir nada a vuestro esposo.

—Yo también he pensado en todo esto —confesó Hannah—, y no sé si debo o no guardar silencio. Esa mujer dice ser su amiga. Él debe saber que le oculta secretos.

—La gente tiene derecho a tener sus secretos —dijo Annetje, con algo más de generosidad esta vez. Echó una pizca de comino en el cuenco con la cebolla—. Vos tenéis vuestros secretos, y vos estáis mejor, vuestro marido está mejor y el mundo está mejor por ello. ¿Quién puede asegurar que no sucede lo mismo con la viuda?

En otro tiempo, estas palabras la hubieran hecho callar, pero ahora las cosas eran distintas.

—Pero no sabemos si eso es cierto. —Su dedo oprimió la carne bajo la piel del pescado—. ¿Y si pretende hacerle daño?

—Estoy segura de que no se trata de nada que deba preocuparnos y, aun si así fuera, nosotras nada podemos hacer. Después de todo, no querréis que ella hable de vuestros secretos...

Hannah consideró esa posibilidad un momento.

—Pero el *senhor* Miguel no es mi esposo. Podemos confiar en su silencio.

Ella cerró los ojos.

—Tal vez no.

Annetje dio un mordisco a una cebolla como si de una manzana se tratara y masticó abriendo mucho la boca. Hannah le había pedido en muchas ocasiones que no comiera cebollas. Si Daniel se enteraba de que tomaba con tanta liberalidad su comida, se enojaría.

—Vuestro comportamiento le resulta curioso. Me dijo que anoche os presentasteis ante él en el sótano con el pañuelo medio abierto y los cabellos descubiertos.

Esa moza se iba a enterar de lo que era un pañuelo abierto cuando Hannah la estrangulara con él.

—Ignoraba que estaba abierto hasta que me fui.

—Creo que lo excitó —dijo ella con la boca llena de cebolla. —Olí algo en el sótano.

—Y yo estoy oliendo algo ahora, y es repugnante. No podéis decírselo, os traicionará. Su religión le preocupa mucho más que vos, os lo aseguro. Piensa que sois una necia, y si habláis con él, verá que tenía toda la razón.

—¿Por qué habría de considerarme una necia por querer ayudarle?

—No lo ayudéis. Os traicionará por el puro placer de hacerlo. Os lo advierto, no confiéis en él. Si habláis con él, me consideraré traicionada. ¿Me habéis entendido?

—Te entiendo —dijo Hannah muy pausada, pensando en el café de su delantal.

Las cartas empezaron a llegar enseguida. Miguel se sentó en el sótano, encendió dos lámparas de aceite y abrió la correspondencia del día, sin atreverse a esperar nada. Pero allí estaba: una carta del primo de un amigo que ahora vivía en Copenhague. No entendía por qué Miguel necesitaba comprar en un momento determinado de un día determinado, pero aun así estaría encantado de ayudarle, dada la comisión que ofrecía.

Miguel preparó un cuenco de café para celebrarlo y leyó el resto de cartas. Nada de posibles agentes, pero al día siguiente tuvo noticias de un conocido de Marsella y del marido de una prima lejana de Hamburgo. A mediados de la semana siguiente ya sabía de tres personas más y, una semana más tarde, de otras cuatro, aunque sin duda llegarían más. Ya casi lo tenía. Ahora solo quedaba una cosa importante que discutir con Geertruid.

Ella propuso el paseo del Plantage. Miguel pensó que lo más indicado sería una visita a la taberna de café, pero Geertruid no mostró ningún interés.

—En la vida hay otras cosas aparte del café —le dijo—. No debéis olvidar que soy holandesa y que me gusta beber grandes cantidades de cerveza. Eso de quedarse en pie toda la noche mirando cuadernos y libros es para los judíos.

Caminaron por senderos iluminados por antorchas pensadas para convertir la noche en día. Parejas con bonitas vestiduras pasaban junto a ellos, ricos burgueses con sus esposas, hermosas o sencillas, jóvenes parejas que salían para ver la vida, ladrones con astutos disfraces. En Lisboa, estas personas que salían buscando solaz hubieran sido todas de noble cuna y de antiguos linajes, pero aquellos eran nuevos ricos, mercaderes de la Bolsa con sus bellas esposas, hijas de mercaderes.

Miguel tomó a Geertruid del brazo y caminaron como si estuvieran casados. Pero, de tener una esposa ¿hubiera podido llevarla Miguel por las verdes sendas del Plantage? No, la hubiera dejado en casa cuidando de los niños, y Geertruid seguiría siendo la mujer a quien llevaba del brazo.

Geertruid alzó los ojos y le sonrió a su amigo; parecía mismamente que no había cosa en el mundo que la complaciera tanto como pasear con él en una noche como aquella. Llevaba uno de sus vestidos más hermosos, con azules y rojos.

—¿En qué punto están los asuntos? —preguntó—. Contadme todas esas maravillosas noticias. Deleitadme con los relatos sobre nuestra próxima fortuna.

—Las cosas van bastante bien —le dijo Miguel—. Tan pronto traspaséis el dinero a mi cuenta, mi querida señora, podré pagar a mi mercader de las Indias Orientales por el café. Después habremos de asegurarnos de haber contactado con nuestros agentes y comprobar todos los detalles de nuestro plan antes de que llegue la mercancía. Calculo que serán dos meses.

—Dos meses —repitió ella con gesto soñador—. ¿Dos meses y habremos conseguido todo lo que decís? Habláis como si esperarais comer trucha para la cena.

—Bueno, me gusta la trucha. —Miguel contempló su rostro iluminado por el resplandor de una antorcha, pero lo bastante en sombras para que las imperfecciones de la edad quedaran ocultas.

Se detuvieron a mirar un tablado algo precario donde actores interpretaban una aventura de los Mendigos del Mar, rebeldes del mar que combatían a los tiranos españoles para conseguir liberar a las Provincias Unidas. Miguel nunca se había molestado en aprender los nombres de los elogiados héroes de aquellas batallas, pero Geertruid se sintió arrebatada enseguida. Estuvieron mirando un cuarto de hora, y Geertruid aplaudió y rió con la chusma, dejándose llevar y riendo como una criatura cuando los actores hablaron de la milagrosa tormenta que salvó la ciudad de Leiden de manos de los españoles. Luego decidió que ya había visto bastante y siguieron caminando.

—Aún tengo que coordinarme con nuestros agentes de las Bolsas —dijo Miguel al cabo de un momento.

—¿Ya los habéis elegido?

Miguel asintió.

—En este mismo momento tengo contactos en Marsella, Hamburgo, Viena, Amberes, París y Copenhague. Y el primo de un amigo que está en Rotterdam, pero planea volver a Londres; en breve llegaré a un acuerdo con él. Yo mismo puedo ocuparme del negocio en Amsterdam. Aun así, imagino que habrá algún problema menor.

—Solo algún problema —dijo Geertruid pensativa—. Es maravilloso. Es completamente maravilloso. Hubiera pensado que habría un sinfín de problemas. Pero os habéis ocupado de todo a la perfección. Es un gran consuelo para mí.

Miguel sonrió. Miró sus labios, pensando si no veía en ellos una mueca ligeramente irónica.

—De todos modos, acaso os interese conocer la naturaleza de tales problemas.

—Confío plenamente en vos, pero si deseáis hablar de problemas, os escucho.

Miguel se aclaró la garganta.

—Me preocupa no poder colocar agentes en las Bolsas de Iberia: Lisboa, Sevilla y quizá Oporto. No continué negociando con estos lugares, y muchos de mis antiguos contactos allí han huido a lugares más seguros. En verdad, los contactos que tengo en Marsella, Hamburgo y Amberes son refugiados, igual que yo, hombres a quienes conocí en Lisboa.

—¿No podéis establecer nuevos contactos? Sois una persona suficientemente amable.

—Estoy explorando esa posibilidad, pero se trata de algo difícil. En tratando con estos países, un hombre como yo debe ocultar su verdadero nombre y no permitir que nadie sepa que es de la fe hebraica. Revelar este detalle provocaría el rechazo pues cualquier judío, secreto o no, temerá hacer negocios con un judío reconocido. Si sus actividades llegaran a conocimiento de la Inquisición, no dudarían en prenderlo bajo sospecha de judaizante.

—Parece un asunto desagradable.

—La Inquisición financia sus gastos confiscando las propiedades de los encausados, y eso convierte a los mercaderes en víctimas particularmente atractivas para ellos.

—¿Podemos proceder prescindiendo de estas Bolsas? Después de todo, ¿cuántas necesitamos?

—Bien podríamos pasar sin Oporto, y aun Lisboa, aunque no quisiera correr ese riesgo. Pero Sevilla es imprescindible. El café goza de cierto favor en la corte española, la cual adquiere el grano a través de la Bolsa. Si perdemos Sevilla, el proyecto fracasará.

—¿Y qué podemos hacer? —Su voz sonaba aguda y juvenil, como si estuviera probando a Miguel para conocer la medida de su preocupación.

—Siempre ha habido maniobras e intrigas en el mundo del comercio. Solo se trata de ingenio, y no es tan descabellado hacer un poco de alquimia y convertir problemas de plomo en oportunidades de oro.

—Sé que conocéis vuestro oficio, de modo que no me preocuparé a menos que me digáis que he de hacerlo.

Miguel hizo ademán de torcer a la izquierda, pero Geertruid tiró de él para llevarlo a la derecha. Tenía un destino en mientes, pero la única pista que ofreció fue la más débil de las sonrisas.

—¿Cuánto tiempo creéis que habréis menester para transferir el dinero a mi cuenta?

—¿Acaso no debiéramos esperar? Si la situación con Sevilla no se resuelve y ya hemos adquirido la mercancía, ¿no seremos entonces los perdedores?

—Eso no sucederá —le aseguró Miguel, y acaso también a sí mismo.

En estas que llegaron a una casa de madera rematada más bellamente que muchas. Geertruid lo llevó al interior, un lugar bien iluminado, con muebles macizos de madera, por donde andaban tambaleantes una docena de holandeses, borrachos, y casi idéntico número de mozas con apretadas ropas que servían jarras de cerveza y susurraban al oído de los hombres. Geertruid lo había llevado a un burdel.

—¿Qué hacemos aquí?

—Oh, se me hace que estáis algo solo y he oído verdaderas maravillas de una moza de aquí (aún me hacen ruborizarme). Quería que probarais la mercancía vos mismo.

—Pensé —dijo Miguel con una voz falsamente grave— que pasaríamos juntos la velada, hablando de nuestras cuitas con el negocio.

—Podéis hacer que estáis conmigo si lo preferís. Pero, por lo que se refiere a los negocios, creo que ya hemos terminado.

En aquel momento, una mujer con mirada ardiente apareció junto a Miguel y lo tomó del brazo. Era pequeña de estatura y de complexión un tanto ligera, pero tenía un rostro encantadoramente redondo y labios carnosos.

—Debe de ser el caballero de quien me hablasteis —le dijo a Geertruid—. Ciertamente es admirable.

—*Senhor*, esta encantadora criatura se llama Agatha. Espero que la trataréis con igual delicadeza de la que quisiera para mí.

A Miguel le dio risa.

Geertruid ladeó la cabeza, como encogiendo los hombros.

—Creo que primero habríamos de terminar nuestra conversación, antes de que acepte vuestro generoso regalo. —Y le sonrió a la moza con el fin de que no se sintiera despechada.

—Sois hombre fuerte si podéis mantener la cabeza en los negocios con una mujer a cada brazo —comentó Agatha.

—Solo habéis de decir cuándo puedo esperar la transferencia y podremos dejar el asunto por esta noche.

—Muy bien. Veo que no pensáis rendiros. Mejor para nuestra amiga Agatha, pues dicen de ella que gusta de los hombres decididos.

Puedo transferir el dinero para finales de esta semana si fuera menester.

Miguel estaba en ese momento echando una ojeada a los vivaces ojos marrones de Agatha, pero al punto se volvió hacia Geertruid.

—¿Tan pronto? ¿Ya lo tenéis?

Geertruid oprimió los labios en una sonrisa.

—Sin duda no pensaríais que mis aseveraciones eran pura palabrería. Me dijisteis que buscara el dinero y eso he hecho.

—¿Por qué no me lo habíais dicho? Se me antoja que, después de asegurar semejante cantidad (nada despreciable), debierais sentiros más venturosa.

—Y lo estoy. ¿Acaso no estamos celebrando nada esta noche?

Miguel llevaba lo bastante en el negocio para saber que le estaban mintiendo, y mucho. Se quedó inmóvil, temiendo incluso moverse hasta haber meditado bien aquello. ¿Por qué habría de mentirle Geertruid? Dos razones: o no tenía realmente el dinero, o tenía el dinero pero no procedía de donde dijera.

Miguel no se dio cuenta de que llevaba tanto tiempo inmóvil hasta que vio a las dos mujeres mirándolo.

—¿Podéis hacer la transferencia esta semana?

—Eso he dicho. ¿Por qué os ponéis tan serio? Tenéis vuestro dinero, y tenéis una mujer. ¿Qué más podría desear un hombre?

—Nada —dijo él librándose de ambos brazos y poniendo las manos en ambas posaderas, mostrando en ello una liberalidad que normalmente no se hubiera permitido con Geertruid. Pero la mujer se había tomado libertades con él, así pues, ¿por qué no devolver el favor? Y en cuanto a la mentira, no pensaría en ello más. Geertruid tenía sus motivos y tenía sus secretos. Miguel viviría con ellos venturoso.

—Creo que el *senhor* os prefiere a vos antes que a mí —dijo Agatha a Geertruid.

Algo cruzó el rostro de la viuda.

—Creo que pronto descubrirás lo que al *senhor* le gusta, querida mía. Tiene una gran reputación.

Agatha lo guió hasta una de las habitaciones de atrás, y Miguel no tardó en comprobar la facilidad con que olvidaba las mentiras de Geertruid y lo que pudiere ocultar a tan gran amigo.

La siguiente jornada, entre sus cartas, Miguel halló una nota favorable de su posible agente en Frankfurt. Leyó la carta con satisfacción y pasó a la siguiente, esta del comerciante de Moscovia. Con gran educación, el hombre explicaba que Miguel aún le debía una suma que rondaba los mil novecientos florines y que, conocedor de las dificultades pasadas de Miguel, no podía dejar pasar el asunto. «Debo exigir el pago inmediato de la mitad de la deuda o me temo que no me quedará más remedio que dejar que sean los tribunales quienes decidan la mejor forma de que recupere mi dinero.» Los tribunales... eso significaba otra humillación pública ante el Comité de Bancarrota, lo cual significaría dejar al descubierto su relación con Geertruid y sus planes con el café.

Miguel soltó un juramento, bebió un cuenco de café y se echó a la calle para buscar a Ricardo por las tabernas. Aquel día la suerte estaba de su lado, pues dio con él al tercer intento. Ricardo estaba solo, bebiendo una jarra de cerveza con gesto apagado.

—¿No tenéis asuntos hoy? —preguntó Miguel.

—Preocupaos por vuestros propios asuntos —contestó el otro sin levantar la vista.

Miguel se sentó frente a él.

—No os confundáis. Este es mi asunto, *senhor*. Me debéis mucho dinero, y si pensáis que habré de conformarme sin hacer nada, estáis engañado.

Ricardo por fin se dignó mirarle.

—No me amenacéis, Lienzo. No podéis acudir a los tribunales holandeses sin arriesgaros a sufrir la cólera del *ma'amad*, y los dos sabemos que de acudir al *ma'amad*, os arriesgaréis a que actúen contra vos, en cuyo caso vuestro dinero podría quedar paralizado durante meses o aun años. Habréis de tener paciencia, así que haréis mejor en largaros si no queréis que me enoje y os busque más problemas.

Miguel tragó con dificultad. ¿Qué estaba pensando cuando se presentó allí? Ricardo tenía razón: nada tenía con que amenazarle, como no fuera denunciarlo públicamente.

—Acaso me arriesgaré con el *ma'amad* —dijo—. Si no recupero mi dinero, no quedaré más maltrecho de lo que ya estoy, y puedo solicitar una audiencia para denunciar en público que sois un chantajista. Más aún, puedo poner al descubierto a vuestro amo. Ciertamente, cuanto más lo pienso, más me complace la idea. Los otros *parnassim* lo consideran porque lo tienen por hombre escrupuloso. Si supieran de sus trucos, acaso perdería su poder.

—No sé de qué habláis —dijo Ricardo, pero se notaba que estaba preocupado—. Soy mi propio dueño.

—Trabajáis para Salomão Parido. Él es la única persona capaz de preparar semejante ultraje, y tengo intención de ponerlo al descubierto. Si el dinero que me debéis no está en mi cuenta mañana a la hora de cierre de la Bolsa, tened por seguro que buscaré que se haga justicia.

Miguel se fue sin esperar respuesta, convencido de que había hecho todo lo posible, pero, al día siguiente, cuando concluyó la jornada de negocios, vio que no se había depositado ningún dinero en su cuenta. Miguel vio que no tenía elección. No podía arriesgarse a una aparición ante un tribunal que hurgara en sus cuentas, de modo que transfirió algo más de novecientos florines del dinero de Geertruid a la cuenta del agente. Ya pensaría en cómo reponer ese dinero en otro momento.

15

En tanto que Miguel buscaba un corredor de la Compañía de las Indias Orientales, a su alrededor, la Bolsa bullía. Hacía apenas una hora, un rumor se había extendido con la fuerza de un edificio que se derrumba: una poderosa asociación de comerciantes planeaba desprenderse de una buena parte de sus acciones en la Compañía de las Indias Orientales. Con frecuencia, cuando una asociación deseaba vender, hacía circular el rumor de que quería hacer justo lo contrario, y la sola fuerza del rumor hacía bajar los precios. Quienes hubieran invertido buscando resultados inmediatos se desprendían de sus títulos enseguida.

Miguel llevaba trabajando en la Bolsa lo suficiente para saber cómo utilizar estos rumores en su provecho. Que fueran ciertos o falsos, que la asociación pensara comprar o vender no cambiaba nada. Tales eran las riquezas de Oriente que los títulos de la Compañía de las Indias Orientales siempre —siempre— remontaban, y solo un necio hubiera evitado comprar durante esos frenesís. Aquella mañana, Miguel se había reforzado con tres tazones de café. Pocas veces se había sentido tan despierto, tan entusiasta. Aquella locura no podía haber llegado en mejor momento.

Compradores y vendedores trataban de abrirse paso entre la muchedumbre, cada uno de ellos gritando a sus contactos en tanto la habitual algarabía se elevaba a un nivel ensordecedor. Un holandés pequeño y recio perdió su sombrero en el alboroto y, tras ver cómo lo pisoteaban, se apresuró a marcharse, contento por haber perdido un sombrero que solo costaba unos florines y no haberse arriesgado a perder miles. Los hombres que negociaban con diamantes, tabaco, grano y otras mercancías semejantes, y que evitaban el comercio especulativo, permanecían a un lado, meneando la cabeza al ver la forma en que sus negocios se veían entorpecidos.

El valor de las acciones de las Indias Orientales se negociaba basándose en el porcentaje del valor original. Aquella mañana, las acciones habían abierto a poco más del cuatrocientos por ciento. Miguel buscó un corredor e invirtió quinientos florines que no tenía, comprando cuando el precio bajó a 378. Le aseguró a su agente que dicho dinero podía encontrarse en su cuenta del banco de la Bolsa, aun cuando sabía que no podía permitirse perder más de aquel dinero en sus negocios particulares.

Una vez tuvo las acciones en la mano, Miguel se desplazó hacia los límites del grupo de comerciantes para seguir la evolución de los precios. Reparó entonces en Salomón Parido, el cual al parecer también estaba comprando acciones. Al ver a Miguel, se acercó lentamente.

—Estas asociaciones... —dijo a grandes voces por hacerse oír entre el bullicio—. Sin ellas no habría mercado. Hacen que el comercio se mueva como una marea.

Miguel asintió, más atento a los precios que gritaban los vendedores que a las palabras del *parnass*. Los precios habían vuelto a bajar y se estaba vendiendo a 374.

Parido echó una mano al hombro de Miguel.

—He sabido, *senhor* Lienzo, que las cosas ahora os van bien... que tenéis un plan.

—En ocasiones no es deseable ser objeto de rumores —dijo Miguel con una sonrisa que esperaba pareciera sincera—. Y acaso no sea buen momento para hablar de ello. —Y señaló con el gesto a la multitud de hombres de las Indias Orientales que movían las acciones. Oyó que gritaban 376.

—No hagáis caso. Las acciones de las Indias Orientales suben y bajan con tal rapidez que poco importa lo que un hombre compre o venda un día u otro. Sin duda no querréis insultar a un *parnass* rehusando hablar con él a causa de este disparate.

Miguel oyó que compraban por 381, más de lo que había pagado, pero no lo bastante para pensar en vender.

—He de conducir mis asuntos —dijo, tratando de mantener la voz calmada.

—Se me hace extraño que no queráis saber el motivo de los dichos rumores. En el *ma'amad* he aprendido que cuando un hombre no pregunta de qué se le acusa, eso significa que es culpable.

—Acaso sea así en la cámara del *ma'amad*, pero no en la Bolsa, y menos si ese hombre está tratando de dirigir sus asuntos. Y a mí no se me ha acusado de nada.

—Aun así...

El precio volvió a bajar a 379, y Miguel sintió una punzada de pánico. No hay que preocuparse, se dijo para sí. Había visto otras veces aquellas bajadas en momentos de frenesí, y solo habían de durar unos minutos. Bueno, después de todo, sí podía dedicar un momento a las boberías de Parido, solo un momento. Aunque no lograba conservar la calma.

—Bien, decidme pues, ¿qué habéis oído?

—Que estáis metidos en un nuevo negocio. Algo relacionado con el fruto del café.

Miguel hizo un gesto desdeñoso con la mano.

—Estos rumores sobre el café me cansan. Acaso deba meterme en ello por no defraudar a tantos ansiosos devoradores de rumores.

Miguel oyó que se vendía a nuevos precios. 378, 376...

—Entonces ¿no comerciáis con café?

—Ojalá lo hiciera, *senhor*. Ansío participar en un negocio que es de interés tan grande para hombres como vos... y mi hermano.

Parido frunció el ceño.

—Mentir a un *parnass* es un terrible pecado que se castiga con el *cherem*.

Antes de darse cuenta, la indignación, alimentada por el café, se adueñó de él.

—¿Me estáis amenazando, *senhor*?

—Nos une una historia de desconfianza, ¿no es cierto, Lienzo? En el pasado yo he dado en maldecir de vos, pero recordad que también vos habéis maldicho de mí. Habéis de saber que me he mostrado más que dispuesto a perdonar vuestras acciones con mi hija, y con la criada y su hijo.

—El hijo no era mío y vos lo sabéis —espetó Miguel.

—Ni mío —dijo Parido con una leve sonrisa—. Ni de nadie. Estoy al tanto de vuestra pequeña astucia con la ramera. Unas monedas y me lo contó todo. Hace más de un año que lo sé. Y sin embargo, no he denunciado tal información. Jamás la he utilizado para perjudicaros ni podría hacerlo ya, pues ¿cómo justificar que conocía una información de tal importancia y la he mantenido en secreto todo este tiempo? ¿Acaso no es eso prueba bastante de que no soy vuestro enemigo?

Miguel no supo qué contestar.

—Habéis sido muy juicioso, *senhor* —consiguió refunfuñar.

—Acaso fuera más acertado decir que he sido bondadoso, pero no quisiera que mi bondad se malinterpretara. No se ha malinterpretado, ¿no es cierto?

¿De qué demonios estaba hablando?

—No.

—Bien. —Parido le dio unas palmadas en la espalda—. Veo que estáis preocupado, así que ya continuaremos con esta conversación en otro momento. Si no tenéis ningún interés por el café, no hay más que hablar. Pero si descubro que me habéis mentido, si descubro que me habéis rechazado cuando os ofrezco mi amistad, veréis que habéis ofendido al hombre equivocado.

Miguel se dio la vuelta y oyó a un comprador pedir acciones a 402. ¿Qué había sucedido desde aquellas 378? Miguel no tuvo más remedio que vender, pues no quería arriesgarse a que hubiera una bajada repentina y perderlo todo.

En dos días, el precio subió a 423, pero con sus acciones Miguel había hecho poco más que cubrir gastos.

Isaías Nunes parecía medio borracho. Más que medio borracho, decidió Miguel. Echaba de verse que estaba completamente borracho y medio dormido. Estaban sentados en la Urca, bebiendo vino provenzal aguado, y Miguel tenía la impresión de estar aburriendo a su amigo.

—Se llega a mí y me habla de amistad, pero hace cuanto puede por confundirme y prevenirme contra mi negocio.

Nunes arqueó una ceja.

—Acaso fuera mejor manteneros alejado de Parido.

—Un consejo bien fundado —dijo Miguel—, pero difícilmente podría decirse que yo lo haya perseguido. Son él y mi hermano quienes me acosan a mí por el asunto del café, aun cuando no parecen saber nada de mis planes.

—Os dije que os mantuvierais alejado del café.

—No necesito estar alejado del café. Necesito estar alejado de Parido y de mi hermano. Y necesito uno o dos hombres en Iberia.

—Bueno, según he oído, son difíciles de encontrar en estos tiempos.

—Vuestros contactos tendréis... —sugirió Miguel.

Nunes alzó ligeramente la cabeza.

—¿Qué queréis significar, exactamente?

—Lo que quiero significar es que si conocéis a alguien que pueda hacer de agente para mí en Iberia, agradecería que le escribierais y le dijerais que espere noticias mías.

Nunes se puso a menear la cabeza.

—¿Qué estáis haciendo, Miguel? Decís que Parido os molesta, que trata de indagar en vuestro negocio, y ¿queréis meterme también? No me arriesgaré a ser objeto de la cólera de Parido, ni aun de su atención. Apenas si me reconoce cuando me ve por la calle, y lo prefiero así.

—Ya estáis metido —le recordó Miguel—. Vos sois quien traerá mi café hasta Amsterdam.

—Y me arrepiento de haber accedido a hacerlo —dijo—. No me pidáis que haga más.

—¿No me pondréis en contacto con vuestro hombre en Lisboa?

—No hay tal hombre en Lisboa. —Nunes apuró su vaso.

Cuatro días más tarde, Miguel viajaba en una barcaza tirada por caballos de camino a Rotterdam, cuando sintió la necesidad imperiosa de visitar las necesarias. Geertruid no había mentido al decir que el café provocaba los orines. Y allí estaba él, con la vejiga llena y sin un lugar donde orinar como no fuere en el canal. Había damas en el bote, y aun cuando un holandés hubiera obrado en esto sin vacilar ni un instante, Miguel no deseaba mostrar su miembro ajeno con tanto desembozo. Lo que menos falta le hacía era tener a un grupo de holandesas mirando y señalando su anatomía circuncidada.

Una hora para llegar a Rotterdam, dijo entre sí. Su antiguo asociado, Fernando de la Monez, en breve abandonaría la ciudad y volvería a Londres, donde vivía, igual que hiciera en Lisboa, como judío secreto. No había dinero bastante en el mundo para que Miguel aceptara llevar su culto de nuevo a habitaciones oscuras, buscando en su ignorancia una semblanza del ritual judío, sabiendo, en todo momento, que el mundo antes habría de veros morir que permitir el ejercicio oculto e indigno de tal fe. En sus cartas, Fernando había insistido en que las cosas no iban tan mal en Londres. Allí, decía, los hombres de negocios conocían que él y sus compatriotas eran judíos, pero no les importaba en tanto que fueran discretos.

Acaso habría una docena de personas en el largo bote bermejo, arrastrado con firmeza por un grupo de caballos que claqueteaban por un lado del canal. Era un navío llano, semejante a una balsa, pero de aspecto firme y en su parte central se levantaba una caseta en la cual los pasajeros podían refugiarse cuando llovía. Miguel había viajado en botes tirados por caballos más largos, algunos de ellos tanto que un hombre pasaba vendiendo a los pasajeros cerveza y dulces. En cambio, aquel era demasiado pequeño para tales distracciones.

Miguel no prestaba atención a los otros pasajeros; se resguardó de la niebla bajo la luz mortecina de la caseta y trató de apartar el pensamiento de su vejiga llena valiéndose de un relato de Pieter el Encantador. Aquel en particular, concerniente a los crueles propietarios de una hacienda rural que habían robado a sus arrendatarios la cosecha, lo había leído muchas veces. Pieter y Mary se hacen pasar por personajes acaudalados que desean comprar la tierra y, una vez se ganan la confianza de los propietarios, les roban en mitad de la noche y, al salir del pueblo, se detienen a devolver a los campesinos lo que les pertenece.

Miguel ya había leído dos veces el panfleto cuando la barcaza llegó a su destino y no se entretuvo en buscar un lugar más privado para aliviarse. Una vez libre de distracciones, se sintió en condiciones de recorrer la ciudad. En muchos sentidos, Rotterdam era como Amsterdam en pequeño. Había visitado el lugar con la suficiente frecuencia para saber moverse por él, y encontró la taberna que Fernando le indicó sin grandes trabajos. Allí, él y su amigo hablaron de las obligaciones de Fernando en la Bolsa de Londres. Fernando acaso parecía un tanto desconcertado por la insistencia de Miguel en que actuara en un momento determinado, pero accedió, pues Miguel le aseguró que nada de cuanto hiciera podría atraer sobre su persona las sospechas de la frágil comunidad de judíos de Londres.

Cuando terminaron era ya tarde, y Miguel aceptó la oferta de quedarse en Rotterdam. Asistió a las oraciones de la noche en la pequeña sinagoga y por la mañana tomó el bote de vuelta a Amsterdam, se sentó en un banco de madera y cerró los ojos, considerando qué tareas quedaban por resolver antes de dar las diligencias del negocio por terminadas. En el frescor de la mañana, el sueño lo venció durante un tiempo indeterminado y cuando despertó lo hizo con un sonoro ronquido. Abochornado, Miguel miró alrededor por ver quién pudiera haberle oído. No, no había nadie conocido. Miguel casi había vuelto a sumirse en sus pensamientos cuando algo llamó su atención. Volvió a mirar. Al fondo del bote, conversando privadamente, vio a dos caballeros finamente vestidos. Miguel no se atrevió a dar más que un rápido vistazo, pero fue suficiente para ver que llevaban barba. Cierto, eran barbas muy cortas, pero no por ello dejaban de ser barbas. Uno de los hombres era particularmente moreno y los pelos negros recortados de su cara se arrastraban como negros hongos hasta su cuello. Cualquier holandés hubiera eliminado una cosa semejante. Solo un judío podía llevar una barba como aquella. Un judío que tratara de no parecer judío.

No había lugar para la duda: Eran espías del *ma'amad*.

16

Cuando el bote llegó a Amsterdam, Miguel dio un pequeño rodeo por ver si los dos hombres le seguían, pero, tras conferenciar entre ellos brevemente con las cabezas muy juntas, se alejaron en dirección a la Bolsa. Miguel permaneció unos minutos junto al canal, contemplando el cielo nublado, y luego compró una pera a una anciana con una carreta. La fruta sabía a polvo, como raíz de perejil y, tras el primer bocado, Miguel la arrojó al suelo. La mujer empujó la carreta con empeño, decidida a no hacer caso del desaire de Miguel, mientras dos niños se abalanzaban sobre la pera. Paseando el mal sabor de la pera en la boca, Miguel decidió que el día estaba ya muy avanzado para hacer nada en la Bolsa, de suerte que se dirigió a casa.

Los espías lo habían trastornado, y una y otra vez se volvía buscando indicios de traición en cuantos mendigos, sirvientes y burgueses veía por la calle. Esto no es forma de vivir, se dijo; no podía pasarse el día sobresaltándose por cada sombra que veía. Pero, apenas acababa de convencerse de que debía guardar la calma, cruzó el punto que daba entrada al Vlooyenburg y vio a Hannah en mitad de la calle —a pesar del velo, Miguel la reconoció enseguida—, junto con Annetje. Y Joachim Waagenaar.

Joachim las tenía acorraladas en una esquina. No había nada amenazador en sus gestos, y se le veía tranquilo. Acaso un extraño, a su paso, no hubiera notado nada raro... aun cuando no fuera normal ver una mujer tapada hablando con tal desembarazo con hombre tan ruin.

Annetje vio a Miguel primero. Su rostro se iluminó y la joven dio un hondo suspiro; sus pechos subieron y bajaron en el interior del bonito corpiño azul que hacía juego con su bonita cofia.

—¡Oh, *senhor* Lienzo! —exclamó—. ¡Salvadnos de este loco!

Miguel contestó en portugués, dirigiéndose a Hannah:

—¿Os ha ofendido?

Sin decir palabra, Hannah negó con la cabeza.

Y entonces Miguel notó aquel hedor. Acaso fuera el viento, que cambió de dirección. Miguel se sintió abrumado. Los holandeses eran gentes fastidiosas e implacablemente limpias, y daban en asearse con más frecuencia de la que conviene al cuerpo. Se conoce que Joachim había abandonado tal práctica, pues despedía un olor más repulsivo que el más sucio campesino portugués. Y no eran tan solo los olores corporales, también olía a orina y vómito y —Miguel hubo de tomarse un instante para reconocerlo— carne podrida. ¿Cómo puede un hombre oler a carne podrida?

Miguel sacudió la cabeza, tratando de disipar el efecto paralizante del hedor.

—Volved a casa —le dijo a Hannah—. No habléis a nadie de esto. Y que la moza guarde silencio también. Pero aseguraos de que tenga su lengua o de lo contrario la echaré.

Se volvió hacia Joachim.

—Atrás.

Para alivio de Miguel, Joachim reculó. Las dos mujeres salieron de su encierro, pegándose a la pared cuanto pudieron por no acercarse al holandés. Y echaron a andar con gran premura.

—Vamos —exigió Miguel—. Al otro lado del puente. Ahora.

Y Joachim obedeció, como un sirviente al cual su amo ha descubierto en una acción reprobable. Miguel miró alrededor por ver si alguien que conociera habría presenciado el encuentro y musitó unas palabras dando gracias a Él, bendito sea, porque los espías no le hubieran seguido y aquel desastre hubiera acaecido durante las horas de la Bolsa, en las cuales cualquier hombre que pudiera quererle mal hubiera estado atendiendo sus negocios.

Cuando cruzaron el puente que pasaba sobre el Houtgracht, Miguel llevó a Joachim hasta un grupito de árboles junto al canal, donde podrían hablar sin ser vistos.

—¿Es que no queda ya nada de la persona que fuisteis? ¿Cómo os atrevéis a acercaros a la esposa de mi hermano? —Miguel cambió de posición a fin de ponerse en la dirección del viento y que el olor no le viniera de cara.

Joachim apenas si lo miraba. Se dedicaba a contemplar un pato que picoteaba el suelo muy cerca, sin hacerle caso.

—¿Y qué os importa a vos la esposa de vuestro hermano? También me acerqué a vuestra ramera, no lo olvidéis. Es una moza apetecible. ¿Creéis que me querría? Se me hace que es de las que se van con cualquiera.

Miguel respiró hondo.

—No quiero volver a veros molestando a nadie de mi familia. No quiero veros en el Vlooyenburg.

Como si jamás hubiera existido, el Joachim quejumbroso y de suaves palabras fue reemplazado por otro enfurecido.

—Y si no ¿qué va a pasar? Decidme lo que haréis si me encontráis por vuestras calles, hablando con vuestros vecinos, contándoles cosas, *senhor*. Decidme, ¿qué haréis?

Miguel suspiró.

—Sin duda buscáis algo. Dudo que hayáis venido hasta el Vlooyenburg porque no tuvierais nada mejor que hacer con vuestro tiempo.

—Da la casualidad de que no tengo nada mejor que hacer con mi tiempo. Os propuse participar juntos en algún negocio, pero vos habéis rechazado mi propuesta y os burláis de mí.

—Nadie se burla de vos —dijo Miguel al cabo de un momento—. Y sobre el asunto del negocio, no acabo de entender a qué os referís. Deseáis que os meta en algún proyecto, pero ignoro cuál pueda ser este. Ni siquiera soy capaz de pensar qué puedo hacer por satisfaceros y tengo demasiados asuntos que atender para andar desentrañando el sentido de vuestras palabras.

—Pero a eso me refiero precisamente. Tenéis demasiado que hacer, y en cambio yo tengo muy poco. Pensé que acaso la esposa de vuestro hermano o su linda criada sientan de igual modo... Tienen demasiado tiempo, lo cual, dicen los predicadores, es la fuente de muchos males en el mundo. La gente utiliza su tiempo para pensar y hacer el mal en lugar de utilizarlo para hacer el bien. Se me ocurrió que acaso podría ayudaros dando a vuestra familia la oportunidad de hacer buenas obras mediante la caridad.

—Pensaba yo que la idea de la salvación a través de las propias obras era de los católicos, no de la Iglesia Reformada.

—Oh, los judíos sois tan astutos... Lo sabéis todo. Pero, a pesar de todo, la caridad es cosa valiosa, *senhor*. Empiezo a pensar que no habéis actuado de buena fe en nuestros planes para iniciar una nueva empresa de suerte que, a falta de una mejor solución, creo que habré de echar mano de la caridad. Diez florines serían una importante razón para que me alejara del Vlooyenburg.

Miguel retrocedió, disgustado. El hedor de Joachim hacía el aire irrespirable.

—¿Y si no tengo diez florines que daros? —Cruzó los brazos, decidido a no dejarse molestar más.

—Si no tenéis el dinero, *senhor*, podría pasar cualquier cosa. —Y mostró su espeluznante sonrisa.

El arrojo y la prudencia acaso no siempre parecieran virtudes compatibles, dijo Miguel entre sí mientras abría su bolsa, y un hombre sabio ha de saber cuándo ceder ante las circunstancias. El mismo Pieter el Encantador hubiera determinado tomarse su venganza en otra ocasión. Aunque Miguel no estaba seguro de que su orgullo pudiera aguantar la filosofía de Pieter en aquel particular.

Por un momento consideró darle más de diez florines. Los fondos de Geertruid habían menguado considerablemente, ¿qué podía importar si seguían menguando? ¿Y si le pagaba a Joachim cien florines allí mismo o aun doscientos? Acaso si le ofrecía un dinero, Joachim se contentaría con él, por poco que fuera. Cien florines y no se hable más, Joachim. Sin duda un hombre en su situación no rechazaría cien florines.

El hombre razonable a quien Miguel conocía parecía haber desaparecido de verdad, pero ¿no pudiera ser que el dinero le ayudara a recuperarse? Como la mujer de aquel antiguo cuento que necesitaba un zapato o un anillo mágico para recuperar su antigua belleza. Dale a Joachim un baño, una buena comida, una cama blanda y una esperanza para el futuro, pero ¿volvería a ser el mismo?

—Si acudierais a mí como un hombre decente —dijo Miguel al fin— y me pidierais el dinero con humildad, os ayudaría. Pero esos trucos que empleáis me disuaden. Marchaos. La próxima vez que os vea por aquí os golpearé hasta que perdáis el sentido.

—¿Sabéis por qué huelo tan mal? —preguntó Joachim en voz muy alta y chillona. Sin esperar a que le contestara, se llevó la mano al bolsillo y sacó algo gris y liso que (Miguel tardó un momento en comprender que no era una ilusión de sus ojos) se movía—. Es carne podrida de pollo. La puse en mi bolsillo para ofenderos a vos y a las damas. —Y dicho esto le dio risa y arrojó la carne al suelo.

Miguel retrocedió.

—Os sorprendería ver la rapidez con la que un pobre descubre dónde comprar carne llena de gusanos y leche agria. Con algo es menester llenar un estómago vacío, aun cuando debo decir que mi abatida comadre no tiene gran aprecio por los alimentos pasados. —Joachim se acercó otro paso. Tendió su mano derecha, aún pegajosa por la carne—. Démonos la mano para sellar esta nueva amistad.

—Marchaos. —Miguel detestaba achantarse, pero no tenía intención de tocar a aquel hombre.

—Yo decidiré cuándo he de marchar. Si no estrecháis mi mano como hombre de honor, me tendré por ofendido. Y si me ofendéis, acaso haya de hacer algo que os perjudique gravemente.

Miguel apretó los dientes hasta que le dolieron. No podía permitirse malgastar su energía pensando que, en su locura, Joachim podía acudir con su historia al *ma'amad*. Pero darle dineros tampoco habría de servir. Lo gastaría bebiendo y luego pediría más. La única alternativa era no darle nada y rezar por que pasara lo mejor.

—Marchaos —dijo Miguel con voz tranquila— antes de que se desate mi ira. —Y se dio la vuelta, esperando no tener respuesta. Pero las serenas palabras con las que Joachim lo despachó no dejaron de resonar en sus oídos cuando volvía a su casa.

—Yo acabo de empezar a tomar el control sobre la mía.

Al entrar en la casa, Miguel cerró de un portazo, haciendo temblar el edificio y el cuerpo de Hannah. Ella estaba sentada en el salón, bebiendo vino caliente. Annetje había tratado de consolarla diciéndole que había de tranquilizarse —aun cuando Hannah no había dado muestra ninguna de agitación— y que no deseaba tener que darle un bofetón.

Hannah sabía que Miguel la buscaría. La buscaría y la tranquilizaría, trataría de aplacarla, hacerle guardar silencio igual que hiciera la viuda. Era lo único que querían de ella, pero al menos, pensó, guardar silencio era algo que hacía muy bien.

Tras unos momentos, Miguel entró en la habitación. Le sonrió con pesadumbre tratando de aparentar serenidad. Su traje negro estaba desordenado, como si hubiera estado corriendo, y llevaba el sombrero torcido sobre la cabeza. Sus ojos estaban enrojecidos, como si hubiera llorado, aunque a Hannah no le parecía cosa probable. Ella sabía que, en ocasiones, cuando se encolerizaba fuertemente, sus ojos se teñían de esa rojez, como sangre en una cuba de leche.

Miguel se volvió hacia Annetje con expresión severa, ordenándole en silencio que se retirara. Hannah trató de ocultar la sonrisa. Por lo menos alguien osaba ser brusco con la moza.

Sin embargo, cuando Annetje se levantó, Miguel salió tras ella. En el exterior de la sala, en el vestíbulo principal, Hannah oyó que le murmuraba a la moza en un rápido holandés. No acertó a comprender las palabras, pero intuyó que Miguel le estaba dando instrucciones, explicando algo cuidadosamente, haciendo que ella volviera a repetirlo todo palabra por palabra.

Miguel volvió a entrar, tomó asiento frente a Hannah y se inclinó hacia delante, con las manos apoyadas en las piernas. Parecía haberse reportado. Acaso se hubiera arreglado las ropas en el vestíbulo o enderezado el sombrero ante el espejo. La belleza de su apariencia volvía a estar allí.

—Espero que no hayáis sufrido ningún daño, *senhora*.

—Ninguno —dijo ella con voz queda. Su propia voz se le hacía extraña. Tan largo rato había dedicado a pensar lo que habría de decir que, llegada la hora de hablar, sus palabras se le antojaron hueras.

Él se inclinó hacia delante.

—¿Os dijo alguna cosa ese sujeto?

Ella habló, negando con la cabeza:

—Nada de importancia. —Lo cual era cierto. Se había dirigido a ella en un portugués con fuerte acento, pero no dijo más que disparates, muy semejantes a los que pudieran brotar de boca de un mendigo sobre sus padecimientos; y con aquel hedor tan terrible que despedía a Hannah se le hizo muy difícil escucharle.

Miguel se recostó contra el asiento, tratando de aparentar calma.

—¿Tenéis alguna cosa que preguntarme?

«Sí —pensó ella—. ¿Puedo coger más frutos de café?» Sus suministros se habían acabado aquella mañana y su intención era saquear nuevamente el saco de Miguel antes de que volviera, pero la moza no la había dejado sola, y luego hubo aquel asunto del mendigo en la calle. No había comido café desde hacía más de una jornada, y el deseo le daba dolor de cabeza.

—No os comprendo —dijo al cabo.

—¿Deseáis saber quién es?

—He supuesto que acaso se tratara de un mendigo, *senhor* —dijo ella cautamente—. No es menester que sepa más. —¿Acaso no tenía ya bastantes secretos?

—Sí, estáis en lo cierto. Es una suerte de mendigo.

En el aire parecía haber quedado suspendida una pregunta.

—Pero ¿le conocéis?

—No es persona de importancia —dijo Miguel con prisa.

Ella calló unos momentos, para que Miguel viera que estaba tranquila.

—No es mi deseo fisgar en vuestros asuntos. Sé bien que mi esposo detesta que lo haga, pero me pregunto si acaso tengo algo que temer de él. —Y entonces, sintiendo gran frustración por el silencio de Miguel, añadió—: ¿Debiéramos decírselo a mi esposo?

—No —dijo él. Se puso en pie y dio en caminar arriba y abajo por la habitación—. No debéis decírselo a vuestro esposo, ni a nadie. No deis a este incidente mayor importancia de la que tiene.

—No os comprendo, *senhor* —dijo ella, con los ojos clavados en las losetas del suelo.

—Ese hombre no es más que un demente. —Miguel agitó los brazos—. De los que tiene esta ciudad un número incontable. No volveréis a verle, por tanto, no es menester que alarméis a vuestro esposo.

—Espero que tengáis razón. —Su voz sonaba quejumbrosa y débil, y Hannah se despreció por ello.

En ese momento, Annetje volvió con una bandeja sobre la que llevaba dos cuencos de un oscuro líquido, que humeaban como si de chimeneas gemelas se tratara. La criada dejó la bandeja y lanzó una mirada furibunda a Miguel antes de marchar.

Cuando salió, Miguel dio en reír.

—La moza cree que os estoy envenenando.

¿Qué diría la viuda?

—Hay dos cuencos, *senhor*. Sois demasiado juicioso para envenenaros a vos mismo.

Miguel ladeó la cabeza.

—Este es el nuevo té que olisteis la noche pasada. Se hace con un fruto medicinal que llega de Oriente. —Volvió a ocupar su asiento—. Exacerbará vuestro entendimiento.

Hannah no creía que fuera bueno exacerbar su entendimiento.

Ya entendía suficientemente aquello que era capaz de entender. A menos que el bebedizo diera también conocimiento y sabiduría, poco servicio podría hacerle.

—Vos bebéis también, pero se me hace que no habéis menester de que se exacerbe vuestro entendimiento.

Él rió.

—Este bebedizo tiene sus propios placeres. —Le pasó uno de los cuencos.

Hannah lo aferró con ambas manos y lo olió. Le resultaba familiar, como algo que viera en sueños. Entonces dio un sorbito y el conocimiento la inundó. Era café —glorioso, glorioso café— lo que tenía ante ella, un regalo de los cielos.

Entendía tantas cosas ahora... Se trataba de un té, no de un alimento. Ella había estado comiéndolo cuando hubiera debido beberlo. En su estado líquido la llenaba de una calidez luciente, una serenidad que no sentía desde hacía años.

—Es maravilloso —susurró, y lo era. Llenaba una suerte de vacío en su interior, como soñaba que haría el amor cuando era niña—. Maravilloso —musitó de nuevo y dio otro sorbo para ocultar las lágrimas de sus ojos.

Miguel dio de nuevo en reír, pero esta vez con ademán menos altanero.

—La primera vez que lo probé a punto estuve de escupirlo por lo amargo. Es curioso que os guste tanto. Espero que no lo digáis solo por educación.

Ella negó con la cabeza y dio otro sorbo con cautela, por que no la viera él beberlo a grandes tragos. Hubiera querido beberlo todo de un golpe y pedir más, pero no podía permitir que Miguel viera el aprecio que tenía por aquella cosa que no debiera conocer.

—No estoy siendo educada.

Por un rato permanecieron sentados en silencio, dando sorbos, sin mirarse apenas, hasta que Hannah sintió el impulso de hablar. Fue como si algo se hubiera liberado en su interior, una cadena. Hubiera querido levantarse, caminar por la habitación y hablar. No se levantó, pero decidió decir algo.

—Creo que tratáis de distraerme, *senhor*. ¿Me ofrecéis este nuevo té para que olvide al extraño hombre que se dirigió a mí?

Casi se llevó la mano a la boca. No debiera haber dicho tal cosa. Era justamente el tipo de comentario que su padre hubiera reprendido con una bofetada. Pero lo había dicho, y ya nada podía hacer salvo ver qué sucedía.

Miguel la miró, y Hannah vio algo en sus rasgos que la complació.

—No es mi intención distraeros. Solo deseaba... compartir esto con vos.

—Sois bondadoso —dijo ella, asombrada de su propia osadía antes aun que las palabras hubieran salido de su boca. ¿Acaso ya no era capaz de contenerse? ¿Habría tomado algún demonio su cuerpo?

—Me tenéis por esquivo —dijo él, escrutándola como si fuera un nuevo descubrimiento de la ciencia natural—, pero os lo contaré todo. Veréis, el tal hombre es un gran villano. Tiene una hija a la cual desea casar con un mercader muy rico y viejo, un avaro del peor género. Hizo las diligencias para que el verdadero amor de la joven fuera prendido por los piratas, pero él supo de ello y escapó. La joven ha huido también, de suerte que el avaro, sabiéndome amigo de los amantes, vino por obligarme a denunciar su paradero.

Hannah rió, tan fuerte que esta vez sintió que había de taparse la boca.

—Esa tragedia que contáis sería de buen mirar sobre un escenario.

Por un momento, Hannah deseó que su padre —o cualquier otro hombre— estuviera allí para darle un bofetón. ¿Cómo se atrevía a decir tan gran impertinencia? Aun así, era cierto. Las mentiras de Miguel eran como las obras que veía con cierta asiduidad en Lisboa. En Amsterdam, algunos hombres llevaban a sus esposas con ellos al teatro, pero Daniel lo tenía por cosa impropia para una mujer.

Su pie iba adelante y atrás como una paloma buscando migas junto al puesto de un panadero. El tal café, comprendió, no es bebida para la mente, es bebida del cuerpo. Y de la boca. Y la empujaba a decir todo género de cosas: «Me parecéis notablemente bien parecido. Cuánto desearía haberme casado con vos en lugar de con ese frío hermano que tenéis».

Pero no dijo ninguna de ellas. Aún era capaz de censurarse.

—¿No me creéis, *senhora*?

—Creo que debéis tenerme por una gran necia si pensáis que creeré vuestra historia. —Las palabras parecían salir por sí solas. Sus padres siempre le enseñaron que había de ser dócil. Y su marido le había hecho saber con un millar de palabras no pronunciadas que solo toleraría de ella la docilidad. Pero ella no se sentía dócil. Jamás se había sentido dócil, aun cuando, hasta aquel instante, jamás se había olvidado de comportarse como si lo fuere.

El café, dijo para sí. Acaso sin saberlo Miguel, nos ha hechizado a ambos. ¿Cuánto tardarían en empezar a insultarse o caer en brazos del otro?

No tenía sentido culpar de ello al café. La bebida no la había embrujado, no más de lo que pudiera hacerlo un vaso de vino. El café la exaltaba, de igual forma que el vino la sosegaba. El descaro, la impertinencia que brotaba de sus labios no procedía de superchería alguna, sino de sí misma. El café había liberado el germen de algo que llevaba en su interior.

Aquello ayudó a Hannah a comprender muchas cosas, pero ante todo determinó lo que se sigue: habría de mostrarse descarada e impertinente siempre que tuviera ocasión.

Por el momento había tenido que sufrir un encuentro harto perturbador y no había en el mundo café o té o vino bastante para borrar el miedo que había sentido. Los esfuerzos de Miguel por engañarla se le antojaron encantadores e irritantes a la par.

—Sé que el mundo no es como se ve en un escenario, y que los avaros no envían a los amados de sus hijas a manos de los piratas. —Hizo una pausa—. De todos modos, podéis confiar en que sabré guardar vuestro secreto.

Miguel se recostó contra el asiento y miró a Hannah como si la viera por primera vez. Miró su rostro, su cuello; sus ojos se demoraron en los pechos protuberantes, ocultos bajo su vestido de cuello alto. Los hombres piensan que la mujer pocas veces sabe lo que sus ojos escrutan, pero las mujeres lo saben, con tanta certidumbre como si los ojos dejaran una huella.

Miguel la había mirado de aquella forma en otras ocasiones, por supuesto. Hannah intuía que admiraba su rostro y su figura, pero esta vez había algo diferente en su mirada. Los hombres como Miguel rara vez se detenían a pensar en las mujeres que admiraban o con quienes se ayuntaban. Una mujer no era más que un objeto, algo que consumir como comida, o que admirar como una pintura. En aquellos momentos, Miguel la veía como algo más, y la idea la emocionó.

—Fío y creo en vuestra promesa —le dijo—, así que os diré la verdad. El hombre que visteis tiene un agravio contra mí a causa de un daño que sufrió y que no fue obra mía, y por ello desea mi ruina. Conoce las normas de nuestra comunidad lo suficiente para saber cómo arruinarme con rumores y con obras, y por ello no debéis hablar de lo sucedido.

Él le había confiado la verdad, y aun así ella lo traicionaba con su silencio.

—Entonces nada he de decir —dijo, apenas en un susurro.

—*Senhora*. —Miguel se movió algo inquieto—. Os suplico que vuestro silencio se extienda también a vuestro esposo. Sé que, con frecuencia, los votos de silencio no se aplican al especial vínculo del matrimonio, pero en este caso es de gran importancia que vuestro esposo no sepa nada.

Hannah dio un sorbo al café. Un poso negro se había formado en el fondo e, ignorando si debía preguntar y teniendo acaso por una descortesía preguntar, dejó el cuenco.

—Yo, de todas las personas, sé lo que mi buen esposo debe y no debe saber. No se lo diré. Pero habéis de prometerme una cosa.

Él alzó una ceja.

—Por supuesto.

—Que permitiréis que vuelva a beber café. Y pronto.

—Beber café con vos será un verdadero placer —contestó él cordialmente.

Ella estudió su rostro. De ser yo una criada o una moza de taberna sé que en este momento me besaría. Pero soy la esposa de su hermano. Jamás me besará. Es hombre de honor. A menos, pensó, que yo lo bese primero. Pero tal cosa era impensable, y se ruborizó de pensar en una osadía tan grande.

—Bien —dijo ella con un suspiro—, llamaré a la moza para que retire los platos, no fuere que mi esposo vuelva a la casa y descubra que hemos estado compartiendo secretos y bebiendo cosas prohibidas.

Hannah se maravilló de sus propias palabras y disfrutó de la mirada de asombro de Miguel por un momento, antes de liberarlo de su incomodidad llamando a la criada.

17

Miguel estaba convencido de haber aprendido muchas cosas aquella jornada, sobre las mujeres y sobre Hannah. Jamás hubiera imaginado el espíritu que se ocultaba bajo el recato exterior. Se había temido las peores cosas de ella, que repetiría cuanto sabía a todas las comadres del Vlooyenburg. Parecía inevitable que una necia mujer corriera con aquel chisme como un perro con un pedazo de carne que roba de una cocina. Pero ahora sabía que podía confiar en su silencio. No acertaba a entender por qué le había dado el café, por qué le había confesado que quería ocultarse de Daniel. Había sido un impulso, el impulso de ofrecerle un nuevo secreto para reforzar el vínculo de confianza que había entre ellos. Acaso habría sido cosa fundada o acaso no, pero no había podido contener el deseo de confiarse a ella. Y sabía con absoluta certeza que Hannah no lo traicionaría.

Miguel meneó la cabeza y se maldijo. ¿No tenía ya bastantes cuitas sin necesidad de buscar otras tantas intrigas inconfesables? Si algo hubiera de sucederle a Daniel, pensó, tendría gran contento en ocuparse de Hannah. Y un hombre puede morir de tantas formas: enfermedad, accidente, asesinato. Miguel se demoró un momento en la imagen del cuerpo de su hermano siendo extraído del canal, con los ojos abiertos, mirando a la muerte, la piel en algún punto entre el azul y el blanco. Deleitarse en aquella suerte de pensamientos le produjo un gran remordimiento, pero cuando menos no lo alborotaron tanto como la imagen de Hannah desprendiéndose de la desdichada atadura de sus vestiduras.

¿Acaso no debía sofocar el café tales pensamientos? Pero ni aun el café podía igualar la emoción de una conversación con Hannah. Nunca había pensado en ella si no era como un objeto bonito y simple, encantador y vacío. Y ahora sabía que todo era apariencia, una pose para aplacar a su esposo. Dale a la mujer un cuenco de café y verás su verdadera esencia. ¿Cuántas otras mujeres, pensó, se hacían las necias por escapar a la atención de sus esposos?

La idea de un mundo lleno de mujeres astutas y engañosas no aplacó su espíritu, de suerte que dijo sus oraciones de la tarde, a las cuales añadió un agradecimiento silencioso a Él, bendito sea, por haberle permitido deshacerse de Joachim sin que todo el Vlooyenburg supiera del asunto.

Miguel no tardaría en descubrir que su agradecimiento era prematuro.

El hombre se admiraba de su buena fortuna porque Joachim hubiera perpetrado aquella impúdica chanza suya estando los hombres del Vlooyenburg dispersos por la ciudad con sus negocios, pero olvidaba que también hay mujeres, las cuales se sientan en sus salas de recibir o andan trajinando en sus cocinas con los ojos puestos en la calle, rezando para que cada nuevo día los cielos las liberen del aburrimiento con el milagro de un escándalo. El comportamiento grosero de Joachim había tenido testigos que observaban desde las puertas y las ventanas y los callejones. Esposas e hijas, abuelas y viudas que lo habían visto todo y habían hablado entre ellas con entusiasmo, y luego lo habían contado a sus maridos. Para cuando Miguel vio a Daniel aquella noche, casi no quedaba un judío en Amsterdam que no supiera que un extraño había amenazado a Hannah y su criada, y que Miguel lo había ahuyentado. Durante la cena, el incidente pesó como una losa sobre los tres. El hermano de Miguel apenas pronunció palabra, y los débiles esfuerzos de Hannah por entablar conversación fracasaron estrepitosamente.

Más tarde, Daniel bajó al sótano. Tomó asiento en una de las viejas sillas, levantando los pies ligeramente del frío del suelo, y permaneció en silencio el suficiente tiempo para incrementar el malestar de los dos, mirando solo a medias a Miguel mientras se hurgaba una muela entre fuertes ruidos.

Finalmente, sacó el dedo.

—¿Qué sabes de ese hombre?

—No es asunto que te concierna. —Las palabras sonaron endebles aun a oídos de Miguel.

—¡Por supuesto que me concierne! —Daniel no solía perder los nervios con Miguel. Podía actuar con condescendencia, aleccionarlo y expresar su desacuerdo, pero rehuía cualquier cosa que se pareciera a la cólera—. ¿Sabías que el encuentro ha trastornado tanto a Hannah que ni tan siquiera desea hablar de ello? ¿Qué horrores han caído sobre mi esposa que no se atreve a pronunciarlos?

Miguel sintió que parte de su ira se aplacaba. Había pedido a Hannah que protegiera un secreto, y así lo había hecho. No podía permitirse preocuparse por el mal que pudiera haber causado a la tranquilidad doméstica de su hermano. Al fin y al cabo, Daniel solo creía que su esposa estaba preocupada.

—Lamento que Hannah se asustara, pero ya sabes que jamás permitiría que sufriera ningún mal.

—Y esa necia sirvienta. Cada vez que trato de sacarle lo sucedido hace como que no me entiende. Bien que entiende mi holandés cuando he de pagarle.

—Tienes más práctica con esas palabras, hermano —sugirió Miguel.

—No te hagas el tonto, Miguel.

—Y tú no te hagas el padre conmigo, hermano mío.

—Te aseguro que no me estoy haciendo el padre —replicó Daniel agriamente—. Estoy haciendo de padre de un hijo no nacido y estoy haciendo de marido, papel que acaso te hubiera enseñado muchas cosas de no ser porque rompiste tu compromiso con el *senhor* Parido.

A punto estuvo Miguel de pronunciar unas palabras llenas de resentimiento, pero retuvo su lengua. Sabía que esta vez las quejas de su hermano estaban justificadas.

—Lamento mucho que persona tan desagradable haya hablado con la *senhora*. Ya sabes que jamás la expondría voluntariamente a ningún peligro. Este asunto no ha sido obra mía.

—Todo el mundo habla de lo mismo, Miguel. No te imaginas cuántas veces he visto que la gente se ponía a cuchichear a mi paso. Detesto que otros hablen de asuntos, de cómo mi propia esposa hubo de ser rescatada de manos de un demente que la acosaba por negocios tuyos.

Acaso aquel fuera el motivo de la cólera de Daniel. No le gustaba saber que era Miguel quien la había salvado.

—Se me hacía que tenías cosas más importantes entre manos que prestar oídos a lo que de ti murmuran esposas y viudas.

—Ríete si quieres, pero semejante comportamiento es un peligro para todos. No solo has amenazado la seguridad de mi familia, sino la de la Nación entera.

—¿Qué necedad es esa? —exigió Miguel—. ¿De qué amenaza para la Nación me hablas? Tu esposa y Annetje fueron asaltadas por un loco. Yo lo ahuyenté. No acierto a imaginar cómo pudiera tal cosa ser motivo de escándalo.

—Los dos sabemos que hay más cosas detrás de todo esto. Primero me entero de que tienes tratos con ese hereje de Alferonda. Ahora oigo que el hombre que se acercó a Hannah fue visto hablando contigo hace dos semanas. He oído que se trata de un holandés con el cual tienes una irresponsable familiaridad. Y ahora ataca a mi esposa y a mi hijo no nacido.

—Has oído muchas cosas —contestó Miguel.

—Y aun iría lo bastante lejos como para decir que no importa si todo eso es cierto o no... de una forma u otra, el daño está hecho. No dudo de que el *ma'amad* considerará estas transgresiones con severidad.

—Hablas con gran autoridad del *ma'amad* y sus ideas atrasadas.

Daniel pareció preocupado, como si estuvieran en público.

—Miguel, te estás excediendo.

—¿Me estoy excediendo? ¿Porque manifiesto mi desacuerdo con el *ma'amad* en privado? Se me hace que has perdido la capacidad de juzgar por ti mismo la diferencia entre poder y sabiduría.

—No debes criticar al Consejo. Sin su guía, esta comunidad estaría perdida.

—El *ma'amad* tuvo una importante función en la formación de esta comunidad, pero ahora la dirige sin responsabilidad ni piedad. Amenaza con la excomunión por ofensas nimias, incluso por cuestionar su sabiduría. ¿Acaso no debiéramos ser judíos libres en lugar de estar siempre bajo el yugo del miedo?

Los ojos de Daniel se dilataron a la luz de la vela.

—Somos extranjeros en una tierra que nos desprecia y solo espera tener una excusa para poder expulsarnos. El Consejo trata de evitarlo. ¿Es eso lo que deseas? ¿Traer la ruina sobre nosotros?

—Esto es Amsterdam, Daniel, no Portugal, o España, o Polonia. ¿Cuánto más habremos de vivir aquí para que el *ma'amad* comprenda que los holandeses no son como los otros?

—¿Acaso no nos condena su clero?

—Su clero nos condena como condena las calles adoquinadas, las habitaciones iluminadas, las comidas gustosas, dormir estando tumbado, y cualquier otra cosa que pueda proporcionar placer, alivio o provecho. La gente se mofa de sus predicadores.

—Eres ingenuo si crees que no se nos puede expulsar de aquí como se ha hecho en otros lugares.

Miguel siseó de frustración.

—Te escondes en este barrio con tus paisanos, sin saber nada de los holandeses, y los ves como gentes perversas porque no te quieres tomar la molestia de descubrir que no son así. Esta tierra se rebeló contra sus conquistadores católicos, y aun así han permitido que sus católicos continuaran morando entre ellos. ¿Qué otra nación ha hecho cosa semejante? Amsterdam es una mezcolanza de extranjeros. A la gente le gusta estar rodeada de extranjeros.

Daniel meneó la cabeza.

—No diré que no es cierto cuanto dices, pero no vas a cambiar al *ma'amad*. Seguirá obrando como si estuviéramos en peligro a cada momento, y mejor es eso que caer en la complacencia. Sobre todo ahora que Salomão Parido es *parnass*, debieras respetar un poco más el poder del *ma'amad*.

—Gracias por el consejo —dijo Miguel fríamente.

—Aun no te he dado mi consejo. Y es este: no hagas nada que pueda poner en peligro a mi familia. Eres mi hermano y haré cuanto esté en mi mano por protegerte del Consejo, aun cuando pienso que mereces su cólera, pero jamás te antepondré a mi esposa y mi hijo.

Miguel no pudo decir nada.

—Y hay más —continuó Daniel. Hizo una pausa para toquetearse un diente—. No te había dicho nada con anterioridad —musitó, con un dedo aún metido en la boca—, pues sabía que tienes grandes dificultades, pero he oído que las cosas han cambiado. Está ese asunto del dinero que te dejé... unos mil quinientos florines.

Miguel a punto estuvo de atragantarse. El tal préstamo era como una ventosidad en una comida del *sabbath*: todos se dan cuenta pero nadie dice nada. Después de todos aquellos meses, Daniel le hablaba por fin del dinero y rompía el silencio.

—Todos hemos oído de tu éxito con el aceite de ballena... que conseguiste, debo añadir, a expensas de otros. De todos modos, ahora que tienes algunos florines en tu cuenta, he pensado que acaso pudieras pagarme al menos una parte de cuanto me debes. Me complacería grandemente ver unos mil florines transferidos a mi cuenta mañana.

Miguel tragó con dificultad.

—Daniel, fuiste muy bondadoso en dejarme ese dinero, y por supuesto, te lo devolveré en cuanto pueda, pero aún no he recibido los fondos que se me deben por tal negocio. ¿Conoces a ese corredor, Ricardo? No desea pagarme, ni desvelar el nombre de su cliente.

—Conozco a Ricardo. Siempre lo he tenido por persona muy razonable.

—Entonces acaso tú puedas razonar con él. Si me paga lo que debe, estaré encantado de aligerar mi deuda contigo.

—He oído —dijo Daniel, mirando al suelo— que tienes más de dos mil florines en estos momentos en tu cuenta de la Bolsa. Por tanto, he de suponer que los rumores que has estado difundiendo sobre Ricardo son un insulto al buen nombre de una persona con el fin de evitar pagar tus deudas.

El dinero de Geertruid. ¿Cómo se había enterado?

—Ese dinero no es de Ricardo, es el dinero de un socio para una transacción de negocios. Y se supone que en el banco de la Bolsa las cuentas son privadas.

—Nada es privado en Amsterdam. Ya debieras saberlo, Miguel.

Nada había que lo irritara tanto como ver a Daniel dándoselas de gran mercader con él.

—No puedo darte nada de ese dinero. No es mío.

—¿De quién es?

—Eso es un asunto privado, aun cuando se conoce que tales asuntos privados no quedan fuera de tu alcance.

—¿Por qué privado? ¿Es que vuelves a hacer de corredor para un gentil? ¿Acaso osas desafiar la ira del *ma'amad* después de haber enfurecido al *senhor* Parido?

—Jamás he dicho que esté trabajando con un gentil.

—Pero tampoco lo niegas. Imagino que todo esto estará relacionado con tus manejos con el café. Te dije que te alejaras del café, que sería tu ruina, pero no quieres escucharme.

—Nadie se ha arruinado. ¿Qué te ha hecho llegar a tan absurda conclusión?

—Al menos he de conseguir parte de ese dinero antes de que lo pierdas —le aseguró Daniel—. Insisto en que transfieras al menos mil florines a mi cuenta. Si no deseas pagar una parte de tu deuda conmigo cuando tienes dinero, estarás afrentando la caridad que te he ofrecido y no podré permitir que sigas viviendo aquí.

Por un instante, Miguel consideró seriamente matar a su hermano. Se imaginó clavándole un cuchillo, golpeándole la cabeza con un candelero, estrangulándolo con un trapo. Lo que fuera. Daniel sabía que si Miguel se iba de allí y tomaba su propio alojamiento, todos lo interpretarían como una señal de solvencia y sus acreedores caerían sobre él y lo picotearían sin piedad hasta que no quedara nada. Habría exigencias, desafíos y audiencias ante el *ma'amad*. Y, en cuestión de días, sus tratos con Geertruid quedarían al descubierto.

—Sin embargo, acaso pueda considerar una alternativa —dijo Daniel al cabo de un momento.

—¿Qué alternativa?

—Podría posponer la devolución del dinero que durante tanto tiempo me has debido a cambio de información sobre tus negocios con el café y acaso la oportunidad de invertir en tu proyecto.

—¿Por qué te empeñas en no creerme cuando te digo que no tengo ningún negocio con el café?

Daniel lo miró fijamente un momento, luego desvió la mirada.

—Te he dado dos opciones, Miguel. Puedes hacer como gustes.

Daniel no le había dado elección: darle mil florines o perderlo todo en cuestión de días.

—Transferiré los fondos —dijo Miguel—, pero debes saber que me ofenden tus exigencias, las cuales perjudicarán mi negocio y me harán mucho más difícil librarme de mis deudas. Pero te prometo una cosa: no consentiré que arruines mis asuntos con tus mezquindades. Me habré librado de mis deudas en unos meses, y entonces serás tú quien venga a suplicarme las sobras.

Daniel sonrió apenas.

—Ya veremos.

A la mañana siguiente, Miguel hubo de tomar la amarga medicina de transferir los fondos a su hermano. Poco faltó para que se atragantara cuando dio la orden al secretario del banco de la Bolsa, pero era menester hacerlo.

Ese día, mientras andaba ocupado en sus asuntos, hubo de hacer grandes esfuerzos para no recordar que, de los tres mil florines que Geertruid le había confiado, quedaban poco más de mil.

de

Las reveladoras y verídicas memorias de Alonzo Alferonda

Creo haber dicho ya que Miguel Lienzo era unos años mayor que yo y que no lo conocía bien cuando era mozo. Sin embargo, conocía a su hermano, y de no haber oído decir a mi padre que Miguel era un joven astuto y del más grande intelecto, no hubiera querido saber más de esta familia.

Ya de niño, Daniel supo siempre muy bien cuáles eran sus limitaciones. No tenía igual fuerza física que los otros niños con los que jugábamos, pero él era más rápido y, puesto que sabía que nada tenía que hacer en juegos de lucha, insistía en que corriéramos a diario. Solo deseaba jugar cuando sabía que él había de ganar.

Aun cuando se conoce que era el favorito de su padre, siempre maldecía de su hermano, pues no soportaba que fuera mayor, más grande y que se le hubiera adelantado en el mundo.

—Mi hermano malgasta su tiempo estudiando libros judíos —nos decía entre susurros conspiradores, como si nuestros padres no nos ocultaran a los más de nosotros ni nos enseñaran cosas prohibidas a la luz de las velas—. Mi hermano se tiene ya por un hombre —se quejaba—. Siempre va en pos de las sirvientas.

Daniel hubiera estudiado la Torá solo por demostrar que era mejor que su hermano. Hubiera acosado a las mozas, aun cuando ignoraba qué haría con ellas, por demostrar que él podía llegar allá donde su hermano no llegaba. Era absurdo. Miguel tenía una mente más despierta, y su apariencia resultaba harto más agradable a las damas. Además, Daniel jamás perdonó la afrenta de haber nacido el segundo.

Recuerdo que cuando tenía yo doce años, unos meses antes de que huyéramos de Lisboa, Daniel se llegó a nosotros un día y dijo que quería gastar una broma: su hermano mayor se había ido con una moza de las cocinas a un lugar apartado de la casa y sin duda descubrirlos nos daría una gran risa.

Por supuesto, era una necedad, pero éramos niños, y los niños siempre disfrutan con las necedades. Seguimos a Daniel hasta la casa de su padre, subimos los tres tramos de escaleras y nos detuvimos ante una vieja puerta. Daniel nos indicó que no hiciéramos ruido y abrió la puerta de golpe.

Allí vimos a Miguel sentado con una sirvienta que no habría más años de los que él tenía. El vestido de la moza estaba bastante desarreglado y se conoce que había estado haciendo cosas que una buena moza no ha de hacer. Al vernos, los dos parecieron confusos, y lo cierto es que nosotros estábamos tan confusos como ellos. La moza trató de bajarse las faldas y cerrarse el corpiño y, viendo que no podía, se echó a llorar. Apeló a la compasión de la Virgen. Estaba deshecha.

Miguel se puso rojo, no por vergüenza, sino de indignación.

—¡Marchaos! —siseó—. Podéis hacer chanza de un hombre, pero solo un cobarde haría chanza a costa de una moza.

Habíamos acudido allí llenos de expectación y curiosidad, riendo como críos sin saber de qué. Pero ahora estábamos avergonzados, por nuestra curiosidad y por la cólera de Miguel. Habíamos cometido un gran delito que nuestra corta edad nos impedía comprender; nuestra falta de entendimiento lo hizo todo más terrible.

Todos retrocedimos y corrimos escaleras abajo, pero yo me detuve al ver que Daniel no se movía. Seguía ante la puerta, sin dejar que Miguel cerrara. No acerté a verle los ojos, pero de alguna manera supe que miraba con odio. ¿A Miguel? ¿A la moza? Lo ignoro, pero no sintió la más mínima vergüenza por la ira de Miguel o las lágrimas de la moza.

—¡Fuera! —le dijo Miguel—. ¿Es que no ves que la moza está trastornada?

Pero Daniel seguía mirando, escuchando los llantos de la moza. Mientras yo estuve allí, Daniel no se movió ni un paso.

¿Por qué motivo he mencionado esto? Bueno, pues por explicar un tanto la animosidad que había entre los dos hermanos, la cual venía de muchos años atrás y, por lo que yo viera, era cosa bien poco fundada.

Pero tal era la relación entre ellos. Acaso así no le sorprenderá al lector saber que era Daniel Lienzo quien debía a su hermano más de dos mil florines en aceite de ballena. Lejos de estar en deuda con su hermano, Miguel era su acreedor y jamás tuvo de ello sospecha.

18

Las cartas habían estado llegando a un ritmo de dos o tres por semana, y Miguel se quedaba levantado hasta tarde, forzando los ojos a la tenue luz de la lámpara de aceite para contestarlas. Animado por el café y la emoción de una riqueza inminente, Miguel trabajaba con gran contento y determinación, asegurándose de que sus agentes comprendían bien lo que se exigía de ellos.

Miguel no había visto a Geertruid desde su regreso de Rotterdam, lo cual facilitaba grandemente la tarea de no pensar que había perdido la mayor parte del capital. Él sabía de hombres que habían perdido el dinero de sus socios y que invariablemente se derrumbaban y confesaban enseguida, como si el peso de vivir en la mentira fuera demasiado grande. En cambio Miguel se sentía capaz de vivir con el engaño mientras el mundo lo dejara en paz.

Sin embargo, deseaba ver a Geertruid por hablarle de sus progresos, y tenía otras cosas que decirle, pero Geertruid no aparecía por ningún sitio. Mal momento para esconderse.

Miguel envió mensajes a todas las tabernas posibles y visitó tales lugares aun a las horas más intempestivas, pero no encontró rastro de ella.

En una ocasión quiso el azar que topara con Hendrick, que descansaba ociosamente cerca del Damrack. Estaba apoyado contra una pared, ocupado en fumar su pipa, contemplando a los hombres y mujeres que pasaban.

—Eh, judío —lo llamó, chupó su pipa y echó humo cordialmente en dirección a Miguel.

Miguel vaciló un momento, pensando si acaso podía hacer como que no había visto ni oído a Hendrick. No, no podía.

—¿Qué nuevas podéis darme de la señora Damhuis? —preguntó.

—¿Cómo? —preguntó el otro—. ¿No preguntáis por mi salud? Me herís.

—Lamento lo de vuestra herida —dijo Miguel. Con el tiempo había aprendido a manejarse con la retórica de Hendrick haciendo que la tomaba en serio.

—Bueno, lo que importa es que lo sintáis. Pero buscabais a mi señora Damhuis, y me temo que yo no os haré igual servicio. Carezco de sus encantos.

¿Estaba celoso?

—¿Sabéis dónde puedo encontrarla?

—No la he visto. —Hendrick se volvió y expulsó una larga nube de humo.

—Acaso esté en su casa —sugirió Miguel esperanzado.

—Oh, no, en casa no.

—Aun así, no me importaría ir a comprobarlo yo mismo —insistió Miguel, deseando poder ser más sutil y astuto—. ¿Dónde puedo encontrar su casa?

—No soy yo quien deba decíroslo. Se me hace que los extranjeros no acaban de entender nuestras costumbres. Si mi señora Damhuis no os lo ha dicho, no seré yo quien diga nada.

—Gracias entonces —dijo Miguel retirándose con gran prisa, pues no deseaba perder más tiempo.

—Si la viera —gritó Hendrick a su espalda—, no dudaré en transmitirle vuestros recuerdos.

Esa suerte tenía aquel día. Tuvo el impulso de visitar la taberna de café en el Plantage, pero cuando el turco Mustafá abrió la puerta —tan solo una rendija—, miró con aire receloso a Miguel.

—Soy el *senhor* Lienzo —dijo—. He estado aquí antes.

—Este no es momento para vos —dijo el turco.

—No lo entiendo. Pensé que se trataba de una taberna pública.

—Marchaos —dijo el turco y cerró la puerta.

Hannah estaba sentada en el comedor, tomando su desayuno, que consistía en pan de harina blanca con buena mantequilla y unas manzanas amarillas que una anciana había pasado vendiendo puerta por puerta la noche antes. Su vino estaba más fuertemente especiado y menos aguado que de ordinario. Annetje sabía bien cómo ser parca con el vino y generosa con el agua —dejando con ello más vino para sí—, de suerte que Hannah comprendió enseguida por qué su vino estaba más fuerte ese día. La criada deseaba hablar con ella y trataba de soltarle la lengua.

Miguel le había dado café, y ahora Annetje le daba vino. Todos le ofrecían de beber para hacerla obrar a su antojo. Aquel pensamiento la entristeció, aun cuando Hannah no podía olvidar la emoción de haber tomado el café de Miguel. Le encantaba conocer la verdadera naturaleza del fruto; lo animada y viva que le hacía sentirse. Y no era como haber descubierto una nueva parte de sí; fue más bien como si el café reordenara la persona que ya era. Aquello que estaba en lo alto bajó al fondo, y las partes de sí que estaban encadenadas se emanciparon con alegría. Había olvidado ser recatada y modesta, y le encantaba poder olvidar todas aquellas ataduras.

Acaso por vez primera, supo cómo la había visto siempre Miguel: como una mujer tranquila, necia, estúpida. Aquellas virtudes que en Iberia se tenían por tan femeninas no ofrecían para él el menor atractivo. A él le gustaban las mujeres con las cuales poder confabularse, como Annetje y su perversa viuda. Bueno, también ella podía ser perversa. La idea casi le hizo reír. No, no podía, por supuesto, pero sí podía quererlo.

Annetje subió de la cocina y se quedó en el umbral, mirando, como Hannah sabía que haría, la copa vacía. Daniel y Miguel se habían retirado para atender cada cual sus asuntos, así que Annetje entró y se sentó a la mesa como gustaba de hacer estando las dos solas. Se sirvió un poco de vino de la garrafa y lo bebió de un trago, sin preocuparse, según parece, por lo suelta que pudiera tener su propia lengua.

—¿Tuvieron la *senhora* y el *senhor* una conversación agradable ayer? —preguntó.

Hannah sonrió.

—¿Acaso no escuchabas detrás de la puerta?

Una expresión violenta cruzó el rostro de la moza.

—Hablabais demasiado rápido en esa lengua vuestra. Apenas pude entender una palabra.

—Me pidió que no hablara de lo sucedido. Estoy segura de que te dijo otro tanto.

—Lo hizo, pero a mí no me dio ninguna pócima especial para hacerme obedecer. Acaso se fíe más de mi silencio.

—Acaso —concedió Hannah—. Y acaso seas tú quien no confía en el mío. Eso es lo que deseas saber, ¿no es cierto? Si le hablé de la viuda.

—Bueno, si le hablarais de la viuda, lo sabría. De eso podéis estar segura. Igual que he sabido ahora mismo por vuestra cara que no lo habéis hecho, pero que sí habéis hecho otra cosa.

Hannah no dijo nada. Bajó la mirada, sintiendo la misma vergüenza que le mudaba la color cuando hablaba a destiempo o sus ojos se cruzaban con los de un invitado de su esposo.

Annetje se levantó y tomó asiento a su lado. Tomó la mano derecha de Hannah con sus dos manos.

Aquella era la Annetje que Hannah viera de primero, la que la sedujo para que le revelara sus secretos.

Hannah no deseaba seguir con aquello.

—No veo nada malo en hablar con él. Puedo decir cuanto me plazca y a quien me plazca.

—Por supuesto, tenéis toda la razón —dijo la moza, conciliadora—. Olvidemos todo este asunto. ¿Iremos esta tarde?

—¿Ir?

—¿Acaso hace ya tanto que no os acordáis? —Ambas habían comprendido desde el principio que el nombre del lugar jamás debía pronunciarse en voz alta, ni en la casa, ni en el Vlooyenburg, ni en ningún lugar donde pudiera acechar algún judío o los espías del *ma'amad*.

Hannah tragó saliva. Sabía que aquella conversación había de llegar, y había hecho lo imposible por prepararse. Aun así, se sintió mal pertrechada y acaso también sorprendida.

—No puedo ir.

—¿No podéis ir? ¿Estáis asustada por la viuda?

—No es eso —le dijo Hannah—. No deseo arriesgarme. Por el bebé.

—El bebé, otra vez —espetó la moza—. Actuáis como si nadie hubiera estado encinta antes que vos.

—No quiero correr más riesgos. Dios me lo ha mostrado, me ha advertido contra los peligros. Casi me descubrieron en una ocasión, y muy necia habría de ser para no hacer caso de Su misericordia.

—Dios no os salvó —dijo la moza—, que fui yo. Fui yo quien evitó que os descubrieran. Dios os condenará al infierno si no vais hoy, y a vuestro hijo también.

Hannah negó con la cabeza.

—No lo creo.

—Sabéis que es cierto —dijo la moza con petulancia—. Ya veremos cuántas noches aguantáis, tendida en la cama, sabiendo que, si hubierais de morir mientras dormíais, estaríais condenada a los tormentos del infierno. Ya veréis como cambiáis de opinión.

—Tal vez —dijo Hannah algo ambigua.

—De todas formas debéis acordaros de no decir nada al *senhor* Miguel —anunció Annetje con más contento—. Debéis guardar silencio. ¿Lo prometéis?

—Lo prometo. —Al pronunciar esas palabras, Hannah supo que mentía y sintió un extraño placer al ver la facilidad con que la mentira brotaba de sus labios. Sabía que se lo diría a Miguel, aun cuando no acertara a precisar cuándo o por qué o cuáles pudieran ser las consecuencias de aquel acto que podía acarrearle la ruina.

Una semana después de su conversación con Hendrick, Miguel se encontró sentado con Geertruid en la Carpa Cantarina. La viuda le había enviado una nota anunciando que deseaba verle, y Miguel acudió enseguida. Cuando llegó, se encontró a Hendrick en mitad de una historia y, aun cuando Geertruid estiró su bonito cuello para besarle, no hizo ningún esfuerzo por interrumpir a su hombre.

Hendrick hablaba en un holandés rápido del campo, y a Miguel se le hacía difícil seguir el relato, el cual tenía algo que ver con un amigo de la infancia y un tonel robado de vaca encurtida. Cuando terminó, se echó a reír en señal del aprecio que se tenía a sí mismo.

—Menuda historia, ¿eh, judío?

—Me ha gustado mucho —dijo Miguel.

—Le ha gustado mucho —le dijo Hendrick a Geertruid—. Lo dice por cortesía.

¿Por qué no despachaba Geertruid a aquel bufón? Pero se le hacía a Miguel que la viuda había estado bebiendo en demasía, y también Hendrick.

—Ahora os toca a vos —le dijo a Miguel. Y sonrió grandemente, aunque en sus ojos se notaba una cierta crueldad—. Vos contaréis una historia.

Acaso aquello fuera una prueba, pero Miguel ignoraba cómo proceder.

—No tengo ninguna historia que contar, al menos ninguna que pueda competir con vuestro relato de la ternera encurtida. —Lo cierto es que Miguel estaba muy inquieto. Solo quedaba un tercio del dinero de Geertruid y, cuando llegara el momento, no tendría forma de pagar a Nunes. Había conseguido quitarse de las mientes el dinero perdido, pero, con Geertruid allí delante, no era cosa fácil.

—No tengo ninguna historia que contar —repitió Hendrick imitando a Miguel—. Venga, judío. A ver si por una vez demostráis algo de coraje. Vos disfrutáis de mi generoso entretenimiento y de igual modo yo quisiera que me ofrecierais algo a cambio. ¿No os gustaría oír una historia, señora?

—Me encantaría —concedió Geertruid—. El *senhor* es tan astuto...

—Veo que me superan en número —dijo, haciendo ostentación de buen carácter—. ¿Qué suerte de historia querrían oír?

—Eso habréis de decidirlo vos mismo. Algo que nos recuerde vuestras tremendas aventuras. Podéis contarnos algún relato de vuestras gestas amorosas, o de vuestra extraña raza, o de algún incomprensible plan para conquistar la Bolsa.

Miguel no tuvo tiempo para contestar, pues en esas que un hombre se llegó a Hendrick por detrás con una jarra en la mano y tomó impulso, con intención de descalabrarlo. Quiso la fortuna que en ese momento Hendrick se inclinara un tanto para hacerle algún comentario a Geertruid, de suerte que la jarra de peltre golpeó con fuerza el hombro del holandés y luego salió disparada de la mano del atacante, salpicando de cerveza el rostro de Miguel antes de ir a caer al suelo.

—La puta del Señor —dijo Hendrick con una calma sorprendente. Y con un brinco se levantó de su silla y se volvió hacia el atacante, el cual medía por lo bajo una cabeza menos que Hendrick y era delgado —en grado superlativo— si se quitaba la prominente panza. Su rostro había enrojecido por el esfuerzo.

—¡Sucio bastardo! —gritó el hombre—. ¡Sé quién eres y te juro que te mataré!

—¡Por Dios! —exclamó Hendrick con petulancia, como si acabaran de pedirle que realizara una desagradable tarea. Dejó escapar una bocanada de aire y golpeó al hombre en la cara. El golpe cayó con fuerza, y el atacante fue a dar con sus huesos en el suelo para deleite de los clientes.

El tabernero apareció enseguida y, con ayuda de un sirviente, arrastró al hombre a la cocina. Miguel supuso que lo arrojarían al callejón de la parte de atrás.

Hendrick sonrió con recato.

—Juraría que a ese sujeto no le gusto.

Miguel asintió limpiándose la cerveza de la cara.

—No creo que haya problemas —dijo Geertruid—. Pero acaso os convenga marcharos.

Hendrick asintió.

—Os comprendo. Buen día tengáis, judío.

Cuando Hendrick se fue, durante unos minutos, los dos permanecieron sentados y en silencio. Miguel meditaba en el incontestable asunto de cómo viera Geertruid cuanto acababa de suceder.

—Decidme de una vez por qué os asociáis con él —dijo Miguel al cabo.

—Cualquiera puede hacerse enemigos —dijo la mujer esquivamente—. Es un hombre duro con amigos duros, y en ocasiones resuelven sus diferencias con maneras algo rudas.

Cierto. Miguel tuvo el secreto deseo de que algún día Joachim lo molestara estando cerca Hendrick.

—De todos modos, lamento que hayáis tenido que presenciar todo esto —dijo Geertruid, con voz de estar algo bebida.

Él negó con la cabeza.

—¿Dónde habéis estado los días pasados?

—Nunca permanezco en el mismo sitio mucho tiempo —le dijo, y puso su mano sobre la de él—. Me gusta visitar a mis parientes del campo. Muy triste es el pájaro que nunca abandona su nido.

—Me gustaría que me tuvierais informado de cuándo pensáis iros y cuándo volvéis. Si hemos de hacer negocios juntos, tengo que saber dónde encontraros.

Ella le dio unas palmaditas en la mano y lo miró a los ojos.

—Por supuesto, seré buena con vos.

Miguel retiró la mano. No estaba de humor para tonterías.

—No se trata de que sea bueno para mí, sino para el negocio. Esto no es un estúpido juego de mujeres.

—Y yo no soy ninguna estúpida mujer —replicó ella con la expresión dura como el metal—. Acaso sea suave, pero no soy ninguna necia a quien podáis aleccionar.

Miguel sintió que palidecía. Geertruid jamás le había hablado de aquella manera. Como hacía la mayoría de los holandeses con sus esposas, Miguel hubiera hecho lo que fuera por aplacarla.

—Señora, yo, de todos los hombres, jamás os tacharía de necia. Solo quería decir que es menester que sepa cómo ponerme en contacto con vos.

Ella se volvió hacia él, ladeando la cabeza, distendiendo sus finos labios en una cálida sonrisa, los ojos muy abiertos y conciliadores.

—Por supuesto, señor. He cometido una gran falta.

—No tiene importancia —musitó él—. Tenemos asuntos más importantes que discutir. He recibido varias cartas de nuestros agentes y me consta que recibiremos mejores noticias en las próximas semanas.

Ella bebió de su jarra.

—¿Tenemos ya todos los agentes que necesitamos?

—No exactamente. Nos siguen faltando Sevilla, Lisboa y Oporto. —Hubo de hacer un gran esfuerzo por no parecer preocupado, pero lo cierto es que sin Iberia era impensable controlar ningún mercado—. Es un problema —añadió.

Geertruid estudió su rostro.

—¿Y cómo pensáis resolver ese problema? —Su voz era fría como el hielo.

—Si pudiera responder a vuestra pregunta ya estaría resuelto.

—Yo pongo el dinero. Ya he hecho mi parte. Vuestra parte es hacer que funcione... de otro modo, ¿para qué habría yo de necesitaros?

Miguel negó con la cabeza.

—Si no tenéis fe en este proyecto, debéis decírmelo ahora. Aún estamos a tiempo de cancelar la compra, aun cuando perdamos en ello.

Geertruid hizo que no.

—No deseo cancelar la venta. Quiero que resolváis el problema, y si no podéis resolverlo, quiero tener la seguridad de que me lo haréis saber.

—Muy bien —dijo él apagado. No esperaba que la mujer adoptara aquella postura—. Si en dos semanas no he logrado resolver el problema de los agentes en Iberia, cancelaremos la compra.

Miguel no manifestó emoción alguna, pero la sola idea de abandonar el negocio lo llenaba de pesar. Acaso pudiera encontrar a otra persona, alguien de la comunidad judía que pusiera los fondos. Pero aquello también presentaba sus dificultades. Tendría que discutir sobre su plan para tratar de atraer a alguien a bordo. Y una vez que hubiera hablado, su plan ya no sería más secreto. Su hermano hubiera podido poner el dinero de haber estado en mejores términos con él, pero Daniel no fiaba en que Miguel fuera capaz de manejar sus propios asuntos. No, si perdía el dinero de Geertruid no podría hacer nada.

Y estaba el asunto de cancelar la venta. Geertruid estaba preocupada, y su falta de confianza lo irritaba. Aun cuando había perdido ya dos tercios del capital, no era él hombre que manejara el dinero de forma irresponsable. Solo había tenido mala suerte.

Intuyendo que Geertruid nada sabía de cómo se solicitaban estas ventas, se había inventado aquella estimación de dos semanas. No creía que pudiera convencer a Nunes para que cancelara el trato en dos semanas o en ese mismo momento. Pero ya se ocuparía de eso en otro momento. Ahora lo que le preocupaba era recuperar la confianza de Geertruid.

Ella asintió.

—Dos semanas es mucho tiempo.

—Haré bien en redoblar mis esfuerzos. —Miguel se levantó—. Detestaría decepcionaros.

—No penséis que he perdido la confianza. —Alargó el brazo y tomó una mano de Miguel entre las suyas—. Es mucho dinero el que he puesto y debo proteger mi inversión.

—Por supuesto, señora. Os entiendo perfectamente.

A continuación, Miguel pasó por la Urca, donde encontró a Isaías Nunes hablando con unos pocos mercaderes conocidos de Miguel. Nunes sabía muy bien cómo interpretar el rostro de un hombre y, viendo que Miguel necesitaba hablar con él, levantó su figura corpulenta.

Había demasiado alboroto en la taberna, así que salieron al exterior, al fresco de media tarde. Los dos hombres se cercioraron de que nadie había que pudiera oír su conversación.

—Si decido cancelar la venta, ¿para qué fecha debo avisarlo? —dijo Miguel bruscamente.

—¿Cancelarla? —El rostro de Nunes se ensombreció—. ¿Qué ha sucedido?

—Nada —dijo Miguel con desgana—. No tengo intención de cancelar, pero uno de mis socios está inquieto y me ha pedido que me informe sobre el asunto. Además, sois vos quien me aconsejó que me deshiciera del café.

—Pero no que os deshicierais de nuestro contrato. Podéis decirle a ese socio vuestro que es demasiado tarde para echarse atrás. No estamos tratando aquí con gente de nuestra Nación, lo sabéis. Se trata de la Compañía de las Indias Orientales, y la Compañía no permite que un comprador cambie de idea por muy educadamente que lo pida. —Nunes hizo una pausa—. Ya sabéis cómo funcionan estas cosas. No me gustaría que me pusierais en una situación comprometida, Miguel.

Miguel esbozó una sonrisa forzada.

—Por supuesto.

Nunes se encogió de hombros.

—De todos modos pensaba enviaros una nota mañana. Ya he hecho todas las diligencias y necesito una parte del dinero.

—Pensé que habría de pagar a la entrega —repuso Miguel, que no había calculado tal cosa.

—No lo creo, Miguel —dijo Nunes arrugando la frente en un visible gesto de descontento.

—¿Cuánto sería, un cuarto por adelantado?

Nunes rió y le puso una mano en el hombro.

—Ahora sí que me habéis dado risa. Ya sabéis cómo funcionan estas cosas. Si transferís la mitad de la cantidad para el final de la semana que viene lo apreciaré grandemente.

Miguel se aclaró la garganta.

—Tristemente, uno de mis socios ha sufrido un revés... un pequeño revés, de carácter temporal, os lo aseguro. No podemos reunir ese dinero para la semana que viene.

La sonrisa se esfumó del rostro de Nunes.

—Puedo pagaros mil —sugirió Miguel—. No es cantidad pequeña y debe verse sin duda como una muestra de nuestra seriedad.

En aquel momento, la mano de Nunes, que seguía apoyada sobre el hombro de Miguel, lo oprimió con tanta fuerza que lo acorraló contra un rincón.

—¿Habéis perdido el juicio? —preguntó en un susurro ronco—. No se pueden hacer trucos con la Compañía. Si digo que necesito mil quinientos es que necesito mil quinientos, no una cantidad simbólica. Yo tengo un contrato con ellos, vos tenéis un contrato conmigo y hay que cumplir con lo pactado. Si no me dais ese dinero, habré de pagarlo de mi propio dinero. Sois mi amigo, Miguel, pero me ponéis en una situación terrible.

—Lo sé, lo sé. —Miguel levantó las manos en alto como un suplicante—. Son esos socios míos..., para hacer dinero no hay problema, pero a la hora de pagar.. No obstante reuniré ese dinero. Para el final de la semana que viene, como decís. —Miguel le hubiera dicho cualquier cosa con tal de acabar aquella charla sobre juicios y contratos—. Acaso podríais decir una o dos palabrillas a Ricardo en mi nombre —sugirió.

—No pienso librar vuestras batallas por vos, Miguel, ni me interpondré entre vos y Parido.

Miguel ya había sufrido suficientes disgustos por un día, pero en el momento en que entró en la casa de su hermano, supo que algo terrible había pasado. Daniel estaba sentado en la sala de recibir con una extraña expresión en el rostro, de decepción y satisfacción a la par.

—¿Qué tienes? —preguntó Miguel—. ¿Has estado registrando...? —Se detuvo. Era un asunto que no le haría ningún bien.

Daniel estiró el brazo para entregarle una carta sellada. Una carta sellada. ¿Cuántas veces habría de hablar con él de su correspondencia? Pero, incluso mientras pensaba estas cosas, supo que aquella carta era distinta... y que Daniel ya conocía su contenido.

Miguel, paralizado de temor, rompió el sello y desplegó el papel plegado en tres. No fue menester que leyera la florida caligrafía ni las palabras cuidadosamente escogidas en español formal. Ya sabía lo que decían. Miguel había sido convocado a la mañana siguiente ante el *ma'amad.*

19

Apenas quedaban unas horas de luz, y Miguel deseaba sacarles algún provecho. Ya se notaba el aliento caliente de la ruina sobre el cogote, pero acaso pudiera aún armarse para la batalla y vencer. A pesar de cuantas quejas pudiera tener contra el *ma'amad* —que eran muchas—, el Consejo poseía una peculiaridad que pudiera obrar en su favor y era que no condenaba por principio. Parido hablaría en su contra, sí, trataría de persuadir al Consejo para que actuara, pero los *parnassim* se atendrían a la razón. Querían que la comunidad prosperara, y por eso preferían aceptar las disculpas y tener en cuenta las circunstancias atenuantes. Muchos eran los que habían conseguido escapar al fuego del *ma'amad* con algún cuidado argumento cuando las armas ya estaban a punto.

Para preparar tal argumento era menester descubrir por qué deseaba verlo el *ma'amad*. Miguel estaba casi seguro de saberlo. Sin duda, Joachim habría dicho algo malo de él al Consejo. Ahora tenía que averiguar qué exactamente y qué acusaciones se le imputarían. Qué ironía: no había cosa que deseara más que evitar a aquel necio, y ahora tenía que salir en su busca.

Aún no había tenido tiempo de urdir un plan para encontrar a Joachim, cuando se le vino a las mientes una cosa que Hendrick dijo antes de que lo atacaran en la taberna. «Podéis contarnos algún relato de vuestras gestas amorosas o de vuestra extraña raza o de algún incomprensible plan para conquistar la Bolsa.» Geertruid había jurado que ocultaría su negocio en común a aquel perro suyo. Así pues ¿por qué iba él ladrándolo por ahí? ¿Y cuál era la verdadera fuente de su dinero? ¿Pudieran ser ella y esa boquita suya tan poco cuidadosa la causa de aquella convocatoria?

Sin detenerse a dar explicaciones a Daniel, Miguel salió con grandes prisas de la casa y volvió a la Carpa Cantarina, rogando para sí para que Geertruid estuviera aún allí. No estaba. Miguel pidió razón de ella al tabernero, quien le hizo saber que acaso hubiera oído algo sobre el destino de la viuda y que sin duda una moneda le despabilaría la memoria; por dos ochavos, el sujeto recordó que había de asistir a un banquete en el extremo más apartado del Bloemstraat.

Miguel halló la entrada a la sala del banquete en la parte superior de un edificio de ladrillo rojo poco destacable. Subió las escaleras y aporreó la puerta. Un joven sirviente abrió, y Miguel no dijo sino que venía por el banquete, a lo que el joven lo acompañó por más escaleras hasta una amplia sala con seis o siete oscuras mesas de madera colocadas sobre una serie de alfombras orientales mal emparejadas. A ambos lados de la puerta y a lo largo de las paredes, había candelabros con buenas velas que no hacían humo, y candelabros más grandes que colgaban del techo. Docenas de cuadros se habían colocado sin consideración al espacio ni a la comodidad del ojo. Dos grandes chimeneas en extremos opuestos de la estancia generaban un calor opresivo, y en un rincón un par de violinistas tocaban con frenesí, tratando de hacer que la música se oyera por encima del alboroto de los invitados.

Sobre las mesas, a cada una de las cuales sentábanse diez o doce comensales, había montañas y marmitas de comida: ostras, gallina hervida, una marmita humeante de *hutsepot* con la pierna de algún sucio animal asomando como la mano desesperada de un hombre que se ahogara. Había enormes quesos y bandejas con arenque encurtido, cocinado, estofado. Cuencos de leche caliente con mantequilla fundida flotando encima; panes blancos, higos y dátiles, chirivía asada y *sla* holandés, hecho con col cruda troceada y zanahoria. Mientras Miguel luchaba por contenerse, Geertruid se despachaba a su gusto.

Lindas mozas entradas en carnes iban de una mesa a otra, echando bebida en copas sin pie. Miguel mismo había visto y había sido víctima de tales objetos, pues no podían soltarse, de suerte que hacían que la persona bebiera más allá de sus límites. La venturosa multitud estaba formada ante todo por hombres, pero en cada mesa había una o dos mujeres, tan encarnadas, borrachas y alegres como el surtido de caballeros ataviados con negras ropas y sombreros altos, que se las ingeniaban para beber, fumar y comer a la par.

En la mesa más próxima a la entrada, un individuo con un solo ojo y un solo brazo se fijó en Miguel. En la mano que le quedaba, la izquierda, aferraba su copa, sin poder soltarla ni tan siquiera para comer.

—Eh, mirad —gritó por encima del vocerío—. ¿Quién ha invitado a un judío?

Miguel no había reparado en Geertruid hasta ese instante. Incluso de lejos, a una distancia de dos o tres hombres, veía la torpeza de sus movimientos y la mirada desenfocada de sus ojos. Ayudándose con una mano, la mujer se incorporó de la silla y fue a su encuentro tambaleándose.

—Serenaos —dijo Miguel algo brusco—. Debo tener unas palabras con vos. ¿Qué es todo esto? ¿Con qué gentes coméis?

—Es la guilda de los cerveceros.

—¿Y qué asuntos tenéis vos con ellos? —preguntó Miguel.

—Oh, Miguel, tengo muchos amigos y conocidos que no contarían con vuestra aprobación. Y ahora decidme qué ha pasado. —Sus ojos se abrieron con igual desmesura que los de una criatura.

—Es el *ma'amad*. Me ha convocado a su presencia mañana por la mañana.

La mujer lanzó una risotada que atravesó el clamor y griterío.

—Vos y vuestro Mahoma. ¿Sois judío o sois turco?

Él respiró hondo.

—Geertruid, es menester que sepa algunas cosas. —Casi nunca la llamaba por su nombre. Recordaba haberlo hecho la noche que trató de besarla, y el recuerdo aún le mortificaba—. ¿Habéis hablado de nuestro asunto con alguien?

—Por supuesto que no. —Sacudió la cabeza con rapidez y al punto se llevó una mano arriba para comprobar si su pequeña y recatada cofia, engastada con rubíes, seguía en su sitio.

—Eh, judío, devolvednos a nuestra amiga —gritó uno de los hombres de la mesa.

Geertruid los despachó con un gesto apresurado de la mano.

—¿No se lo habéis dicho a Hendrick?

—Hendrick —repitió ella—. Ese buey. No lo molestaría ni aun con el secreto de unas piedras hundidas en el canal.

Miguel tragó saliva.

—Y ¿qué me decís del dinero? Sé que no fuisteis sincera conmigo. Debo saber de dónde salió. Si no os lo dejó vuestro esposo, ¿de dónde salió?

—¿Y quién dice que no fui sincera con vos? ¿Quién lo dice? Estoy muy enojada. —Perdió el equilibrio y se apoyó contra la pared, aunque siguió balanceándose ligeramente.

Miguel la cogió del brazo para sostenerla.

—No tengo tiempo para enojos. He de saber de dónde procede el dinero. Si no os lo dejó vuestro esposo, ¿de dónde ha salido?

Ella rió un poco y se cubrió la boca.

—De mi esposo, desde luego. Ese bastardo solo sabía aprovecharse de mí y jamás pensaba en mi placer. Y aun muerto tenía que hacerlo. —La mujer entrecerró los ojos y una sombra se abatió sobre su rostro—. Me dejó algo de dinero, aunque no tanto como debiera por lo que tuve que aguantar.

A Miguel se le revolvieron las tripas.

—¿De dónde sacasteis el capital?

—De los despreciables hijos de esa espantosa mujer que tuvo primero. Viven con su tía, la hermana de mi marido, pero el bastardo me dejó a mí el encargo de velar por el dinero. Me dejó el trabajo de velar por sus posesiones, y les dijo que, cuando alcanzaran la mayoría de edad, me recompensaran como consideraran oportuno. ¿Podéis imaginar traición semejante?

Guardianes e hijos de otros matrimonios. Nada de aquello tenía sentido.

—Contadme el resto.

—Tengo cierta libertad para obrar a mi antojo con su riqueza, aunque para ello he de convencer a un viejo abogado de Amberes de que invierto por el bien de esas malvadas criaturas. No es fácil, pero se conoce que en mis tiempos encandilé a más de uno.

Un abogado de Amberes. Ahora, al menos, Miguel podía imaginar dónde estaba cuando desaparecía. Levantándose las faldas ante aquel picapleitos.

—De modo que habéis utilizado un dinero que debéis preservar para los hijos de vuestro difunto marido. Lo habéis hecho otras veces...

Ella asintió.

—A veces lo invierto, otras, simplemente, lo gasto. Hay un asuntillo de unos pocos miles de florines que debo reponer.

Había robado a los hijos de su esposo, y cuando alcanzaran la mayoría de edad habría un juicio.

—¿Cuándo han de hacerse con su herencia?

—El mayor no tendrá la mayoría de edad hasta dentro de tres años, de modo que tengo tiempo de arreglar las cosas. —Le puso las manos alrededor del cuello—. Debéis ayudarme, Miguel. Sois el único amigo verdadero que tengo. —Volvió a reír, echándole su aliento de cerveza sobre el rostro—. No mi único amigo, sino el único de verdad, y eso es importante. ¿No os parece?

—¡Cuidado, señora, no sea que os enrede con sus escrituras hebreas! —exclamó uno de los juerguistas.

Geertruid lo acercó más a sí, pero Miguel se desembarazó, pues aquello lo incomodaba.

Miguel tomó aliento hasta que los pulmones le dolieron y entonces cogió una mano de Geertruid entre las suyas, sin hacer caso a las mofas de los holandeses borrachos.

—Por favor, debéis entender que todo lo que valoro está en peligro. Debéis decirme quién sabe esto.

Ella negó con la cabeza.

—Nadie, solo vos y, por supuesto, mi abogado. Pero él no diría nada, pues yo tengo mis propios secretos y teme contrariarme.

Miguel asintió. Su fortuna habría de asentarse sobre un dinero robado. Eso le preocupaba, pero no tanto como su entrevista con el *ma'amad* a la mañana siguiente y ahora además sabía que nada tenía que ver con Geertruid y sus astucias.

Se maldijo por el tiempo que había malgastado. Pronto caería la noche. Había llegado la hora de buscar a Joachim.

20

Miguel ignoraba dónde vivía Joachim y sabía que le tomaría un tiempo encontrarle, pero aún era posible. El sujeto había dicho que él y su esposa habían tenido que mudarse a una de las peores zonas de la ciudad, a un barrio de casuchas ruinosas que se resguardaban a la sombra de la Oude Kerk, donde las sórdidas tabernas de música atraían a rameras, marineros y ladrones. Alguien tenía que conocer a Joachim; un hombre tan desarreglado siempre llama la atención.

Antes de entrar en la zona más indeseable de la ciudad, Miguel cogió su bolsa y contó sus dineros. Llevaba más de lo que conviene a un hombre en semejantes andurriales, de suerte que lo dividió, dejando una parte en la bolsa, otra en el bolsillo y una tercera envuelta en un pañuelo.

Conforme avanzaba hacia la Oude Kerk, los edificios se veían cada vez más sombríos y ruinosos. La gente que veía por la calle parecía pertenecer a una raza distinta de la del resto de la ciudad. Los extranjeros escribían con frecuencia que una de las mayores maravillas de Amsterdam era la ausencia de mendigos. Falso, aunque Miguel sabía bien que, en comparación con otras ciudades de Europa, ciertamente había pocos mendigos, al menos en la mayor parte de la ciudad. Sin duda, aquellos extranjeros no habían pasado por aquel distrito pues allí hubieran encontrado suficientes cojos y leprosos para satisfacer a cualquiera.

Miguel caminaba con prisas entre los pobres, entre las rameras que esperaban con desgana en las jambas de las puertas, echadas a un lado o al otro como ahorcados hasta que veían a algún hombre de su agrado. En más de una ocasión, durante su breve paseo, Miguel hubo de apartar a alguna sedienta diabla que saltaba desde su antro y trataba de arrastrarlo al interior.

Estaba por pedir razón de Joachim a un hombre que empujaba una carreta con verduras podridas, cuando vio a una mujer con una bandeja de dulces en la esquina, pregonando su mercancía. Aunque vestía con ropas anchas y sucias, y tenía el rostro tiznado, Miguel estaba seguro de conocerla. Y entonces comprendió dónde la había visto: era la esposa de Joachim, Clara. Aunque ya no era tan hermosa como la recordaba, seguía siendo lo bastante hermosa como para que los marineros le gritaran cumplidos obscenos. Uno se llegó a ella, tambaleante y lascivo, y Miguel pensó en acercarse a socorrerla, pero Clara le dijo un par de palabras amables al hombre de modo que este se quitó el sombrero y se alejó.

Miguel fue para allá.

—¿Tenéis pasteles sin carne? —preguntó. No creyó que la mujer recordase su rostro, así que no dijo nada que pudiera delatarle.

El pañuelo que llevaba al cuello estaba roto y manchado de amarillo, pero la cofia que le cubría la coronilla era nueva. ¿Dónde la habría conseguido? Miguel recordó las apresiones de Joachim respecto a que su esposa se hiciera ramera.

—Tengo un pastel de cebolla y rábano, señor —dijo ella, observándolo con evidente desconfianza.

Hace bien en desconfiar, pensó Miguel. ¿Qué podía llevar a un judío a buscar su comida de la noche a aquella parte de la ciudad?

—Lo cataré gustoso.

No debía comer tal cosa. Nada sabía sobre su preparación y, ciertamente, en la bandeja había estado demasiado cerca de alimentos elaborados con cerdo y otras carnes impuras. Pero allí no había ningún *ma'amad*. Si aquel pastelillo le permitía conseguir riquezas y, por tanto, ser mejor judío, poco podía importar su preparación. Dio un bocado y descubrió que estaba hambriento. A él le gustaba la cubierta más hojaldrada, las verduras menos cocidas... Los holandeses no consideraban que las verduras estaban hechas hasta que casi se deshacían.

—¿Lo habéis preparado vos misma? —preguntó.

Ella lo miró de arriba abajo haciendo que miraba al suelo.

—Sí, señor.

Miguel sonrió.

—¿Cuál es vuestro nombre, amiga mía?

—Mi nombre —repuso ella, extendiendo la mano a fin de que él pudiera ver su anillo de peltre— es Esposa de Otro.

—No parece un buen nombre —dijo Miguel—, pero temo que hayáis malinterpretado mis intenciones. Si desease ese tipo de compañía, podría fácilmente encontrarla sin haber de comprar un pastel.

—Hay a quien le gusta el riesgo. —La mujer sonrió, y sus ojos se dilataron un tanto—. Pero os entiendo. Mi nombre es Clara, y siento curiosidad por saber cuál es vuestra intención, señor. Pues parecéis haber comprado el pastel como un medio y no como un fin en sí.

Miguel sintió un repentino interés. De haberle llevado allí asuntos de otra índole, no hubiere sido difícil convencerla para que continuasen la conversación en una taberna. Pero ¿en qué clase de hombre lo convertiría eso? A pesar de la traición de Joachim, lo cierto es que él lo había agraviado —por bien que involuntariamente— y no sabía si poner los cuernos a un demente fuera lo más acertado.

—Tal vez ni yo mismo sé cuáles son mis intenciones —le dijo—. Es solo que... bueno, si se me permite ser franco... ni vuestra apariencia, ni vuestra voz son las que esperaría de una mujer que vende pastelillos cerca de la Oude Kerk.

—Y vos no sois hombre a quien yo esperaría ver comprando uno.

Miguel hizo una reverencia.

—Os hablo muy en serio. Sois una bella mujer que creo está acostumbrada a cosas mejores. ¿Cómo os permite vuestro esposo practicar tal oficio?

El buen humor desapareció en parte del rostro de Clara.

—Mi esposo pasa por malos momentos —dijo al fin—. En otros tiempos, tuvimos un bonito lugar donde vivir y buenas ropas, pero perdió su dinero, ay..., por los engaños de uno de vuestra propia raza. Ahora no tiene más que deudas, *senhor*.

Miguel sonrió.

—Veo que sabéis cómo dirigiros a los nuestros. Eso me complace. ¿Cuánto ha que perdió vuestro marido su dinero?

—Varios meses, *senhor*. —Esta vez, no hubo ironía en el «*senhor*». La mujer echaba de ver que acaso la conversación tuviera su importancia.

—¿Y aún tenéis deudas?

—Sí, *senhor*.

—¿Cuánto debéis?

—Trescientos florines, *senhor*. No es ni mucho menos tanto como teníamos, pero ahora es bastante.

—Espero que cuando menos aceptaréis mi caridad. —Miguel sacó su pañuelo, cargado de monedas—. Aquí tenéis cinco florines.

Ella sonrió cuando Miguel le puso el pañuelo en las manos. Sin apartar los ojos de su benefactor, la mujer metió el pequeño paquete en su bolsa.

—No sabéis cuánto os lo agradezco.

—Decidme —preguntó Miguel animado—, ¿dónde puedo encontrar a ese marido vuestro?

—¿Encontrarlo? —La mujer entrecerró los ojos y frunció el ceño.

—Decís que uno de nuestra raza lo agravió. Tal vez yo pueda hacerle un bien en su nombre. Encontrarle algún oficio o presentarlo a alguien que pueda.

—Sois muy amable, pero no creo que desee hablar con vos e ignoro en qué podríais ayudarle. Está más allá de actos de caridad tan simples.

—¿Más allá? ¿Qué decís?

Clara se volvió.

—Ha sido prendido, *senhor*, por negarse a trabajar y por yacer borracho en mitad de la calle. Ahora está en el Rasphuis.

Miguel notó un ligero regocijo, el placer de la venganza, cuando pensó en el Rasphuis, un lugar que hacía gala de una cruel disciplina y de donde pocos volvían, y aun así ninguno de ellos sin quebrantar. Pero no había ido allí por venganza, y en aquellas circunstancias el sufrimiento de Joachim no le hacía ningún servicio.

—Debo encontrarlo —dijo Miguel más fuerte de lo que debiere, frotándose ya las manos de la emoción—. Lo veré enseguida.

—Verlo enseguida —repitió Clara—. ¿Qué puede importaros si nunca lo habéis visto?

—No importa, no importa —repuso él. Miguel quiso marchar, pero Clara lo aferró por la muñeca. Sintió sus uñas afiladas desgarrarle la piel.

—No me habéis dicho la verdad, *senhor*. Y creo que os conozco. Vos sois el hombre que arruinó a mi esposo.

Miguel negó con la cabeza.

—No, no lo arruiné, sino que compartí su ruina. Sus asuntos y los míos sufrieron por igual.

Ella echó una ojeada a sus ropas, algo sucias tal vez, pero llevadas con distinción.

—¿Y qué queréis ahora de él? —A Miguel, el tono de su voz no se le antojó protector, ni preocupado... sino más bien de curiosidad, mucha curiosidad. Ella se acercó más, dejando que Miguel percibiera su aroma sudoroso y femenino.

—Tengo unos asuntos de la mayor gravedad... y no pueden esperar a mañana.

—Creo que descubriréis que en el Rasphuis tienen horarios menos liberales que en nuestras tabernas de música —le dijo con una pequeña risa.

—Y yo creo —repuso Miguel con una arrogancia que ni él podía creerse— que descubriréis que cualquier edificio está abierto las horas que sea si uno tiene la llave adecuada.

Clara volvió ligeramente la cabeza y dilató los ojos lo suficiente como para que Miguel supiera que le agradaba tanta decisión. Le gustaban los hombres fuertes; Miguel lo supo enseguida. Joachim, si acaso alguna vez lo fuera, había perdido hacía ya mucho su fuerza, permitiendo que sus pérdidas desbarataran su hombría. Una pena para una mujer tan refinada como aquella.

—Debo irme —dijo Miguel, soltando suavemente su mano—. Espero que volvamos a vernos —dijo, aunque solo fuera por el placer de flirtear.

—¿Quién puede saber lo que nos depara el futuro? —Clara bajó la vista. Miguel se alejó con el paso decidido del hombre que podía haber tomado a una mujer, pero determina de no hacerlo. Mas, si Joachim insistía en incurrir en su ira, si proseguía con su absurdo programa de agravios y venganza, no tendría más remedio que volver a por Clara. Si plantaba un cuco en el desdichado nido de Joachim, ya se vería entonces quién tenía la venganza y quién era el necio.

El Rasphuis, situado en el angosto Heiligeweg, un callejón al norte del Singel en el centro antiguo de la ciudad, se alzaba como monumento a la reverencia que los holandeses sentían por el trabajo. Desde el exterior, desde la vieja calle adoquinada, no se diferenciaba de otras grandes casas con su pesada puerta de madera y un dintel sobre el cual aparecía representada una efigie de la justicia presidiendo sobre dos prisioneros. Por un momento, Miguel examinó la imagen bajo la luz menguante. Pronto oscurecería, y no tenía deseo de andar vagando por las calles sin una luz, ni de estar solo en una zona plagada de fantasmas como el Heiligeweg.

Miguel hubo de golpear tres o cuatro veces la puerta antes de que un individuo con aire hosco y el rostro grasiento abriera la hoja superior. El guarda, con el rostro endurecido por la luz de una vela que había dejado en un banco junto a él, permaneció mirando con su estudiado ceño a Miguel. Era hombre de corta estatura, pero corpulento y con un cuello ancho. La mayor parte de su nariz había sido rebanada en lo que parecía un pasado no muy lejano, y la piel inflamada relucía bajo la tenue luz del crepúsculo.

—¿Qué queréis? —preguntó, con tal hastío que aun mover la boca le costaba.

—Debo tener unas palabras con uno de los prisioneros que se encuentran entre estos muros.

El hombre profirió un sonido ronco y gorgoteante. La luz de la vela daba mayor lumbre a la punta de su nariz.

—No son prisioneros. Son penitentes. Y hay unas horas para visitar a los penitentes y horas que no. Estas son las que no.

Miguel no tenía tiempo para tonterías. ¿Qué haría Pieter el Encantador?, se preguntó.

—Esas horas debieran ser más flexibles —sugirió, mostrando una moneda entre índice y pulgar.

—Supongo que tenéis razón. —El guarda tomó la moneda y abrió para dejar pasar a Miguel.

La entrada principal no hacía sospechar los horrores que se escondían abajo. El suelo era de pesadas losas ajedrezadas, y una serie de arcos situados a ambos lados separaban la entrada de un bonito patio descubierto. Aquello más parecía el jardín de la casa de algún gran hombre que la entrada a un asilo de pobres conocido por sus tormentos.

En verdad, Miguel poco sabía sobre las cosas que allí sucedían, pero lo poco que había oído era suficiente: vagabundos y mendigos, el perezoso y el criminal, todos juntos y obligados a hacer las más crueles tareas. A los más incorregibles se les imponía la tarea de raspar palo de Brasil, serrando hasta extraer el tinte rojizo. Y aquellos que no querían hacerlo, que se negaban a trabajar, descubrían que les aguardaba un destino aún más funesto.

Se decía que el Rasphuis tenía una cámara subterránea llamada Celda de Ahogo, adonde arrojaban a aquellos que no querían trabajar. El agua inundaba la cámara, donde había bombas, de suerte que sus inquilinos podían salvar la vida con su esfuerzo. Y los que no achicaban agua perecían. Los que aprendían el valor del duro trabajo se salvaban.

El holandés guió a Miguel, que aguzó los oídos pendiente del sonido del agua, por un tramo de escalones fríos de piedra y lo hizo pasar a una cámara, en modo alguno agradable, aunque tampoco parecía el calabozo de los horrores. Cuando salieron del patio, las losas del suelo se habían convertido en tierra, y el único mobiliario de la cámara consistía en unas sillas de madera y una vieja mesa a la que le faltaba una de sus cuatro patas.

—¿Quién es el hombre a quien buscáis?

—Su nombre es Joachim Waagenaar.

—Waagenaar. —El holandés rió—. Vuestro amigo se ha hecho una reputación en muy poco tiempo. Lo tienen raspando incluso cuando la mayoría ya han acabado por la noche, y si no cumple con lo que le exigen, pronto irá a la cámara de los ahogados.

—Estoy seguro de que es muy duro, pero he de hablar con él. —Miguel puso otra moneda en la palma del holandés. Mejor tener las ruedas engrasadas.

El sujeto dejó la vela sobre la tosca mesa de madera.

—¿Hablar con él? —preguntó—. Eso no es posible. Hay horas de visita y horas que no son de visita. Perdonadme, quería decíroslo antes. Debo haberlo olvidado.

Miguel suspiró. El dinero, pensó entre sí, no era nada. En unos pocos meses se reiría de aquellos pequeños gastos.

Metió la mano en el bolsillo y sacó la última moneda de las que allí pusiere: cinco florines. El holandés desnarigado la guardó en su bolsillo y salió de la estancia, la cual cerró desde fuera. Miguel sintió pánico y, cuando al cabo de un cuarto vio que nadie venía, pensó si acaso no habría caído en alguna terrible trampa. Pero entonces oyó el cerrojo, y el holandés entró, empujando a Joachim delante.

Cada vez que Miguel veía a Joachim el hombre estaba más desmejorado. Desde su último encuentro, había perdido peso y se le veía terriblemente demacrado. Sus manos y brazos, y la mayor parte del rostro estaban manchados de rojo por el brasil, y más parecía un asesino que un penitente en un asilo.

—Supongo que no os importará que escuche vuestra conversación —dijo el holandés—. He de certificar que no sucede nada impropio.

A Miguel le importaba, pero enseguida pudo ver que no lograría echar al sujeto, así que asintió.

—¿A qué debo el placer de esta visita, *senhor*? —La voz de Joachim sonaba uniforme, desprovista de sarcasmo. Quería jugar a la formalidad.

—He de saber lo que habéis dicho al *ma'amad*. ¿Habéis enviado una nota? ¿Es así como os habéis comunicado con ellos desde el interior de estos muros? Debo saberlo.

Los labios de Joachim se curvaron levemente.

—¿Y hasta qué punto deseáis saberlo?

—He de tener una respuesta. Decidme exactamente lo que revelasteis, cada palabra. No tengo tiempo para juegos.

—Nada de juegos. Pero no tendréis respuesta mientras yo esté aquí. Me han arrojado a este lugar, y desconozco el tiempo que haya de estar preso y aun mi crimen, salvo que no deseaba trabajar como su esclavo. Así pues os digo, si podéis sacarme de esta prisión, os diré cuanto sé.

—¿Sacaros? —Miguel casi gritaba—. No soy magistrado para sacaros. ¿Cómo sugerís que haga tal cosa?

El holandés desnarigado carraspeó contra el puño cerrado.

—Estas cosas pueden arreglarse. No en todos los casos, claro, pero sí cuando aquellos a quienes se ha traído no han cometido más crimen que el de la vagancia.

Miguel suspiró.

—Bien —dijo—. Hablad sin ambages.

—Oh, creo que veinte florines bastarán.

Miguel no podía creer que hubiera de pagar veinte florines a un guarda para liberar del Rasphuis a un enemigo por quien, no hacía mucho, hubiera pagado una cantidad mucho mayor para que lo metieran preso. Pero Joachim sabía por qué lo había convocado el *ma'amad*, y esa información bien valía veinte florines.

Miguel echó una ojeada a su bolsa, incómodo porque el guarda viera que había repartido sus dineros en diferentes lugares. Tenía apenas un poco más de lo que había pedido.

El guarda contó las monedas.

—¿Qué es esto? ¿Veinte florines? He dicho cuarenta. ¿Acaso me tomáis por necio?

—Sin duda uno de los dos es un necio —replicó Miguel.

El guarda se encogió de hombros.

—Entonces me llevaré a este hombre y no se hable más.

Miguel abrió su bolsa una vez más.

—Solo me restan tres florines y medio. Debéis tomar esto o nada. —Y se los entregó al guarda, confiado en que con ello quedaran de acuerdo.

—¿Estáis seguro de que no os quedan más bolsas o faltriqueras o montoncicos?

—Es cuanto tengo, os lo prometo.

Sus palabras debieron de parecerle ciertas, pues el holandés asintió.

—Id, pues —dijo—. No os haré perder más tiempo.

Dieron unos cuantos pasos en silencio.

—No sabéis cuán agradecido estoy —dijo entonces Joachim— por vuestra amabilidad.

—Con gusto hubiera dejado que os pudrierais allí —musitó Miguel cuando cruzaban el patio—, pero he de saber lo que dijisteis al *ma'amad*.

Salieron al Heiligeweg, y el guarda cerró la puerta tras ellos. Las sucesivas cerraduras y aldabas resonaron por la calle.

—Antes he de preguntaros una cosa —dijo Joachim.

—Por favor, no tengo mucha paciencia. Espero que tendrá relación con el asunto que me ocupa.

—Oh, la tiene. No podría ser más relevante. Mi pregunta es —se aclaró la garganta—: ¿Qué diablos es el *ma'amad*?

Miguel notó un dolor en el cráneo que iba en aumento, y su rostro se tiñó de rojo.

—No juguéis conmigo. Es el Consejo de los judíos portugueses.

—¿Y por qué había de hablar yo con tan augusto elemento?

—¿Acaso no dijisteis que me diríais cuanto supierais?

—Lo prometí y he mantenido mi promesa. Nada sé de vuestro Consejo Rector. Pero sé que teméis que hable con ellos.

—Maldito seáis, vil demonio —escupió Miguel. Notó que apretaba el puño con fuerza y el brazo se le ponía rígido.

—Aunque no deja de ser vergonzoso que sea menester engañaros para que salvéis a un viejo socio del horrible destino del Rasphuis. Pero veréis que no me falta la gratitud. Os daré las gracias y seguiré mi camino. —Y, dicho esto, Joachim hizo una profunda reverencia y echó a correr en la noche.

Miguel tardó un momento en ordenar sus pensamientos. Ni tan siquiera se podía permitir pensar en cómo se había humillado ante aquel demente enemigo suyo. Lo importante es que el *ma'amad* lo había llamado a su presencia y él aún ignoraba el motivo. Si Joachim no había hablado, sin duda sería cosa de Parido. Los espías que enviara a Rotterdam no vieron nada que pudieran utilizar. ¿Era por el asunto de Joachim con Hannah y Annetje? Quizá, pero difícilmente podrían excomulgarlo si daba una buena razón. Y estaba seguro de que podría encontrar una antes de la mañana.

21

Antes del alba, Miguel ya se había levantado. Tras orinar furiosamente a causa del café que tomara antes de acostarse —para mantener la mente despierta durante el sueño—, se aseó y rezó sus oraciones de la mañana con una suerte de entusiasmo suplicante. Se vistió, tomó un refrigerio de pan y queso seco, y bebió con prisa un gran cuenco de café.

La noche anterior, la necesidad desesperada de hacer algo le había movido a ir de un lado a otro, pero, en el silencio de su aposento, no pudo escapar al nudo de miedo que se le formó en las tripas. No se trataba de una convocatoria corriente. No habría sermones indulgentes sobre la importancia de las leyes alimentarias o de resistirse a los encantos de las mozas holandesas.

¿Acaso podía él volver la espalda a todo como hiciera Alferonda? En lugar de permanecer en Amsterdam, Alonzo, que era usurero y conocido villano, podía haber ido a cualquier otro lugar, haber cambiado de nombre y establecerse en otra comunidad. Había otros judíos en el mundo además de los de Amsterdam, así que Miguel no tenía por qué quedarse allí. Pero el *cherem* significaría mucho más que tener que elegir entre ser judío en otros lares o proscrito en Amsterdam. Abandonar la ciudad significaba abandonar sus planes relativos al negocio del café, abandonar el dinero que Ricardo le debía. Si se quedaba, sus acreedores, incluido el beato de su hermano, se tirarían sobre él y le roerían hasta los huesos. Y, aun si partía a alguna ciudad donde nadie le conociera, ¿cómo habría de vivir? Un mercader sin contactos no es mercader. ¿Acaso tendría que convertirse en buhonero?

Miguel se dirigió hacia la Talmud Torá sin ser visto por nadie de la comunidad. A aquella hora, el Vlooyenburg empezaba a despertar y, aunque ya se oían los gritos de los lecheros y los panaderos, cruzó el puente bajo la única mirada de un par de mendigos que comían una hogaza de pan rancio y manchado de barro, y que lo observaron con desconfianza.

El *ma'amad* tenía sus reuniones en el mismo edificio que la sinagoga, si bien una entrada separada conducía a cada cámara. En lo alto de una escalera de caracol, Miguel pasó al pequeño y conocido aposento donde los suplicantes esperaban a que se les llamara. Habían colocado algunas sillas a lo largo de la pared; detrás de ellas había ventanas con forma semicircular que dejaban entrar la luz de la mañana en una estancia que olía fuertemente a moho y tabaco.

Aquella mañana, nadie esperaba salvo Miguel, un alivio pues detestaba tener que entablar conversación con otros penitentes, que negaban las acusaciones entre susurros y risas resentidas. Mejor esperar solo. Estuvo caminando arriba y abajo, imaginando una fantasía tras otra: la total dispensa, la excomunión y toda variante imaginable.

Lo peor no podía pasar, dijo entre sí. Siempre había logrado zafarse de la ira del Consejo. Y estaba Parido..., Parido, que sin duda no era su amigo, pero ¿quién quería nada de él? Parido, que sabía desde tiempo ha lo bastante para hacer que lo expulsaran y no lo había hecho. No había razón para pensar que tuviera intención de hacer que lo expulsaran ahora.

Casi una hora transcurrió antes de que la puerta se abriera por fin y fuera conducido a la cámara. Los siete hombres que le juzgarían estaban al fondo, tras de una mesa. Detrás, en la pared, el gran símbolo de mármol de la Talmud Torá: un inmenso pelícano alimentando a sus tres pollos, la congregación, que se había formado a partir de otras pequeñas sinagogas unos años antes. La sala reflejaba la opulencia de la élite de la comunidad, con su lujosa alfombra india, bonitos retratos de pasados *parnassim* y un armario de marfil donde se guardaban los archivos. Los hombres estaban sentados tras una mesa oscura y maciza, con el aire solemne y principesco que les conferían sus ricos ropajes. Si uno quería ser *parnass*, primero había de tener la riqueza para vestir como tal.

—*Senhor* Lienzo, gracias por contestar a nuestra convocatoria. —Aaron Desinea, que presidía el Consejo, hablaba con una suerte de gravedad socarrona—. Por favor. —Señaló una silla pequeña y baja situada en el centro de la sala, donde Miguel habría de sentarse mientras platicara con el Consejo. Una de las patas de la silla era más corta, de suerte que, por no caer, Miguel hubo de poner en ello más empeño del que podía permitirse.

Desinea andaba ya pasados los setenta, era el *parnassim* más anciano y empezaba ya a manifestar los estragos propios de la edad. Sus cabellos habían pasado de un gris majestuoso a un blanco enfermizo y tenía igual textura que las hojas muertas. Su barba se había tornado rala, y de todos era sabido que la vista empezaba a fallarle. Aun en aquel instante miraba más allá, como si buscara algún amigo en la distancia. Pero Desinea había ocupado el Consejo en varias ocasiones: agotaba sus tres años, se retiraba los tres años que establecía la ley y después hallaba la manera de ser reelegido otra vez.

—Conocéis a todos los que aquí estamos, así pues, podemos ahorrarnos las presentaciones. Procederé a leer los cargos contra vos y tendréis la oportunidad de refutarlos. ¿Alguna pregunta?

—No, *senhor*. —Miguel sintió el deseo de poder tomarse otro cuenco de café para aguzar su ingenio. Se sentía distraído y hubo de hacer un gran esfuerzo por no empezar a moverse como un niño inquieto.

—Por supuesto. —Desinea se permitió una leve sonrisa—. Sé que conocéis bien el procedimiento. —Sostuvo ante él un pedazo de papel, aunque sus ojos no lo miraban. Sin duda lo había memorizado—. *Senhor* Lienzo, a quien también se conoce por y hace negocios bajo los nombres de Mikael Lienzo, Marcus Lentus y Michael Weaver, se os acusa de conducta irresponsable que ha acarreado la vergüenza a la Nación Portuguesa. Se os acusa de asociación con gentiles peligrosos, de mala reputación e inapropiados y de traer a dichos gentiles a nuestros barrios, en los cuales han obrado de forma perniciosa. ¿Tenéis algo que alegar en contra de estas acusaciones?

Miguel contuvo la sonrisa, aun cuando se permitió dar una bocanada del aire dulzón. La reunión podía llevarse a término en aquel instante, pues el Consejo no le haría ningún mal. No conocían el nombre de Joachim, ni la relación que con Miguel tuviere. Lo que los *parnassim* deseaban era oír una explicación y amonestarlo.

—*Senhor*, antes de empezar es mi deseo manifestar mis más sinceras disculpas ante este Consejo y la Nación. El hombre que decís es un infortunado holandés con quien admito haber tenido contacto, pero os aseguro que mis intenciones fueron siempre buenas.

Detestaba tener que mentir en un lugar sagrado, pues está escrito que el mentiroso no es mejor que el hombre que adora a ídolos. Pero también está escrito que Él, bendito sea, aborrece de quien pronuncia unas palabras con su boca y otras con su corazón. Así pues, se le antojó a Miguel que, si en su corazón creía que su mentira estaba justificada, el pecado no era tal.

—Es un hombre triste, arruinado a causa de un desafortunado negocio —prosiguió— y, viéndolo mendigar por las calles, le di unos pocos florines. Unos días más tarde trabó conversación conmigo y, no queriendo ser grosero, hablé con él. En una ocasión posterior, este hombre se puso violento y me siguió, dando grandes voces. Finalmente llegó a nuestro vecindario y se aproximó a ciertos miembros de la familia de mi hermano. Me dirigí a él con gran enojo y le advertí que, si persistía en aquel comportamiento, habría de denunciarlo ante las autoridades de la ciudad. Tengo por cierto que no habrá de perturbarnos más.

—La caridad es uno de nuestros *mitzvoth* más importantes —dijo Joseph ben Yerushalieem. Era un rico mercader que llegó a Amsterdam solo unos meses después que Miguel y fue elegido para el Consejo tras cumplir con el requisito (solo por unas semanas) de haber vivido como judío en la ciudad al menos durante tres años. Miguel sabía que el hombre interpretaba sus deberes con tanta acritud como permitían las leyes y que no mostraba compasión para con los recién llegados que se negaban a abrazar una práctica igualmente estricta—. Os felicito por vuestra generosidad, *senhor*, pues la caridad glorifica el Santo Nombre. Este consejo tiene noticia de que habéis padecido grandes trabajos en los negocios, pero los rabinos dicen que es menester tratar al mendigo con bondad, pues el Señor está con él.

—Gracias, *senhor* —dijo Miguel, que se negaba a creer que el Señor pudiera estar con Joachim.

—Sin embargo —continuó Ben Yerushalieem—, este incidente demuestra algo de lo que este Consejo os ha advertido en muchas ocasiones en el pasado. Vuestro fácil contacto con los holandeses, vuestra fluidez en su lengua y el sosiego con que frecuentáis su compañía solo pueden acarrear grandes trabajos a nuestros dos pueblos. La comunidad ha medrado porque ha sabido mantenerse al margen de nuestros huéspedes holandeses. El incidente con el mendigo acaso parezca pequeño y por tanto sois inocente de cualquier malquerencia, pero habéis demostrado que no deseáis seguir el consejo de mantener las distancias con este pueblo.

—Ya antes se os ha llamado la atención sobre este asunto —terció Desinea—. Sois hombre que rompe las normas de este Consejo porque se tiene por mejor sabedor de lo que conviene a la Nación.

—Precisamente —insistió Ben Yerushalieem—. Habéis quebrantado las normas del *ma'amad* porque os creéis mejor preparado para juzgar lo que está bien y está mal. No importa si lo que pretendéis es buscar los afectos de una bella holandesa o dar limosna a un gentil impropio. Las dos cosas están prohibidas, y esto es así por buenas razones.

La presión le resultaba a Miguel más intensa de lo que primero pensara.

—Os doy las gracias por dedicar un tiempo a discutir estos asuntos conmigo y darme así la oportunidad de mejorar mi comportamiento. A partir de ahora habré de estar más atento a la hora de considerar mis actos a la luz del bien de la comunidad.

—Así lo espero —dijo Desinea con gesto severo—. Sois un hombre, *senhor* Lienzo, no un mozuelo cuyas transgresiones puedan pasarse por alto.

Las palabras de Desinea le dolieron, pero Miguel sabía que su orgullo se recuperaría. Después de todo, la marea había empezado a remitir. El *ma'amad* había expuesto su opinión. Se le había amonestado.

—Me pregunto si esto bastará. —Salomão Parido se inclinó hacia delante cual si escrutara algo en el rostro de Miguel. Aun cuando lo animaba la expectativa del triunfo si acaso, parecía más sombrío que nunca. Ni tan siquiera el sabor de la victoria le producía gozo alguno—. Tales advertencias pueden ser efectivas, en eso no andáis errado, pero no estoy seguro de que así fuere en este caso. Soy amigo de la familia del *senhor* Lienzo, de suerte que hablo con conocimiento de causa cuando digo que se le ha amonestado muchas veces en el pasado. Y ahora debemos preguntarnos, ¿le ha movido ello a cambiar su conducta? ¿Han insuflado tales amonestaciones en su corazón un nuevo aprecio por la Ley? El perdón es una bendición a ojos del Altísimo, pero no podemos perdonar con demasiada liberalidad o demasiada frecuencia sin perjudicar a la comunidad.

Miguel tragó con dificultad. Acaso, pensó, Parido se mostrase tan hosco por disimular su deseo de proteger a Miguel. ¿Por qué sino fingir amistad en el mes pasado para volverse ahora en su contra? Si lo que pretendía era imponerle el *cherem*, ¿por qué no utilizar el conocimiento de que Miguel había sobornado a una sirvienta para que señalara a Parido como padre de su hijo? Aquello no tenía sentido.

—No podemos saber cómo han influido dichas amonestaciones en el *senhor* —comentó Ben Yerushalieem—. Por tanto ¿no sería una especulación decir que no le han hecho bien alguno? Acaso hayamos cambiado el comportamiento del *senhor* Lienzo grandemente y le hayamos rescatado de lo peor de sí mismo.

—*Senhor*, debo alabar vuestra generosidad, pero me pregunto si la generosidad no hará más mal que bien a nuestra comunidad.

Miguel echó de ver que se agitaba en la silla. Ay, que Parido no fingía. Quería sangre.

—*Senhor* —dijo Ben Yerushalieem—, esta denuncia es improcedente. Vos y el *senhor* Lienzo tenéis desacuerdos, pero la sagrada Torá nos anima a no guardar rencores.

—Nada tiene esto que ver con el rencor. Todo Amsterdam sabe que hemos dejado a un lado nuestras pasadas diferencias, pero ello no significa que haya de contener mi lengua cuando veo un mal. Sé con toda seguridad —insistió— que este hombre está metido en negocios que amenazan directamente a la comunidad.

Así que era eso, pensó Miguel para sí, tratando de controlar el gesto. Aún no acababa de entender del todo cuál era el plan, pero empezaba a ver sus piezas. Los gestos de amistad ahora le permitían a Parido proclamar que actuaba movido con la mejor de las intenciones.

—¿Es cierto? —preguntó Desinea.

—En modo alguno —consiguió contestar Miguel, aun cuando su boca estaba dolorosamente seca—. Acaso el *senhor* Parido deba reconsiderar el origen de sus informaciones.

—¿Podéis decirnos más, *senhor* Parido? —preguntó Ben Yerushalieem.

—Creo que es Lienzo quien debiera decirnos más.

—*Senhor* Lienzo —lo corrigió Miguel.

—Los miembros de este Consejo no necesitan lecciones de urbanidad —explicó Parido con suavidad—. Estáis aquí para contestar a nuestras preguntas.

—El *senhor* Parido tiene razón —anunció otro *parnass,* Gideon Carvoeiro—. Cierto es que los dos hombres han tenido sus diferencias, pero ello no quiere decir nada. El *senhor* ha hecho una pregunta. No podemos llamar a un hombre a nuestra presencia y permitir que elija las preguntas de su agrado.

Parido hizo un esfuerzo poco enérgico por contener la sonrisa.

—Precisamente. Debéis comunicarnos cuál es la naturaleza de esta nueva empresa vuestra.

Allí estaba. Parido había buscado su amistad para averiguar sus planes en el comercio del café. Al ver que no lo lograba, había utilizado diestramente su posición en el *ma'amad*, no con el fin de lograr la excomunión, sino de utilizar la animosidad que los enfrentaba para descubrir la naturaleza de su negocio. Ahora, sin duda, pensaba que Miguel no tenía más remedio que divulgar sus secretos... pues de otro modo habría de enfrentarse casi con total seguridad al *cherem*, ya que desafiar al Consejo se contaba entre los más graves delitos para un judío. Parido había puesto su trampa brillantemente: Miguel debía desvelar sus secretos o sería destruido.

Pero no era cosa tan sencilla arruinarlo. Un judío de Salónica no podía moverse entre intrigas como un antiguo converso. Miguel estaba convencido de que aún podía enseñarle un par de cosillas a Parido sobre juego sucio.

—*Senhores* —empezó, tras tomarse un instante para formular su respuesta—. Espero comprenderán que un hombre de negocios no siempre está en posición de contestar sobre aquello que concierne a sus asuntos. Tengo acuerdos con otros mercaderes que confían en mi silencio. No creo menester explicar a vuesas mercedes el papel de los rumores en la Bolsa, así como la importancia de mantener ciertas cuestiones en secreto.

—El secreto es un lujo que no poseéis en estos momentos —dijo Parido—. La protección de la Nación está antes que vuestra inclinación al secreto.

Miguel tragó con dificultad. Podía buscarse la ruina si hablaba con demasiada arrogancia, pero con el tono apropiado tenía la partida ganada.

—Entonces, con todo el respeto, me niego a contestar, *senhores*.

Desinea se inclinó hacia delante.

—He de recordaros que no hay crimen mayor para nuestra Nación que el de negarse a cooperar con el *ma'amad*. Sea cual fuere la naturaleza del asunto en que os habéis embarcado, legal o no, acaso os resultará dificultoso llevarlo a buen término si os ganáis la enemistad de la Nación.

—*Senhores* —repitió Miguel, procurando mantener el tono de modestia y respeto, pues todo dependía de cómo se tomaran lo que estaba a punto de decir—. Les ruego consideren lo que se me pide, si realmente es necesario obtener una respuesta cueste lo que cueste. Nadie hay en esta sala que no tenga un amigo o pariente a quien la Inquisición destruyera en Portugal. Este Consejo se ha establecido con la esperanza de que nuestro pueblo no haya de afrontar un horror semejante jamás, pero temo que nuestra plena comprensión del enemigo nos haya hecho parecernos demasiado a él.

Ben Yerushalieem golpeó con la palma en la mesa.

—Os aconsejo que penséis antes de seguir hablando. —Las venas se le marcaban en el cuello—. ¿Acaso osáis comparar a este Consejo con la Inquisición?

—Solo sugiero pensar en el coste de hacer una pregunta tal, y si realmente es tan importante como para pagar ese precio.

—Sobre todo cuando ese precio lo pagáis vos —dijo con sarcasmo Parido.

El consejo rió, pues el comentario alivió un tanto la tensión, pero Miguel apretó los dientes por la frustración.

—Sí —replicó—. Sobre todo si son míos. Este consejo ha sido nombrado para proteger el bienestar de la Nación como un todo. No hay cosa que desee más que ver a la Nación prosperar. Pero la Nación la forman personas. No me parece correcto que pidáis a una de esas personas que sacrifique su bienestar por bien de satisfacer la ligera curiosidad de la comunidad. ¿He de renunciar a recuperar una pequeña parte de mi fortuna a fin de que sepáis que no he obrado mal? Acaso si hubieren acusaciones concretas; pero obligarme a revelar secretos que protegen mis intereses en los negocios con el fin de que sepáis que no han de perjudicar a la comunidad... me parece una gran injusticia.

Nadie habló. Parido abrió la boca, pero calló pues comprendía que el apasionado discurso de Miguel había cambiado el ánimo del Consejo. No debía insistir más por ese camino.

—Creo que el *senhor* Lienzo ha expuesto un detalle importante —dijo por fin Desinea—. No debemos pedirle que se descubra sin una causa justificada. Tales acciones pudieran enfriar a la ciudad y desanimar a otros de la Nación a buscar refugio en nosotros o abrazar su fe ancestral. Lo que es más, si al hablar el *senhor* perjudica el negocio de algún holandés, el resultado podría acarrearnos un daño mayor del que acaso podamos soportar.

—Pero ¿qué clase de holandés? —exigió Parido—. *Eso* es lo que debemos averiguar. Ya ha quedado sobradamente demostrado lo inapropiado de sus conexiones.

—Por favor, *senhor*. —Ben Yerushalieem negó levemente con la cabeza—. Todos aquí sabemos que la línea que separa los negocios y las relaciones impropias es sutil.

Los otros *parnassim* asintieron, salvo Parido.

—¿Y cómo hemos de descubrir la verdad si no se nos permite inquirir?

—¿Acaso romperíais un cuenco, *senhor* Parido, con el fin de conocer su contenido, sin pensar en el valor del cuenco mismo? —preguntó Ben Yerushalieem.

—Es posible que el cuenco no tenga ningún valor.

Desinea lo miró fijamente.

—Prometisteis a este Consejo que no permitiríais que vuestros sentimientos con relación al *senhor* Lienzo influyeran en vuestro juicio.

—Y así ha sido —repuso Parido—. Lo desafío a que diga a este Consejo cómo habría de perjudicarle revelar ante nosotros sus planes.

—¿Podéis hacerlo? —preguntó Desinea—, sobre todo porque, como sabéis, los miembros que formamos el *ma'amad* sabemos cómo guardar en secreto los asuntos de esta cámara.

Miguel no pudo contener la sonrisa. Parido se había pillado los dedos con su plan, y ahora todos verían quién era más astuto. Miguel ganaría en aquella lid en una forma digna de Pieter el Encantador.

—*Senhor* —empezó—, no ha mucho, el *senhor* Parido me paró en la Bolsa pretextando asuntos de negocios y me pidió que le revelara la naturaleza de los míos. Me negué a decirle nada entonces, pues sé que el silencio era lo mejor para mí y mis socios. Ahora, como *parnass*, me exige la misma información, diciendo que pregunta, no por el interés de sus negocios, sino acaso por el de la Nación. Decís que los asuntos de esta cámara no salen de estas paredes, pero espero no parecer demasiado receloso si pregunto si todos los miembros de este Consejo harán honor a su tradición de guardar silencio.

Un frío silencio cayó sobre la sala. Varios miembros del Consejo miraron con gesto airado a Parido. Otros apartaron la mirada, incómodos. Desinea estudió una mancha de la mesa.

—Por favor, salid —dijo Ben Yerushalieem al cabo de un momento.

Miguel esperó, tratando de no hacerse ilusiones, mientras los miembros del *ma'amad* deliberaban. De vez en cuando a través de las paredes oía la voz de Parido, pero Miguel no acertaba a discernir las palabras. Al cabo, se le llamó.

—Es la opinión de este Consejo —anunció Desinea— que habéis hecho caso omiso de las leyes de esta Nación sin malicia, pero con muy perniciosas consecuencias. Por tanto hemos decidido invocar al *cherem*, imponeros el destierro por un período de un día, que se iniciará a la puesta de sol del día de hoy. Durante este período no podréis asistir a la sinagoga, relacionaros con judíos ni tener trato ninguno con la comunidad. Al finalizar este período, vuestro lugar entre nosotros seguirá siendo como era.

Miguel asintió. No había salido inpune, como deseaba, pero había escapado.

—Dejad que añada —dijo Ben Yerushalieem— que de llegar a conocimiento del Consejo que habéis tergiversado vuestros asuntos, se mostrará mucho menos permisivo. Si vuestra relación con el mendigo es distinta a como dijereis o si vuestro negocio es impropio, no escucharemos por segunda vez vuestras excusas. ¿Tenéis algo que agregar, *senhor*?

Miguel dijo que lamentaba la ofensa cometida y que el castigo era merecido, y tras dar las gracias a los *parnassim* por su sabiduría, se retiró en silencio.

Caer bajo el *cherem* aun por un solo día era una gran desgracia. Significaba ser objeto de cotilleos durante semanas. Muchos hombres habían huido de Amsterdam avergonzados tras un castigo tal, pero Miguel no sería uno de ellos.

Caminó hacia casa con gran prisa, repitiendo una y otra vez su oración de gracias. Él había vencido. Parido se había descubierto, había mostrado su trampa, pero Miguel había sido más listo. Se detuvo para congratularse y prosiguió su camino. Había ganado.

Pero había de ser necesariamente una victoria temporal. Parido había errado en su golpe, y sus pasadas muestras de amabilidad se secarían dejando tras de sí solo cenizas. Más aún, ahora Miguel sabía que tenía un enemigo furioso, que ya no habría menester de actuar con sutileza o subterfugio y en lo sucesivo atacaría abiertamente y con gran cólera.

Pero ¿por qué? ¿Por qué le preocupaban tanto a Parido los planes de Miguel con el café? Si no deseaba que Miguel fuera excomulgado, eso significaba que su plan dependía en parte del plan de Miguel y que el *cherem* habría de arruinarlo. Pero, ahora que Parido no había podido conseguir lo que ansiaba a través del *ma'amad*, sin duda lo buscaría por otros medios. Si antes no se tenía por agraviado, sin duda después de la victoria de Miguel, se tendría por más que agraviado. Sí, sin duda, a partir de ahora sería más peligroso que nunca.

de

Las reveladoras y verídicas memorias de Alonzo Alferonda

Tomé por costumbre emplear a unos pocos holandeses de la peor calaña por que realizaran para mí ciertas tareas. Eran sujetos duros, tan aficionados a la sisa como aquellos a quienes yo prestaba dineros, pero eran necesarios. Estos rufianes, Claes, Caspar, Cornelis —quién puede recordar los extraños nombres de los holandeses—, ayudábanme a asustar a los pobres desgraciados que me habían pedido dinero y no parecían dispuestos a devolverlo. Tengo por cierto que unos pocos de mis florines acabarían sin duda en las bolsas de estos holandeses, pero ¿qué hubiera podido hacer yo? No tenía la inclinación de llevar mis asuntos con la mano de hierro de un tirano y eché de ver que una cierta lasitud en tales cuestiones fomenta una curiosa lealtad.

Una tarde estaba yo sentado en el sótano de una lóbrega taberna, bebiendo cerveza aguada. Frente a mí tenía a un ladrón algo mayor, y un par de mis hombres rondaban amenazadores a mi espalda. Siempre los tenía mondando manzanas con afiladas hojas o tallando piezas de madera en tales momentos. Me evitaba el tedio de tener que proferir amenazas.

El tal ladrón me planteaba cierto problema. Acaso rondara los cincuenta años de edad y los muchos trabajos que había padecido en esta tierra le grababan la cara. Los cabellos largos y apelmazados, las ropas sucias, la piel como una telaraña de venas rotas. Yo le había prestado unos diez florines a un interés harto irrazonable, he de confesarlo, para que pudiera pagar los gastos que causó la muerte de su esposa. Ya casi había pasado un año y no me había dado nada, y es más anunció que no podía reembolsarme nada. Bien, no tenía ante mí a uno de esos hombres los cuales dicen que no pueden pagar mientras sus dedos cargados de anillos acarician una tripa henchida de pan y pescado. No, este hombre nada tenía, mas, aun cuando lo compadecía, no podía perdonar la deuda. ¿Dónde si no hubiera yo de estar?

—Sin duda tendréis algún objeto de valor que podáis empeñar —sugerí yo—. Algunas ropas que no hayáis mentado, viejas joyas quizá. ¿Un gato? Conozco a un prestamista que pagaría un buen precio por un buen cazador de ratones.

—No tengo nada —me dijo.

—Sois un ladrón —le recordé—. Podéis sisarlo. ¿O acaso ando yo confundido en cuanto a la naturaleza del ladrón?

—Ya no soy ladrón —dijo el hombre poniendo las manos en alto—. Mis dedos ya no son diestros, mis pies no son rápidos. No osaría intentarlo.

—Mmm. —Me rasqué la barba—. ¿Y cuánto ha que os aqueja este problema de los dedos y los pies? ¿Un tiempo?

—Sí —admitió el hombre.

—¿Mucho tiempo? ¿Digamos, más de un año?

—Eso diría, señor, sí.

—Así pues, cuando me pedisteis prestado el dinero, ¿sabíais ya que no podríais pagarme? ¿Acaso soy una casa de caridad para ofrecer limosnas? ¿Acaso vinisteis a mí porque habíais oído de mi generosidad? Debéis decírmelo, pues que estoy confundido.

He de confesar que esta arenga no tenía otro propósito que el de permitirme ganar tiempo en tanto decidía qué camino tomar. Rara vez me topaba con quien nada pudiera pagarme y no tuviera alguna habilidad que pudiera hacerme algún servicio.

—¿Qué creéis que debiera hacer con un hombre como vos? —le pregunté.

El hombre tomó en considerar esto largo rato.

—Creo —dijo en fin— que debierais cortarme el dedo chico de cada mano. Ya no sirvo de ratero y no habré de echarlos en falta salvo en la manera en que cualquier hombre echaría en falta una parte de su cuerpo. Y haciendo esto, podréis mostrar al mundo que no pensáis dejar que os engañen. Creo que sería lo más piadoso.

Hallábame yo ante un bonito dilema. ¿Cómo podía evitar cortarle sus dedos chicos —los cuales él mismo se ofreció a que le cortare— sin descubrirme como hombre que se abstiene de semejantes actos de crueldad? Yo creía de corazón que el hombre me había obligado y no podía sino cortarle los dedos... aunque, por compasión, estaba dispuesto a dejarle uno. ¿Cómo salvar sino mi fiera reputación? Ignoro qué oscura senda hubiera tomado de no haber sido rescatado por el más inverosímil de los hombres.

En tanto que miraba yo a este viejo sujeto y consideraba su destino, oí un golpe de metal contra madera. Yo y mis holandeses nos volvimos y vimos una figura en pie bajo la pálida luz, recta como un guarda real. No era otro que Salomão Parido.

—Aquí tenéis los diez florines que os debe —dijo con frialdad—. No he de permitir que esto transluzca.

—Ignoraba que tuvierais tanta caridad en vuestro corazón —dije yo.

—No puedo permanecer al margen viendo que una bestia cruel como vos mutila a un hombre. Semejante espectáculo me horroriza, pero al menos me gratifica comprobar que los juicios morales que emití sobre vos son ciertos.

—*Senhor*, el aire no circula mucho por esta sala, y temo que con vuestra mojigatería hayáis de sofocarnos a todos. Sin embargo, estoy seguro de que aquí nuestro amigo os está muy agradecido por vuestra intervención.

El viejo ladrón, que sabía reconocer una buena ocasión, terció:

—Diez florines solo son lo principal. Habéis descuidado los intereses.

Claes y Caspar me miraron, esperando órdenes. Yo no deseaba testigos que presenciaran aquella farsa, de suerte que los mandé a todos afuera. Dije a mis holandeses que despacharan al ladrón con uno o dos azotes por añadidura, así que se fueron. Yo permanecí sentado, mirando a mi viejo enemigo, bajo la escasa luz de un almizclado candil. No había cruzado ninguna palabra en privado con Parido desde mi expulsión. Hubo algunas pullas que nos lanzamos en la calle o en alguna taberna si acaso nuestros caminos se cruzaban, pero nada que se pareciera a aquello.

Se me ocurrió que acaso fuera buen momento para vengarme. ¿Por qué no decir a Claes y Caspar que le cortaran sus dedos chicos o que le dieran uno o dos azotes por añadidura? Pero no, no era aquella la venganza que yo ansiaba.

—¿Habéis venido a disculparos? —pregunté. Le indiqué que tomara asiento en una de las viejas banquetas de la habitación y encendí mi pipa metiendo una gruesa astilla en la lámpara de aceite e introduciéndola a continuación en la cazoleta llena.

Parido siguió en pie, pues era demasiado grande para que sus posaderas encontraran acomodo en una banqueta hecha para gentes de mi talla.

—Sabéis que no.

—Sé que no —concedí—. Bien. Algo habrá cuando venís hasta aquí. Creo que ha sucedido como sigue: habéis hecho que vuestros espías me sigan hasta este lugar y os ha parecido perfecto, pues sin duda nadie podría veros entrar o salir. Si habéis aligerado tan gustoso la bolsa para ayudar a ese pobre ladrón es porque no podíais imaginar una reunión más privada que esta, y estabais deseando aprovechar la oportunidad. Así que, ahora que sabemos todo esto, sigamos. —Expulsé el humo en su dirección—. ¿Qué queréis, Parido?

Su dignidad no le permitía volver el rostro para evitar el humo, pero se conoce que hubo de hacer un gran esfuerzo para no toser.

—Tengo preguntas que habréis de contestarme —dijo.

—Ya veremos si deseo contestarlas, pero no puedo prometeros nada. Veréis, Parido, no se me ocurre ninguna razón para ayudaros o contestaros ninguna pregunta. Me tratasteis como ningún judío debiera tratar a otro. Esto no es la cámara del *ma'amad* de la Talmud Torá, esto son las tripas de Amsterdam, y si yo decido que nunca seáis vomitado, nadie volverá a saber de vos.

—No me amenacéis —dijo muy sereno.

Yo admirábame de su coraje y reíame de su necedad... Acaso no habría sabido labrarme mi reputación de villano tan bien como creía. Él tenía todos los motivos para temer, mas no veía yo en él miedo o preocupación. Me limité a encogerme de hombros.

—Ya se verá qué cosa es amenaza y qué no. Entretanto debo decir que me asombra vuestro arrojo: presentaros aquí como habéis hecho, como si estuviera yo tan dichoso de perdonaros vuestros agravios...

—No tengo necesidad de defender mis actos. Solo he venido a preguntaros si animasteis a Miguel Lienzo a probar un negocio con el aceite de ballena, sabiendo que con ello me perjudicaría y ocultando esa posibilidad al propio Lienzo. En otras palabras, ¿lo utilizasteis?

Todo lo contrario: había llegado incluso a advertir a Miguel Lienzo sobre una acción semejante, pero no pensaba decirlo a Parido.

—¿Y por qué me preguntáis tal cosa?

—Porque eso es lo que dice Lienzo.

Ah, Lienzo, pensé. Utilizando mi nombre en su provecho. Bueno ¿y por qué no? Sin duda Parido lo acorraló y, por no arriesgarse, Lienzo había culpado de la pifia de los negocios de Parido a Alferonda, del mismo modo que los campesinos culpan de la leche agriada a los duendes. El *parnass* no podía hacerme más daño del que me había hecho. No corría peligro alguno. Por tanto no sentí ninguna cólera hacia Miguel, quien no hizo sino actuar con prudencia.

Negué con la cabeza.

—Lo hubiera hecho de haber podido, pero no incurriré en el pecado de la mentira por proteger a ningún hombre. No tuve nada que ver con ningún futuro sobre vuestro aceite de ballena. Sospecho que Lienzo se está protegiendo a sí mismo o protegiendo a otras personas al decir que fui yo.

Pero, acaso el lector se pregunte, si no me enfurecí contra Miguel por tomarse semejantes libertades con mi nombre ¿por qué no lo protegí? ¿Por qué lo puse tan presto a merced de la cólera de Parido cuando tan fácilmente hubiera podido hacerla recaer sobre mí?

Lo hice así porque no podía arriesgarme a un acercamiento entre los dos. Era mucho mejor que Miguel afrontara la cólera de Parido.

22

Durante su breve exilio, Miguel consideró que haría mejor en evitar a los otros judíos del vecindario. Sus miradas y cuchicheos le hubieran agriado la victoria. Los hombres que sufrían destierros temporales con frecuencia se escondían en sus casas hasta que volvían a ser libres para llevar sus asuntos. Acechaban como ladrones, cerraban los postigos, comían sus alimentos fríos.

Miguel tenía mucho que hacer y no podía permitirse pasar el día escondido en el sótano. Envió una nota a Geertruid, diciendo que deseaba reunirse con ella por la tarde. Sugirió el Becerro de Oro. Aquel desagradable tugurio donde hablaron por vez primera del café no era de su agrado, pero al menos sabía que el primo de Geertruid no servía a otros judíos, y en su día de *cherem* necesitaba intimidad. Geertruid le envió otra nota proponiendo otra taberna próxima a los almacenes. Como prometía ser igualmente oscuro, Miguel mandó una nota aceptando.

Después de mandar notas a sus agentes, Miguel preparó un cuenco de café y por un instante consideró sus necesidades más apremiantes: cómo conseguir quinientos florines para completar la cantidad que Isaías Nunes quería. En lugar de reunir el dinero que faltaba, acaso podría transferir a Nunes los mil que le quedaban para el final de la semana. Nunes no se daría cuenta o al menos no podría hablar de ello hasta que empezara la siguiente semana. Siendo hombre de natural cobarde cuando se trataba de asuntos tan desagradables como una deuda, no sería capaz de plantar cara a Miguel y le mandaría una nota pidiendo la cantidad pendiente, y entonces —puesto que Miguel no tenía intención de hacer caso de la misiva— mandaría otra nota unos días más tarde. Miguel contestaría dando a Nunes la vaga esperanza de que el dinero llegaría en cualquier momento. Mientras no se encontrara con él podía alargar la fecha de pago durante semanas antes de que Nunes estuviera lo bastante enojado para amenazarle con un juicio o con el *ma'amad*. Sin duda, el asunto de los quinientos florines no era tan apremiante como había creído.

Ya de mucho mejor talante, se solazó con un panfleto de Pieter el Encantador que solo había leído un par de veces. Ni tan siquiera había tenido tiempo de poner a hervir el agua para el café cuando Annetje apareció en la escalera con la cabeza ladeada en un gesto impío que Miguel tomó por lujuria. No estaba de un humor particularmente amoroso, pero tenía toda la mañana por delante y no había razón para no animarse un poco. Sin embargo, Annetje solo había bajado a decirle que la *senhora* lo esperaba en el salón.

¿Y por qué no había de mandar llamar a Miguel para que hablara con ella? Nunca lo había hecho antes, pero no veía nada impropio en tener una relación de amistad con el hermano de su esposo. Daniel estaría en la Bolsa, y no era menester que supiera nada aun si hubiere sido impropio, que no lo era. Y, por supuesto, fiaba en el silencio de Annetje. Si acaso la criada estuviera pensando en una traición, tenía pozos más hondos adonde acudir.

Miguel entró, ataviado con sus austeras ropas holandesas, e hizo una ligera reverencia. Sus ojos estaban hundidos y, bajo ellos, la piel se veía oscura, cual si no hubiera dormido desde hacía días.

—¿Sí, *senhora*? —dijo con voz hastiada, pero encantadora—. ¿Me honráis pidiendo mi presencia?

Annetje permaneció a su espalda, sonriendo como una alcahueta.

—Moza —le dijo Hannah—, trae mi cofia amarilla, la de las piedras azules.

—*Senhora*, hace un año que no usáis esa toca. No sé dónde pueda estar.

—Entonces harás bien en empezar a buscarla —contestó ella. Seguramente, Annetje la reprendería por aquello, le diría que no estaba bien hablarle de esa forma, amenazarla y burlarse de ella. Pero Hannah ya pensaría en ello cuando pasara. Por el momento, la moza no osaría desobedecer delante de Miguel.

—Sí, *senhora* —replicó con un tono que sonó del todo sumiso, antes de retirarse dócilmente de la habitación.

—Es mejor encomendarle una tarea por que no se quede pegada a la cerradura —dijo Hannah.

Miguel tomó asiento.

—Es una buena moza —contestó Miguel distraído.

—Estoy convencida de que vos lo sabéis mejor que yo. —Hannah notó que se ruborizaba—. Debo agradeceros que hayáis aceptado sentaros en mi compañía, *senhor*.

—Soy yo quien debiera daros las gracias. La conversación con una bella dama me ayudará a pasar el tiempo mejor que con libros y papeles.

—Había olvidado que tales cosas están a vuestro alcance. Pensé que acaso estuvierais solo y en silencio, pero vuestro saber os libera del aburrimiento.

—Debe ser terrible no poder leer —dijo él—. ¿Lamentáis que haya de ser así?

Hannah asintió. Le complacía la suavidad de su voz.

—Mi padre no consideraba apropiado que yo y mis hermanas adquiriéramos conocimientos, y sé que Daniel piensa otro tanto, si acaso tuviéramos una niña, aun cuando he oído decir al rabino *senhor* Mortera que una hija puede aplicarse a unas lecciones para las cuales la esposa no tiene tiempo. —Alzó la mano para colocarla sobre su pecho, pero acaso lo pensó mejor. Hannah era consciente de que sus carnes se apretaban contra las ropas y, aun cuando era una sensación que de ordinario la reconfortaba, no deseaba que Miguel la viera solo como una mujer que se hincha por causa de su preñez.

—Dicen que no es así entre los tudescos —continuó Hannah, esperando no parlotear como una necia—. Sus mujeres aprenden a leer y se les permite estudiar los libros sagrados traducidos a las lenguas vulgares. Creo que es mejor.

Una extraña emoción le recorría todo el cuerpo, como si se hubiera arrojado desde lo alto de un puente o al paso de una carreta veloz. Jamás había osado expresar cosas semejantes en voz alta. Por supuesto, Miguel no era su esposo, pero era el hermano de su esposo, y eso solo parecía ya bastante peligroso.

Él la miraba. De primero, Hannah creyó ver ira en sus ojos así que se recostó con rigidez contra la silla pensando que la reprendería, pero lo había malinterpretado. Las cejas de Miguel se alzaron levemente, con una leve sonrisa en los labios. Hannah vio sorpresa, humor, puede que incluso deleite.

—Jamás habría pensado que tuvierais tales opiniones. ¿Las habéis discutido con vuestro esposo? Bien pudiera ser que os permitiera aprender un tanto.

—Lo he intentado —dijo ella—, pero vuestro hermano no desea oírme hablar de materias de las que nada sé. Me preguntó cómo puedo opinar sobre algo cuando soy una completa ignorante.

Miguel soltó una risa desabrida.

—No podéis culparle por sus ideas.

El rostro de Hannah se tornó encarnado, pero enseguida echó de ver que Miguel no se mofaba de ella, sino de Daniel, y rió también.

—¿Puedo pediros un favor? —dijo ella, y el sonido de sus propias palabras la incomodó. Había pensado esperar antes de mencionarlo, pero estaba impaciente y nerviosa. Mejor decirlo ya.

—Por supuesto, *senhora*.

—¿Podría probar una vez más ese café-té que me dejasteis probar? —¿Qué otra cosa podía hacer? No osaba robar más de la menguante bolsa de Miguel, y ya se había comido todo el grano que cogió. Además, ahora que sabía que era una bebida y no un alimento, no le parecía tan placentero triturar los granos con los dientes.

Miguel sonrió.

—Será un placer, siempre que recordéis que habréis de guardar silencio. —Y entonces, sin esperar respuesta, tocó la campanilla y Annetje acudió con mayor presteza de la que cabría esperar de quien andaba buscando entre los arcones de Hannah. La moza miró a los ojos a Hannah, pero solo Miguel se dirigió a ella, y le recordó cómo preparar la bebida. Cuando la moza se fue, Hannah se notaba la cara ardiendo, pero casi estaba convencida de que Miguel no lo había notado... o si acaso, hacía que no lo notaba, lo cual era casi igual de bueno.

Hannah se solazaba en el calor de las atenciones de Miguel. Él le sonreía, la miraba a los ojos, la escuchaba cuando hablaba. Así es como sería tener un marido que la amara, pensaba. Así es como deben de sentirse las mujeres de las obras literarias cuando hablan con sus amados.

Aun así, Hannah sabía que aquello no era sino fantasía. ¿Cuánto tiempo podría seguir hablando con él? ¿Cuánto antes de que Miguel se recuperara de su mal paso y se mudara a una nueva casa, dejándola sola con su esposo? Bueno, sola no, claro. Estaría, si Dios quiere, su hija, y esta hija —su hija— sería su salvación.

—Si hubiereis de casaros de nuevo —le preguntó—, ¿permitiríais que vuestras hijas aprendieran?

—Voy a seros sincero, *senhora*, jamás lo he pensado. Siempre he leído que al género femenino no le interesaba el saber y se alegraba de poder ahorrarse los grandes trabajos del estudio, pero ahora que me decís que no es así, vería esta cuestión con nuevos ojos.

—Entonces vos y yo somos de un mismo parecer.

Cuando se mudaron a Amsterdam, Daniel estuvo muy ocupado con sus estudios, aprendiendo su antigua lengua y la Ley, y Hannah pensó que ella haría otro tanto. Si era judía, había de saber lo que significa ser judía. No podía saber cómo vería aquello su esposo, pero tenía la esperanza de que el interés que demostraba lo predispondría en su favor. Estuvo pensando en las palabras durante días, imaginando conversaciones en su cabeza. Finalmente, una noche de *sabbath*, cuando ya se habían entregado al *mitzvah* de las relaciones maritales, Hannah decidió que no encontraría a su marido más somnoliento, saciado y de mejor humor en ningún otro momento.

—¿Por qué no se me ha instruido en la Ley, *senhor*? —preguntó.

La respiración de Daniel solo se alteró muy levemente.

—He pensado —prosiguió hablando apenas en un susurro— que acaso también yo podría aprender a leer y entender el hebreo. Y aun el portugués.

—Y a transformar varas en serpientes y a dividir las aguas del mar —repuso él, dándole la espalda en el lecho.

Hannah se quedó inmóvil, rechinando los dientes por la ira y la vergüenza. Acaso Daniel sintió cierto remordimiento por despreciarla pues unos días más tarde le puso en las manos dos brazaletes de plata.

—Eres una buena esposa —le dijo—, pero no debes desear más de lo que corresponde a la esposa. El saber es cosa de hombres.

—Debe de ser —decía en aquellos momentos a Miguel— que el saber no está vedado a la mujer, pues de ser así, los tudescos no lo permitirían. Y tienen nuestra misma Ley, ¿no es cierto?

—No está vedado —explicó Miguel—. He sabido que incluso hubo grandes talmudistas entre las mujeres en el pasado. Algunas cosas pertenecen a la Ley; otras, a la costumbre. Está escrito que la mujer puede sentir la llamada de la Ley, pero su modestia debiera impedirle acudir a ella. Pero ¿qué es modestia? —preguntó él, como si descalificara la pregunta ante sí mismo—. Estas mujeres holandesas nada saben de ella, y sin embargo no parecen inmodestas.

Annetje llegó en ese momento con los cuencos de café. Hannah aspiró su aroma y la perspectiva de beber le hizo salivar. Más que el sabor, lo que le gustaba era la forma en que le hacía sentirse. De haber sido ella estudiosa, habría podido desentrañar cualquier punto de una ley. De haber sido mercader, hubiera superado en arrojo a cualquier hombre en la Bolsa. En aquel momento, se llevó de nuevo el cuenco a los labios y probó aquella deliciosa amargura que invariablemente llevaba su pensamiento a Miguel. Este es el sabor de Miguel, dijo entre sí: amargo y acogedor.

Hannah esperó a que Annetje, que lanzó toda suerte de miradas de connivencia, saliera antes de volver a hablar.

—¿Puedo preguntar qué ha sucedido entre vos y el Consejo?

Miguel abrió la boca sorprendido, como si hubiera dicho cosa prohibida, pero también pareció complacido. Acaso su descaro le resultara excitante. ¿Cuánto descaro debiera mostrar?

—No ha sido nada importante. Se me ha interrogado sobre conocidos de los negocios. En el Consejo hay a quien no agrada la gente con quien hago tratos, de modo que me han impuesto este *cherem* de un día como amonestación. Demasiadas preguntas viniendo de tan bella mujer.

Hannah volvió el rostro para que él no viera el rubor que cubría sus rasgos.

—¿Acaso sugerís que una mujer no debiera hacer tales preguntas?

—En modo alguno. Me deleita la curiosidad en la mujer.

—Acaso —sugirió ella— os deleitáis en la curiosidad de la mujer de igual forma que os deleitáis en desafiar al Consejo.

Miguel sonrió cordialmente.

—Puede que tengáis razón, *senhora*. Jamás me he preocupado por la autoridad y me complace desafiarla... ya se trate de la autoridad de un marido, o del *ma'amad*.

Hannah sintió que se sonrojaba de nuevo, pero esta vez sostuvo su mirada.

—Cuando estuvisteis casado, ¿os gustaba que vuestra esposa os desafiara?

A Miguel le dio risa.

—Las más de las veces —dijo—. Si he de ser sincero, soy hombre tan dado a ceder ante la autoridad como cualquier otro. Lo que no es razón para que no cuestione las cosas. De no haber pensado esto, acaso hubiera seguido el ejemplo de mi padre y nunca hubiera estudiado los caminos de nuestra raza, pues eso es lo que más admiro de las enseñanzas de los rabinos. Todo debe cuestionarse y discutirse, mirarse desde todos los ángulos posibles, examinarse y verse a la luz. Los *parnassim* y hombres como... bueno, muchos hombres que conozco olvidan esto. Quieren ver las cosas como siempre las han visto y jamás preguntan si podría ser de otra forma.

—¿Y es vuestro aprecio por desafiar las cosas la razón por la que se os convocó ante el *ma'amad*? Mi esposo dice que profanasteis la Ley.

—Según lo veo yo, *senhora*, está la Ley y está la costumbre, la cual la mayoría de las veces no es sino fábula. En tanto que diga a los *parnassim* lo que desean oír, todo irá bien.

—¿Y qué quieren oír? —preguntó Hannah, permitiéndose la más leve de las sonrisas—. ¿Les habéis mentido?

Él rió.

—Solo un poco. No desean oír mentiras importantes.

—¿Pero acaso mentir no es pecado?

—Os burláis de mí, *senhora*. Es pecado, sí, pero de naturaleza insignificante. El hombre de negocios miente continuamente. Miente para hacer tratos que lo beneficien o para propiciar unas circunstancias que le beneficien. Un hombre puede mentir para que parezca en mejor posición de la que está o peor, depende de sus objetivos. Ninguno de estos casos es igual que mentir de una forma que pueda hacer daño a otro. Estas mentiras son solo las reglas de los negocios, y esas reglas sin duda valen también cuando se trata con el *ma'amad*.

—Pero ¿no aplicarían esas reglas también a la esposa que habla con su marido? —Hannah solo pretendía aclarar un punto, pero en cuanto pronunció estas palabras comprendió que podían dar a entender algo que no pretendía.

—Depende del marido —señaló él.

A Hannah el estómago le dio un vuelco de miedo. Se estaba excediendo.

—Esta diferencia entre Ley y costumbre es muy confusa —dijo

apresurada, esperando que la conversación volviera a materias más seguras.

—El *ma'amad* es un cuerpo político —dijo Miguel—. Entre los tudescos, hay rabinos que dejan los asuntos de la Ley a los políticos, pero aquí es al revés. A veces olvidan la gloria de la sagrada Torá. Olvidan por qué estamos aquí, el milagro de que seamos judíos vivos en lugar de muertos o papistas vivos. —Dio un último sorbo a su café y dejó el cuenco—. Os agradezco vuestra compañía —dijo—, pero ahora debo irme. Tengo una cita.

—¿Cómo podéis tener una cita cuando estáis bajo el destierro?

Él sonrió cordialmente.

—Tengo muchos secretos. Como vos.

Acaso lo sabía todo... la iglesia, la viuda, todo. Mientras lo veía marchar, pensó que debía decírselo. A pesar de las consecuencias, debía decírselo. Y entonces podría hablarle también de la viuda, y su vida estaría en sus manos. Mientras daba sorbitos a su café, consideró que tener su vida en manos de Miguel no sería tan terrible.

El primero a quien Miguel vio cuando entró en la Carpa Cantarina fue a Alonzo Alferonda, su figura achaparrada estirada en un banco cual sapo, conferenciando tranquilamente con dos holandeses. Al ver a Miguel, el hombre se incorporó y se dirigió hacia él con grandes prisas sobre sus cortas piernas.

—*Senhor* —dijo—, me alegra saber de vuestra victoria.

Miguel miró en torno, aun cuando pensara que no había menester de preocuparse por los espías del *ma'amad* en un día en el cual él no formaba parte de la comunidad.

—No esperaba veros aquí.

—Desearía que bebiéramos algo para celebrar vuestra victoria sobre los fariseos.

—En otra ocasión. Tengo una reunión.

—¿Algún recado relacionado con el negocio del café, quizá? —preguntó Alferonda.

—Este asunto del café será mi ruina. Parido me arrinconó en la Bolsa y exigió saber qué negocios tenía yo con el café. Me negué y, antes de que pudiera darme la vuelta, estaba ante el *ma'amad*.

—Oh, es gran fullero, pero la mejor manera de derrotarle será sin duda que prosperéis en vuestro negocio.

Miguel asintió.

—Dejad que os haga una pregunta, Alonzo. Vos sabéis del café más que yo; lleváis años bebiéndolo. He leído en un panfleto escrito por un caballero inglés que el café elimina las necesidades de la carne y, sin embargo, he estado proporcionando un poco a la esposa de mi hermano y la veo bastante exacerbada.

—¿La esposa de vuestro hermano, decís? No os hacía yo tan pícaro. Os felicito, pues que es mujer hermosa, henchida de carnes por su preñez, así que no temáis que haya algún desafortunado resultado.

—No es mi propósito el poner los cuernos a mi hermano. Ya tengo bastantes problemas. Pero me pregunto si acaso no será el café lo que la altera.

—No podéis poner los cuernos a un hombre cuya esposa no podéis dejar encinta, pero dejemos ese asunto por el momento. Os aconsejo que no pongáis demasiada fe en esos panfletos ingleses. Esa gente escribiría lo que fuere con tal de vender pamplinas. Sin embargo, os diré una cosa que sé. Cuando la reina de Saba visitó la corte del rey Salomón, entre los presentes que le ofreció se contaba un gran arcón cargado con las más exóticas especias de Oriente. Aquella noche, cuando en palacio todos dormían, el rey Salomón estaba tan poseído de deseo que la tomó a la fuerza.

—He oído esa historia —dijo Miguel.

—Entre los turcos se cuenta que en el arcón estaba el fruto del café y que fue este el que espoleó su lujuria. Si yo fuere vos, no diera más de estos granos a la esposa de vuestro hermano a menos que deseéis seguir los pasos de Salomón.

—Solo en sabiduría.

—Siempre es sabio tomar a una bella mujer cuando no puede haber consecuencias.

—Ignoro si pudiera tenerse por sabio. Solo sé que es deseable.

—Entonces lo confesáis —dijo Alferonda dándole alegremente con el dedo en el pecho.

Miguel se encogió de hombros.

—Solo confieso saber ver la belleza cuando hay belleza y sentir un gran pesar al ver que se la ignora.

—Cristo misericordioso —gritó Alferonda—. Estáis enamorado.

—Alonzo, no sois más que una comadre chismosa que viste barbas. Bueno, dejemos a un lado estos cuentos, tengo asuntos que atender.

—Ah, esa otra amante, la viuda holandesa —dijo Alferonda—. Comprendo vuestras prisas, Lienzo. Sin duda, en vuestro lugar también yo me desairaría gustoso por ella.

Geertruid se abrió paso entre la chusma y le sonrió como si estuviera agasajándolo en su mesa. Miguel pestañeó. Por algún motivo le desagradaba la idea de presentar a Geertruid a Alferonda. Una presencia ilícita no debía coincidir con otra.

—Buenos días, *senhor* —dijo Miguel e hizo ademán de alejarse.

—¡Jo, jo! —gritó Alferonda a sus espaldas—. ¿Es que no vais a presentarme a esta dama? —Y saltó hacia delante por ponerse al lado de Geertruid. Se quitó su ancho sombrero de la cabeza e hizo una profunda reverencia—. Alonzo Alferonda a vuestro servicio, señora. Si acaso hubierais de menester la ayuda de un caballero, solo tenéis que mandar en busca de vuestro humilde servidor.

—Os doy las gracias. —Geertruid esbozó una cordial sonrisa.

—Estoy seguro de que la señora dormirá mejor esta noche sabiéndolo —dijo Miguel apartándola.

—Me complacería grandemente saber más de su sueño —gritó Alferonda, pero no fue en pos de ellos.

—Qué encantadores amigos tenéis —dijo ella tomando asiento. Si algún embarazo sentía por haber tenido que descubrir su secreto la noche antes en la fiesta de la guilda de cerveceros, no lo demostró.

—No más que vos. —Miró al otro lado de la taberna y vio que Alferonda se había ido.

Geertruid tomó una pequeña pipa de una bolsa de cuero y empezó a llenarla de tabaco.

—Bien —dijo—, vayamos a lo que nos ocupa. ¿Habéis encontrado la forma de que se nos devuelvan nuestros dineros?

Miguel no daba crédito a lo que oía.

—Apenas si he tenido tiempo de dedicarme a tal asunto. ¿No pensáis preguntar por mi actuación ante el Consejo?

La mujer encendió la pipa con la llama de la lámpara de aceite.

—Estoy segura de que triunfasteis. Tengo plena confianza en vos. Y no estaríais de tan buen ánimo de no haber salido airoso. Bueno, sobre el asunto de mis inversiones...

Miguel suspiró, enojado porque ella le agriara la victoria con su obstinación en el dinero. ¿Quién le mandaba liarse con la holandesa, con sus secretos y su capital robado?

—Sé que acordamos aguardar dos semanas —dijo ella—, pero si no halláis solución a nuestros problemas en Iberia, hemos de recuperar el dinero.

Miguel estaba decidido a no manifestar su preocupación.

—Señora, ¿dónde está vuestro espíritu aventurero? Empiezo a sospechar que antes desearíais recuperar el dinero que ver la fortuna que pudiere reportaros. Debéis confiar en que sabré resolver estas nimias dificultades.

—No confío en que las resolváis. —Y negó lentamente con la cabeza. Semejaba mismamente una Madonna en un cuadro, con el rostro gacho y los cabellos apenas colgando sobre su frente. Entonces alzó la vista y sonrió—. Y no confío en que las resolváis porque *yo*, necia mujer, he hallado la solución.

Demasiadas cosas habían acontecido en un solo día, y a Miguel empezaba a dolerle la cabeza. Se llevó una mano a la frente.

—No os comprendo —se quejó.

—De no apreciaros tanto, os pediría otro cinco por ciento por hacer vuestro trabajo, pero os aprecio, así que dejaremos pasar el asunto. Como suele decirse, el buen granjero se hace su propia lluvia. De modo que, mientras vos jugabais al gato y al ratón con vuestro absurdo Consejo, yo misma encontré un agente que trabajará por nuestra causa en Iberia.

—¿Vos? ¿Habéis mandado a un agente a la nación más perniciosa de la tierra? ¿Y dónde encontrasteis a persona semejante? ¿Cómo podéis estar segura de que no nos traicionará?

—No temáis. —Ella chupó su pipa con visible satisfacción—. Lo encontré a través de mi abogado en Amberes, ciudad que, como bien sabéis, mantiene fuertes vínculos con España. Se me ha asegurado que puedo fiarle mi propia vida.

—Vuestra vida no corre peligro, esperemos que podáis confiarle vuestro dinero. Si la Inquisición sospecha que es agente de un judío, habrán de torturarlo hasta que lo confiese todo.

—Eso es lo mejor. Desconoce por completo que trabaja para un judío, tan solo sabe que trabaja para una encantadora viuda de Amsterdam. No puede traicionar lo que no sabe, y sus movimientos no habrán de suscitar sospechas pues incluso a sus ojos no hace nada reprensible.

La mujer se había embarcado sin miramientos en un plan sin consultarle, pero Miguel no acertaba a ver fallo alguno en sus acciones. Hacía apenas unos instantes se lamentaba de haber trabado relación con ella, pero en aquel momento recordó por qué la apreciaba tanto.

—¿Os fiáis de ese hombre?

—Jamás le he visto, pero confío en mi abogado, y él dice que podemos confiar en él.

—¿Y cuáles son sus instrucciones?

—Las mismas que disteis a los otros. —Se pasó la lengua por los labios, lentamente, como si pensara—. Asegurar agentes en Lisboa, Oporto, Madrid... hombres que seguirán nuestras órdenes al pie de la letra, aunque en este caso las órdenes serán solo mías. Estos agentes habrán de esperar mis instrucciones y comprar como se les indique en un momento y un lugar concretos. —Estudió la expresión de Miguel—. No podéis objetar.

No podía objetar. Y sin embargo, lo hacía.

—Por supuesto que no. Solo estoy sorprendido. Habíamos quedado que dichos planes me correspondían a mí.

Geertruid puso una mano sobre las de él.

—No os sintáis abatido —dijo con suavidad—. Os prometo que os tengo por más grande hombre que nunca, pero vi la oportunidad y hube de aprovecharla.

Él asintió.

—E hicisteis bien. —Siguió asintiendo—. Sí, todo está muy bien. —Acaso su reacción hubiera sido excesiva. ¿Qué importancia pudiera tener de dónde hubiera salido el agente? Geertruid, a pesar de sus defectos, no era mujer necia. Miguel suspiró, percibiendo el sabor del tabaco barato en el aire y saboreándolo como si fuera perfume. Un pensamiento se le vino de pronto a las mientes y se sentó muy derecho—. ¿Os dais cuenta de lo que nos ha acontecido en este momento?

—¿Qué nos ha acontecido? —preguntó ella. Y se acomodó ociosamente en el banco, como una ramera satisfecha que espera su dinero.

—Había un obstáculo entre nosotros y nuestra riqueza, y lo acabamos de eliminar.

Geertruid pestañeó.

—Aún hemos de colocar a nuestros agentes en su lugar y confiar en que cumplan nuestras órdenes —dijo ella, como si no entendiera en absoluto el plan de él.

—Una mera formalidad —le aseguró Miguel—. Acaso el banco de la Bolsa nos ofrecerá un crédito ilimitado puesto que somos ricos. Ahora solo hemos de esperar a que el resto del mundo reconozca lo que nosotros sabemos. —Se inclinó y acercó sus labios a los de ella tanto como no osara hacerlo desde la noche que ella lo rechazó. No le importaba el *cherem*, ni Joachim, ni tan siquiera haber perdido el dinero de ella. Aquello no eran más que detalles, y los detalles pueden encontrar arreglo—. Ya somos ricos, señora. Hemos ganado.

23

Aunque había estado evitando el rincón de las Indias Orientales de la Bolsa toda la semana, Miguel acababa de zanjar un pequeño negocio con la pimienta cuando notó que alguien lo cogía fuertemente por el hombro. Casi fue una estocada. Y allí estaba Isaías Nunes, impaciente y apocado.

—Nunes —exclamó Miguel con alegría y lo cogió del brazo—. Tenéis un buen aspecto, amigo mío. Confío en que todo continúe como está planeado, y podamos esperar el cargamento como corresponde...

Nunes era incapaz de resistirse al entusiasmo de Miguel.

—Sí, todo va como acordamos. Como ya sabréis, el precio del café ha estado subiendo, pero yo acordé nuestro precio antes. Así, seguiréis pagando cada barril a treinta y tres florines. —Tragó con dificultad—. Algunos hacemos honor a nuestra palabra.

Miguel hizo como que no oía la indirecta.

—Y lo que contienen sigue siendo secreto.

—Tal y como os prometí. Mis agentes me han asegurado que los cajones se marcarán como indicasteis. Nadie estará al corriente del verdadero contenido. —Por un momento, desvió la mirada—. Ahora deseaba debatir otro asunto.

—Sé lo que vais a decir —Miguel sostuvo en alto una mano—, pero ¿acaso pensáis que me llegaría a vos como lo hago si no tuviera intención de pagaros? Os prometí que tendríais el dinero en dos días, tres a lo sumo.

Nunes suspiró.

—Vos no os habéis llegado a mí. He sido yo quien ha venido a vos. Y ya me habéis hecho otras promesas.

—Estoy esperando recibir el dinero que necesito en cualquier momento —mintió—. Todo irá bien.

Era Miguel quien no tenía de qué preocuparse. El negocio se había contratado con la Compañía de las Indias Orientales y no podía cancelarse. Nunes tendría que limitarse a cubrir esos quinientos florines unos días. Tenía el dinero; no suponía ningún problema para él.

Miguel decidió que había llegado el momento de ejecutar la siguiente etapa de su plan. Visitó a un corredor con quien había hecho negocios anteriormente y compró opciones de venta de café que vencerían en un plazo de diez semanas, con lo que se garantizaba el derecho a vender según los elevados precios del momento. Miguel deseaba comprar opciones de venta por valor de mil florines, pero el corredor no parecía dispuesto a avanzarle una cantidad tan grande. Puesto que no tenía otro remedio, utilizó el nombre de su hermano como fiador. No había ningún mal en ello; Miguel se beneficiaría de sus opciones y pagaría al corredor sin que Daniel llegara siquiera a enterarse.

—Tendré que enviar una carta a vuestro hermano para confirmar que está de acuerdo —dijo el corredor.

—Por supuesto. Sin embargo, mi hermano tiene el hábito de dejar la correspondencia sin mirar durante días. Poned alguna señal en el exterior de la nota, y me ocuparé personalmente de que conteste sin demora. —Miguel haría que Annetje estuviera al tanto. Sin duda sería fácil evitar que llamara la atención de Daniel.

Una vez completó la transacción, Miguel trató de disipar el remordimiento. Ciertamente, era arriesgado poner el dinero de su hermano en peligro, pero todo estaba controlado. No hubiera estado tan desesperado de no ser porque Daniel exigió que le devolviera el préstamo en tan mal momento. Hubiera sido distinto si Miguel hubiera estado en un mal paso, pero jamás había conocido el mercado tan bien. Y con el café, ya no se trataría de responder según evolucionara el mercado, *él* crearía y moldearía ese mercado. El precio del café bajaría porque él haría que bajara. El dinero de Daniel no podía estar más seguro.

Sabía que la noticia de las opciones de venta correría deprisa, pero no tanto. Una hora más tarde, cuando Miguel salía arrastrando los pies de la Bolsa, Salomão Parido apareció a su lado. Sonrió educadamente, sin dar muestras de resentimiento por lo que aconteciere ante el Consejo.

—Espero no haber violado ninguna ley hoy —dijo Miguel—. Acaso la de presentarme en la Bolsa sin saludaros adecuadamente. Imagino que en breve volveré a ser convocado.

—Así lo espero. —Parido sonrió con comedimiento, como si estuviera haciendo chanza con un amigo—. No debéis pensar que había nada personal en cuanto se dijo en la sala del *ma'amad*. Yo solo actué en consonancia con aquello que tenía por cierto y apropiado.

—Por supuesto —comentó Miguel rotundamente.

—Sin embargo, comparar el *ma'amad* con la Inquisición... no haréis con ello muchos amigos. Hay en esta ciudad muchos que han perdido a seres queridos a manos de la Inquisición.

—Olvidáis que la Inquisición se llevó a mi padre. Sé lo que es, como lo sabe mi hermano. Si algún día viere las cosas como yo, acaso no os siguiera tan ciegamente.

—Lo juzgáis severamente. Él solo desea lo mejor para su familia, en la cual también estáis vos. Sospecho que estará muy orgulloso cuando sepa de vuestro brillante ardid en el negocio de las Indias Orientales.

—¿Mi ardid? —Miguel escrutó el rostro del hombre buscando alguna indicación de lo que hubiere de decirle.

—Sí. No os tenía por hombre tan astuto, pero ahora comprendo plenamente vuestro plan. Esperar a que el precio del café suba a causa del aumento de la demanda y entonces apostar una importante cantidad de dinero que no tenéis a que los precios caen. Sí, muy astuto.

Miguel devolvió la sonrisa. Parido no sabía sino lo que Miguel había planeado que supiera, aunque lo había descubierto con una rapidez sorprendente.

—Me alegra que lo aprobéis.

—Espero que no suceda nada que haga subir el precio en estas diez semanas.

—Así lo espero yo también —le dijo Miguel. No deseaba parecer demasiado astuto ni fiado. Que Parido creyera que conocía su plan, pues así no buscaría más allá—. Vos pensáis que el precio subirá, pero he oído que desde que he apostado, otros han seguido mi ejemplo y que habrá más. Ya veremos adónde nos lleva esta marea.

—Sí, supongo —concedió Parido, aunque se echaba de ver que su cabeza estaba ya por otras materias.

Cuando llegó a casa, Miguel encontró otra nota de Joachim. Otra nota escrita con aquella caligrafía irregular y ebria:

> Si volvéis a hablar con mi esposa, os mataré —decía—. Me acercaré con sigilo por detrás sin que os apercibáis y os rebanaré el pescuezo. Lo haré si volvéis a acercaros a Clara.

Había dos líneas tachadas y, debajo, seguía como se sigue.

> En realidad, acaso os mate de todos modos por el solo placer de vengarme.

La nota tenía la sinceridad de un demente. ¿Acaso sus chanzas con Clara (¿cómo había sido tan necia de contárselo?) habían empujado al hombre al límite? Maldijo a Joachim, y se maldijo a sí mismo. Habría de pasar mucho tiempo antes de que volviera a sentirse seguro.

24

Entre las sombras engañosas del crepúsculo, una figura se escurrió detrás de él, ocultándose antes de que Miguel tuviera tiempo de girarse a mirar. Una figura imprecisa acechaba detrás de un árbol, fuera de su vista. Algo cayó al canal a unos pasos de sus zancadas apresuradas. Cada calle acercaba a Miguel un poco más a su mortal confrontación con Joachim. Por el rabillo del ojo vio la mueca espantosa de un demente, el relumbre de la hoja de un cuchillo, dos manos que se lanzaban.

La muerte no era cosa nueva para Miguel. En Lisboa había vivido bajo el terror del poder arbitrario de la Inquisición y de las bandas de villanos sedientos de sangre que recorrían las calles impunemente. En los últimos años, Amsterdam había recibido el terrible azote de la peste: el rostro de hombres y mujeres se tornaba de un púrpura oscuro, aparecían sarpullidos y la muerte llegaba en unos pocos días. Gracias a Él, bendito sea, ahora la gente fumaba mucho tabaco, pues solo este evitaba que se propagara la enfermedad. Aun así, la muerte acechaba por doquier. Miguel sabía vivir con sus incursiones indiscriminadas como el que más, pero no sabía vivir acosado.

Fue así como Joachim empezó a vencer su guerra contra la tranquilidad de su enemigo. Miguel notaba que su pensamiento se dispersaba, aun en la Bolsa. Contemplaba indefenso cómo Parido se movía entre la multitud de mercaderes, comprando futuros de café, apostando a que el precio seguiría subiendo.

Si algo sucedía y Miguel no podía controlar el precio del café, perdería dinero con sus opciones de venta, y entonces Daniel sabría que había utilizado su nombre y su dinero. ¿Y si Nunes se negaba a entregar la mercancía hasta que le pagara sus deudas? Todo se le antojaba fútil cuando en cualquier momento podía sucumbir bajo la hoja de un asesino.

Miguel sabía que no podía vivir con aquella posibilidad. Aun si Joachim no pretendiera derramamiento de sangre, ya había hecho mucho daño. Nadie podía cuestionar que Miguel debía acabar con ello. Necesitaba vivir su vida sin temor a que algún demente lo acechara.

Aun hubieron de pasar algunos días antes de que decidiera qué camino seguir, pero una vez lo decidió, su idea se le antojó sórdida y astuta a la par. Sería un tanto desagradable, pero no podía esperar ocuparse de un sujeto como Joachim sin hacer algo desagradable. Ciertamente, ese había sido el problema desde el principio. Miguel había tratado de razonar con Joachim como si fuera un hombre cuerdo, como si pensara que podía hacerle entrar en razón, pero en cada ocasión Joachim no había podido o no había querido conducirse como un hombre juicioso. Recordó un cuento de Pieter el Encantador en el cual un rufián buscaba vengarse de Pieter. Este, a quien su enemigo superaba en fuerza, hubo de contratar a un rufián más peligroso para protegerse.

En la Carpa Cantarina le dijeron que Geertruid no aparecía por allí hacía días, lo que significaba que acaso estaría ausente unos días más. En ocasiones, Hendrick la acompañaba, pero no siempre, en cuyo caso no sería menester que Miguel esperara a su regreso. En realidad, quizá fuera mejor así. ¿Por qué había de conocer Geertruid todos sus asuntos?

Pasó la mayor parte del día recorriendo las tabernas que Hendrick frecuentaba, pero hasta ya tarde no halló a su hombre, sentado a una mesa con algunos de sus rudos amigos, fumando una larga pipa que olía a una mezcla de tabaco viejo y boñigas. Hendrick había mencionado alguna vez la taberna cuando pasaban, pero jamás pensó Miguel que nada le moviera a entrar en semejante lugar. En la boca notaba el sabor de la madera podrida de las mesas, y el agua del suelo se había cubierto con paja sucia. En la parte de atrás, una chusma de hombres se divertía viendo pelear a dos ratas.

Al ver a Miguel, Hendrick dio una risotada y dijo algo por lo bajo a sus amigos, los cuales también se echaron a reír.

—Vaya, vaya, pero si tenemos ahí al mismísimo judío. —Hendrick chupó la pipa con fuerza, como si esperara que las nubes de humo engulleran a Miguel.

—Os he estado buscando —dijo Miguel—. He de hablaros un momento.

—Bebed, amigos —gritó Hendrick a sus compañeros—. Debo ausentarme un rato. Como veis, tengo una reunión importante.

Fuera de la taberna, el olor a pescado muerto del canal se le metió a Miguel en la garganta. El calor del verano había empezado a caer sobre la ciudad, y con él habían llegado también las pestilencias. Miguel respiró hondo por la boca y condujo a Hendrick hacia el callejón, en el cual había un olor algo más agradable a tierra y cerveza vieja. Un gato nervioso con un sucio pelaje blanco y una oreja mutilada les bufó, pero Hendrick respondió con otro bufido, y la bestia desapareció entre las sombras.

—Mi señora se ha ausentado, y me he habituado a que cuando mi señora Damhuis no está, tampoco esté el *senhor*.

—¿Ha ido a ver a su abogado de Amberes?

—Así que, después de todo, habéis venido en su busca. —Dio un puñetazo amistoso en el brazo de Miguel.

—No, no he venido en pos de ella. —Miguel le dedicó una mirada de connivencia—. Aunque tengo curiosidad.

—¡Ja! —ladró Hendrick—. Habéis mantenido la curiosidad a raya, ¿no es cierto, mi buen judío? Mi señora es mujer de grandes secretos: secretos para mí, para vos, para el mundo entero. Hay quien dice que es ordinaria como el pan con mantequilla, pero que tiene tantos secretos como para aparentar otra cosa.

—¿Pero vos sabéis la verdad?

Él asintió.

—Sé la verdad.

Miguel tenía tantas preguntas sobre su socia que jamás habría esperado que hallaran respuesta. Y ahora Hendrick insinuaba que acaso pudiera responderle a todas. Pero ¿podía confiar en que el holandés no hablara de sus preguntas? El hombre gustaba de beber en demasía y tenía fama de soltar su lengua con facilidad. Aquella conversación era prueba suficiente.

—Decidme solo lo que la dama me diría —dijo Miguel al fin—. No hurgaré en secretos que ella desee guardar.

Hendrick asintió.

—Sois hombre cauto, ¿no es cierto? Lo respeto. Os gusta la señora y no haréis nada que pueda molestarla. Y creo que os gustaría de todos modos aun cuando conocierais la verdad, pues en el mejor de los casos, se trata de una verdad algo insulsa, y bien pudiera hacer saber al mundo dónde va cuando se va. Una visita a su abogado, o a su hermana, o a la viuda de su hermano no es menester que sea tan gran secreto.

—No os he pedido que me contéis nada de esto.

—Pero yo he decidido contároslo —dijo Hendrick, perdiendo el tono de ligereza de la voz— porque aun cuando adoro a mi señora Damhuis, sé que puede ser muy cruel. Toma gran deleite en atormentar a los hombres. Toma deleite en llenarlos de deseo para después despacharlos sin nada. Y también de curiosidad. Ella muda en secreto lo mundano, y todos murmuran su nombre.

—Eso no es ningún crimen —concedió Miguel, cediendo al impulso de defenderla.

Hendrick asintió.

—Judío, si hubiereis dicho lo contrario, os hubiera rebanado el pescuezo. Nadie insultará a la señora estando yo presente, pues le debo más que mi vida. Pero si os cuento todo esto es porque sé que la amáis, y que no la amaríais menos sabiendo la verdad.

Miguel tendió una mano al estilo de los holandeses.

—Os agradezco vuestra confianza.

Hendrick sonrió y la estrechó con firmeza.

—No ha habido confianza entre nosotros durante demasiado tiempo. Y quiero que eso se acabe. Vos y mi señora sois amigos, y deseo serlo también yo.

Miguel se felicitaba por su buena fortuna.

—Me alegra oíros estas palabras pues acudo hoy a vos con un delicado problema, y esperaba que pudierais asistirme.

—Solo habéis de decirlo.

Miguel respiró hondo.

—Un demente me atosiga. Este sujeto cree que le debo dinero, lo cual no es cierto, pues los dos perdimos en la misma transacción, que se realizó justamente y dentro de la ley. Ahora me sigue y ha dado en amenazarme. He sido incapaz de disuadirlo con mis razonamientos y no puedo recurrir a la ley, pues aún no me ha hecho ningún daño ni a mí, ni a mi propiedad.

—Yo la ley me la paso por los pies. La ley no os ayudará —dijo Hendrick, chupando la pipa aún alegremente—. Cuando os abra en canal podréis buscar amparo en la ley. Y ¿de qué os servirá entonces? Solo habéis de decirme su nombre, y yo me ocuparé de que nunca vuelva a hacer daño a nadie.

—He visto que sois hombre que sabe defenderse —explicó Miguel con grandes trabajos, pues le dolía alabar a Hendrick su brutalidad—. Recuerdo cuán bien actuasteis en la taberna.

—No es menester que os excuséis, amigo. Comprendo que no podéis arriesgaros a entrar en brega con un sujeto ruin. Sé que, de no ser por la estrecha vigilancia a que se os somete, un hombre como vos podría atender sus asuntos sin ayuda. Bien, solo habéis de decirme quién es.

—Su nombre es Joachim Waagenaar, y vive junto a la Oude Kerk.

—Si como decís vive junto a la Oude Kerk, imagino que puede sufrir numerosos accidentes sin que nadie se aperciba de ello. Por supuesto, y puesto que entre nosotros los sentimientos son cuales son, estas cosas cuestan un dinero. Cincuenta florines bastarían.

Miguel pestañeó varias veces, como si el precio le hubiera pinchado en el ojo. ¿Qué esperaba que hiciera Hendrick? Joachim era un demente, entonces, ¿por qué le inquietaba tanto aquella transacción?

—Es mucho más de lo que pensaba.

—Es cierto que ahora somos amigos, pero debéis admitir que estoy corriendo un riesgo por vos.

—Por supuesto, por supuesto —dijo Miguel—. No he dicho que no pensara pagaros. Solo que es más de lo que pensaba.

—Pensad lo que os plazca. Cuando decidáis, venid a verme.

—Lo haré. Y, entretanto...

Hendrick sonrió.

—Por supuesto, no diré nada a mi señora. Os entiendo perfectamente y, ahora que conocemos los secretos del otro, no es menester que dudéis de mí.

Miguel le estrechó la mano una vez más.

—Os doy las gracias. Saber que puedo confiar en vos me hace estar más tranquilo.

—Me alegra poder seros útil. —Expulsó una nube de humo y volvió a la taberna.

Una leve neblina había empezado a extenderse: el tiempo perfecto para que un villano acechara entre las sombras. La llovizna se mezclaba con su sudor, haciendo que se sintiera torpe y pesado con sus ropas. Sin embargo, haber hablado con Hendrick le tranquilizaba. Tenía opciones, podía urdir una trama. Joachim no había ganado.

Acaso, pensó, no fuera menester que Hendrick descalabrara a Joachim. Ahora que casi había hecho el encargo, la brutalidad de una acción semejante se le hacía insoportable. Si era posible, lo evitaría. Al fin y al cabo, no había buscado a Hendrick para dañar a Joachim, solo para sentirse más seguro, y el simple hecho de haber hablado de descalabrarlo lo alivió grandemente. Podía hacer que Joachim sufriera un daño cuando quisiera, y, teniendo este poder, lo más correcto acaso fuere perdonarlo. Después de todo, la misericordia era uno de los siete atributos de Él, bendito sea. También Miguel podía tratar de ser misericordioso.

Esperaría. Sin duda, Joachim no pretendía matarlo de verdad, pero si volvía a amenazarlo, descubriría que Miguel conocía la justicia tanto como la misericordia.

Antes de que llegara al Vlooyenburg, la niebla se tornó en lluvia.

Miguel solo deseaba cambiarse las ropas y sentarse ante el fuego, y acaso también leer un poco la Torá... todas aquellas cavilaciones sobre la misericordia le hicieron ansiar la proximidad con la santidad del Altísimo. Primero, repasaría la historia en la que Pieter el Encantador había engañado al avaro chalán, de la cual siempre podía extraer contento.

Cuando entró en la casa se quitó sus zapatos, al estilo holandés, por no llenarlo todo de fango, aunque sus medias calzas estaban empapadas también y fue dejando sus huellas por el suelo. Cuando se dirigía a la entrada del sótano, vio a Hannah esperando junto a la puerta. Las sombras resaltaban la redondez de su vientre.

—Buenas tardes, *senhora* —dijo, con demasiada prisa. Ya no podía albergar dudas respecto a sus intenciones. Sus ojos, muy abiertos y humedecidos bajo el pañuelo negro, se clavaron en él con ansia.

—He de hablar con vos —dijo con voz muy baja.

Él contestó sin pensar.

—¿Deseáis volver a beber mi bebida?

Ella negó con la cabeza.

—Ahora no. Debo hablaros de otra cuestión.

—¿Podemos ir a la sala? —preguntó Miguel.

Ella volvió a negar.

—No, no debemos hacerlo. No puedo arriesgarme a que mi esposo nos encuentre allí juntos. Sospecharía.

¿Sospechar de qué?, estuvo a punto de decir. ¿Acaso se tenía ya por su amante? ¿Tan viva imaginación tenía que no le bastaba con mujeres que estudiaban? También Miguel se había deleitado en el exquisito crimen de los amoríos, pero no se sentía capaz de dar el siguiente paso, el de los encuentros secretos, ocultándose de su esposo, el de solazarse en uno de los peores pecados. Nadie apreciaba más que Miguel las delicias de la imaginación, pero un hombre —una persona— ha de saber dónde termina la fantasía y empieza la realidad. Sin duda apreciaba a Hannah, la tenía por una mujer bella y encantadora. Y aun puede que la amara, pero jamás se dejaría llevar por tales sentimientos.

—Debemos hablar aquí —dijo ella—. Pero en voz baja. Nadie debe oírnos.

—Acaso estáis confundida, y no es menester que hablemos en voz baja.

Hannah esbozó una sonrisa, ligera y dulce, como si *ella* estuviera bromeando con él, como si él fuera demasiado simple para comprender sus palabras. Que Él, bendito sea, me perdone por desatar el influjo del café sobre la humanidad, pensó Miguel. Este bebedizo pondrá el mundo al revés.

—No me confundo, *senhor*. Tengo algo que deciros. Y es algo que os concierne muy de cerca. —Respiró hondo—. Se trata de vuestra amiga, *senhor*. La viuda.

Miguel sintió un repentino mareo. Se apoyó contra la pared.

—Geertruid Damhuis —exhaló—. ¿Qué es? ¿Qué podéis decirme vos de ella?

Hannah meneó la cabeza.

—No lo sé con certeza. Oh, perdonadme, *senhor*, pues ignoro cómo debo decir esto y temo que, haciéndolo, ponga mi vida en vuestras manos, aunque también temo traicionaros si no lo hiciere.

—¿Traición? ¿De qué estáis hablando?

—Por favor, *senhor*. Me estoy esforzando. Hace unos días, unas pocas semanas, vi a la viuda holandesa por la calle, y ella me vio a mí. Las dos teníamos algo que ocultar. Ignoro lo que ella quería ocultar, pero ella vio que yo también tenía un secreto y me amenazó para que no hablara de nuestro encuentro. Entonces no pensé que hubiera mal en ello, pero ya no estoy tan segura.

Miguel dio un paso atrás. Geertruid. ¿Qué podía querer ocultar y en qué le afectaría a él? Podía ser cualquier cosa: un amante, un negocio, una situación vergonzosa... o un asunto de negocios. No tenía sentido.

—¿Y qué teníais vos que ocultar, *senhora*?

Ella meneó la cabeza.

—Quisiera no tener que decíroslo, pero he decidido que así había de ser. Sé que puedo confiar en vos, *senhor*. Y si acaso hubierais de enfrentaros a ella y le hacéis saber que ya conocéis mi secreto, quizá no lo dirá a nadie más y no será tan malo. ¿Puedo hablar y confiar en que no diréis una palabra a nadie?

—Por supuesto —dijo Miguel al punto, aun cuando deseaba con todo su corazón haber podido evitar todo aquello.

—Me avergüenza y al mismo tiempo no me avergüenza deciros esto, pero vi a la viuda mientras yo volvía de un lugar sagrado. Una iglesia de culto católico, *senhor*.

Miguel la miró con los ojos desenfocados hasta que Hannah se fundió con la pared. No sabía qué pensar. La mujer de su propio hermano, una mujer por quien se preocupaba y a quien deseaba, había resultado ser una católica en secreto.

—¿Habéis traicionado a vuestro esposo? —preguntó con calma.

Ella tragó con dificultad. Las lágrimas no habían brotado aún, pero pronto llegarían. Se presentían en el aire como una lluvia inminente.

—¿Cómo podéis hablar de traición? Nadie me dijo jamás que era judía hasta la víspera de mi casamiento. ¿Acaso no he sido yo traicionada?

—¿Vos traicionada? —exigió Miguel, olvidando bajar la voz—. Vivís en la Nueva Jerusalén.

—¿Acaso vos, o vuestro hermano, o los rabinos me habéis dicho lo que hay en esa Torá y ese Talmud vuestros, aparte de los trabajos que he de realizar para serviros? Cuando acudo a la sinagoga, las oraciones se dicen en hebreo y todos hablan en español, y sin embargo no se me permite estudiar esas lenguas. Si tuviere una niña, ¿acaso debo educarla para que adore a un Dios arbitrario que ni tan siquiera le mostrará su rostro solo porque es una niña? Para vos es fácil hablar de traición, pues el mundo os da cuanto deseáis. Pero a mí nada se me da. ¿Debo ser castigada por buscar consuelo?

—Sí —dijo Miguel, aun cuando no lo creía y al punto se arrepintió de sus palabras. Pero estaba enojado. No entendía por qué, pero se sentía herido, como si Hannah hubiera violado la confianza que había entre ellos.

Miguel no se había dado cuenta, pero de pronto las lágrimas estaban ahí, luciendo sobre el rostro de Hannah. Luchó por tenerse y no atraerla hacia sí, sentir sus senos contra su pecho, pero apenas podía resistirse así que prefirió insistir.

—No tengo más que deciros. Ahora retiraos para que pueda pensar en estas cosas que desearía no haber oído jamás.

La crueldad de sus propias palabras se le atrancó en la garganta. Sabía lo que aquello significaría para ella. Hannah no sabría si él sería capaz de guardar silencio. Ahora Miguel sabía que era papista, y eso podía destruir a Daniel. Miguel podía utilizar esa información para usurpar el lugar de su hermano en la comunidad o amenazarlo con ella para que le perdonara sus deudas.

Pero él no haría eso. Por repulsivo que fuera su pecado, no la traicionaría. Aun así, sentía tanta cólera que necesitaba castigarla, y las palabras fueron el único medio que encontró.

—He oído voces. ¿Sucede algo?

Daniel apareció en el vano de la puerta de la cocina, con la tez pálida. Sus pequeños ojos se clavaron en su esposa. Ella estaba demasiado cerca de Miguel, quien reculó.

—Solo es el necio de vuestro hermano —dijo ella ocultando el rostro en la escasa luz—. Lo vi llegar con las ropas empapadas, pero se niega a quitárselas.

—No corresponde a ninguna mujer decir si un hombre es necio —señaló Daniel, aunque no con brusquedad. Solo estaba dando una información que quizá ella hubiera olvidado—. De todos modos —le dijo a Miguel—, acaso tenga razón. No quisiera que cogieras la peste y nos mataras a todos.

—Parece que en esta casa todos tienen que opinar sobre mis ropas. —Miguel fingió desahogo lo mejor que supo—. Iré a cambiarme enseguida, antes de que se haga venir a la criada a decir su parte.

Hannah dio un paso atrás, y Miguel se volvió instintivamente hacia la escalera. Daniel no había visto nada, estaba casi seguro. De todos modos, ¿qué había que hubiera de ver? Y sin embargo, sin duda conocía bien las expresiones de su esposa y la que calzara en aquellos momentos no podía tenerse por la expresión de una mujer que aconseja sobre materias de uso doméstico.

Su confusión sobre las inclinaciones de Hannah hacia Roma era tan intensa que durante varias horas ni tan siquiera pensó en lo que había dicho de Geertruid. Sin embargo, cuando recordó sus palabras, le fue imposible conciliar el sueño y pasó la noche arrepintiéndose por su crueldad y deseando que hubiera una forma de ir hasta Hannah y preguntarle. Y acaso también disculparse.

Hannah fue la primera en aparecer a la mañana siguiente, pues salió al porche de entrada para esperar al panadero, cuyas voces oyó a través de las ventanas empañadas por el frío de la mañana. Antes de que su esposo abriera siquiera los ojos, antes de que Annetje se hubiera aseado y se hubiera puesto a preparar el desayuno para la casa, Hannah ya se había vestido y, tras ponerse su velo, había salido de la casa.

Ella encontró la cabeza de cerdo. Estaba en el porche, cerca de la puerta, colocada sobre un charco de sangre coagulada. Las hormigas ya habían empezado a trepar por ella, de suerte que a Hannah al principio le pareció negra y bullente.

Su grito despertó a los de la casa y las casas vecinas. Miguel había dormido mal y ya se había levantado, vestido y rezado, y estaba sentado, peleándose con la porción semanal de la Torá, cuando el agudo chillido traspasó las minúsculas ventanas del sótano. Fue él quien primero vio a Hannah en los escalones, cubriéndose la boca con la mano. La mujer se volvió hacia él, se arrojó a sus brazos, hundió la cabeza en su camisa y lloró.

Llamaron inmediatamente a un médico, quien les dio unas pócimas para ayudarla a dormir y les dijo que si lograban que estuviera calmada por un día, el riesgo para su vida habría pasado. Hannah insistió en que no necesitaba pociones, que solo se había asustado, mas el médico no creía que una mujer pudiera recibir una impresión tan grande sin que sus humores se alteraran y, lo más importante, los humores del niño. Daniel miraba a Miguel de mala manera, pero no dijo nada, no pronunció ninguna acusación. Sin embargo, Miguel no podía seguir ignorando la verdad: entre él y su hermano las cosas jamás volverían a ser lo mismo.

de

Las reveladoras y verídicas memorias de Alonzo Alferonda

Una noche, volvía yo a casa después de las oraciones de la tarde —sí, oraciones... gracias a Dios, había aún algunas pequeñas sinagogas que desafiaban al *ma'amad* y me permitían rezar entre los suyos, siempre que cuidara de no dejarme ver—, cuando noté que alguien me aferraba del brazo. Cuando alcé los ojos, lo que vi no fue un desesperado deudor que, temiendo por su vida, hubiera determinado de golpear a Alferonda antes de que este lo golpeara a él, era Salomão Parido.

—*Senhor* —dije yo, tragándome la sensación de alivio—. No esperaba volver a veros tan pronto.

Parido pareció vacilar. No se deleitaba en verme más de lo que yo me deleitara en verlo a él. O acaso menos. Yo nada tenía que perder en estos encuentros, pero él era hombre orgulloso.

—No esperaba buscaros.

—Y sin embargo —observé—, aquí estáis, acechando en las calles, aguardándome.

Yo temía que acaso supiera que venía de rezar, pero no dijo nada y finalmente decidí que no hubiera dejado de jugar una carta tan valiosa. Mis amigos de la pequeña sinagoga estaban a salvo.

Por el gesto de Parido eché de ver que se preparaba para decir algo.

—Deseo saber más sobre lo que habéis planeado con Miguel Lienzo.

Yo, que eché a andar más deprisa, aunque solo un poco. Era un truco que había aprendido hacía tanto tiempo que las más de las veces ni siquiera me daba cuenta de lo que hacía. Mudar el paso es una forma de forzar a quien os acompaña. Ha de concentrarse en cosas más triviales de las que le convienen, y es por ello que su cabeza no está donde debiera.

—Me maravilla vuestra presunción —dije yo—. ¿Qué os hace pensar que, aun teniendo algo planeado, hubiera de decirlo a mi enemigo?

—Acaso yo sea vuestro enemigo, como decís, pero Lienzo no. Y lo estáis manipulando.

Me dio una gran risa.

—Si eso pensáis, ¿por qué no decírselo?

—Las cosas han ido demasiado lejos, no me creería. He pedido a su hermano que lo prevenga contra vos, pero dudo que con ello logre nada.

—Yo también lo dudo. Acaso hubiera sido más efectivo pedir a su hermano que lo animara a hacer negocios conmigo. —Le guiñé un ojo—. He oído que alguien dejó una cabeza de cerdo ante la puerta de la casa de su hermano. ¿Lo sabíais?

—¿Cómo os atrevéis a acusarme de acción tan ruin? Escuchadme bien, Alferonda. Si alguna amistad os une a Lienzo, acabaréis con esto enseguida. Si me afrenta, lo destruiré.

Yo hice que no con la cabeza.

—Vos creéis que podéis destruir a quien os plazca. Creéis que podéis obrar milagros de destrucción. Vuestro poder como *parnass* os ha corrompido completamente, Parido, y ni siquiera os dais cuenta. Os habéis convertido en una caricatura del hombre que fuisteis. Me amenazáis a mí, amenazáis a Lienzo... Veis intrigas por doquier. Os compadezco. Ya no sois capaz de distinguir entre lo que es cierto y lo que es fantasía.

Por un momento, Parido se me quedó mirando, y por su gesto eché yo de ver que había dado en el blanco. Este era el truco más viejo de todos, pero yo lo conocía bien. Lo había puesto en práctica muchas veces. La semblanza de sinceridad acobarda al enemigo más pintado.

—Pensad si no —dije yo, deseando aprovechar mi ventaja— de qué me habéis acusado, de qué habéis acusado a Miguel. ¿Realmente pensáis que es posible que los hombres participen en tales intrigas? ¿No es acaso más probable que vuestros recelos y vuestra avaricia os hayan inducido no solo a sospechar de asuntos que no son ciertos, sino a hacer daño a los demás?

—Veo que estoy perdiendo mi tiempo —dijo y se dio la vuelta. Pero no soy yo persona que deje escapar un pez cuando pica.

—No habéis perdido vuestro tiempo —grité tras de él—. Pensad en lo que os he dicho. Os engañáis, Parido. Os engañáis sobre mí y os engañáis sobre Lienzo, y aún no es demasiado tarde para que os arrepintáis de vuestros pecados.

El hombre echó a andar con gran prisa y encogió los hombros como para protegerse de lo que yo pudiera arrojarle. Y arrojé: le arrojé mentiras, poderosas mentiras que semejaban piedras pues tan claramente se parecían a la verdad.

De igual modo puede hacerse creer a un pobre campesino que te ha entregado su última moneda que cualquier patán que pase y tenga demasiado pelo en su espalda es un hombre lobo. El hombre lleva ese miedo en su interior y no es menester más que señalar y sugerir, y el campesino oirá el aullido él solito.

25

Aunque aún guardaba cama, aquella noche Hannah tomó su sopa y conversó pausadamente con su esposo. Miguel y Daniel mostraban ya alivio, aun cuando la tormenta todavía no había pasado. Miguel había hecho cuanto pudo por no cruzarse con Daniel, pero aquella noche Annetje bajó a decirle que su hermano deseaba verlo en su estudio. Lo encontró encorvado sobre su mesa, garabateando a la luz de una buena vela. Otras tres o cuatro velas parpadeaban por la corriente que entraba por una ventana abierta. Daniel había estado fumando un tabaco acre, y Miguel sintió un dolor que iba en aumento en su cabeza.

—¿Cómo se encuentra tu esposa? —preguntó Miguel.

—Lo peor ha pasado, y ya no temo por su vida. Estos sustos, lo sabes, pueden ser fatales para los delicados humores de la mujer, sobre todo en su estado. Pero el médico dice que no hay peligro para su vida.

—Me alegro. Es terrible.

Daniel aguardó un momento. Tomó una pluma y volvió a dejarla.

—*Es* terrible, sí. ¿Qué sabes de ello, Miguel?

Aun cuando había considerado en cómo responder a tal pregunta buena parte del día, Miguel no sabía muy bien qué podía decir para suavizar las cosas. ¿Querría Daniel una confesión o solo que lo tranquilizara?

—No lo sé con certeza —dijo al fin.

—Pero tienes una idea. —Era una afirmación, no una pregunta.

—No puedo decir que no sepa nada, pero no tengo manera de saberlo con certeza.

—Tal vez debieras hablarme de tus sospechas.

Miguel negó con la cabeza.

—Sería impropio que especulara. No es correcto hacer acusaciones cuando no puedo demostrar nada.

—¿Demostrar nada? —Daniel golpeó la palma contra la mesa—. ¿Acaso la cabeza de un cerdo no demuestra nada? Recuerda que estás viviendo en mi casa, y que tus acciones han puesto en peligro a mi familia. A punto he estado de perder a mi mujer y a mi hijo en el día de hoy. Insisto en que me comuniques tus sospechas.

Miguel suspiró. No quería aventurar sospechas descabelladas, pero no podía decirse que no lo hubieran obligado.

—Muy bien. Sospecho de Salomão Parido.

—¿Qué? —Daniel lo miró con gesto incrédulo. Se olvidó de acabar de chupar la pipa y el humo salió flotando ociosamente desde su boca—. Debes de haber perdido el juicio.

—No, es justamente el tipo de ardid que puede esperarse de una mente vil como la de Parido, y creo que tú sospechas de él tanto como yo. Ha estado intrigando en mi contra, y ¿qué mejor modo de ensuciar mi nombre que dejando esa cosa en mi puerta como si yo fuera el responsable?

—Es ridículo. Tus conclusiones exigen una deformación excesiva de la razón. ¿Por qué había de hacer tal cosa el *senhor* Parido? ¿Dónde habría de conseguir un hombre recto como él un animal impuro?

—¿Tienes alguna forma mejor de explicar este desatino?

—Sí —dijo Daniel, con el gesto solemne de un juez—. Creo que le debes a alguien una gran cantidad de dinero. Creo que esta deuda acaso sea resultado del juego o algún acto criminal, lo cual explicaría que la persona a quien debes el dinero no pueda acudir a un tribunal. Esta abominación en el porche de mi casa es una advertencia para que pagues o afrontes la más desagradable de las consecuencias.

Miguel se concentró en no dejar que su rostro reflejara nada.

—¿Y cómo has llegado a una conclusión tan fantástica?

—Inevitable —dijo Daniel—. Hannah encontró una nota liada y colocada en el interior de la oreja del cerdo. —Hizo una pausa por estudiar acaso la reacción de su hermano—. La ocultó en su bolsillo por motivos que desconozco, pero el médico la encontró y me la mostró con gran preocupación. —Detrás de él había un estante del cual cogió un pequeño pedazo de papel que presentó a Miguel. El papel era viejo y estaba roto (se conoce que lo habían arrancado de algún documento) y en él había manchas de sangre. Miguel apenas si logró entender la letra, salvo unas palabras en holandés: «Quiero mi dinero» y, unas líneas más abajo: «mi esposa».

Miguel lo devolvió.

—Desconozco su significado.

—¿Lo desconoces?

—Por completo.

—Tendré que informar del incidente al *ma'amad*, el cual sin duda querrá investigar. De todos modos no podemos mantenerlo en secreto, demasiados vecinos han visto a Hannah alterada.

—¿Sacrificarías a tu propio hermano por ayudar a Parido a cumplir su venganza particular? —Miguel habló con tal vehemencia que por un instante olvidó que las circunstancias señalaban a Joachim como el culpable más probable—. He dudado de tu lealtad y siempre me he fustigado por pensar que pudieras favorecer a ese hombre por encima de tu carne y tu sangre, pero ahora veo que no eres más que una marioneta para él. Él tira de las cuerdas y tú bailas.

—Mi amistad con el *senhor* Parido nada tiene que ver con mi lealtad.

—Lo aprecias más que a tu hermano.

—No tiene por qué haber aquí competencia. ¿Por qué habría de escoger a uno u otro?

—Porque él te ha obligado a escoger. Me sacrificarías por ese hombre y lo harías sin vacilar.

—Entonces es que nada sabes de mí.

—Yo creo que sí —dijo Miguel—. Contéstame sinceramente. Si hubieras de elegir entre los dos, ponerte definitivamente del lado de uno o del otro, ¿considerarías siquiera un momento en ponerte de mi lado?

—Me niego a contestar a tu pregunta. Es un desatino.

—Entonces no contestes —dijo Miguel—. No te molestes.

—Exacto. No tengo por qué molestarme. ¿Para qué hablar de elegir? El *senhor* Parido me ha demostrado su bondad en la amabilidad con que ha tratado a nuestra familia, sobre todo después del agravio contra su hija.

—No hubo agravio alguno. No fue sino un asunto sin importancia y no hubiera tenido consecuencias tan duraderas de no ser porque Parido perdió el juicio. Jugueteé un poco con su criada, y la hija lo vio. ¿Por qué montar tanto alboroto por nada?

—*Eso* era un agravio, y un agravio importante —replicó Daniel secamente—. Si el *senhor* Parido siente cólera por la afrenta cometida contra su hija, no puedo culparle, pues a punto has estado de hacer ese mismo mal a mi hijo no nacido.

Miguel iba a contestar, pero se tuvo. Detrás de todo aquello había algo que él ignoraba.

—¿Qué mal? —preguntó—. Tuvo un disgusto. Eso no es nada.

—No debiera haber hablado. —Daniel apartó la mirada.

—Si sabes algo debes decírmelo. Si fuera necesario, preguntaré al mismo Parido.

Daniel se llevó una mano a la frente.

—No, no hagas eso —insistió—. Te lo diré, pero no debes decirle que lo sabes o que lo has sabido por mí.

A pesar del miedo, Miguel hubiera podido sonreír. Daniel iba a traicionar a Parido, aunque solo fuera por salvar sus carnes de las llamas.

—Antonia sufrió un daño mayor del que el *senhor* desea que nadie sepa. Cuando la joven entró en la habitación y te vio en ese acto innombrable con la criada, se desmayó.

—Lo sé —dijo Miguel con malhumor—. Yo estaba allí.

—Sabes ya que se golpeó la cabeza. Lo que desconoces es que ella y su esposo de Salónica han tenido un hijo idiota, y que los médicos dicen que es por causa de aquella herida. Solo puede tener hijos idiotas.

Miguel se pasó una mano por la barba y respiró profundamente por las narices. ¿Antonia no podía alumbrar hijos sanos? No acertaba a ver la relación entre la caída y aquello, pero él no era médico que pudiera resolver tales enigmas. Sin embargo, ya sabía lo bastante para adivinar el resto. El hijo idiota de Parido ya era bastante vergüenza para él, y Antonia era su única esperanza de perpetuar la familia, sobre todo porque la había casado con un primo de nombre Parido. El *parnass* era hombre de natural irascible. ¿Cuánta ira reservaría para el hombre al cual tenía por responsable de la ruina del futuro de su nombre?

—¿Cuánto hace que sabes esto?

—No más de un año. Y te ruego que recuerdes que no debes decir que te lo he dicho.

Miguel hizo un gesto de desaire con la mano.

—Nadie me lo había dicho. —Se levantó de su silla—. ¡Nadie me lo había dicho! —repitió, esta vez mucho más fuerte—. Parido tiene muchos más motivos para odiarme de lo que hubiera podido pensar y, sin embargo, no dijiste nada. ¿Y dudas que él haya enviado a ese cruel mensajero para herirme? Tu lealtad es tan absurda como tus creencias.

—No deseo escuchar tales mentiras sobre Salomão Parido.

—Entonces no tenemos nada más que hablar. —Miguel bajó con prisa la estrecha escalera y casi cayó. En su cólera casi se había convencido a sí mismo de que la única explicación posible a la cabeza de cerdo era Parido. ¿Podía acaso quedar alguna duda de que, movido por su ira y su deformado sentido de la rectitud, haría cualquier cosa para perjudicar a Miguel? Maldito fuera su hermano por pensar otra cosa.

Desde el húmedo sótano escuchó el familiar crujido de las maderas del suelo cuando su hermano se vistió y salió de la casa. No haría más de un cuarto de hora que se había ausentado cuando Annetje bajó y le entregó una carta. Iba dirigida a Daniel y llevaba un círculo rojo en la esquina.

La nota era del corredor, y en ella pedía la confirmación de que Daniel deseaba apoyar el negocio de su hermano. Era una carta formal, pero al final había una línea que intrigó a Miguel.

> Siempre habéis sido un hombre respetado en la Bolsa, y vuestra amistad con Salomão Parido es mejor garantía de la que un hombre pudiera desear. Debo decir que, debido a vuestros recientes reveses y los rumores de insolvencia, he vacilado antes de tener vuestra garantía por suficiente para respaldar el negocio de vuestro hermano. A pesar de ello apostaré por la inteligencia de Miguel Lienzo y vuestro honor.

Así que Daniel estaba endeudado. Eso explicaba por qué insistía en recuperar el dinero enseguida. Bueno, no importaba. Miguel escribió una respuesta y la entregó a la moza para que la enviara. Ella vaciló un momento y, al insistir Miguel, dijo que la *senhora* había solicitado su compañía.

Hannah estaba incorporada en la cama con la cabeza liada en un paño azulado, y la piel pálida y cubierta de sudor. Estaba cómodamente tumbada en esa cama suya, una cama como Dios manda, lo bastante larga para que cupiera en ella tumbada cuan larga era, no como esa miniatura que torturaba a Miguel. Aquella se había construido con una elaborada estructura de roble que se elevaba por encima del lecho. Entre los holandeses opulentos aquellas camas se estilaban mucho por entonces, y Miguel se prometió que compraría una para sí en cuanto dejara la casa de su hermano.

No había cortinas que apartar en el dosel, así que Hannah estaba a la vista, con los ojos muy abiertos y pesarosos.

—Deberíamos hablar enseguida —dijo con gesto grave, aunque no acusador—. Ignoro dónde pueda haber ido vuestro hermano o cuándo pueda volver.

—Creo que sé adónde ha ido —comentó Miguel—. Ha ido a ver a Parido.

—Pudiera ser.

Miguel dio un paso hacia ella.

—Solo quería decir que lamento lo que os ha pasado, y que os hayáis trastornado. Nunca quise que sufrierais ningún mal. Os lo juro.

Ella sonrió levemente.

—Vuestro hermano ha exagerado esto más de lo necesario. Tuve miedo un instante, pero enseguida me recuperé. He notado que la niña se movía todo el día, como hace siempre. Por eso ya no tengo ningún temor.

La niña, pensó Miguel. ¿Osaría especular sobre el género de su hijo ante Daniel? ¿Acaso se permitía hablar con Miguel en términos más íntimos que con su esposo?

—Siento un gran contento en saber que no habéis sufrido ningún daño importante.

—Solo lamento no haber podido hacer más. Encontré una nota. Ignoro lo que pudiera decir, pero la escondí pensando que acaso pudiera perjudicaros. Vuestro hermano me la quitó.

—Lo sé. No tiene importancia.

—¿Sabéis quién ha dejado esa cosa espantosa ahí fuera?

Miguel negó con la cabeza.

—Ojalá lo supiera, pero aun así, os doy las gracias por vuestros esfuerzos. Siento haberme portado tan mal —dijo respirando con dificultad—. Desearía discutir ese asunto con vos. Acaso en otra ocasión. Cuando hayáis reposado. —No lo había planeado, pero en aquel momento le tomó la mano y la sujetó con fuerza. La piel estaba fría, y era suave.

Miguel esperaba que ella lo rechazaría, que lo castigaría por aquella imperdonable presunción, pero en cambio lo miró como si aquel gesto de devoción fuera la cosa más normal del mundo.

—Yo también siento... haber sido tan débil... pero no sé hacerlo mejor.

—Entonces tendremos que enseñaros aquello que queréis saber —le dijo afablemente.

Hannah volvió la cabeza un momento, ocultándola en la almohada.

—Debo preguntaros una cosa más —dijo Miguel, acariciando la mano de ella— y os dejaré descansar. Mencionasteis a la señora Damhuis. ¿Qué más queríais decirme?

Hannah permaneció inmóvil, acaso haciendo que no lo había oído. Finalmente, volvió el rostro hacia él, con los ojos enrojecidos.

—Ni yo misma lo sé. Ella estaba hablando con unos hombres cuando la vi, y apenas miré. Pero pareció pensar que yo había visto algo que no debiera haber visto.

Miguel asintió.

—¿Conocíais a los hombres? ¿Os parecían hombres de la Nación, o portugueses, o alguna otra cosa?

Ella negó con la cabeza.

—Ni siquiera sabría deciros eso. Creo que eran holandeses, pero acaso uno de ellos fuera de la Nación. No estoy segura.

—¿No los conocíais? ¿Jamás los habíais visto?

—Creo que uno de ellos era su sirviente, pero no estoy segura. —Negó con la cabeza—. *Senhor*, estaba demasiado asustada para ver nada.

Miguel conocía muy bien aquella sensación.

—Os dejaré que durmáis —dijo. Sabía que no debía hacerlo, se dijo que no debía hacerlo, que se arrepentiría, que solo le traería problemas. Pero lo hizo. Antes de dejar suavemente la mano de Hannah sobre la cama, se la llevó con dulzura a los labios y la besó—. Y gracias, *senhora*.

Miguel no esperó una respuesta y salió con gran prisa de la habitación, temiendo encontrarse con su hermano por la escalera, aunque no sucedió tal cosa.

Hannah cerró los ojos, sin saber qué pensar, ni cómo. Miguel la había perdonado. Él la entendía. Había tomado su mano y la había besado. ¿Acaso osaría esperar más que aquello? Oh ¿qué había hecho ella para merecer tanta bondad? Deslizó una mano sobre el reconfortante vientre, acariciando a su hijo no nacido, su hija, a la cual protegería de todos los malos que la amenazaban.

Cuando abrió los ojos, vio a Annetje inclinada sobre ella. Su rostro estaba inmóvil, con el mentón alzado, los ojos apenas dos estrechas líneas. ¿De dónde había salido? Hannah no la había oído subir las escaleras. Esa moza siempre lo hacía, siempre entraba y salía de las habitaciones como un fantasma.

—Se lo habéis dicho —dijo Annetje, tan bajo que Hannah apenas pudo oírla.

Por un momento pensó en mentir, pero ¿qué bien le haría eso?

—Sí —dijo—. Se me antojó importante que lo supiera.

—Zorra estúpida —siseó—, os dije que cerrarais la boca.

—No debes enojarte conmigo —dijo Hannah, odiándose a sí misma por su voz suplicante, pero había cosas mucho más importantes que ese insignificante orgullo suyo—. El médico dijo que debía calentarme un poco si no deseo perder al niño.

—Que el diablo se lleve a ese niño —dijo Annetje—. Que se lleve a esa criatura junto con todos vosotros, paganos judíos. —Se acercó un paso más.

Hannah se aferró a la colcha para protegerse.

—Él no nos traicionará.

Annetje estaba muy cerca y la miraba con sus fríos ojos, verdes como los de un espíritu maligno.

—Aun si no lo hiciera, ¿acaso creéis que la viuda hará honor a su silencio? Y ¿acaso pensáis que él es tan sabio que pudiera no traicionaros, aun sin querer? Sois una necia, y no debiera permitirse que tengáis un hijo a vuestro cuidado. He venido aquí con la intención de clavaros este cuchillo y matar a ese hijo podrido que lleváis.

Hannah abrió la boca con espanto y se encogió.

—Oh, tranquila. Sois miedosa como un conejo. Vine aquí con esa intención, pero he cambiado de idea, así que no es menester que os mováis de esa forma. Solo espero que sabréis agradecerme que no me cobre un castigo más severo. Y mejor será que el *senhor* demuestre igual maña guardando secretos que descubriéndolos, porque si os traiciona, podéis estar segura de que no os ayudaré. Si es menester, le diré a vuestro marido cuanto sé, y así os iréis todos al infierno.

Annetje salió apresuradamente de la habitación. Hannah escuchó sus pies golpear torpemente contra los escalones y luego un portazo.

Hannah respiró hondo. Notaba la sangre latirle en las sienes y trató de aplacar su angustia. Pero, mucho más que el miedo, sentía gran confusión. ¿Por qué había de importarle tanto a Annetje si Miguel sabía lo de la viuda? ¿Qué podía importarle a ella?

Hannah se estremeció. ¿Cómo no lo había visto antes? Annetje estaba al servicio de la viuda.

Dos días más tarde, el médico permitió a Hannah levantarse del lecho, pero se respiraba una atmósfera terriblemente tensa en la casa. Cruzaban muy pocas palabras entre sí, y Miguel procuraba ausentarse en lo posible. El día de *sabbath* se invitó él mismo a la casa de un mercader de las Indias Occidentales con quien mantenía una relación amigable.

Sin embargo, no todo fue tan amargo. Miguel había recibido un mensaje de Geertruid diciendo que se ausentaba para visitar a unos parientes de Frisia. Volvería pronto, pero entretanto había sabido que su hombre en Iberia se había asegurado agentes en Oporto y Lisboa, y se dirigía ahora a Sevilla, donde tenía por seguro que sus diligencias culminarían con éxito. La noticia era buena, aun cuando a la luz de la historia de Hannah resultara un tanto turbadora. ¿Qué secreto pudiera tener Geertruid que debiera ocultar a su socio? ¿Podía confiar en ella? ¿Tenía otra alternativa?

Había recibido unas pocas notas de Isaías Nunes, a quien empezaba a resultar dificultoso encontrar palabras que expresaran adecuadamente su irritación. Quería sus quinientos florines, y los lazos de amistad que lo frenaban estaban cada vez más maltrechos. En cambio, Miguel redactaba sus respuestas sin dificultad, haciendo vagas promesas de acción inmediata.

Entretanto, el precio del café seguía subiendo, a causa, suponía Miguel, de la influencia de Salomão Parido. Adquiría acciones de compra anticipando una subida y hacía correr la noticia. En la Bolsa de Amsterdam eso bastaba para mover los precios. Comerciantes que apenas sabían ni qué era el café empezaban a apostar por su aumento continuado.

Pero Miguel aún ignoraba cuál pudiera ser el plan de Parido. ¿Convencería a su asociación de negociantes para que ejecutaran sus acciones de compra y compraran grandes cantidades de café, haciendo así más difícil aún conseguir el monopolio? Un movimiento semejante destruiría el valor de las acciones de venta de Miguel, arruinando la oportunidad de que saldara sus deudas y endeudándolo más con su hermano. Pero la estrategia de Parido habría de ser aprobada por todos los miembros de su asociación, y los más de ellos no estaban dispuestos a hacer planes con el solo propósito de avergonzar a un rival. La adquisición de acciones de compra haría subir más los precios y, puesto que el mercado se habría hinchado artificialmente, la asociación tendría grandes trabajos para vender consiguiendo algún beneficio. Acaso Parido no tendría el respaldo de su asociación, aunque sin duda saber que Miguel había perdido sus inversiones sería suficiente contento para él.

Aquella tarde, en el Urca, Miguel topó con Isaías Nunes, el cual le sonrió a la manera de un niño culpable. Miguel había dado en beber café casi toda la jornada y se sentía capaz de cualquier cosa, de suerte que se acercó al mercader y lo abrazó cordialmente.

—¿Cómo estáis, amigo mío?

—Justo el hombre que andaba buscando —dijo Nunes, sin el menor rastro de irritación.

—Oh, ¿para qué?

A Nunes le dio risa.

—Quisiera poder tener vuestro desparpajo, Miguel. Pero venid conmigo un momento, quiero que veáis una cosa. —Condujo a Miguel a la parte más recogida de la taberna, cerca de una ventana, y bajo la débil luz extendió un pedazo de papel que se sacó de su capote. Era su contrato con Miguel.

—Detesto ser tan puntilloso con vos —dijo—, pero he de llamar vuestra atención sobre algunos detalles.

Miguel había estado paseando junto al canal lleno de optimismo: ya tenía sus acciones de venta (aunque las había adquirido de forma ilícita con dinero de su hermano), Joachim ya no era problema (si se decidía a soltar a Hendrick), los agentes ya estaban donde debían (si acaso pudiera confiar en su socia)... pero en aquel instante, confinado en la oscura taberna, la energía del café empezó a obrar en su contra. Quería moverse, pero le costaba respirar. Las palabras no brotaban de su boca con la prontitud de otras veces.

—Sé lo que deseáis decirme, amigo mío, pero si solo quisierais...

—Escuchad primero lo que tengo que deciros y luego yo os escucharé a vos. Es lo justo, ¿no os parece? —Nunes no esperó la respuesta—. Veis lo que aquí está escrito, por supuesto. —Alisó el contrato y señaló unas cuantas líneas pulidas y redactadas apretadamente—. Dice que pagaréis la mitad del coste de la entrega a petición del agente, que soy yo, cuando dicho coste sea exigido por el proveedor, el cual es la Compañía de las Indias Orientales.

Miguel asintió con impaciencia.

—Entiendo los términos...

—Por favor. Dejadme hablar. —Nunes cogió aire—. Habéis visto lo que pone. Aquí pone que el dinero ha de pagarse cuando la Compañía lo exija, no en la fecha de entrega. La Compañía puede exigir el pago cuando acepta vender la mercancía y entregarla en la fecha más cercana posible. ¿Lo entendéis?

—Por supuesto, lo entiendo —dijo Miguel—, y tengo toda la intención del mundo de conseguiros esos quinientos florines que faltan. Sé que ha sido menester que adelantéis ese dinero de vuestra bolsa, pero no dudéis que llegará.

—Estoy seguro. Solo quería que comprendierais bien los términos del contrato porque he recibido ciertas noticias inquietantes.

Aquel asunto del contrato le había irritado, pero Miguel comprendió que Nunes iba por otro camino.

—¿Cuán inquietantes?

—Espero que no demasiado. —Su voz era firme y mantenía la espalda muy recta, como quien espera un golpe—. Temo que vuestro cargamento se retrase.

Miguel golpeó la mesa.

—¿Retrasarse? ¿Por qué? Pero ¿cuánto tiempo?

—Un asunto desafortunado, pero sabéis que solo puedo plantear mis peticiones a hombres embarcados en navíos de la Compañía de las Indias Orientales. El barco que se nos había prometido cambió sus planes por voluntad de la Compañía. No irá hacia Moca y por tanto no podrá conseguir el café. ¿Qué hacer ante tamaño infortunio?

Miguel se llevó las manos a la cabeza. Por un instante temió que acaso se desmayaría.

—Retrasado —musitó, y entonces se quitó las manos de la cara y se aferró a los bordes de la mesa. Miró a Nunes y se obligó a esbozar una sonrisa desencajada—. ¿Retrasado, decís?

—Sé que os parecerá muy mala señal, pero acaso no sea tan malo como pensáis —dijo Nunes enseguida—. Mi hombre en la Compañía me dice que nos conseguirá la mercancía. Solo que habrá menester algo más de tiempo. Yo solicité que se pospusiera el pago, pero el contrato, tal y como os he mostrado, solo dice que deben enviar la mercancía en el primer barco que consideren apropiado, y es la Compañía quien decide lo que más le interesa.

—¿Cuánto tiempo? —la voz se le quebró, y hubo de repetir la pregunta, de nuevo forzando una sonrisa. No se atrevía a manifestar sus miedos, pero sintió que una sensación hormigueante de pánico se extendía rápidamente por sus extremidades. Los dedos se le entumecieron, y se puso a flexionar las manos como si se le hubieran dormido.

Nunes ladeó la cabeza haciendo como que calculaba.

—Es difícil precisarlo. Son tantos los detalles que han de tomarse en consideración cuando se trata de organizar un cargamento... Han de encontrar un barco que haga la ruta en cuestión y asegurarse de que tiene el suficiente espacio en las bodegas. Os preocupaba mantener en secreto la mercancía, cosa que imagino no habrá cambiado, y eso es algo que no todos los barcos aceptan. Cada detalle ha de planificarse con el mayor cuidado.

—Por supuesto, lo comprendo. —Alzó su mano y se la pasó con torpeza por la cabeza—. Pero podéis haceros una idea. —Su sombrero cayó al suelo, y Miguel se agachó para recogerlo.

—Hacerme una idea —repitió Nunes, tratando de no alterarse ante el evidente nerviosismo de Miguel—. En estas circunstancias, en ocasiones puede llevar incluso un año hacer todas las diligencias, pero he escrito ya algunas cartas y he pedido que se me compense por ciertos favores. Espero tener vuestro cargamento dos o tres meses después de la fecha original. Acaso algo más.

Dos o tres meses. Acaso aún pudiera evitar el desastre. Teniendo ya a los agentes dispuestos, sin duda podría retrasarlo todo ese tiempo. Sí, no había razón para que no pudieran retrasarlo. Unos meses no tenían importancia en el plan general, no si al cabo conseguían su café. Y, dentro de unos años, se reirían de esos dos o tres meses.

Pero estaba también el asunto de sus inversiones, las opciones de compra, que dependían de la llegada del cargamento, las cuales había adquirido con dinero de su hermano.

Miguel había apostado mil florines por la bajada del precio del café y, si no había ningún café que desbordara el mercado, no tendría forma de manipular los precios. Si perdía el dinero del café meses antes de que llegara el cargamento, en comparación con lo que se le echaría encima, su ruina anterior se le antojaría un mero inconveniente. Y cuando todos supieran que había comprometido a su hermano sin su consentimiento, su nombre se convertiría en sinónimo de engaño. Aun cuando lograra evitar un juicio, jamás podría volver a hacer negocios en la Bolsa.

—Hay otra cosa. —Nunes suspiró—. Como sin duda sabréis, desde que iniciamos este negocio, el precio del café ha subido. El café ha subido a 0,65 florines la libra, lo que suman treinta y nueve florines por tonel. Por supuesto, ya lo sabéis; vos comprasteis opciones de compra y demás. En cualquier caso habréis de pagar otros quinientos diez florines, la mitad de los cuales necesitaré de forma inmediata junto con los quinientos que ya me debíais. En caso contrario habréis de reducir el pedido de noventa a setenta y siete barriles para cubrir la diferencia de precios.

Miguel agitó la mano en el aire.

—Muy bien —dijo. Aunque se arriesgara a contraer una deuda mayor ya no podía perder nada más—. He de conseguir esos noventa barriles al precio que fuere.

—¿Y el dinero? Detesto insistir tanto, pero yo mismo me hallo un tanto desbordado, no sé si me entendéis. Si acaso tuviere yo un pequeño espacio para mis propios asuntos, no os molestaría, pero en estos momentos 755 florines significan demasiado para mí.

—Justamente acababa de hablar con mis socios. —Le pareció que farfullaba, pero había pronunciado semejantes mentiras en tantas ocasiones que tenía la certeza de poder decirlas de nuevo, y de forma convincente, aun en sueños, si ello fuera menester. Dio una palmada y se frotó las manos vigorosamente—. Por supuesto, habré de hablar con ellos de nuevo. Van a llevarse una gran decepción, pero les gustan los desafíos acaso tanto como a mí.

—¿Y el dinero?

Miguel apoyó una mano en el hombro de Nunes.

—Me prometieron poner el dinero en mi cuenta no más tarde de mañana. O pasado. Os prometo que recibiréis vuestro dinero.

—Muy bien. —Nunes se desembarazó de los brazos de Miguel—. Lamento el retraso. Estas cosas a veces suceden. Sin duda tuvisteis en cuenta la posibilidad de un retraso al hacer vuestros planes...

—Por supuesto. Por favor, tenedme informado si hubiera cualquier novedad. Tengo muchos asuntos que atender.

De pronto, a Miguel la taberna se le hacía insoportablemente calurosa, así que salió de allí con grandes prisas y no vio a Joachim hasta que lo tuvo a unos pocos metros. Si acaso fuera posible, el hombre tenía peor semblante que la última vez que se vieron. Llevaba las mismas ropas, las cuales estaban más sucias. La manga de su capote estaba rota del puño hasta casi el hombro, y el cuello estaba manchado de sangre.

—Siento no haber tenido mucho tiempo para vos últimamente —dijo Joachim—, pero he estado ocupado. —Se tambaleó un tanto, y su rostro se tornó bermejo.

Miguel no se detuvo a considerar, contemplar o medir. Negras nubes de odio enturbiaban su visión. Sentía una gran rabia, espoleada por el café, que mudaba sus humores en cosa negra y maligna. En aquel instante dejó de ser él para transformarse en una bestia, ajena a todo pensamiento racional. Se abalanzó sobre Joachim y lo empujó con fuerza con las dos manos, sin detenerse.

Aquello le hizo sentirse bien. La sensación de tener un frágil cuerpo contra sus manos... y entonces Joachim ya no estaba, había dejado de existir. Miguel se sintió dichoso, jubiloso. Se sintió como un hombre. Con un simple empujón había hecho desaparecer a Joachim de su vida.

Solo que Joachim no estuvo desaparecido mucho tiempo. Miguel pretendía seguir camino, pero por el rabillo del ojo echó de ver que su enemigo había caído al suelo con más dureza de la que pretendía. Estaba caído de costado, como un pescado sobre una cubierta resbaladiza.

Miguel se detuvo. Joachim estaba muerto. Solo un hombre muerto podía estar en aquella postura, flácido, inmóvil, derrotado.

Miguel luchó por liberarse de la bruma de incredulidad. Todas sus esperanzas se habían esfumado en una única acción. ¿Qué podía esperar ahora? Juicio y ejecución, escándalo y vergüenza. Él, un judío, había matado a un holandés; y la ruindad del holandés no lo eximiría.

Entonces Joachim se movió. Se movió brevemente y, con la espalda hacia Miguel, se incorporó. Una multitud de curiosos se había congregado en torno, y todos contuvieron la respiración cuando vieron su rostro, el cual se había golpeado con dureza contra la calle de ladrillo. Se volvió lentamente para mostrar la herida a Miguel.

La piel de su nariz parecía desgarrada, también en la punta. No había grandes cantidades de sangre, pero brotaba esta de forma continuada, y la visión de suciedad y sangre hizo que Miguel se mareara. Joachim miraba directo al frente y permanecía inmóvil, cual si estuviera ante un grupo de jueces. Luego, tras unos momentos, escupió sangre y lo que acaso fuera la parte mayor de uno de los preciosos dientes que le quedaban en su boca.

—El judío ataca al pobre mendigo y sin motivo —oyó que decía una mujer—. Llamaré a los guardias.

La sensación de alivio se evaporó. Si lo arrestaban por atacar a un holandés sin motivo —y había muchos testigos que testificarían que así fue—, el *ma'amad* no tendría más remedio que dictar el *cherem*, y esta vez no sería temporal. Todo estaba arruinado.

Con la salvedad de que Joachim lo salvó. Joachim tuvo el poder de destruirlo en sus manos y no lo usó. Miguel no se hizo ilusiones. Sabía que su motivo era solo poder seguir torturándolo. Un Miguel destruido no le haría ningún servicio.

—No es menester que venga nadie —gritó Joachim con palabras lentas y torpes. Estaba borracho, sin duda, aun cuando era evidente que la herida de la boca le dificultaba considerablemente el habla—. Me contentaré con arreglar este asunto en privado. —Dio un paso al frente algo vacilante y escupió otra masa espesa de sangre—. Creo que debiéramos marcharnos rápidamente —le dijo a Miguel— antes de que alguien decida llamar a la ley a pesar de mis esfuerzos por protegeros. —Puso un brazo sobre los hombros de Miguel, como si fueran compañeros heridos recién llegados del campo de batalla.

Joachim hedía a vómito, excrementos, orines y cerveza, pero Miguel lo pasó por alto. No osó manifestar repugnancia ante la multitud en tanto que ayudaba al pobre tullido.

Caminaron en dirección a la Oude Kerk con paso lento y decidido. Miguel no podía permitirse la tensión de temer por que alguien los viere. Solo deseaba seguir moviéndose.

Cuando estuvieron bajo la sombra de la iglesia, Joachim se apartó de Miguel y se apoyó contra el edificio, sujetándose a las ranuras de la piedra.

—No era menester que me atacarais —le dijo. Se llevó la mano libre a la mejilla y luego miró la sangre.

—¿Acaso no me habéis amenazado con matarme en repetidas ocasiones? —repuso Miguel tajante.

—Yo solo os había salido al encuentro, y vos me derribasteis. Me pregunto qué diría ese *ma'amad* vuestro de llegar a oídos suyos este incidente.

Miguel miró en derredor, como si la inspiración pudiera hallarse por allí escondida. Solo veía ladrones, rameras y obreros.

—Estoy cansado de vuestras amenazas —dijo Miguel débilmente.

—Tal vez, pero ¿qué importancia puede tener ello ahora? Tratasteis de ayuntaros con mi esposa. Me habéis atacado. Acaso debiera ir directamente al hombre que mentasteis, Salomão Parido.

—No estoy de humor para esto —dijo Miguel con hastío—. Jamás he tocado a vuestra esposa. Decidme lo que queréis, y así podremos concluir esta conversación lo antes posible.

—Quiero lo que siempre he querido... mis quinientos florines. Hubierais podido dármelos por ser lo más justo, pero ahora que tengo algo que deseáis, estoy dispuesto a tomar el dinero a cambio.

—¿Y qué tenéis vos que desee?

Joachim se limpió algo de sangre con la manga.

—Mi silencio. Habéis hecho de corredor para un gentil y habéis tratado de ayuntaros con una cristiana. Y aún más, os he visto con vuestra amiga. Sé dónde ella consigue su dinero, y me pregunto si ese tal *ma'amad* no estaría interesado en saberlo.

Joachim acaso lo hubiera visto con Geertruid, pero ¿cómo podía saber que quitaba el dinero a los hijos de su esposo? No tenía sentido, pero no tenía ánimo para tratar de averiguar cómo sabía Joachim lo que sabía... Solo deseaba que aquella conversación se acabara.

—No discutiré con vos.

—Tenéis mucho que perder —dijo Joachim con voz neutra—. Estoy seguro de que encontraréis la forma de conseguir el dinero. Lo tomaréis prestado, lo robaréis... no me importa, mientras me lo deis.

—Vuestras amenazas no tienen ningún valor y no cambiarán nada.

Miguel se dio la vuelta y echó a andar con rapidez, pues por alguna razón intuía que Joachim no le seguiría. Las manos le temblaban, y hubo de concentrarse para asegurarse de que caminaba bien. Aquella jornada su suerte no podía haber sido más negra, pero a pesar de todo estaba totalmente seguro de que Joachim no acudiría al *ma'amad*. De haber querido arruinarle, hubiera dejado que la mujer llamara a la guardia. Pero si castigaban a Miguel, el juego se acababa, y echaba de verse que Joachim le había cogido el gusto. Se había alimentado de sus heridas, había revivido pronunciando nuevas amenazas. Era lo único que le quedaba.

26

Miguel necesitaba a Geertruid. Poca importancia tenían ya los secretos que pudiera ocultarle... ¡que tuviera sus secretos, él también tenía los suyos! Necesitaba su dinero, no su honradez. Si lograba sacarle otros mil florines, acaso fuera suficiente para salvarse. Podía pagar a Nunes y comprar más opciones de venta para contrarrestar las opciones de compra de Parido. Con un poco de suerte, aún podía hacer cambiar la marea sobre el precio del café. Y entonces utilizaría esos beneficios, no para saldar sus deudas como había planeado, sino para restituir la inversión original de Geertruid. No era todo lo que hubiera querido, pero con otros mil florines o aun mil quinientos si fuera posible, acaso el terreno se allanaría.

Aunque hubo una suerte de desacuerdo, Miguel pensó que su mejor oportunidad la tenía en el repulsivo Becerro de Oro. De modo que se encaminó hacia allí con grandes prisas y encontró al gordo tendero, Crispijn, casi solo, sentado en una banqueta detrás de la barra, sorbiendo de un cuenco de sopa de cerveza y ayudándola a pasar con una redundante jarra de cerveza.

—Buenos días, Crispijn —exclamó Miguel alegremente, como si fueran viejos amigos—. ¿Cómo ha ido el día?

—¿Quién demonios eres tú? —Crispijn estudió a Miguel un momento y perdió luego el interés, rodeando nuevamente con sus grandes manazas el cuenco de sopa.

—Nos conocimos hace muchas semanas —explicó Miguel, tratando de conservar el buen tono—. Yo estaba con Geertruid Damhuis.

La frente de Crispijn se arrugó.

—¿Ah, sí? —Inexplicablemente, el hombre escupió en su propia sopa—. Bueno, no tendré más relación con esa perra si puedo evitarlo.

—Seamos educados. —Miguel dio un paso al frente—. Ignoro qué puede haber pasado entre los dos, pero debo ponerme en contacto con ella y pensé que acaso sabríais cómo puedo encontrarla o sabríais de alguien que pudiera darme razón.

—¿Cómo voy yo a saber la manera de ponerme en contacto con esa arpía? He oído que se ha ido al sur, y aun cuando no es lo mismo que si se hubiera ido al infierno, me tendré por satisfecho.

—Dejando las diferencias a un lado —insistió Miguel—, seguís siendo familia.

A Crispijn le dio tan fuerte risa que el cuerpo se le sacudía.

—Esa no es parienta mía, ni ganas. Cada mañana me salen del culo parientes mucho mejores que ella.

Miguel se apoyó el índice y el pulgar en la frente.

—No sois pariente suyo, ¿decís?

Otra risa, pero no tan estruendosa. Esta vez el dueño del local mostró algo semejante a la compasión.

—Se me hace que estáis confuso. No sé nada ni de mi padre, ni de mi madre. No tengo ninguna familiar en este mundo, ni primos. Quizá esa mujer sería más amable con un hombre que fuera su familia, pero no tengo yo la suerte de llamarla así.

En más de una ocasión, Geertruid lo había llamado primo. Acaso el término fuera propio de una nueva jerga que ella usara con liberalidad. Poco podía importar, y Miguel no tenía fuerzas para aclarar la confusión.

Podía intentarlo de nuevo con Hendrick. El holandés había dejado muy claro que podía encontrar a Geertruid, aun cuando no parecía dispuesto a decir cómo.

—¿Sabéis dónde puedo encontrar a su hombre?

—¿Hendrick? Mejor haréis huyendo de ese hombre que buscándolo —dijo el tendero—. No os entiendo, amigo. No sois rufián para andar buscando a gente como ese Hendrick, y no parece que entendierais que estáis pisando terreno resbaladizo. ¿Qué se os ha perdido con semejante bazofia?

Crispijn encogió sus pesados hombros.

Miguel comprendió perfectamente, aunque en su estado de ánimo hubiera preferido que lo pidiera directamente. Le entregó medio florín.

Crispijn sonrió.

—He oído que tiene algo planeado en el Caballo Cojo Español, una taberna de música en el extremo más apartado del Warmoesstraat. Allí estará esta noche, me han dicho, pero no muy tarde. Y si conozco a Hendrick, que lo conozco más de lo que quisiera, irá, y se habrá esfumado en un abrir y cerrar de ojos. Debéis estar allí no más tarde de la hora en que la torre toque las siete, creo. Entonces acaso podáis atraparlo, aunque creo que lo mejor sería que no.

Miguel dio las gracias en un murmullo y salió, deseando que no fuera ya tarde para hacer una visita a la Bolsa. Detestaba la sensación de haber perdido un día entero de negocio. Maldita la Compañía de las Indias Holandesas, musitó entre sí. ¿Acaso no podían haber cambiado de ruta con otro barco que no fuera el suyo? Su café hubiera podido estar de camino, y él no habría golpeado a Joachim.

Sin ningún negocio que atender, Miguel prefería no ser visto, sobre todo por Joachim. Visitó a un vendedor de libros, el cual le fió unos cuantos panfletos y un libro escrito en un portugués muy simple sobre los elementos fundamentales de la Ley sagrada que Miguel tuvo el impulso de comprar. Se lo llevaría como regalo a Hannah. No sabía leer, pero acaso aprendería alguna vez.

Tras pasar el día de taberna en taberna, leyendo sus exagerados relatos de crímenes, decidió seguir el consejo de Crispijn y fue al Caballo Cojo Español. Miguel por lo general, evitaba las tabernas de música de aquel género, las cuales servían a gentes de muy mala calaña. Una banda de tres músicos de cuerda tocaba melodías sencillas mientras las rameras iban de mesa en mesa buscando clientela. Miguel suponía que habría habitaciones en la parte de atrás y por un momento pensó en inspeccionarlas acompañado de alguna de aquellas bellezas de voluminosa delantera, con cabellos morenos y bonitos ojos oscuros, pero había ido allí a buscar a Hendrick y no se le antojó ninguna ganga perder su oportunidad por hacerse con unas purgaciones.

En una hora, las rameras ya sabían que no sacarían nada de él y se mantenían a distancia, sin hacerle caso, salvo para mirarle con el gesto torcido alguna vez. Miguel bebía con prisa y pidió repetidas veces, pensando acaso que debía pagar su sitio en cerveza por que el dueño no lo echara.

Llevaba ya casi dos horas bebiendo, y Hendrick no aparecía. Adormecido por la cerveza, Miguel pensó si no sería mejor que abandonara; aquel no era lugar para quedarse dormido, a menos que quisiera uno despertar despojado de todos sus bienes.

Levantó su jarra y la volvió a dejar. Una conversación de unas mesas más allá le llamó la atención. Algo de un cargamento, ruina, un barco perdido llamado el *Abundante Providencia* con un cargamento de esclavos.

Entonces algo sucedió. Un borracho se puso en pie y se volvió hacia los marineros.

—¡El *Abundante Providencia*! —La saliva se le escapó de la boca—. ¿Estáis seguro?

—Ay —dijo uno de los marinos—. Lo han capturado los piratas. Malvados piratas españoles. Unos bastardos sedientos de sangre. De la peor calaña. Mi hermano era uno de los marinos que viajaban en el barco y casi no sale con vida. ¿Conocéis el barco, amigo? ¿O tenéis algún familiar a bordo?

—Lo conozco. —El hombre se llevó las manos a la cara—. Tenía acciones en él. Dios, Dios, estoy arruinado. ¡He hundido mi fortuna en un barco hundido!

Miguel miraba. Incluso en el sopor de la cerveza, la escena le resultaba conocida. No solo le recordaba su reciente infortunio con el café, sino algo más, de muchos meses antes. Era como ver su propia vida pasar ante él.

—Tal vez no esté todo perdido —dijo uno de los compañeros del marino con voz esperanzada, como la que uno usaría con un niño asustado—. Veréis, la noticia no ha llegado todavía a la Bolsa, y eso podría jugar en vuestro favor.

El accionista se volvió a este nuevo personaje. Era el único del grupo que no parecía marino. No era exactamente un hombre de clase, pero estaba por encima de sus compañeros.

—¿Qué me decís? —preguntó el accionista.

—Que podéis sacar provecho de la ignorancia que hallaréis aún en la Bolsa. O cuando menos alguien podría. Yo estaría encantado de hacerme con esas acciones vuestras, señor, por un cincuenta por ciento de su valor. Eso sería mucho más lucrativo que perderlo todo.

—¿Y venderlas a precio de saldo mañana en la Bolsa? —preguntó el accionista, con las palabras trabando la lengua en su boca—. ¿Y por qué no habría de hacerlo yo mismo?

—Podéis intentarlo, amigo, pero estaréis asumiendo un gran riesgo. Cuando se sepa que os habéis deshecho de vuestras acciones unas horas antes de que se difunda la noticia, todos desconfiarán de vos. Yo, en cambio, no me dejo ver apenas por la Bolsa, y podría salir de la aventura sin grandes trastornos.

El hombre nada dijo, pero Miguel echaba de ver que estaba al borde del precipicio.

—También he de añadir —dijo el futuro comprador— que no cualquiera sería capaz de vender una mercancía echada a perder con mirada de honradez. Acaso podríais encontraros dispuesto a vender y no hallaríais a nadie que os comprara por no saber conduciros como quien nada tiene que ocultar.

—Y en cambio tú lo haces muy bien eso de parecer honesto —anunció una nueva voz, heroica—, aunque tan cierto como que estoy aquí que eres un sinvergüenza.

Y allí estaba Hendrick, vestido de negro, como un hombre de negocios. Estaba en pie detrás del futuro comprador, con los brazos cruzados, con un aire de lo más caballeresco.

—Te conozco, Jan van der Dijt —anunció Hendrick—. Eres un mentiroso y un granuja. —Se volvió hacia el accionista—. Nada le ha sucedido a vuestro barco, señor. Esta gente son tramposos que se aprovechan del miedo de los inversores. Tratan de despojaros de vuestras acciones a la mitad de su precio y después hacerse con la recompensa cuando el barco llegue sano y salvo.

Los marineros y sus acompañantes se levantaron de la mesa y fueron con grandes prisas hacia la salida. El accionista se puso tenso y pareció que acaso iba a echar a correr en pos de los timadores, pero Hendrick le pasó la mano por los hombros y lo retuvo.

—Dejad que huyan —dijo tranquilizándolo—. Habéis desbaratado su plan y no podríais con tantos. Venid. —Llevó al hombre a la mesa y presionó sobre su hombro para que se sentara.

Miguel acababa de presenciar la misma escena que tuvo lugar cuando él conoció a Geertruid y se hizo su amigo. Pero su amistad era una farsa, todo era mentira. Los hombres que se habían ofrecido a comprar sus acciones no habían sido desenmascarados por Geertruid, estaban a su servicio. No había sido más que un truco para ganarse la confianza de Miguel.

Después de asegurarse de que Hendrick le daba la espalda, Miguel pagó rápidamente sus cervezas... ciertamente, pagó de más, pues quería salir de allí enseguida y sin más palabras. Buscó la puerta y se escurrió al exterior sin ser visto.

En el frío de la noche, Miguel encendió su lámpara, la cual apenas si penetraba la espesa niebla del Ij. ¿Qué significado tenía aquello? ¿Cómo había de explicarlo?

En unos momentos, lo vio todo con claridad. Geertruid había urdido algún plan que no solo implicaba ganarse su confianza por una sola noche, sino durante un período de días o semanas. Luego Miguel lo perdió casi todo cuando el azúcar cayó. Sin duda eso explicaba por qué Hendrick parecía tan inquieto cuando estaba cerca... pues no comprendía qué podía querer Geertruid de un judío que ya no tenía dinero y no les servía de nada.

De modo que Geertruid había urdido algo en lo que él les pudiera ser útil. Había urdido aquel plan del café con el fin de... de hacer ¿qué? ¿Cuál era su plan? No podía ser que hubiera planeado quitárselo todo a Miguel. Ella había puesto el dinero que, según ella misma había dicho, no le pertenecía.

Acaso tampoco perteneciera a los hijos de su difunto marido. Aquella historia, ahora lo veía, tenía el timbre falso de una mentira. ¿Cómo no se había dado cuenta antes? Él, que se ganaba la vida discerniendo verdad de falsedad, aun cuando ahora fuera una forma ruin de ganarse la vida. Y el café, que había de salvarle de la ruina, se revelaba ahora como un nuevo desastre. Pero ¿por qué? ¿Por qué había de adelantar dinero esa mujer o cualquier otra persona, con el fin de engañar a un hombre arruinado y hacer que se arruinara aún más?

Solo podía haber una respuesta. Solo podía haber una persona dispuesta a gastar un dinero en la destrucción de Miguel. Geertruid, concluyó con total claridad, servía a Salomão Parido.

27

La idea de que las cosas pudieran verse con mayor claridad con el nuevo día o que los asuntos de importancia podían resolverse durante el sueño, a Miguel se le antojaba una necedad. Su sueño inquieto no le proporcionó respuestas al día siguiente, ni al otro, *sabbath*. Sin embargo, a la tercera mañana, despertó con un importante detalle en las mientes: cuando estaban delante de la Carpa Cantarina, Joachim había insinuado cosas sobre Geertruid. Podía recordar hasta el olor exacto del aire —cerveza, orines, y hedor del canal— cuando aquel despojo dijo saber algo.

En aquel momento, Miguel había dado por supuesto que Joachim había averiguado de alguna forma lo del dinero de Geertruid, pero ahora sabía que no era así. El asunto de los hijos de su esposo era una mentira, un engaño plausible para sugerir el uso de medios poco honrados, pero perdonables con los cuales hacer dinero. Lo más probable es que fuera Salomão Parido quien hubiera puesto el dinero.

Pero si Geertruid trabajaba para Parido, ¿por qué el *parnass* no conocía los planes de Miguel? ¿Por qué había de dejar Parido que Geertruid y Miguel se hicieran con el monopolio del café para después golpear y arruinar a Miguel por su asociación con Geertruid y la violación de las normas?

—No —dijo Miguel en voz alta. Se sentó sobre su cama, arrojando la gruesa colcha de plumón a un lado por el calor de la mañana. Nada de todo aquello tenía sentido, pero alguien —Geertruid, Hendrick, Parido—, alguien cometería un error que le permitiría ver la verdad, y él estaría preparado cuando eso pasara.

Dos días más tarde, Annetje anunció que Miguel tenía visita. Su voz vaciló levemente, y no parecía atreverse a mirar a Miguel a los ojos. Cuando la siguió hasta la sala de recibir, vio a Joachim en pie junto a la jamba de la puerta, con un nuevo sombrero de ala ancha en las manos, mirándolo todo con una suerte de curiosidad infantil: «Así que aquí es donde vive un judío».

—Habéis perdido el juicio —dijo Miguel con calma.

Joachim vestía ropas nuevas —¿de dónde habían salido?— y aun cuando no eran de la finura a la que antaño tenía afición, tenía un aire limpio y digno, muy a la manera de un negociante con su camisa blanca, jubón y jersey de lana ceñido. La herida de su rostro desmentía cualquier asomo de gentileza, pero también lo hacía menos reconocible como mendigo, pues ya no llevaba con él el hedor de la decadencia.

—He de hablar con vos —dijo con una voz serena que Miguel apenas reconoció. ¿Se habría llevado un baño y ropas nuevas su desatinada mente?—. Ya estoy en vuestra casa. Echarme a la calle no os haría ningún bien, particularmente si armo un gran alboroto. Sin duda os convendrá que me vaya en silencio cuando haya concluido el asunto que me trae. —Dejó la alternativa sin pronunciar.

¿Acaso no podría haber tenido la cortesía de llamar a la puerta de la cocina? Miguel no estaba dispuesto a quedarse en la parte principal de la casa con aquel individuo, así que lo guió hasta su sótano.

Joachim examinó lo que veía cuando bajaban las escaleras y se quedó en pie, inquieto, en la húmeda habitación, sorprendido acaso al ver que Miguel no vivía entre lujos. Se sentó en un taburete con patas inestables y dejó pasar un momento en tanto que miraba la llama de la lámpara de aceite de la mesa. Finalmente, respiró hondo y empezó.

—He estado bajo la influencia de un acceso de demencia que ya ha pasado. He exigido y amenazado, en algunos casos de forma poco razonable, por lo cual os pido perdón. Sigo pensando que debéis pagarme los quinientos florines que perdí, pero no es menester que sea de forma inmediata, ni todo a la vez. Es decir, desearía establecer un programa para los pagos, como el que tendría de haber pedido un préstamo. Entonces ya no os molestaré.

—Ya veo. —Miguel hablaba despacio, tratando de ganar tiempo

para pensar. Alguien había dado dinero a Joachim; era evidente. Y ese alguien solo podía ser Parido.

—Me alegra que lo veáis. Vayamos pues al grano: aceptaré un pago gradual de lo que me debéis, aunque por bien de sentirme certificado habré de saber cómo pensáis conseguir el dinero. Tal es la idea. Me hablaréis del proyecto con el cual pensáis conseguir vuestro dinero en los próximos meses y, sabiendo de vuestra estrategia, podré fiar en que devolváis mis quinientos florines, pongamos, en los próximos dos años.

No podía ser más simple, ni más claro. Parido había echado mano de Joachim por tal de averiguar sus planes. Cualquiera que fuera el ardid que hubiera empleado, echaba de verse que lo había domeñado. ¿Había sido el dinero suficiente para obrar aquel cambio? Tenía que haber algo más. Joachim se conducía con el nerviosismo de quien espera juicio.

Miguel sintió gran alegría. Las cosas habían ido mal en las pasadas semanas —muy mal—, pero ahora sabía cómo tomar el mando. Sabía lo que los otros planeaban, y eso le permitiría manejarlos a su antojo.

—¿Cómo sé que no os aprovecharéis de la información que os proporcione? —preguntó, haciendo tiempo en tanto consideraba sus opciones—. No ha tanto que os ausentáis de la Bolsa como para haber olvidado la importancia de mantener los secretos.

—Yo nada tengo que ver con la Bolsa. Eso se ha terminado para mí. Solo deseo proveer para mi esposa y retirarme a una vida tranquila en el campo. —Sus ojos pestañearon—. Si me pagáis, compraré una parcela de tierra y la cultivaré. O acaso abra una taberna en algún pueblo.

—Muy bien —dijo Miguel con tiento—. Prometo que os pagaré.

—Pero debéis decirme lo que os solicito —dijo Joachim, pasándose los dedos por sus largos cabellos, recientemente lavados.

Miguel notó sabor a sangre en su boca.

—¿Debo? Y ¿qué haréis si no os lo digo?

—Solo deseo tener la seguridad de que no me engañaréis.

—Entonces tenéis esa seguridad. —Miguel sonrió.

—Eso no basta. —Joachim se agitó nervioso—. Hemos tenido nuestras diferencias, sí, pero ya veis que acudo a vos con humildad. Estoy dispuesto a admitir mis errores. Solo os pido una cosa, y sin embargo me la negáis.

¿Qué podía dar a Parido que pudiera satisfacerle y a la par permitirle a él ganar algo de tiempo? La respuesta cayó sobre él en una súbita inspiración: miedo. Le daría motivos para temblar, para dudar de sus aliados, para que el futuro y lo desconocido se convirtieran en su enemigo.

Miguel asintió lentamente en un intento de parecer reflexivo.

—Por desgracia, no puedo daros detalles de mi negocio porque hay otras personas implicadas, y no tengo derecho a revelar cosas que pudieran afectar el bienestar de la asociación.

—¿Os habéis unido a una asociación comercial? —preguntó Joachim buscando con ansia las migajas.

—Algo así. Nos hemos unido por mejor llevar un importante negocio. Cada uno de nosotros posee una habilidad particular o algo con lo que contribuir, con lo cual el todo resulta más fuerte que la suma de sus partes. —Miguel sintió una punzada de pesar. Tal había sido el caso en su asociación con Geertruid, al menos hasta que supo que ella lo había traicionado.

—¿Y a qué se dedicará tal asociación?

—Eso no puedo decíroslo... no si no deseo quebrantar la promesa que hice a los otros. Por favor, debéis entender que por mucho que lo necesitéis, no puedo daros esos detalles.

—Debo tener alguna información. —Joachim casi le suplicaba—. Sin duda lo entendéis.

Por primera vez, Miguel echó de ver que acaso Joachim no fuera sirviente de Parido, sino su esclavo. Se veía verdaderamente temeroso de partir sin ninguna información concreta para su amo. ¿Con qué podía haberle amenazado Parido?

—Sin traicionar a nadie, os diré que hay una gran cantidad de dinero implicada. Vos no seguís ya los movimientos de la Bolsa, así pues, os confiaré un secreto si prometéis que no habéis de contárselo a nadie. ¿Lo prometéis solemnemente, Joachim?

Inexplicablemente, Joachim vaciló y tragó saliva incómodo.

—Lo prometo —dijo.

—¿Lo juráis por vuestro Jesucristo? —preguntó Miguel, hurgando más en la herida.

—No hago yo tales promesas a la ligera. A pesar de cuanto ha sucedido, no deseo incurrir en blasfemias.

—No os estoy pidiendo cosa blasfema —explicó Miguel con una amplia sonrisa—. Solo que hagáis un juramento sagrado que me certifique en lo que habéis prometido. Imagino que podríais faltar a vuestra palabra. Un hombre capaz de amenazar a otro con quitarle la vida, sin duda el más grave de todos los pecados, podría faltar a una promesa hecha a su Dios. Pero, si hacéis ese juramento, cuando menos será un pequeño consuelo.

—Muy bien —dijo Joachim, mirando la luz que se colaba por una de las minúsculas ventanas—. Juro por Jesucristo no repetir lo que me habéis dicho.

Miguel sonrió.

—¿Qué más podría pedir? Sabed entonces que, con este plan, pensamos ganar muchísimo dinero, una cantidad tan grande que los mil que pedís parecerán una nadería. De aquí a diez años, los hombres aún hablarán de ello. Habrá de convertirse en el modelo al cual aspiran los jóvenes advenedizos de la Bolsa.

Los ojos de Joachim se dilataron. Se enderezó en su silla.

—¿No podéis decir más? ¿No podéis decirme si negociáis con un producto, o ruta, o mercancía determinada?

—No puedo contestar a esa pregunta sin quebrantar mis propios votos —mintió—. Hay otros judíos de importancia implicados y, con el fin de protegernos, todos hemos hecho un voto de silencio.

—¿Otros judíos de importancia? —preguntó Joachim. Al parecer llevaba al servicio de Parido el suficiente tiempo como para saber cuándo algo era importante.

—Sí —le dijo Miguel. Su pequeño engaño era tan siniestro que le costaba contener el contento—. En este asunto comparto mi suerte con varios miembros de la comunidad del más alto rango. Por eso nunca temí que acudierais con vuestra historia al *ma'amad*; solo deseaba evitar que se me abochornara delante de mis socios. Tengo un enemigo en dicha cámara, pero también tengo amigos poderosos. —Hizo una pausa y se inclinó hacia delante, para adquirir la pose de quien cuenta un secreto—. Veréis, es que uno de los miembros del consejo forma parte de la asociación, y aun otro ha hecho una importante inversión en nuestra empresa.

Joachim asintió y pareció notablemente aliviado. Diríase que poseía ya la suficiente información para volver a su amo y no temer su enfado. Ya tenía la joya reluciente que buscaba.

—¿Satisface esto vuestra curiosidad, Joachim?

—De momento. Aunque acaso tenga más preguntas más adelante.

—Cuando lo penséis, ¿cierto?

—Sí, es posible que se me ocurran más.

—Siempre fuisteis persona de natural curioso. Supongo que eso no tiene arreglo.

Miguel lo acompañó escaleras arriba y lo hizo salir por la puerta de la cocina. Cuando cerró, dejó escapar una risotada. Ya no sería menester que temiera nada del *ma'amad*. Sin duda, Parido no aceptaría jamás que Miguel volviera a ser interrogado. Tenía demasiado que perder.

28

Una semana más tarde, Miguel recibió una nota de Geertruid. Había regresado de su viaje, todo iba bien y deseaba reunirse con él aquel mismo día en la Carpa Cantarina.

Cuando Miguel llegó, se le antojó que la mujer estaba particularmente bella con aquel vestido de un rojo encendido, con el corpiño azul y una cofia roja ribeteada de azul. Sus labios eran de un intenso carmín, como si se los hubiera estado mordisqueando.

—Qué alegría estar de vuelta —dijo ella, dándole un beso en la mejilla—. Mi tía de Frisia, que estaba tan enferma, se ha recuperado totalmente... tan completamente que me pregunto si acaso ha llegado a estar enferma de verdad. Y ahora —tomó la mano de Miguel—, contadme qué noticias hay, mi apuesto asociado.

Miguel deseó haber podido equivocarse, pero sus ojos lo habían visto. Geertruid había trabado amistad con Miguel valiéndose de engaños, y Miguel aún no sabía el porqué.

—Me alegra saber que vuestra tía está mejor.

Miguel había considerado largamente en este problema, y había llegado a una reconfortante conclusión: si Geertruid trabajaba para Parido, le proporcionaría cualquier suma razonable que le pidiera; de otro modo, cualquier intriga que el *parnass* urdiera fracasaría. Miguel conseguiría el dinero que necesitaba para cubrir sus inversiones, y entonces mostraría a Parido qué gran necedad era tratar de superar a un hombre bien instruido en las historias de Pieter el Encantador. Pero, después de días de reflexión, aún no estaba seguro de cómo pedir lo que quería.

—Bien —dijo Geertruid. Dio un largo trago a su cerveza—. ¿Alguna noticia de nuestro cargamento? ¿Alguna noticia de la Bolsa? Ardo en deseos de seguir adelante.

—Ha habido ciertas noticias —empezó Miguel—, aunque no tan buenas como quisiera. Debéis comprender que tales diligencias nunca acontecen con la suavidad planeada, y, conforme avanza en su camino, el mercader ha de hacer cuanto esté en su mano por evitar peligros ocultos.

Geertruid se relamió los labios.

—¿Peligros ocultos?

—Veréis, el precio de cada producto está sujeto a diferentes cambios durante un tiempo determinado. Nadie puede adivinar realmente sus movimientos... esto es, a menos que tenga el monopolio, claro, que es lo que nosotros planeamos hacer... aun cuando aún no lo tengamos.

—¿El precio del café ha subido? —preguntó ella directamente.

—Lo ha hecho, y más de lo que cabía esperar. Y luego está la cuestión de los costes del cargamento, que han resultado significativamente más altos de lo que se me hizo creer. Y el secreto... eso también cuesta dinero. Untas una mano aquí, otra allá... y cuando te das cuenta tienes la bolsa vacía.

—Creo que ya sé adónde nos llevará esta conversación.

—Lo suponía. Veréis, creo que debemos tener más dinero para asegurar los cabos sueltos. Por solo un poco más, podría eliminar cualquier elemento dudoso.

—¿Un poco más?

—Mil quinientos florines —dijo él alegremente aunque, viendo cómo demudaba su rostro, pensó que acaso la cifra fuera un tanto ambiciosa—. Aunque con mil quizá me arregle.

—Debéis tenerme por una mujer más importante de lo que soy —dijo ella—. Ya os he dicho cuán dificultoso era conseguir los tres mil. Y ahora, me pedís la mitad con semejante desparpajo.

—¿Acaso os pido dinero para satisfacer mis propias necesidades, señora? No, que es para asegurar nuestra riqueza común. Me pedisteis que trabajara para vos porque confiabais en mi capacidad para llevar asuntos de negocios. Y no os equivocabais. Os aseguro que necesitamos ese dinero si queremos salir victoriosos.

Miguel había esperado que se mostrara seria, pero también divertida. En lugar de eso, vio que lo miraba con gran cólera.

—Cuando empezamos, os pregunté cuánto necesitabais, y me dijisteis que tres mil florines. Y os confié ese dinero. Si me hubierais dicho cuatro mil quinientos, os hubiera dicho que era imposible. ¿Acaso los tres mil florines no serán suficiente? ¿Habéis perdido el dinero?

—No, perdido no —dijo él con gran prisa—. Os lo prometo. El peor peligro es que no podamos hacer cuanto deseábamos, y que hayáis de devolver vuestra inversión allá de donde vino. Solo pensaba que si pudiéramos disponer de algo más de dinero, nos haría buen servicio.

—No podemos disponer de más dinero —dijo Geertruid—, y necesito que seáis sincero conmigo. Sé que la verdad es cosa dificultosa para quien ha sido judío secreto.

—Sois injusta —protestó Miguel.

—Vos mismo me lo dijisteis. Me dijisteis que por necesidad se os instruyó en el arte del engaño. Sin embargo, yo no quiero engaños, quiero la verdad.

—Que un hombre sepa engañar no significa que haya olvidado cómo ser veraz. Yo nunca os mentiría, de la misma forma que sé que vos no me engañaríais a mí. —Sin duda no hubiera debido decirlo, pero sabía que su rostro no reflejaría la ironía—. Vuestro dinero está a salvo, y aun cuando en mayor cantidad me hubiera hecho las cosas más fáciles, tengo por cierto que aún puedo controlarlo todo.

—Entonces, mejor hacedlo así —dijo—. No podéis comeros el mismo conejo dos veces, Miguel. Ya tenéis todo cuanto podéis conseguir de mí.

—Entonces habré de arreglármelas —dijo él con una sonrisa espontánea.

Por un momento, Geertruid no dijo nada. Dio un largo trago a su cerveza y miró más allá de Miguel.

—Os creo —dijo—. Sé que sois mi amigo, y sé que no me haríais ningún mal. Pero si hay algo que deba saber, haréis mejor en decirlo, puesto que si me hacéis algún mal, si aun a ojos de un ignorante parece que me habéis hecho daño, debéis saber que Hendrick os matará, y yo no podré detenerlo.

Miguel hizo que reía.

—No tendrá motivo para odiarme cuando todo esté hecho, ni vos tampoco. Bien, si las cosas van a quedar tal cual, mejor será que me vaya y me asegure de que todo está en orden.

—¿Cuándo llegará el cargamento a puerto?

Según sus cálculos, el café llegaría a puerto en tres semanas. Primero, la idea era que estuviera allí dos semanas más tarde. No sería así, pero no era menester que nadie lo supiera. No para lo que tenía en las mientes.

—Un mes —dijo—. Acaso menos.

La reunión le dejó un amargo sabor en la boca, pero eso no podía evitarlo. Cuando cruzaba el Warmosstraat, Miguel vio a un par de hombres que hicieron como que no lo observaban: sin duda eran espías del *ma'amad*. No importaba. No era ningún delito estar en la calle. Aun así, sintió la necesidad de despistarlos y torció por una calleja que daba a una calle secundaria. Luego otro callejón y otra calleja, los cuales lo devolvieron a la calle principal.

Se volvió y echó de ver que aún llevaba detrás a los espías. Acaso ni tan siquiera habrían entrado en las callejas, convencidos de que Miguel volvería al lugar de partida. Cogió una piedra plana para hacerla saltar sobre la superficie del canal, pero se hundió en el instante mismo en que tocó las sucias aguas.

Miguel levantó el saquito de grano de café. Era ligero, lo bastante para poder pasárselo de una mano a la otra. Habría de empezar a vigilar el uso que hacía de él o de lo contrario pronto se quedaría sin nada. Acaso en la taberna turca le dejarían comprar para su uso privado.

Después de hacer inventario de los problemas que tenía ante él, Miguel vio a qué se enfrentaba: sus planes con el café estaban al borde de la ruina debido al retraso de los barcos y falta de fondos; su socia, Geertruid, no era lo que parecía, y acaso estuviera compinchada con Parido o acaso no; Joachim sin duda estaba compinchado con Parido, pero eso le haría las cosas más sencillas, no menos, pues el dinero de Parido parecía haber devuelto la cordura al pobre hombre; Miguel no podía saldar su deuda con Isaías Nunes porque había utilizado los fondos para pagar a su hermano y a su agente en Moscovia; el dinero que había ganado con su brillante jugada con el aceite de ballena no estaba a su disposición porque el corredor Ricardo no quería pagarle, ni revelar el nombre de su cliente; Miguel no podía hacer nada a pesar de la traición de Ricardo porque si acudía a los tribunales holandeses, atraería sobre sí la ira del *ma'amad*, y presentarse ante el *ma'amad* era demasiado arriesgado a causa de Parido.

Más bien, *había* sido demasiado arriesgado.

Miguel tragó el último café que quedaba en el cuenco. Al menos había una cosa que podía resolver, y estaba a su alcance hacerlo inmediatamente.

Tras buscar en media docena de tabernas, Miguel fue a buscar a Ricardo a su casa. El corredor tenía por costumbre contratar a los sirvientes más baratos, y sin duda la criatura que abrió la puerta debió de ser una ganga: una mujer encorvada y temblorosa, con pocos años de vida por delante. Sus ojos eran simples rayas y le resultaba dificultoso impulsarse hacia delante.

—¿Qué pasa? —preguntó la mujer en holandés—. ¿Habéis venido para la cena judía?

Miguel sonrió radiante.

—Ciertamente.

—Pasad, entonces. Los otros ya están comiendo. Al judío no le gusta que sus invitados lleguen tarde.

—¿No se os ha ocurrido pensar que estáis hablando de «el judío» con otro judío? —preguntó Miguel en tanto seguía su paso cansino.

—Eso lo arregláis con él —dijo la vieja—. No es cosa mía.

La mujer lo guió por un largo y hermosamente embaldosado vestíbulo, y lo hizo pasar a una sala espaciosa, vestida con poco más que una larga mesa. Sin embargo, las paredes estaban cubiertas de cuadros: retratos, paisajes, escenas bíblicas. Miguel reconoció uno de los retratos, un cuadro de Sansón, en el estilo de aquel curioso sujeto que vivía en el Vlooyenburg y tenía la costumbre de utilizar a judíos pobres como modelos.

Sin embargo, los modelos eran los únicos judíos pobres que honraban el interior de la casa; alrededor de la mesa, en la cual se le hacía a Miguel que había relativamente poca comida, estaban algunos de los hombres más ricos de la Nación Portuguesa, incluido Salomão Parido. Por las grandes voces, Miguel imaginó que Ricardo había sido mucho más liberal con su vino que con su comida.

El corredor, que había estado riendo, levantó en aquel instante la vista y vio a Miguel en pie con su vieja sirvienta.

—Otro judío para vos —anunció la mujer.

—Lienzo —escupió Ricardo—. Yo no os he invitado, desde luego.

—Me dijisteis que viniera y os acompañara a vos y vuestros amigos en un alegre festín. Y aquí estoy.

Parido alzó su vaso.

—Brindemos por Lienzo entonces. Por el comerciante más misterioso de Amsterdam.

Ricardo se puso en pie.

—Acompañadme a mis habitaciones privadas un momento. —Se inclinó hacia delante, tambaleándose y, tras respirar hondo, pareció recuperar el equilibrio. Miguel hizo una reverencia ante los invitados y lo siguió.

Ricardo subió medio tramo de escaleras estrechas hasta una pequeña habitación, con un escritorio, unas pocas sillas y montones de papeles que estaban sobre el suelo. Las ventanas habían sido cerradas y la habitación estaba casi totalmente a oscuras. El corredor abrió los postigos de una de ellas lo justo para que pudieran verse el uno al otro, pero poco más.

—Empiezo a sospechar que bebéis más vino del que conviene a un hombre de nuestra nación —dijo Miguel—. Los holandeses son recipientes sin fondo, pero se conoce que vos habéis llegado a vuestro límite.

—Pues yo creo —repuso Ricardo— que vos acaso seáis más granuja de lo que primero parecíais. ¿Qué pretendéis presentándoos aquí cuando estoy atendiendo a mis amigos, entre los cuales he de decir que no os incluyo a vos?

—Ignoraba que vuestros amigos estuvieran aquí. Simplemente os había estado buscando. Si no hubierais contratado a una sirvienta recién salida de la huesa acaso hubiera cribado a vuestras visitas con algo más de esmero.

Ricardo se dejó caer en una silla.

—Bueno. ¿Qué es lo que queréis? Hablad, deprisa, pero si se trata otra vez del maldito dinero, os repetiré lo que ya os dije antes: tendréis lo vuestro a su debido momento, pero no antes.

Miguel decidió no tomar asiento y se dedicó a caminar arriba y abajo por la habitación como abogado que hace un discurso ante los burgomaestres.

—He pensado en lo que habéis dicho y no me basta. Veréis, se me debe un dinero, y si no he de cobrarlo, cuando menos tengo derecho a saber quién es mi deudor.

Los mostachos de Ricardo se curvaron con un contento superlativo.

—Quizá sea eso lo que pensáis, pero ambos sabemos que no podéis hacer nada.

—Eso decís. Creéis que no me expondré a la cólera del *ma'amad* acudiendo a los tribunales holandeses y que no acudiré al *ma'amad* porque uno de sus miembros podría predisponerlo en contra mía. Al menos eso es lo que vos creéis. Imagino que también sabréis de mi reciente encuentro con el Consejo y mi destierro de un día, pero puesto que tales procesos son secretos, no sabéis lo que durante él se dijo. Así que dejad que os diga una cosa: mi enemigo en el tal Consejo se descubrió a sí mismo y manifestó la antipatía que siente hacia mí ante los otros *parnassim*. Esta vez no podría poner al Consejo en mi contra.

Ricardo siseó como una serpiente.

—Muy bien. Si queréis, podéis correr el riesgo, presentad vuestra queja. Ya veremos qué pasa.

Miguel asintió.

—Os agradezco vuestra cortesía. Tengo por seguro que el Consejo encontrará un gran interés en este caso. Y encontrará un gran interés cuando sepa que os habéis ocultado tras la protección de tal hombre para no darme mi dinero. Esto será muy comprometedor para él, y tengo por seguro que no le gustará que lo hayáis puesto en tan embarazosa situación. Pero claro —prosiguió Miguel—, acaso le guste. Como habéis dicho, ya veremos qué pasa.

Ricardo se puso en pie.

—¿Me estáis amenazando, *senhor*?

Miguel dio gran risotada.

—Por supuesto. Os estoy amenazando exactamente con aquello que me habéis retado a hacer. No me parece a mí gran amenaza, aun cuando parece que os ha alterado notablemente.

Ricardo asintió con rapidez, como si debatiera algo entre sí.

—No queréis llevar este asunto ante el *ma'amad* —dijo.

—No, no quiero; pero si no me dais otra opción, lo haré. Y veros a los dos en tan embarazosa situación será compensación más que suficiente por mis cuitas. Yo no tengo nada que perder, Ricardo, pero vos sí. Podéis pagarme, podéis darme el nombre de vuestro cliente o podéis permitir que el *ma'amad* os obligue a hacer ambas cosas mientras os avergonzáis y convertís a Salomão Parido en vuestro enemigo. La decisión es vuestra, pero tengo intención de solicitar una audiencia a primera hora de mañana. Sin duda os interesa decidir deprisa.

Miguel se volvió para salir, aun cuando no pensaba que Ricardo pudiera dejarle, pero su declaración exigía una pretendida salida.

—Esperad —dijo Ricardo. Lentamente volvió a ocupar el asiento—. Esperad. Esperad, esperad, esperad.

—Estoy esperando. Llevo esperando bastante tiempo.

—Lo comprendo. —Alzó una mano en un gesto que indicaba que detuviera su lengua—. He aquí lo que os ofrezco. Os diré el nombre de mi cliente y podréis exigirle lo que se os debe directamente, pero no le diréis que fui yo quien lo traicionó. Y no diréis nada a Parido. Él no sabe que utilicé su nombre en esto, y quisiera que siguiera sin saberlo.

Miguel tragó con dificultad. Por fin tendría su dinero. Y había ganado, lo cual no era cosa frecuente en los últimos tiempos.

—Estoy de acuerdo —dijo.

Ricardo suspiró.

—Muy bien. Debéis comprender que mi cliente me dio instrucciones muy claras para que mantuviera esta información en secreto. No fue decisión u obra mía.

—Vos dadme ese nombre.

—He dicho que lo haría. El nombre —dijo— es Daniel Lienzo. —Dejó escapar una risita chillona—. Si lo pensáis, es muy gracioso. Os presionaba por los mil que os había prestado y en cambio, en todo momento, él os ha estado debiendo más del doble. Os ha estado tratando con despecho porque le debíais dinero, pero estas últimas semanas él ha sido vuestro deudor y vos ni siquiera lo sabíais. ¿No os parece divertido?

Miguel echó mano de un montón de papeles y se los arrojó a Ricardo, esparciendo sus notas, sus cuentas y su correspondencia por toda la habitación. Haciendo esto esperaba dejar bien claro que no, no lo encontraba tan divertido como Ricardo.

29

Miguel sabía que las finanzas de su hermano no iban bien, pero ignoraba hasta qué punto. Todas sus burlas, todas sus insinuaciones sobre las maldades que hiciera Miguel cuando él hacía otras tantas... eso podía perdonarlo; podía perdonar su altanería y las miradas de censura. Pero lo que no le perdonaba era que le hubiera aceptado el dinero —*robado* el dinero— sabiendo que él habría menester de él.

Pero, aun lleno de resentimiento, Miguel no osaba hablar de ello. No se atrevía a quejarse porque, hasta que no resolviera aquel asunto del café de una forma u otra, no podía arriesgarse a salir de la casa de su hermano, pues un movimiento tal hubiera llamado demasiado la atención.

Unos días más tarde, Annetje bajó de nuevo al sótano de Miguel con un anuncio que hubiera sido mucho más sorprendente de no ser porque había de él precedentes. Joachim Waagenaar estaba en la puerta y deseaba entrevistarse con él.

Joachim bajó la angosta escalera ayudándose con una mano y aferrándose con la otra el sombrero. Cuando llegó abajo perdió pie y dio en tambalearse como un borracho.

—Bien, *senhor*, veo que el círculo se ha cerrado. Como se suele decir, el pájaro siempre vuelve al nido.

Joachim no estaba tan borracho como primero pareciera. Una idea se le pasó a Miguel por las mientes: Joachim había bebido solo lo justo para reunir el valor. Pero valor ¿para qué? Una vez más, Miguel buscó alguna cosa con la que poder protegerse.

—¿Es este vuestro nido? —preguntó Miguel—. Se me hace a mí que no.

—No estoy de acuerdo. —Joachim se sentó sin esperar a que le invitaran—. Siento que esta es la mismísima habitación en la cual nací... en la cual nació la persona en quien me he convertido. Y en qué me he convertido... yo mismo apenas lo sé.

—¿Es eso lo que venís a decirme?

—No. Solo que he estado pensando, y en cierto modo creo que acaso vos seáis el mejor amigo que tengo en estos momentos. Curioso, ¿verdad? En otro tiempo fuimos... bueno, si no amigos, sí estábamos al menos en buenos términos. Luego fuimos enemigos. Y acaso haya yo la más culpa de ello, aun cuando mi cólera estaba bien fundada; estoy seguro de que lo sabéis. Y ahora por fin somos amigos de nuevo. Verdaderos amigos. De los que se preocupan el uno por el otro.

—¿Y cómo habéis llegado a tan inusual conclusión?

—Muy simple, *senhor*. Tengo una información que vos queréis. Tengo información de la que podéis obtener gran cantidad de dinero. De hecho tengo información que os salvará de la ruina. Si acaso temo algo es que seáis demasiado necio para creerla. Pero lo cierto es que la tengo y deseo compartirla con vos.

—¿Y a cambio de tal información queréis los quinientos florines de los que tanto os he oído hablar?

El holandés rió.

—Lo que quiero es una parte de vuestros beneficios. Espero que sepáis ver la chanza. Deseo que mi éxito, mi fortuna, vuelvan a estar ligados al vuestro.

—Ya veo. —Miguel respiró hondo. Ya casi no reconocía ni su propia vida. Allí estaba, sentado en su sótano, negociando con Joachim Waagenaar. Si hubieren de atraparlo haciendo aquello, con toda probabilidad, Salomão Parido defendería ante el *ma'amad* que se le perdonara el delito. El mundo se había vuelto loco.

Joachim negó con la cabeza.

—No, no veis, Lienzo, pero lo haréis. Esto es lo que propongo: acepto daros una información de la que sacaréis sorprendentes beneficios. Si estoy en lo cierto, me daréis el diez por ciento de lo que saquéis por la información... la tasa habitual de un corredor, podríamos decir. Si me equivoco, no me deberéis nada, y jamás volveréis a saber de mí.

—¿No os olvidáis de un importante detalle?

—¿Qué detalle es ese?

Miguel tragó.

—Que sois un demente y no se puede confiar en nada de cuanto digáis.

Joachim asintió, como si Miguel hubiera pronunciado un sabio punto de la Ley.

—Os pido que confiéis en mi palabra. Nunca he sido un demente, tan solo un hombre en la ruina. ¿Podéis decirme qué sería de vos, *senhor*, si lo perdierais todo, si no tuvierais dinero, ni casa, ni alimentos? ¿Podéis asegurar que vos no caeríais en la locura de la desesperación?

Miguel no dijo nada.

—Jamás he deseado venganza —continuó Joachim—, solo quería lo que es mío, y no procuro permanecer al margen viendo como un hombre destruye a otro porque sí. Como bien sabéis, ya he aprendido qué cosa es la ruina. Y no deseo acarrearla sobre otra persona.

Ahora Joachim había conseguido atraer la atención de Miguel.

—Os escucho.

—Habréis de hacer más que escuchar. Habréis de estar de acuerdo.

—Suponed que escucho lo que queréis decirme y no os creo.

—Pues muy bien, pero si decidís que sí me creéis y actuáis guiándoos por esa información, habréis de darme el diez por ciento de lo que ganéis.

—¿O...?

—Nada de «os» —dijo Joachim—. No puede haber más amenazas entre nosotros. No os haré firmar ningún contrato; sé bien que escribir algo sobre papel os expondría a la ruina. Dejaré a vuestro buen juicio el decidir cómo conviene obrar a un caballero.

Miguel dio un trago a su vino. Joachim ya no hablaba como demente. ¿Acaso sería suficiente el dinero de Parido para eliminar los vapores perniciosos de su cabeza o solo la claridad y determinación del propio Joachim podían hacer eso?

—Os escucharé.

Joachim respiró hondo.

—¿Tenéis más de ese vino para mí? ¿O cerveza?

—No soy vuestro anfitrión, Joachim. Hablad ya o marcharos.

—No es menester ser descortés, *senhor*. Sin duda cuando escuchéis lo que vengo a deciros me serviréis cuantas bebidas quiera. —Hizo una pausa—. De acuerdo. Veréis, la última vez que vine a vos, no fui del todo sincero. Resulta que me había puesto de acuerdo con aquel hombre que me envió.

—Salomão Parido —dijo Miguel—. Acaso hubierais podido traerlo con vos, pues en ningún momento me engañasteis.

—Supuse que así era, pero nada le dije a él. Yo ya meditaba entonces en lo que pudiere pasar con nuestra triste amistad e imagino que dijisteis cuanto dijisteis porque deseabais que él lo creyera. Había empezado a odiarle a él más de lo que os odiaba a vos, de modo que tuve mi lengua.

—A ver, a ver, vayamos por partes. ¿Cómo fue que disteis en acabar al servicio de Parido?

—Es hombre astuto. Vino a mí y dijo que había llegado a su conocimiento que os había estado siguiendo por toda la ciudad, y que sabía por qué. Dijo que acaso pudiéramos hacer ciertos tratos juntos. Fue muy amable. Hasta me dio diez florines y dijo que vendría a verme al cabo de una semana. Pasó la semana y quiso que viniera yo a hablar con vos. Yo que le digo que tal cosa es imposible, que entrambos las cosas han tomado un giro muy malo. Reconozco que lo único que deseaba era saber lo que hubiera por ofrecerme. Pero no ofreció nada. Él me dice que si tal es mi pensamiento, que no he menester salvo pagar el préstamo y los intereses, y entrambos todo quedará saldado. Yo no podía saldar el préstamo, y él me amenazó con el Rasphuis. Él conoce a gente en el Consejo Ciudadano, me dijo, que me encerrará sin causa ni remordimiento, y acaso demuestren cierto interés por saber cómo fue que salí tan pronto después de mi detención anterior. Yo no deseaba volver a aquel calabozo, os lo aseguro.

—Proseguid.

—Así que hago lo que me dice un tiempo, pero no dejo de considerar aquello que pueda hacer por mí mismo, lo cual, según se es visto, tiene mucho que ver con lo que puedo hacer por vos. Por cierto, me gustó lo que tratabais de hacer, aunque él no lo creyó. Cuando le dije lo que habíais dicho, me dijo que de todos los conversos que conocía, vos erais el más gran mentiroso.

Miguel no dijo nada.

Joachim se frotó la nariz con la manga.

—De todas formas he conseguido encajar algunas piezas. ¿Conocéis a un tal Nunes, que comercia con mercancías de las Indias Orientales?

Miguel asintió, esta vez convencido realmente de que acaso Joachim pudiera tener algo importante que contarle.

—Pues el tal Nunes trabaja para Parido. Hay cierto asunto relacionado con un cargamento de café, el cual, por cierto, probé en una ocasión, y que se tiene por cosa repugnante por su sabor a orines.

¿Nunes trabajando para Parido? ¿Cómo era posible? ¿Por qué habría de traicionarle su amigo?

—¿Y qué hay del cargamento? —Miguel habló tan quedo que casi ni él mismo se oyó.

—Nunes os mintió... os dijo que el barco va con retraso, que no lo consiguieron o alguna simplería semejante, pero todo es falso. Cambiaron el barco, así que el cargamento viaja en un navío llamado *Lirio del Mar*, el cual puedo deciros que atracará la semana que viene en el puerto. No sé mucho más, salvo que Parido no desea que sepáis esto y que trama hacer algo con los precios.

Miguel se puso a andar arriba y abajo, sin apenas fijarse en que Joachim lo observaba. ¡Parido y Nunes juntos! Jamás hubiera tenido a Nunes por tan gran traidor, pero ello explicaba muchas cosas. Si Nunes era hombre de Parido, le habría informado de la venta de Miguel, y el *parnass* habría empezado a conspirar por bien de hallar la forma de arruinarlo a la par que ganaba un buen dinero. Pero Parido solo tenía noticia del café en sí, y desconocía que Miguel hubiera apostado por la caída de los precios. Acaso tampoco supiera del plan para crear un monopolio. El conjunto de la trama se le escapaba, pero una cosa estaba clara: si Geertruid trabajaba también para Parido, no le había dicho todo lo que sabía.

—Mencionasteis con anterioridad a Geertruid Damhuis. ¿Trabaja ella para Parido? —preguntó Miguel, con la esperanza de aclarar por fin la pregunta.

—Haríais bien en manteneros alejado de esa mujer.

—¿Qué sabéis de ella?

—Solo que es una ladrona y una fullera, ella y ese compañero suyo.

—Eso ya lo sabía. ¿Qué tiene que ver Parido con ella?

Joachim entrecerró los ojos.

—Nada que yo sepa. Dos chacales de semejante calaña jamás se harían compañía. Pero he oído que Parido sabe que tenéis cierto asunto con ella.

Miguel volvió a su silla. Si Geertruid no trabajaba para Parido, ¿cuál era su plan y por qué engañarle haciéndole creer que eran amigos? Acaso Joachim no conociera todos los secretos de Parido. Acaso la hubiera contratado y después hubiera echado de ver que le estaba engañando lo mismo que engañaba a Miguel. No acababa de entenderlo, pero lo que sí parecía es que, en el mejor de los casos, Parido solo tenía una idea muy vaga de cuáles eran sus planes con Geertruid.

—¿Y mi hermano? —preguntó Miguel al fin, barboteando las palabras aun antes de darse cuenta.

—¿Vuestro hermano?

—Sí. ¿Qué sabéis de su relación con Parido? ¿Le habéis oído pronunciar el nombre de Daniel Lienzo?

Joachim negó con la cabeza.

—Es bien triste que un hombre no pueda confiar ni en su propio hermano. Supongo que siempre ha sido así, aun entre vuestra gente. Pensad si no en Caín y Abel.

—Caín y Abel no eran judíos —dijo Miguel con gesto gruñón—, solo eran los hijos de Adán y Eva, y por tanto, son tan antepasados vuestros como lo puedan ser míos.

—Procuraré no volver a mencionar vuestras Escrituras. Pero, por lo que se refiere a vuestro hermano, nada os puedo decir. Sé que pasa mucho tiempo con Parido, pero eso ya lo sabéis. Queréis saber si actúa en contra de vuestros intereses, y eso es algo que ignoro.

—¿Y la cabeza de cerdo? ¿Fue cosa de Parido o fuisteis vos?

Los labios de Joachim apenas se separaron.

—De los dos.

Miguel calló un instante para saborear la sensación. Daniel lo había tenido a él por villano por acarrear tales horrores sobre su casa y, en cambio, el villano había sido en todo momento el *parnass.*

—¿Cómo ha sido Parido tan necio para hablar de todas estas cosas ante vos? Hubiera hecho el mismo servicio enviándoos directamente a mí con la información.

—Pudiera ser, sí —dijo Joachim—. Si yo fuera vos, acaso me hiciera la misma pregunta. Pero no acierto a ver qué hubiera podido sacar él dándoos esa información. Cuando el *Lirio del Mar* llegue a puerto, será fácil pagar a un marino para que abra una barrica y os diga lo que hay dentro.

—No habéis contestado a mi pregunta. ¿Por qué revelaros todas estas cosas?

—No lo hizo —contestó Joachim—, al menos no era esa su intención. Después de todo, ¿quién habría de pensar que un holandés medio loco conoce la lengua de los judíos portugueses?

A Miguel le dio risa.

—En una ciudad como Amsterdam —dijo, repitiendo lo que el mismo Joachim le dijera en una ocasión—, nunca se debe dar por sentado que el otro no entiende la lengua que hablas.

—Es un buen consejo —concedió Joachim.

—He de pensar cuidadosamente en cuanto me habéis dicho. —Acaso todo fuera una mentira, se dijo entre sí. Otra de las trampas de Parido. Pero ¿qué trampa? ¿Qué suerte de trampa haría menester revelar ante Miguel toda aquella trama de engaños? Podía llevar a Nunes ante los tribunales si quería; nadie culparía a Miguel por no confiar aquel asunto al *ma'amad*. ¿Hubiera puesto Parido a sabiendas una información tan importante en manos de Joachim?

Miguel miró a Joachim, el cual volvía a ser el que fuera: un hombre inquieto y nervioso, pero no un demente. Acaso sea cierto, se dijo entre sí. Un hombre cuerdo pudiera fingir locura, pero un demente jamás podría hacer creer al mundo que está cuerdo. El dinero había devuelto a Joachim el sentido común.

—Pensad, pues —dijo Joachim—. Pero os pediría que me dierais vuestra palabra. Si decidís actuar basándoos en lo que he dicho y tales acciones mudan en beneficios, ¿me daréis el diez por ciento de lo que ganéis?

—Si descubro que me habéis dicho la verdad y actuado con honor, lo haré gustoso.

—Entonces me tendré por satisfecho. —Se puso en pie. Por un momento, se quedó mirando a Miguel.

Miguel abrió su bolsa y le entregó unos pocos florines.

—No lo gastéis todo en las tabernas.

—Lo que haga con él solo es de mi incumbencia —dijo Joachim desafiante. A mitad de las escaleras se detuvo—. Y podéis descontarlo del diez por ciento si os place.

Tras dar por zanjado el asunto, Joachim deseó a Miguel una buena tarde, pero Miguel lo siguió hasta arriba sin otra razón que su desconfianza a dejar que anduviera solo por la casa. En lo alto de la escalera, Miguel oyó el susurro de unas faldas y vio entonces que era

Hannah, que se alejaba con grandes prisas. El pánico que le atenazó el pecho se disipó casi al punto. Hannah no sabía una palabra de holandés; podía escuchar cuanto quisiera, pero difícilmente extraería de ello algún sentido.

Sin embargo, cuando Joachim salió de la casa, la encontró esperándolo en el vestíbulo.

—Ese hombre —dijo en voz baja—. Era el que nos atacó en la calle.

—No os atacó —dijo Miguel con hastío, mirando entre medias su vientre hinchado—, pero sí, es el mismo hombre.

—¿Qué asuntos podéis tener con semejante demonio?

—Tristemente —le dijo—, un asunto demoníaco.

—No os comprendo. —Hablaba con suavidad, pero se manejaba con una confianza nueva—. ¿Acaso creéis que porque conocéis mi secreto podéis cuestionar mi buen juicio?

Miguel dio un paso adelante, lo justo para sugerir cierta intimidad.

—Oh, no, *senhora*. Jamás os trataría de tal forma. Tal vez os parezca extraño, pero el mundo... —Dejó escapar un suspiro—, el mundo es un lugar más complicado de lo que parece.

—No me habléis así —dijo ella alzando un poco la voz—. No soy una niña a quien podáis engañar con vuestros cuentos. Sé perfectamente cómo es el mundo.

Cómo había mudado aquella mujer... Su café la había hecho holandesa.

—No es mi intención despreciaros. El mundo es mucho más complicado de lo que yo imaginaba hasta unos sucesos recientes. Mis enemigos se han tornado en aliados, y temo no poder confiar en mis aliados. Curiosamente, este hombre extraño y amargo se ha colocado en posición de poder ayudarme y así lo ha decidido. Y yo he de permitir que lo haga.

—Debéis prometerme que jamás permitiréis que vuelva a entrar en esta casa.

—Lo prometo, *senhora*. No fui yo quien le pidió que viniera o quien planeó que las cosas fueran por tal camino. Y haré cuanto esté en mi mano por protegeros —dijo, con un ímpetu que no pretendía— aun a costa de mi propia vida. —Las hipérboles del hidalgo le venían con facilidad a la boca, pero enseguida echó de ver que se había excedido pues esas eran las palabras que un hombre dice a su amada, no a la esposa de su hermano.

Miguel no podía desdecirse. Hacía un instante se había comprometido a convertirse en su amado, y eso es lo que haría.

—*Senhora*, tengo un presente para vos.

—¿Un presente? —El repentino cambio en el tono de su voz rompió el hechizo.

—Sí. Volveré con él en un instante. —Miguel corrió al sótano y cogió el libro que había comprado para ella: la lista de Mandamientos en portugués. Poco provecho le haría sin una enseñanza, pero esperaba que supiera apreciarlo de todos modos.

Corrió de vuelta a la sala de recibir, en la cual ella esperaba con expresión preocupada, como si Miguel pudiera ofrecerle un gran collar de diamantes que acaso ni podría rechazar, pero tampoco usar. El presente que él le ofreció era casi tan precioso y peligroso como pudiera serlo el otro.

—¿Un libro? —Hannah tomó el librillo en octavo, pasando sus dedos por la tosca cubierta de cuero. A Miguel se le ocurrió que acaso ni siquiera supiera cortar las páginas.

—¿Os mofáis de mí, *senhor*? Sabéis que no sé leer.

Miguel sonrió.

—Acaso yo pueda ayudaros. Estoy seguro de que seréis una buena estudiante.

Entonces lo vio en sus ojos. Solo tenía que pedirlo. Podía llevarla consigo al sótano y allí, en la estrecha cama, tomar a la esposa de su hermano. No, era una afrenta pensar en ella como la esposa de su hermano. Ella era mujer por sí misma, y así habría de verla. ¿Qué le retenía, la pertenencia? ¿No merecía acaso Daniel ser traicionado después de haber cogido el dinero de Miguel de aquella forma?

Estaba a punto de tender la mano, de tomar la mano de ella y llevarla al sótano. Pero sucedió algo.

—¿Qué es esto? —La voz de Annetje los sobresaltó. Estaba en el umbral, con los brazos cruzados y una sonrisa perversa en los labios. Miró a Miguel, luego a Hannah y alzó los ojos al techo—. Se me hace que la *senhora* os está molestando. —Annetje se adelantó y puso una mano en el hombro de Hannah—. Y vos, ¿qué tenéis ahí? —Le cogió el libro de las manos—. Ya sabéis que sois demasiado necia para los libros, querida *senhora*. Sin duda os molesta, *senhor* Lienzo. Me aseguraré de que no vuelva a suceder.

—Devuelve eso a tu *senhora* —dijo él—. Te estás excediendo, moza.

Annetje se encogió de hombros y devolvió el libro a Hannah, la cual lo metió en el bolsillo de su delantal.

—*Senhor*, estoy segura de que no pretendíais levantarme la voz. Después de todo... —Sonrió con malicia— vos no sois el señor de la casa, y acaso a vuestro hermano no le guste escuchar algunas cosillas. Debéis pensar en ello mientras me llevo a la *senhora* donde no os pueda molestar. —Y tiró con brusquedad del brazo de Hannah.

—Suéltame —dijo Hannah en portugués, casi gritando. Se soltó y se volvió a la moza—. ¡No me toques!

—Por favor, *senhora*. Dejad que os lleve a vuestras habitaciones antes de que os avergoncéis.

—¿Quién eres tú para hablar de vergüenza?

Miguel no acertaba a comprender aquella escena. ¿Por qué pensaba la criada que podía dirigirse a Hannah en aquel tono? Ni tan siquiera sabía que la moza hablara, pues para él no era más que una hermosa criatura que solo servía para algún retozo ocasional. Pero se conoce que había intrigas, ardides y planes que jamás hubiera imaginado. Abrió la boca, dispuesto a hablar, pero en estas Daniel apareció en el umbral.

—¿Qué está pasando aquí?

Daniel miró a las dos mujeres, demasiado próximas entre sí para pensar que no pasaba nada. El rostro de Hannah había enrojecido, y el de Annetje había mudado en una severa máscara de cólera. Se miraron con frialdad entrambas, pero al oír la voz de Daniel, las dos se volvieron y se recogieron como niñas que han sido descubiertas en un peligroso juego.

—¿Qué está pasando?, digo —repitió Daniel, pero esta vez miraba a Miguel—. ¿Le ha puesto la mano encima a mi esposa?

Miguel trató de pensar en cuáles mentiras pudieran hacer mejor servicio a Hannah, pero nada le vino a las mientes. Si acusaba a la criada, acaso ella traicionaría a su señora, pero si no decía nada, ¿cómo podría explicar Hannah aquel atropello?

—Los criados no se conducen de esta forma —dijo.

—Sé que estas holandesas no tienen sentido del decoro —gritó Daniel—, pero esto es demasiado. He dejado a mi esposa en compañía de esta impúdica ramera demasiado tiempo y no habré de prestar oídos a sus súplicas nunca más. La moza debe irse.

Miguel trató de encontrar alguna palabra para aplacar los ánimos de todos, pero Annetje habló primero. Dio un paso hacia Daniel y le dijo con desdén en sus mismas barbas.

—¿Creéis que no entiendo vuestra palabrería portuguesa? —le preguntó en holandés—. Le pondré las manos encima a vuestra esposa cuando me plazca. Vuestra esposa... —rió—. Ni siquiera conocéis a vuestra esposa, que acepta regalos de amor de vuestro hermano y luego los oculta en el delantal. Y su lascivia no es el menor de sus pecados. Vuestra esposa, poderoso *senhor*, es católica, tan católica como el Papa y acude cuantas veces puede a la iglesia. Se confiesa... bebe la sangre de Cristo y come su cuerpo. Hace cosas que horrorizarían a esa demoníaca alma judía que tenéis. Y no pienso quedarme en esta casa ni un día más. Hay otros trabajos, y con gentes cristianas, así que me voy.

Annetje se dio la vuelta sacudiendo las faldas como había visto hacer a las mujeres en un escenario, con el mentón bien alto. Al llegar a la puerta se detuvo un momento.

—Mandaré un mozo a por mis cosas —dijo, y esperó a ver la respuesta de Daniel.

Todos permanecieron inmóviles, mudos. Hannah se abrazó a su cuerpo, sin atreverse casi a respirar, hasta que los pulmones empezaron a quemarle y hubo de tragar el aire como si hubiera estado bajo el agua. Miguel se mordía el labio. Daniel estaba quieto como un cuadro.

Era una situación trepidante, vertiginosa, como Miguel solo conociera dos veces en su vida: la una en Lisboa, cuando le advirtieron que la Inquisición lo buscaba para interrogarle; y en Amsterdam, cuando supo que sus inversiones en el azúcar lo habían arruinado.

Pensó en todos los pequeños detalles que habían llevado a aquel momento: las miradas furtivas, las conversaciones secretas, el café. Él le había tomado la mano, se había dirigido a ella como si fuera un amante, le había dado un regalo. Si al menos hubiera sabido lo que pasaba entre la moza y Hannah... Pero no podía borrar el pasado. Ahora no podía haber dobleces. Un hombre puede llevar su vida entre engaños, pero hay momentos, siempre ha de haber momentos, en que el engaño queda al descubierto.

Annetje se solazaba en el silencio. Cada momento que pasaba desafiando a Daniel para que hablara la excitaba más, pero él se limitaba a mirarla completamente asombrado.

—¿No tienes nada que decir, cornudo? —le escupió—. Eres un necio, que te aproveche la mala baba. —Y dicho esto, le dio un empujón y se fue.

Daniel miró a su esposa, ladeando la cabeza levemente. Miró a Miguel, que no se atrevía a mirarle a los ojos. Se quitó el sombrero y se rascó la cabeza pensativo.

—¿Es que hay alguien capaz de entender las palabras de esa zorra? —preguntó, volviendo a ponerse con esmero el sombrero—. Su holandés es la cosa más complicada que conozca, y suerte tiene de ello, pues la expresión de su rostro era de impudicia. Tengo por seguro que de haber comprendido sus palabras, le hubiera tenido que golpear.

Miguel echó una mirada a Hannah, la cual miraba al suelo, tratando de no llorar, de alivio, sospechaba Miguel.

—Ha dicho que abandona vuestro servicio —aventuró Miguel con cautela, no del todo certificado en que Hannah hubiera escapado—. Está cansada de trabajar para judíos; acaso prefiera una señora holandesa... una viuda.

—Pues que le vaya bien. Espero —dijo Daniel a Hannah— que no te haya trastornado en exceso. Hay otras mozas en el mundo, y mejores. No la echarás en falta.

—No la echaré en falta. Acaso la próxima vez dejes que sea yo quien elija a la sirvienta —sugirió ella.

Aquel mismo día, Miguel recibió un mensaje de Geertruid expresando su preocupación porque hacía ya tiempo que no hablaban y solicitaba una entrevista lo antes posible. Por bien de encontrar una excusa para el retraso, le escribió una nota diciendo que no sería posible reunirse hasta después del *sabbath*. Sus palabras eran lo bastante confusas para no tener sentido, ni aun para él mismo, y a punto estuvo de romper la nota. Pero lo pensó mejor y decidió que acaso sacara algún provecho de su incoherencia. Sin releer lo que había escrito, envió la nota.

de

Las reveladoras y verídicas memorias de Alonzo Alferonda

Por supuesto, las tales casas se encuentran por cientos en el Jordaan, edificios de tres o cuatro pisos construidos con grandes prisas, con habitaciones exiguas, estrechas ventanas, poca luz y demasiado humo. Esta en particular, pertenece, como parecen pertenecer todas, a una viuda con cara de estreñida, la cual no ve nada y todo lo juzga. La viuda de expresión estreñida había alquilado recientemente unas habitaciones a una joven moza. Eran dos habitaciones, una más de lo que la moza había pagado nunca, pues ahora le pagaban mejor de cuanto le pagaran en el pasado. Tenía ropas nuevas y algunos pequeños lujos: manzanas, peras, dátiles secos.

Había estado la moza disfrutando de tales lujos, junto con el olor de su perfume de algalia, sus nuevas sábanas y lazos, cuando la viuda de expresión estreñida le informó que había un hombre —un mercader, parece— que deseaba verla. A la viuda no le gustó cuando la moza dijo que lo hiciera subir, pues no le agradaba que las mozuelas recibieran hombres en sus habitaciones, pero difícilmente hubiera podido evitarlo, y puesto que algunos de ellos eran cristianos y otros no, poco podía hacer. De modo que hizo subir al hombre.

Llamaron a la puerta, y la moza abrió, ataviada con un vestido azul nuevo y ceñido. Harto seductor, os doy palabra, y realzaba grandemente su figura. ¿Qué hombre fuera capaz de resistirse a semejante belleza con semejantes ropas? Ella sonrió al visitante.

—Hola, *senhora.* ¿Me habéis echado en falta?

Dudo que el hombre sonriera y, con toda probabilidad, no la habría echado en falta.

—Necesito hablarte un momento, Annetje.

Entró y cerró la puerta, pero se mantuvo alejado de ella. He aquí un hombre que conoce los peligros de un vestido azul.

—¿Qué? —preguntó ella—. ¿Ni un beso para vuestra vieja amiga?

—Tengo algo que preguntarte.

—Por supuesto. Preguntad cuanto queráis.

—Quiero saber si, estando al servicio de mi hermano, se te pagó para que vigilaras los movimientos de la casa.

A la moza le dio fuerte risa.

—¿Queréis saber si os espiaba?

—Sí.

—¿Por qué habría de decíroslo? —preguntó con descaro, en tanto movía sus faldas por la habitación como una niña sobre un escenario. Tal vez disfrutaba haciendo chanza de su visitante. O deseaba que él viera lo que tenía ella por gran refinamiento: su mobiliario, sus lazos repartidos por la habitación como si tuviera ella las tales cosas por cientos, la abundante fruta... Podía comer una manzana o una pera cuando le pluguiera. Y después otra. No parecía haber fin al suministro del que disponía. Vivía la moza en aquellas dos habitaciones —¡dos!— en la zona más nueva de la ciudad, cuando había hombres que moraban en sótanos húmedos en mitad de islas húmedas en mitad de un repulsivo canal.

—Debieras decírmelo —contestó él con voz más recia—, pues te lo he preguntado. Pero si lo prefieres, puedo pagarte por tus respuestas, pues se conoce que requieren un gran esfuerzo.

—Si me pagáis —repuso ella—, entonces acaso os conteste aquello que crea os haga tener vuestro dinero por bien empleado. Me gusta complacer a quienes dan dinero. —Ciertamente, en eso decía la verdad.

—Entonces dime lo que te pido porque siempre he sido amable contigo en el pasado.

—Oh, sí, tan amable... —y dio en reír de nuevo—. Tan amable como puedan serlo los calzones de cualquier hombre de esta ciudad, pero es normal, supongo. Queréis saber si alguien me pagó para que os espiara. Y os diré que sí. No es traición que lo confiese... al menos no lo tengo yo por traición, puesto que no se me ha pagado como se me prometió. Y puesto que no he de tener mi dinero, al menos podré tener mi venganza.

—¿Quién te pagó?

—Bueno, fue vuestra amiga la viuda —dijo—, la adorable señora Damhuis. Me prometió diez florines si os tenía vigilados a vos y esa zorra obstinada de *senhora*. ¿También habéis sido amable con ella?

El visitante no podía dejarse intimidar.

—Y te pagaba por hacer qué.

—Solo había de escuchar cuanto se hablara en la casa. Había de convencer a la *senhora* de no hablar de sus encuentros con madam. Decía que vos no sospecharíais... mientras yo os mostrara mis favores. En cuyo caso, me dijo, seríais tan necio como un toro que llevan al degüello.

—¿Cuáles son sus fines? —preguntó él—. ¿Por qué quería que hicieras tales cosas?

Annetje se encogió de hombros de forma harto exagerada, con la cual cosa el cuello de su vestido se abrió deliciosamente.

—No sabría deciros, *senhor*. Ella nunca me lo dijo. Solo me dio unos pocos florines y me prometió más, que era mentira. En mi opinión, esa mujer da en mentir mucho. Haríais bien en recelar de ella.

Annetje le ofreció a su visitante el cuenco de dátiles.

—¿Probaríais una de mis exquisiteces?

El mercader declinó el ofrecimiento. Dio las gracias a la moza y se fue.

De esta guisa transcurrió la última conversación entre Miguel Lienzo y la que fuera criada de su hermano. Es bien triste cómo a veces resultan las cosas. Miguel y la moza conocieron una bonita intimidad durante largos meses, pero nunca hubo un verdadero amor. Él solo buscaba la carne, ella el dinero. Triste fundamento para una relación entre hombre y mujer.

Y ¿cómo sabe Alferonda de esto? ¿Cómo puede escribir las palabras que privadamente se pronunciaron en una oscura casa de huéspedes del Jordaan? Alferonda las conoce porque lo oyó todo... pues que estaba en la habitación contigua... tendido en el tosco lecho de la moza.

Poco antes había estado yo disfrutando de las exquisiteces que ella había ofrecido a Miguel. Ella dijo al visitante exactamente lo que yo le dije que dijera, si acaso se presentaba. Madam Damhuis, por supuesto, jamás le había pagado a la moza ni un ochavo, ni le prometiera hacer tal cosa. La viuda no habló sino en una ocasión con ella, la cual fue cuando la viuda paró a la *senhora* en el Hoogstraat.

Annetje estaba a mi servicio, y fue decisión mía que la *senhora* de Lienzo no pudiera hablar de la viuda a Miguel. Que al cabo lo hiciera, se demostraría cosa inconsecuente.

30

Durante semanas, Miguel había estado ignorando las notas de Isaías Nunes e hizo tal cosa justificadamente desde que llegó a su conocimiento que Nunes estaba compinchado con Parido. Pero entonces en sus notas, Nunes empezó a hablar del *ma'amad*, y Miguel pensó si acaso debiera tomarse las amenazas seriamente. Con toda probabilidad, Nunes solo deseaba dar más gran realismo a sus ardides, aunque pudiera ser que Parido quisiera llevar a Miguel ante el Consejo. Sería harto difícil probar toda aquella trama, y no podría hacerlo sin desvelar su relación con Geertruid.

Miguel había llegado a pensar que solo había una forma de conseguir el dinero que necesitaba. Por tanto, mandó una rápida nota y tres horas después se hallaba en la taberna de café conferenciando con Alonzo Alferonda.

—Seré sincero —dijo Miguel—. Necesito que me prestéis un dinero.

Su amigo entrecerró los ojos.

—Tomar prestado de Alferonda es asunto peligroso.

—Estoy dispuesto a correr el riesgo.

Alferonda rió.

—Sois hombre osado. ¿Cuánto teníais en las mientes?

Miguel dio un trago a su café turco.

—Mil quinientos florines.

—Soy un buen hombre de corazón generoso, pero debéis tomarme por necio. Con todos los problemas que tenéis, ¿por qué habría de daros semejante cantidad?

—Porque en haciendo tal cosa me ayudaréis a arruinar los planes de Salomão Parido —repuso Miguel.

Alferonda se atusó la barba.

—Dudo que pudiera haber respuesta más efectiva.

Miguel sonrió.

—Entonces, ¿lo haréis?

—Decidme lo que habéis pensado.

Miguel, quien no se había parado a formular un plan, dio en hablar, y todo cuanto salió de sus labios resultó ser del agrado de Alferonda.

Miguel estaba sentado en el Tres Sucios Perros esperando a Geertruid. Como todos los holandeses, la mujer gustaba de ser puntual, pero no fue así en aquella ocasión. Acaso habría descubierto que Miguel sabía de su engaño. Miguel dio en pensar de cuáles formas pudiera esto acaecer. No era probable que Joachim y Geertruid tuvieran ningún contacto, y estaba casi seguro de que Alferonda no lo traicionaría. ¿Lo habría visto Hendrick cuando lo descubrió en la taberna aquella noche? ¿Y si era así pero no había dicho nada a Geertruid por razones que solo él conocía? ¿O acaso Geertruid quería ver cómo reaccionaba Miguel al saber aquello?

Cuando apareció venía la mujer desarreglada y sin aliento. Miguel jamás la había visto tan alborotada. Después de tomar asiento, la viuda se explicó. Un hombre se había caído y se había roto una pierna ante ella en el Rozengracht, y ella y un caballero que por allí andaba lo llevaron al cirujano. Todo cosa muy perturbadora. El hombre no había dejado de gritar por los dolores. Geertruid pidió enseguida una cerveza.

—Estas cosas te hacen pensar en cuán preciosa es la vida —dijo la viuda en tanto esperaba su cerveza—. Un hombre está ocupado en sus asuntos y de pronto se cae y se rompe una pierna. ¿Se la emparejarán, sin peligro para su vida, pero habrá de caminar lo que le reste con ayuda de un bastón? ¿Habrán de amputársela? ¿Sanará la pierna, y todo volverá a ser como fue? Nadie sabe lo que Dios nos tiene reservado.

—En eso tenéis razón —concedió Miguel sin mucho entusiasmo—. La vida está llena de cambios inesperados.

—Jesús bendito, me alegra que estemos haciendo esto. —Oprimió la mano de Miguel. La sirvienta puso la cerveza en la mesa, y Geertruid bajó la mitad de la jarra de un trago—. Me alegro. Haremos nuestras fortunas y viviremos con grandes lujos. Acaso muramos al día o al año siguiente, quién sabe. Pero primero habré de tener mi fortuna, y nosotros reiremos mientras mi esposo ha de verlo desde el infierno.

—Entonces debemos proseguir —terció Miguel de buen humor—. Hemos de enviar las cartas inmediatamente. No debemos demorarnos más. Es menester concretar una fecha. Las once de la mañana, de aquí a tres semanas.

—¿De aquí a tres semanas? El barco no ha llegado aún a puerto.

—Ha de ser de aquí a tres semanas —insistió Miguel desviando la mirada. Ella le había traicionado, Miguel lo sabía, pero pensar que él la estaba traicionando a ella le dejaba un amargo sabor en la boca.

—*Senhor*, ¿acaso habéis decidido ser brusco conmigo? —Estiró el brazo y dio en rozar con un dedo la mano de Miguel—. Si habéis de obligarme a hacer algo, quisiera saber qué cosa sea.

—Recibiréis mucho dinero si hacéis cuanto os digo —le dijo.

—Siempre haré cuanto me digáis. Pero he de saber por qué.

—Se me ha asegurado que el cargamento estará aquí para esa fecha. Tengo razones para creer que otras personas tienen intereses en el café, y si esperamos demasiado, acaso nos resultará más difícil manipular los precios como planeábamos.

Geertruid pensó en ello unos momentos.

—¿Y qué personas son esas?

—Personas de la Bolsa. ¿Qué importancia tiene quién sea?

—Me pregunto por qué, precisamente ahora, habría nadie de tomar interés por algo en lo que nadie se había interesado antes.

—¿Por qué os interesasteis vos? —preguntó Miguel—. Las cosas suceden de improviso. Lo he visto innumerables veces. Los hombres de toda la ciudad, por toda Europa, de pronto deciden que es el momento de comprar madera, o algodón, o tabaco. Acaso sean las estrellas. Lo único que sé es que este es el momento del café, y que nosotros solo somos una de las partes que lo han reconocido. Si hemos de hacer como planeamos, es menester que actuemos con decisión.

Geertruid calló por un instante.

—Decís que habéis recibido garantías sobre el cargamento, pero es imposible predecir los ataques de piratas, o las tormentas, o mil contratiempos más que pueden retrasar un barco. ¿Y si el cargamento no ha llegado aún a puerto cuando vuestros hombres empiecen?

Miguel negó con la cabeza.

—No tendrá importancia. Llevo demasiado tiempo en la Bolsa para permitirlo. La conozco como si se tratara de mi propio cuerpo y puedo hacer que haga lo que yo quiera, igual que muevo mis manos y mis piernas.

Geertruid sonrió.

—Habláis con gran confianza.

—Solo hablo la verdad. Nuestro único enemigo es nuestra timidez.

—Me alegra oíros hablar así. —Se inclinó hacia delante y le tocó la barba—. Pero no podéis arriesgaros a poneros en posición de tener que vender aquello que no poseéis.

—No debéis preocuparos por eso. No me cogerán desprevenido.

—¿Cuál es vuestro plan?

Miguel sonrió y se recostó contra su silla.

—Es muy sencillo. Si es menester, yo mismo cubriré mis pérdidas cuando los precios caigan y estaré adquiriendo con ello la mercancía que prometo vender, solo que compraré cuando el valor descienda por debajo del precio al que he prometido vender, de suerte que podré sacar beneficio de las ventas a la par que bajo el precio. Es cosa que no hubiera sabido hacer antes, pero ahora creo poder hacer las diligencias ordenadamente.

Aquel plan era una necedad. Miguel jamás hubiera intentado tamaño disparate, pero dudaba que Geertruid tuviera el suficiente entendimiento en materia de negocios para saberlo.

Ella no dijo nada, así que Miguel insistió.

—Me pedisteis que me uniera a vos porque necesitabais quien supiera manejarse con la locura de la Bolsa, alguien que supiera entender sus peculiaridades. Y eso es justamente lo que estoy haciendo.

Ella suspiró.

—No me gusta asumir un riesgo tan grande, pero tenéis razón: os pedí que dispusierais todo esto y he de confiar en vos. Pero —añadió con una sonrisa— cuando seamos ricos, espero que me obedezcáis en todas las cosas y que me tratéis como a vuestra señora.

—Será un placer —le aseguró Miguel.

—Entiendo que habéis de ser cauto, pero no es menester que estéis tan sombrío. ¿No os queda ni una risa que ofrecer antes de haceros rico?

—Muy pocas —dijo Miguel—. Desde este momento hasta que todo esté concluido veréis que soy hombre de negocios y poco más. Vos habéis cumplido con vuestra parte. Ha llegado el momento de que yo cumpla con la mía.

—Muy bien —dijo Geertruid al cabo de un momento—. Admiro y aprecio vuestra dedicación. Entretanto habré de buscar a Hendrick, que nada tiene que perder mostrando contento. Disfrutaremos por vos.

—Hacedlo, por favor —dijo él con pesar. En otro tiempo, Geertruid se le había antojado la mujer más alegre del mundo, pero acababa de hacerla cómplice de sus planes para destruirla.

Acaso debieran haber ido a la taberna de café del Plantage. Hubiera sido más apropiado, y sin duda le hubiera sido más fácil a Joachim el concentrarse. Pero le habían dejado elegir a él, y allí estaban, los tres —dos de ellos señalados por sus barbas de judíos— en una pequeña sala atestada de holandeses borrachos los cuales miraban y señalaban. Uno de ellos hasta se acercó y examinó la cabeza de Miguel levantando con tiento su sombrero y volviéndolo a colocar educadamente en su sitio.

Los meses de tribulación de Joachim le hacían beber cuanta cerveza estuvieran dispuesto a pagarle, de suerte que, una hora después de empezada la reunión, arrastraba ya las palabras y presentaba ciertas dificultades para mantenerse derecho en su asiento astillado.

A Miguel le sorprendía ver que Joachim ya no lo irritaba. Ahora que, como el mismo Joachim dijera, ya no estaba loco, se había comportado con una cordialidad que Miguel jamás había visto en él. Reía de las chanzas de Alferonda y asentía con gesto aprobador ante las sugerencias de Miguel. Alzaba su jarra por brindar por los dos y «por los judíos de todas partes», y hacía esto sin ironía. Se dirigía a los dos como a quienes lo habían subido a su navío cuando se creía abandonado a su suerte para que se ahogase.

En aquel momento, allí estaban los tres con sus planes, bebiendo en exceso. Ya no faltaba mucho, unas pocas semanas, y los tres se aplicaron con igual esmero a la labor. Había de ponerlos a prueba y atormentarlos, pero podía hacerse.

—Entiendo —dijo Joachim— cómo ha de ser que compremos y vendamos aquello que nadie quiere comprar y vender. Lo que no entiendo es cómo hemos de vender algo que no tenemos. Si Nunes ha vendido vuestros frutos a Parido, ¿cómo podemos influir en los precios mediante las ventas?

Miguel hubiera deseado no hablar de aquello, pues se conoce que de todos era este el aspecto más difícil. Para lograrlo habría de hacer algo que se había prometido no hacer jamás en la Bolsa... práctica que, por muy desesperado que uno estuviera, siempre sería la más gran locura.

—Mediante un *windhandel* —dijo Alferonda utilizando la palabra holandesa.

—He oído que son peligrosos —dijo Joachim—. Que solo un necio intentaría tal cosa.

—Lo cual es cierto —terció Miguel—. Y por eso lo conseguiremos.

Windhandel: el negocio del viento. Una colorida forma de nombrar algo peligroso e ilegal, que era que un hombre vendía aquello que no poseía. Los burgueses habían prohibido tal práctica, pues que añadía un gran caos a la actividad de la Bolsa. Se decía que cualquier hombre que se implicara en un *windhandel* mejor haría en arrojar su dinero al Amstel, puesto que las ventas realizadas por el tal procedimiento podían anularse fácilmente si el comprador aportaba pruebas. Y entonces, el vendedor sacaría menos que nada por sus trabajos. Pero, en aquel asunto del café, iban con ventaja... el comprador sería también culpable de trampas varias y diversas, y no osaría poner en entredicho la venta.

Más tarde, cuando concluyeron sus asuntos, Alferonda se excusó, y Miguel y Joachim quedaron solos en la mesa. Y allí estaba él, pensó Miguel, bebiendo junto a un hombre a quien gustosamente hubiera estrangulado unas semanas atrás.

Acaso Joachim leyó la expresión de su cara, pues dijo:

—No estaréis tramando algo, ¿verdad?

—Pues claro que tramamos algo —contestó Miguel.

—Quiero decir contra mí.

Miguel dio en reír.

—¿De verdad creéis que todo esto, estas reuniones, estos planes... son una argucia para vos? ¿Que hemos invertido tanto en vuestra destrucción que hayamos de participar en tales juegos? ¿Estáis seguro de que dejasteis atrás vuestra locura?

Joachim negó con la cabeza.

—No, no creo que con vuestros planes pretendáis atacarme. Por supuesto que no. Pero me pregunto si seré sacrificado en el altar de vuestra venganza.

—No —dijo Miguel suavemente—, no pensamos traicionaros. Nuestra suerte corre ahora pareja a la vuestra, así es que más habríamos de temer nosotros de vuestra traición que vos de la nuestra. Ni tan siquiera acierto a imaginar cómo habríamos de sacrificaros, como decís.

—Pues a mí se me ocurren varias maneras —dijo Joachim—, pero me las guardaré para mí.

Cuando Miguel pasó al vestíbulo de la entrada, supo que Daniel no podía estar en casa. La casa estaba en sombras por el crepúsculo, y el atrayente olor del comino impregnaba el aire. Hannah lo aguardaba desde el extremo del vestíbulo, y la luz de la vela que llevaba en la mano se reflejaba en el suelo de baldosas blancas y negras.

No fue la forma en que vestía, pues llevaba el pañuelo de siempre y el vestido ancho y sin forma, por bien que ahora revelara de forma innegable el abultamiento del hijo que crecía en su interior. Sin embargo, algo había en la intensidad de su rostro, en la forma en que sus oscuros ojos lucían por la llama de la vela y adelantaba el mentón. La mujer estaba extrañamente quieta, sacando un tanto el pecho, como si quisiera acentuar su pesadez, y Miguel, borracho, se sintió mareado del deseo.

—Se me hace como si hubieran pasado semanas desde que hablamos, *senhor*.

—Estoy intentando cierta cosa en la Bolsa. Me toma el más de mi tiempo.

—Os hará rico, ¿no es cierto?

Él rió.

—Es mi ferviente deseo.

Ella miró al suelo durante lo que se antojaron minutos.

—¿Puedo hablar con vos, *senhor*?

Sosteniendo la vela ante ella, como si fuera un espíritu en un grabado en madera, hizo pasar a Miguel a la sala de recibir y dejó la vela en una de las palmatorias. Solo había otra vela encendida de modo que la habitación lucía bajo aquella luz parpadeante.

—Hemos de contratar a otra moza enseguida —dijo ella al sentarse.

—Ciertamente, se conoce que estáis demasiado ocupada para encender velas —comentó Miguel, y tomó asiento frente a ella.

Ella dejó escapar una bocanada de aire, media risa.

—¿Os reís de mí, *senhor*?

—Me río, *senhora*.

—¿Y por qué os reís de mí?

—Porque vos y yo somos amigos.

Miguel no le veía el rostro con claridad, pero le pareció ver algo semejante a una sonrisa. Era difícil saberlo. ¿Qué quería de él en aquella habitación tan pobremente iluminada? ¿Qué pasaría si en aquel momento Daniel entraba y los encontrara a los dos, apresurándose a encender velas, sacudiéndose las ropas como si hubieran estado revolcándose juntos sobre el serrín?

Casi no pudo tener la risa. Si quería hacer algo de provecho en aquel tardío momento de su vida, tenía que dejar atrás planes de cosas que no podían ser. Atrás había quedado la época en que podía apostar unos florines que no tenía o invertir en mercancías por un mero impulso. Soy un hombre adulto, dijo entre sí, y esta es la esposa de mi hermano. No hay más que hablar.

—Queríais hablarme de algo —dijo Miguel.

La voz de ella se quebró.

—Quería hablaros de vuestro hermano.

—¿Qué le pasa a mi hermano? —Sus ojos descendieron momentáneamente a su vientre.

Un momento de vacilación.

—Está fuera de la casa.

Cuando era niño, Miguel y sus amigos tenían una roca desde la cual saltaban a las aguas del Tajo. La caída era de cinco veces la longitud de un hombre. Quién pudiera decir cuán lejos estaba ahora el agua, pero en el entusiasmo de la exaltación infantil, parecía una eternidad. Miguel recordaba aquella aterradora y torturada sensación de libertad, como morir y volar a la par.

En aquellos momentos, aun sin moverse, notaba aquel mismo terror y exaltación. El estómago le daba vuelcos, los humores se le subieron a la cabeza.

—*Senhora* —dijo. Y se levantó pensando en escapar tan rápidamente como pudiera, pero acaso ella lo malinterpretó, pues se levantó también y se acercó hasta quedar a escasos pasos. Miguel olía su dulce aroma, el calor de su aliento. Sus ojos le miraron y, con una mano, se quitó el pañuelo de la cabeza, dejando que sus espesos cabellos cayeran sobre sus hombros y su espalda.

Miguel sintió que se quedaba sin aire. Las necesidades de su cuerpo lo traicionarían. Apenas hacía un instante estaba completamente decidido. La hermosa y dispuesta mujer, se recordó, no podía quedar más preñada de cuanto ya estaba. El cuerpo de ella despedía su propio calor y se cerró sobre él. Miguel sabía que no era menester más que levantar una mano y ponerla sobre el hombro de ella, o acariciarle el rostro o tocarle los cabellos, y después ya nada importaría. Quedaría perdido en el inconsciente goce de los sentidos. Y toda su determinación no habría servido de nada.

Pero ¿por qué no habría de rendirse?, se preguntó. ¿Acaso lo había tratado su hermano tan bien para que no osara tomar aquel fruto ilícito de su hospitalidad? Sin duda, el adulterio era gran pecado, pero entendía que tales pecados nacen de la necesidad de mantener un orden en las casas. No era el hecho de ayuntarse con la esposa de otro hombre lo que era pecado; era dejarla encinta. Y, puesto que tal cosa no podía suceder, no sería pecado tomarla allí mismo, en el suelo de la sala de recibir.

Así pues, Miguel se inclinó para besarla, para sentir por fin la opresión de sus labios. Y en el instante mismo en que pensó en atraerla hacia sí, sintió algo mucho más sombrío. Supo entonces con claridad meridiana lo que sucedería si la besaba. ¿Sería capaz de regresar Hannah al lecho de su esposo sin revelar cuanto sucediera? Antes de que un día pasara, aquella pobre joven maltratada... lo habría traicionado de mil formas con su silencio.

Retrocedió un paso.

—*Senhora* —susurró—. No puede ser.

Ella se mordió el labio y bajó los ojos a las manos, las cuales retorcían con tanta fuerza el pañuelo como si quisieran destruirlo.

—¿El qué no puede ser? —preguntó.

Bien, finjamos entonces, concedió Miguel en silencio.

—Os pido perdón —le dijo dando otro paso atrás—. Acaso os haya malinterpretado. Por favor, perdonadme. —Y salió con gran prisa al vestíbulo palpando en la oscuridad el camino hasta el sótano.

Allí, en su oscuro y húmedo lugar, se sentó en silencio, atento a cualquier sonido que pudiera desvelarle la angustia o el alivio de ella, pero nada oyó, ni aun el crujido de las maderas del suelo. Sin duda, Hannah seguía inmóvil, con sus cabellos expuestos en una habitación vacía. Y, extrañamente, Miguel sintió unas lágrimas que le quemaban el rostro. ¿La amo tanto? Acaso fuera así, pero no lloraba de amor.

No lloraba por la tristeza de Hannah, ni aun por la suya propia, lloraba por la certeza de que había sido cruel, de que la había llevado a creer algo que él siempre supo sería imposible. Había puesto en ella las fantasías de su imaginación sin pensar que para ella dejar esas fantasías significaría la muerte. Había sido cruel con una mujer triste que no había hecho sino ser amable con él. Pensó si no habría jugado su mano con igual mala fortuna en sus otros asuntos.

31

Antes de las doce, en el exterior de la Bolsa, la emoción se palpaba ya por el Dam. Habían pasado dos semanas desde la conversación entre Miguel y Geertruid. En la Bolsa era día de cuentas y las inversiones de Miguel vencían aquel día. Miguel estaba entre el gentío, esperando a que las puertas se abrieran y observó los rostros de quienes lo rodeaban: gentes que miraban con dureza e intensidad en la distancia. Holandeses, judíos y extranjeros apretaban los dientes por igual y se mantenían alertas. Cualquier hombre que llevara suficiente tiempo en la Bolsa podía sentirlo, como el olor de una lluvia inminente. Estaban a punto de desatarse grandes planes que habrían de afectar a todo aquel que comerciara. Cada día de cuentas era intenso, pero ese día habría de suceder más que lo habitual. Todos lo sabían.

Aquella mañana, mientras se preparaba, Miguel sintió una paz inquietante. Su estómago había estado alborotado durante semanas, pero ahora Miguel sentía la calma de la resolución, como el hombre que camina hacia el cadalso. Había dormido sorprendentemente bien y, a pesar de eso, había tomado cuatro cuencos de café. Quería estar exaltado por el café. Quería que el café guiara sus pasiones.

No hubiera podido estar más preparado, pero sabía que ciertas cosas no dependían de él. Cinco hombres, tanto si lo sabían ellos como si no, eran sus criaturas, y todo dependía de que ellos hicieran su parte. Todo era tan frágil... Aquel enorme edificio podía desmoronarse en un instante y quedar reducido a polvo.

De modo que se preparó como mejor pudo. Se aseó antes del

sabbath en el *mikvah* y dedicó el día santo a la oración. El siguiente lo dedicó también a la oración y ayunó del alba al anochecer.

No podía sobrevivir a dos ruinas. Acaso el mundo pudiera cerrar los ojos ante la primera, perdonarla atribuyéndola a la mala suerte. Pero una segunda ruina lo destruiría para siempre. Ningún mercader de importancia confiaría a un fracasado una hija suya. Ningún hombre de negocios ofrecería nunca su asociación a Miguel. Si fracasaba aquel día, tendría que abandonar la vida de mercader.

Con la arenilla del café triturado en los dientes, Miguel salió de la casa y aspiró el aire de la mañana. Se sentía más como un conquistador que como un mercader. Apenas unos jirones de nubes flotaban por el cielo, y una brisa ligera llegaba desde el mar. Un holandés supersticioso acaso tuviera los cielos despejados por buen augurio, pero Miguel sabía que los cielos también estaban despejados para Parido.

En la plaza del Dam, Miguel aguardó entre el gentío, extrañamente silencioso. No había discusiones, ni estallidos de risa. Por ninguna parte desató el sonido de los primeros tratos una sucesión de intercambios. Cuando alguien hablaba, lo hacía entre murmullos.

Las opciones de compra de Parido, las opciones de venta de Miguel, vencerían al final del día. Lo cual significaba que Parido tenía que mantener los precios altos y que, cuanto más altos, mayor sería el beneficio para él, del mismo modo que, cuanto más bajaran, más ganaría Miguel. Si Miguel no hacía nada, Parido ganaría con su inversión y Miguel perdería. Puesto que Parido tenía en su poder el cargamento que había de ser para Miguel, se aferraría a su mercancía hasta el día después de mañana. Y entonces, acaso podría vender poco a poco lo que tenía por un precio inflado.

—Si vos fuerais Parido —había razonado Alferonda—, haríais uso de vuestra asociación de comercio. Podríais difundir el rumor de que su asociación estaba planeando desbordar el mercado con valores que bajarían los precios. Pero vos no tenéis ese poder. Parido, sí.

—¿Por qué no se limita a difundir el rumor de que su asociación piensa comprar y hace así que los precios suban más?

—El juego de los rumores es cosa delicada. Si una asociación abusa de él, nadie volverá a creer ninguno de los rumores que tengan que ver con ella, y habrá perdido con ello una valiosa herramienta. Este asunto del café es cosa de Parido, no de su asociación. Sus otros miembros no querrían hacer mal uso de los rumores por Parido a menos que la riqueza que se les prometiera fuera lo suficientemente importante. Pero puede hacer uso de su asociación de otras formas.

—Puede indicar a sus hombres que no respondan a mis movimientos.

—Exactamente. Parido dará por sentado que deseáis vender tanto café como hayáis adquirido y hacer que parezca que tenéis más del que realmente tenéis, provocando la caída de los precios. Vos, por vuestra parte, venderéis lo que no tenéis. Bien, él sabe que esto es un truco puesto que, si podéis desatar el frenesí de la venta, luego podréis adquirir a bajos precios lo que otros descarguen, y si alguien cuestiona la venta, podréis enseñar el producto que habéis prometido. Pero sin duda, él habrá dado instrucciones a su asociación para que difunda el rumor de que no tenéis lo que deseáis vender y nadie querrá compraros.

Miguel sonrió.

—¿Puede ser tan simple como eso?

—Parido es hombre poderoso. No ha hecho su fortuna siendo retorcido en exceso, sino guiándose por las cosas más simples. En el pasado, vos habéis demostrado que trabajáis solo, que no seguís una estrategia y que normalmente os dejáis guiar por vuestro instinto en lugar de seguir un plan concreto. Veo que os sentís ofendido, pero no me negaréis que es cierto. Habéis cometido errores, Miguel, pero esos errores os harán un buen servicio cuando hoy entréis en la Bolsa. Parido espera encontrar un oponente muy distinto del que sois ahora.

El reloj de la torre del gran ayuntamiento dio las doce, y las puertas de la Bolsa abrieron entre un gran griterío que resonaba por todo el Dam. Miguel se abrió paso al interior, junto con los otros cientos de comerciantes, y se dirigió lentamente hacia la esquina de las Indias Orientales, sin hacer caso de los comerciantes que lo llamaban ofreciendo sus mercancías.

Un gentío mayor del habitual bullía en torno a los negociantes de las Indias Orientales. Muchos de ellos formaban parte de la asociación de Parido. Vestían los llamativos colores y los sombreros emplumados de los portugueses, y se conducían como hidalgos autoritarios. Estaban allí como favor a un amigo. No habrían de pagar nada por controlar la marcha del asunto del café, ni vender nada, solo tenían que ahuyentar a quien tratara de responder a los intentos de Miguel. Era tal como él y Alferonda suponían.

A un lado, charlando con unos comerciantes, Miguel reconoció a Isaías Nunes. Al ver a Miguel, lo saludó con un gesto de la cabeza, a cuyo gesto Miguel correspondió de idéntica forma. Ya habría tiempo para acusaciones más tarde, pero de momento era menester que pusiera su mejor cara. ¿Qué esperaría ver Nunes en Miguel? Decepción, claro. Él sabía de las opciones de venta. Aun así, tenía que aparentar cierta determinación.

En la zona descubierta del edificio, donde los mercaderes hamburgueses conducían sus negocios, Alferonda conversaba con los pocos tudescos de la Bolsa. Aquellos judíos de largas barbas hacían gestos de asentimiento con sus sabias cabezas en tanto el usurero les explicaba algo, sin duda con una excesiva e innecesaria largueza.

Miguel alzó la vista y vio a Parido delante de él.

—Este día tiene un algo familiar. ¿No os recuerda el día en que el precio del azúcar cayó?

—No. —Miguel devolvió la sonrisa—. De hecho, para mí este día tiene algo totalmente nuevo.

—Sin duda, ¿no pensaréis que podéis provocar una bajada en los precios del café? Se os advirtió que os mantuvierais alejado del café, pero habéis preferido hacer las cosas a vuestra manera. Como debe ser. Me he adelantado a vuestros movimientos y he dado los pasos para sabotearlo. El mejor consejo que puedo daros es que os vayáis. Aceptad vuestras pérdidas cuando acabe la jornada. Al menos os habréis ahorrado una humillación pública.

—Aprecio vuestro consejo. Pero acaso os convenga recordar que antes de que finalice la jornada me estaréis besando las posaderas.

—Olvidáis con quién estáis hablando. Solo trato de salvar lo poco que pueda quedaros de reputación. Un hombre inferior hubiera tenido su lengua.

—No hay hombre inferior a vos, *senhor.*

Parido chasqueó la lengua.

—¿De veras creéis que podréis derrotarme?

—Tengo bien encaminados mis asuntos. —A Miguel le disgustaba el tono vacilante de su voz. Parido parecía en exceso confiado. ¿Y si conocía los detalles del plan de Miguel? ¿Y si había dado pasos para evitar los astutos planes de Alferonda para superar su influencia? ¿Y si Joachim le había traicionado?

—¿Cómo de bien encaminados?

—No entiendo vuestra pregunta.

—Es muy sencillo. ¿Tan firmemente creéis que hoy venceréis y lograréis bajar el precio como para hacer una apuesta?

Miguel clavó los ojos en su enemigo.

—Decid vos una cifra. —Parido estaba loco si ofrecía una apuesta. Miguel ya se lo había apostado todo.

—El precio del café está ahora en siete décimas de florín por cada libra, lo que significa que yo lo he hecho subir a cuarenta y dos florines cada barril. Solo necesito que se mantenga por encima de treinta y ocho florines para ganar. Vos necesitáis que caiga por debajo de los treinta y siete para poder sacar algún beneficio de vuestras opciones de venta. Con treinta y siete o más, no tendréis nada y vuestro hermano habrá de responder por vuestras malas inversiones.

Miguel de pronto sintió que enrojecía.

—¿Acaso pensabais que nadie sabía de la imprudencia con que habéis utilizado su nombre? ¿Pensabais que podríais tener secretos para mí en esta Bolsa? ¿Y ahora pensáis que podéis derrotarme cuando estoy determinado a no dejarme derrotar? Admiro vuestro optimismo.

Aquello no significaba nada, dijo Miguel entre sí. Acaso la trampa de Miguel hubiera llegado a su conocimiento a través de su corredor, lo que no significaba que Parido lo supiera todo.

—No hacéis más que alardear, *senhor*.

—Muy bien, pues haré mucho más que eso. Si lográis bajar el precio a treinta florines o menos el barril, os permitiré comprar noventa de mis barriles a veinte florines el barril.

Miguel trató de hablar con escepticismo.

—¿Y dónde esperáis conseguir noventa barriles de café? ¿Es posible que haya tanto en los almacenes de Amsterdam?

—Los almacenes de Amsterdam contienen sorpresas que hombres como vos jamás acertarían a imaginar.

—Vuestras apuestas parecen desparejas. ¿Qué ganáis vos si no logro derrotaros?

—Bueno, quedaréis en la ruina, así que no estoy seguro de que tengáis nada que darme salvo vuestra persona. Quedaremos así: si perdéis, confesaréis ante el *ma'amad* que mentisteis sobre vuestra relación con Joachim Waagenaar. Diréis a los *parnassim* que sois culpable de haber mentido ante el Consejo y aceptaréis el castigo que tan grande engaño merece.

El *cherem*. Parecía gran necedad aceptar tal cosa, pero, de todos modos, si perdía, habría de abandonar Amsterdam. El destierro no cambiaría nada.

—Estoy de acuerdo. Pongamos esto sobre papel, aun cuando aquello a lo que yo accedo a perder habrá de quedar entre nosotros, no fuera que el papel llegara después a las manos equivocadas. Pero me gustaría tener algún tipo de garantía. Veréis, no me gustaría ganar la apuesta para descubrir después que sois culpable de un *windhandel*... y por tanto que no tenéis los noventa barriles que prometisteis.

—¿Qué sugerís?

—Solo esto. Acepto vuestra apuesta, y dejaremos constancia sobre el papel. Y, si por azar, no podéis suministrar el café al precio que prometisteis, habréis de pagarme lo que los barriles cuestan en estos momentos. Eso serían... —Se tomó un momento para hacer el cálculo— tres mil ochocientos florines. ¿Qué decís?

—Es una apuesta absurda, pues yo nunca vendo lo que no tengo.

—Entonces, ¿estáis de acuerdo?

—Por supuesto que no. ¿Acaso aceptaría una disparatada apuesta arriesgándome con ello a pagar casi cuatro mil florines?

Miguel se encogió de hombros.

—No aceptaré de otro modo.

Parido dejó escapar un suspiro.

—Muy bien, acepto vuestras absurdas condiciones.

El hombre redactó rápidamente el contrato e insistió en redactar ambas copias él mismo. Por tanto, Miguel hubo de perder más tiempo en leerlo, por quedar cerciorado de que su rival no había hecho ninguna trampa con las palabras. Todo parecía estar correcto, y dos amigos de Parido que estaban por allí hicieron de testigos. Ahora cada cual tenía su contrato en el bolsillo. El reloj de la torre le dijo que había perdido un cuarto de hora. Había llegado el momento de empezar.

Miguel dio un paso atrás y exclamó en latín:

—¡Café! Vendo veinte barriles de café a cuarenta florines el barril. —El precio apenas importaba, pues Miguel no tenía ningún café. Después de todo, se trataba de un *windhandel*. Necesitaba bajar el precio lo suficiente para llamar la atención, pero no tanto como para que su oferta despertara sospechas—. Tengo café por cuarenta —volvió a exclamar. Luego repitió la oferta en holandés y de nuevo en portugués.

Nadie contestó. Los hombres de Parido empezaron a acercarse, amenazando a Miguel como perros. Un comerciante de poca altura del Vlooyenburg miró a Miguel y pareció a punto de aceptar la venta, pero Parido lo miró fijamente a los ojos logrando que el hombre se retirara alicaído. Se notaba que ningún judío portugués incurriría en la cólera de Parido rompiendo el bloqueo.

Mirando en derredor, Miguel vio a Daniel en los límites de la pequeña cuadrilla. Se había puesto sus mejores ropas, aunque no lo bastante llamativas para llevarlas en *sabbath*: jubón y sombrero bermejo, con camisa azul debajo, calzas negras y brillantes zapatos rojos con enormes hebillas de plata. Miró a los hombres de Parido, después a Miguel y bajó los ojos al suelo.

El silencio había caído sobre aquella pequeña sección de la Bolsa. No muy lejos, Miguel oía los gritos de otras transacciones, pero nadie entre los comerciantes de las Indias Orientales decía una palabra. La batalla había empezado, y sin duda a cuantos miraban se les antojó que Miguel ya había sido derrotado. Parido sonriente susurró algo al oído de un miembro de su asociación, el cual contestó con una risa grosera.

Miguel volvió a repetir la oferta. Unos pocos holandeses miraron con curiosidad pero, viendo el gentío de judíos amenazadores, se mantuvieron a distancia. Miguel nada podía ofrecer que fuera lo bastante seductor para que los judíos portugueses desafiaran a Parido, ni para que los cristianos se molestaran por algo que tan claramente se veía que era un duelo entre extranjeros. Miguel, solo en mitad del corrillo, parecía un niño perdido.

Miguel volvió a repetir su oferta. De nuevo, no hubo respuesta. Parido lo miró y sonrió. Sus labios formaron unas palabras lentamente: «Habéis perdido».

Entonces Miguel oyó que alguien contestaba en mal latín.

—Yo compro veinte por treinta y nueve.

Alferonda había acudido a sus contactos entre los tudescos. Un hombre de tal nación cuyo trabajo consistía habitualmente en descontar letras de cambio del banco se adelantó y repitió su oferta. Vestía ropas negras y su barba blanca se mecía cuando hablaba.

—¡Veinte barriles por treinta y nueve!

—¡Vendido! —gritó Miguel. No pudo tener la sonrisa. No era el comerciante que normalmente espera a que sus compradores sigan bajando el precio. Pero aquel día se trataba de vender barato.

—Yo compro veinticinco a 38,5 —gritó otro tudesco, a quien Miguel conocía por comerciar con oro sin acuñar.

Miguel se abrió paso entre los hombres de Parido para aceptar.

—Veinticinco barriles por 38,5, ¡vendido!

El bloqueo se había aflojado. Se había iniciado la venta, y Parido sabía que no podría detener a Miguel limitándose a mantener a sus hombres cerca.

—Compro treinta barriles de café —gritó Parido— a cuarenta florines.

Los tudescos hubieran debido ser necios para no darse la vuelta y vender a cambio de aquel beneficio inmediato. Jamás habían acordado actuar como asociación con Miguel, solo que romperían el bloqueo, movidos por la promesa de que su ayuda les valdría provechosas oportunidades. Miguel echaba de ver que pensaban en vender, la cual cosa hubiera estabilizado los precios de Parido. Los judíos portugueses se mantenían al margen, pendientes del camino que seguían los precios, qué bando tenía el control. Sin duda, todo estaba a favor de Parido. Lo único que Parido no hubiera podido controlar habría sido un descenso de los valores. Si muchos hombres decidían vender a la vez, no podría contener la marea él solo, y los hombres de su asociación no sacrificarían su dinero por él.

Aquel era el momento decisivo de su plan, y todos en la Bolsa lo intuían.

Miguel alzó la vista e, inesperadamente, clavó los ojos en su hermano. Daniel permanecía en los límites del corrillo de espectadores, moviendo lentamente los labios mientras calculaba las posibilidades en contra de que los valores fueran a la baja. Miguel no apartaba los ojos de su hermano. Quería asegurarse de que Daniel le entendía. Quería verlo en los ojos de su hermano.

Y Daniel entendió. Sabía que, si en ese momento decidía ponerse del lado de su hermano, anunciar que vendía café más barato, el plan triunfaría. El impulso que daría con su participación decantaría la balanza a favor de Miguel. Por fin había llegado el momento en que la familia podía unirse por encima de mezquinos intereses. Sí, sin duda Daniel podía pensar que Parido era su amigo, y hay que honrar la amistad, pero la familia es otra cosa y no podía permanecer al margen mientras su hermano se enfrentaba a la ruina, la ruina permanente... No si él tenía en sus manos el poder de evitarlo.

Los dos lo sabían. Miguel veía que su hermano lo sabía. En una ocasión le había preguntado si elegiría a su hermano o su amigo, y Daniel no le contestó, pero ahora tendría que hacerlo. Para bien o para mal. Por la expresión de su cara, se notaba que también Daniel se estaba acordando de aquella conversación. Y Miguel vio la cara de vergüenza de su hermano cuando este se dio la vuelta y dejó que aquel asunto del café siguiera su curso sin él.

Un extraño silencio se hizo en el interior de la Bolsa. Ciertamente, no era aquello lo que se tiene por silencio en cualquier otra parte del mundo, pero sí lo era en comparación con el bullicio que solía haber en la Bolsa. Los comerciantes se acercaban como si estuvieran mirando una pelea de gallos o una reyerta.

Lo pasarían bien, dijo Miguel para sí. Cuando Parido comenzó a comprar dio, sin quererlo, la señal para el siguiente paso de Miguel, movimiento que el *parnass* no había previsto.

—¡Vendo café! ¡Cincuenta barriles a treinta y seis! —gritó Joachim.

Parido lo miró con cara de incredulidad. No había visto llegar a Joachim o acaso no se habría fijado. Se había desprendido de las ropas de campesino y vestía, una vez más, como un hombre de posibles, con la imagen de todo un comerciante holandés, ataviado con traje y sombrero negro. Nadie que no le conociere hubiera adivinado que un mes atrás era poco más que un mendigo. Ahora estaba rodeado por un gentío de compradores a cuyas entusiastas llamadas respondía una a una, sereno como un aguerrido mercader de cualquier Bolsa de Europa.

Aquel movimiento había sido idea de Alferonda. Parido podía fácilmente asegurar su influencia sobre los comerciantes de la Nación Portuguesa. Todos sabían de su rivalidad con Miguel, y pocos hubieran desafiado voluntariamente a un hombre vengativo que ocupaba un lugar en el *ma'amad*. Alferonda sabía que podría animar a unos pocos tudescos extranjeros a iniciar el negocio, pero no había los bastantes para sostener una baja de valores, y los más de ellos no desearían hacer grandes inversiones en tan desconocida mercancía o contrariar en exceso a Parido. Pero la intervención de Joachim podía convencer al mercado holandés de que aquello era asunto de negocios, y no un conflicto entre portugueses. Podía atraer a los comerciantes holandeses que desearan beneficiarse con el nuevo producto. Sin duda recelarían de intervenir en una trifulca donde judío batallaba contra judío por una mercancía de la que apenas nadie sabía nada, pero en cuanto vieran a uno de sus intrépidos compatriotas intervenir, se lanzarían a la carrera por no perder la ocasión.

Otro holandés anunció una venta. Miguel nunca lo había visto antes. Era tan solo algún desafortunado comerciante que había apostado por el café y se había visto atrapado en el fuego cruzado. Desesperado por deshacerse de sus bienes antes de que el precio cayera más, ofreció sus quince barriles por treinta y cinco. Miguel estaba a solo dos florines del precio que necesitaba para sobrevivir, a cinco florines de lo que necesitaba para derrotar a Parido. Pero aun si lograba bajar el precio a treinta, sería menester mantenerlo estable hasta las dos, hora en que cerraba la jornada comercial.

Un nuevo sujeto gritó en holandés, pero tenía acento francés. Luego otro, este en danés. Treinta y cinco. Treinta y cuatro. Miguel no había de hacer más que mirar y controlar. Había vendido ocho barriles que no poseía. No importaba. Habían cambiado de manos muchos más barriles de los que los almacenes de Amsterdam aspirarían a albergar nunca.

Ahora Miguel tenía que esperar a ver hasta dónde bajaba el precio y comprar lo suficiente para cubrirse las espaldas. Si el comprador lo decidía así, podía presentar una petición para no tener que comprar su café a los precios de treinta y ocho y treinta y nueve, pero eso poco le importaba a Miguel. Que se guardasen su dinero. Ahora lo único que importaba era el precio del barril.

Parido miraba con el rostro demudado. Había dejado de gritar órdenes, pues un solo hombre no podía comprarlo todo sin causar su propia ruina. Parido había hecho subir de forma artificial los precios y sabía que, si compraba los suficientes barriles para que los precios volvieran a quedar en treinta y nueve perdería mucho dinero, aun con el beneficio que supondría su opción de venta.

El precio empezaba a estabilizarse, así que Miguel compró a treinta y uno y vendió enseguida a treinta. La pérdida era insignificante y desató un nuevo frenesí de ventas.

Miguel le sonrió a Parido, el cual se volvió disgustado. Pero Miguel no estaba dispuesto a dejarle marchar. Se abrió paso entre el gentío. Oyó que vendían a veintinueve y veintiocho. Miró el reloj de la torre. La una y media. Solo faltaban treinta minutos.

—Se me hace que el día es mío —gritó Miguel.

Parido se dio la vuelta.

—No todavía, Lienzo. Aún hay tiempo.

—Acaso aún quede tiempo, pero dudo que tengáis más opciones.

Parido negó con la cabeza.

—¿Creéis que vuestras fullerías os salvarán? Disfrutad de este momento, pues, Lienzo. Se me hace que acabaréis por descubrir que no sois tan astuto como pensáis.

—No, sin duda. Pero en este día tengo el placer de ser más astuto que vos. Deseo tomar posesión de los barriles de café que me prometisteis mañana a esta misma hora.

—No tenéis el dinero para pagarlos —le escupió—. Si miráis vuestro ejemplar del contrato, veréis que el intercambio habrá de realizarse en las setenta y dos horas posteriores al cierre del mercado del día de hoy. Y, francamente, dudo que podáis conseguir el dinero. Ciertamente, de aquí a setenta y dos horas acaso a ojos del *ma'amad* ya no seáis judío.

Así que Parido tenía intención de utilizar al Consejo para evitar sus deudas. El consejo jamás lo permitiría.

—Podéis creer lo que os plazca, pero transferiré el dinero a vuestra cuenta mañana a esta hora. Espero que vos hagáis el libramiento de la propiedad con igual puntualidad, pues de lo contrario habréis de hacer honor al contrato y pagarme tres mil ochocientos florines.

Miguel se alejó y echó un vistazo a la multitud de compradores y vendedores. Al parecer, el precio se había estabilizado en veintiséis, y apenas quedaba tiempo para más operaciones. Si el precio se quedaba donde estaba, habría obtenido unos beneficios de casi setecientos florines solo con sus opciones de venta, además de dos mil por sus futuros. En aquel momento, estaba demasiado alborotado para limitarse a mirar, de suerte que decidió ocuparse de un último asunto.

Isaías Nunes había estado hablando tranquilamente con unos conocidos, tratando de no hacer caso del alboroto. Miguel sonrió y preguntó si podía hablar con él en privado. Los dos hombres se alejaron ocultándose detrás de un pilar.

Miguel dejó que su rostro adoptara su mejor disfraz de mercader.

—Desearía que transfirierais la propiedad del café que contraté con vos para su entrega. Deseo tener los documentos de la propiedad en mis manos no más tarde de mañana por la mañana.

Nunes se puso erguido, como si con ello quisiera alinearse correctamente con la tierra, y entonces dio un paso al frente.

—Lamento que os encontréis en una situación difícil, Miguel, pero no puedo ayudaros. Ya os dije que el barco nunca llegó, y vuestras necesidades no desharán lo que está hecho. Y, si acaso se permite ser tan brusco, no sé si estáis en posición de exigir una acción inmediata en ningún sentido. Conseguir que me pagarais cuanto me debíais no ha sido tarea fácil, y siento que habéis abusado de mi amistad de una forma imperdonable.

—Extraño comentario para un hombre que ha vendido las mercancías que yo contraté a Salomão Parido.

Nunes trató de controlar el gesto.

—No os comprendo. Habláis como un loco, no permitiré que me insultéis.

—Creo que estáis sobreactuando, *senhor*. Ahora debierais parecer confuso, no ofendido.

—Nada de cuanto digáis me horroriza. —Dio un paso al frente—. En otro tiempo os tuve por amigo, pero veo que no sois más que un fullero y no pienso discutir nada más con vos.

—Lo discutiréis conmigo o ante los tribunales —contestó Miguel. Se conoce que con aquello consiguió el interés de Nunes—. Tomasteis el café que yo había contratado y lo entregasteis a Salomão Parido. Luego mentisteis y me dijisteis que el cargamento no había llegado a adquirirse. Imagino que a continuación hicisteis las diligencias para conseguir otro cargamento, pero sé que el que me pertenece legalmente llegó en un barco llamado *Lirio del Mar*. Tengo testigos que dirán haber oído a Parido hablar del asunto. Si os obstináis en no acceder, entonces mi única pregunta será si llevaros ante un tribunal holandés o ante el *ma'amad*, o ambas cosas, para obligaros, no solo a proporcionarme el café, sino a pagar cuantos daños resulten de no haber podido tener el cargamento original. —Miguel mostró a Nunes el contrato que había hecho con Parido—. Si pierdo dinero por este contrato, os demandaré a los dos por las pérdidas, pues si no me hubierais engañado, sin duda hubiera ganado. Y podéis estar seguro de que, una vez llegue este asunto a los tribunales, vuestra reputación de digno mercader se verá seriamente afectada.

Nunes enrojeció.

—Si no le entrego el café a Parido, me tendrá por enemigo. ¿Qué será entonces de mi reputación?

—Sin duda no esperaréis que me preocupe por eso. Me transferiréis la propiedad por la mañana o de lo contrario habréis de veros en la ruina.

—Si os doy lo que pedís, ¿no diréis nada? ¿No diréis nada a nadie?

—No debiera callar, pero lo haré en memoria de nuestra amistad. Jamás hubiera esperado tal cosa de vos.

Nunes negó con la cabeza.

—Debéis comprender que es difícil oponerse a Parido cuando desea algo. No me atreví a contrariarle. Tengo familia y no podía permitirme ponerme en peligro por protegeros a vos.

—Entiendo que tiene influencia y poder —dijo Miguel—. Y a pesar de todo, yo me he opuesto a él. Y él no os pidió que no me protegierais, os pidió que me mintierais y me engañarais, y vos accedisteis. Jamás os tuve por hombre bravo, Isaías, pero me ha sorprendido en extremo vuestra gran cobardía.

Cuando se alejaba, oyó que el reloj tocaba las dos. Le preguntó a un hombre que tenía cerca a cuánto había cerrado el café: 25,5 florines por barril.

Miguel alquilaría inmediatamente una casa a orillas del Houtgracht. Se pondría en contacto con sus acreedores para ofrecer algún pequeño pago a los más impacientes. Ahora todo sería distinto.

Y, allí estaba su hermano. Se dio la vuelta. Daniel apenas estaba a un brazo de distancia. Daniel lo miró, trató de hacer que él lo mirara, pero Miguel no fue capaz de decir nada. El momento de las reconciliaciones había pasado; no había lugar para el perdón. Daniel había apostado su futuro contra su hermano y había perdido.

Miguel se fue. Una multitud de hombres se movían a su alrededor. La voz había empezado a correrse; todos los hombres de la Bolsa sabían ya que Miguel había logrado una gran victoria. Aun cuando no supieran cuánto había ganado o a quién había derrotado, aquellos comerciantes sabían que estaban en presencia de un comerciante en su momento de gloria. Hombres a quienes apenas conocía le daban palmadas en el hombro, o le estrechaban la mano, o prometían que pronto habrían de llamarlo para hablar de un proyecto de un valor difícilmente creíble.

Y entonces, entre el grueso de mercaderes, Miguel vio a un holandés ojeroso con bonitas vestiduras que le sonreía ampliamente. Joachim. Miguel se apartó del triunvirato de judíos italianos que querían hablar con él de higos, excusándose educadamente y prometiendo que quedaría con ellos en una taberna cuyo nombre olvidó en cuanto los hombres lo pronunciaron. Luchó por abrirse paso hasta que se encontró frente a Joachim, mayor y más pequeño de lo que pareciere en su locura y empobrecimiento. Su sonrisa no parecía de alegría, sino acaso de tristeza.

—Os dije que haría bien las cosas si confiabais en mí —dijo.

—Si me hubiera contentado con confiar en vos, seguiría siendo un hombre pobre —replicó Joachim con igual contento—. Si habéis ganado esta victoria es solo porque yo os odiaba y os acosaba. Sin duda podemos aprender una gran lección de todo esto, pero que me queme en el infierno si sé yo qué lección es esa.

A Miguel le dio fuerte risa y se adelantó para abrazar a aquel hombre a quien, no hacía mucho, había deseado la muerte con todo su corazón. Sin duda, volvería a desear que estuviera muerto, y pronto. Pero, de momento, no le importaba lo que Joachim hubiera hecho o hubiera de hacer, ni le importaba quién supiera del odio y la amistad que se tenían. Solo le importaba que había reparado sus agravios y en ello había reparado también su ruina. Miguel hubiera podido abrazar al mismo Diablo.

32

La nueva moza no hablaba portugués, pero se contentaba pudiéndose entender con gestos. Catryn tenía un rostro severo, sencillo, pero lo bastante desagradable para complacer a su señora. Poco importaba. Miguel ya no estaba en la casa, y la belleza o sencillez de la criada poco importaba ya a nadie.

Por las mañanas, Daniel se iba casi antes de que ella se hubiera levantado, y Hannah había de desayunar sola, mientras la moza deambulaba a su alrededor. Catryn señalaba con sus gestos la garrafa de la mesa. Se conoce que pensaba que una mujer encinta nunca bebía de más, y Hannah se había sentido grandemente trastornada por la bebida durante toda una semana antes de reunir la voluntad para decir que no. Ahora se limitaba a hacer que no con la cabeza. Cuando bebía en demasía, el bebé se quedaba quieto, y a ella le gustaba sentirlo dando patadas y retorciéndose. Cuando permanecía quieto, aun unos pocos minutos, Hannah temía lo peor. Si el bebé moría, ¿qué haría Daniel? ¿Qué le haría a ella?

Hannah mandaba a la moza al mercado de los alrededores de la plaza del Dam a comprar café y hacía que le preparara un poco cada tarde. Un día, Daniel llegó pronto a casa y se encolerizó tanto cuando la vio beber de aquello que la golpeó hasta que ella se puso a dar voces por el bien del bebé. Ahora solo bebía durante las horas de la Bolsa, cuando sabía que Daniel no podía presentarse.

En ocasiones veía a Miguel por la calle, vestido como ahora solía con ropas buenas, caminando con su paso familiar en compañía de otros grandes mercaderes del Vlooyenburg. Se le veía satisfecho, joven y triunfal. Hannah no osaba mirarlo mucho rato. Si iba a su casa, si le decía que deseaba dejar a su esposo y vivir con él, ¿qué diría Miguel? Le diría que se fuera. Acaso si hubiera fracasado en su importante plan y no tuviera qué perder... acaso entonces la hubiera aceptado, pero no ahora.

Cuando Catryn recogió los platos del desayuno, ella y Hannah salieron al mercado. La moza no cocinaba ni la mitad de bien que Annetje, y sabía menos de escoger carnes y productos. Hannah tenía más ojo que ella, pero no decía nada. Dejaba que comprara verduras malas y carne pasada. ¿Qué le importaba a ella si las comidas eran demasiado blandas o amargas?

Tal era ahora su vida, zanahorias arrugadas y pescado podrido. Tales eran sus únicos placeres. Ella tenía a su esposo y tendría a su hija, por la cual rogaba a Dios que naciera sana y entera. Tales cosas habrían de ser suficiente, pues no podía haber más.

Marcharse de la casa de su hermano fue agradable. Miguel había alquilado una bonita casa del otro lado del canal y, aun cuando era más pequeña que la de su hermano, se le hacía que era más elegante y se acomodaba perfectamente a sus necesidades. Apenas si sabía qué haría con todo aquel espacio, aunque esperaba que pronto habría de ocuparlo con una esposa e hijos. Los corredores de matrimonios ya empezaban a llamar a su puerta.

El día después de su victoria en la Bolsa, el último que pasó en la casa de su hermano, subió las escaleras del sótano, cruzó la cocina y subió las escaleras que llevaban al piso principal, en el cual encontró a Daniel sentado en la sala de recibir, haciendo que leía cartas. Daniel no le dijo nada. Ni una palabra amable. Aquella mañana, Miguel le había dicho que se mudaba y le había dado las gracias por su hospitalidad. Daniel se limitó a asentir con la cabeza y le advirtió que debía asegurarse de no llevarse nada que no fuera suyo.

Aún quedaba cierto asunto pendiente, y Miguel deseaba resolverlo antes de irse. Se aclaró la garganta y aguardó mientras Daniel alzaba la cabeza.

—¿Algún problema? —preguntó.

—Quería hablar contigo en relación a cierto asunto de dinero —dijo Miguel—. Es algo violento, y no quisiera que me tuvieras por impaciente. En estos momentos mis asuntos van muy bien, gracias a Él, bendito sea, pero me dicen que me debes una cierta suma.

Daniel se puso en pie.

—¿*Yo* te debo? ¿Qué disparate es ese? Después de haberte cobijado en mi casa durante seis meses, ¿vas a decirme que yo te debo nada?

—Has sido muy generoso al proporcionarme un techo, Daniel, pero tal generosidad no vale dos mil florines. Ricardo me lo ha explicado todo.

—¡No me puedo creer que me salgas con esto! —gritó—. Yo te presté dinero cuando nadie lo hubiera hecho, cuando tu nombre equivalía a fracaso. Te acogí en mi casa cuando no tenías a quien recurrir. Y aun osas decirme que te debo.

—No he dicho cuándo debes pagarme. Sé bien que tus finanzas andan algo desordenadas.

—¿Quién te ha dicho tamaña mentira? Tienes unas pocas monedas en el bolsillo y ya te tienes por el mejor hombre de Amsterdam. Pues permite que te diga, hermano mío, que las cosas no son así. Que tú seas solvente no significa que yo esté arruinado.

—No pensaba tal cosa —dijo Miguel con calma.

—Y aún te diré más. Ese plan tuyo de la Bolsa no hubiera funcionado si no hubieras tomado mi nombre y hubieras usurpado con él como no debieras, comprometiendo mi dinero para respaldar tus manejos. Imagino que te creías demasiado astuto para que te descubrieran.

—Solo se me antojó que era lo justo, puesto que tuviste la desfachatez de exigirme que te pagara cuanto te debía a sabiendas de que tú eras mi deudor.

—Bien, pues yo no te perdonaré —dijo Daniel—. El dinero que dices que te debo se logró arruinando los planes del *senhor* Parido, en los cuales también yo había invertido. Al sacar tú beneficios del aceite de ballena, yo perdía... y sin embargo jamás te castigué por tus astucias. Y sacando tú beneficios de tus planes con el café, le has costado mucho dinero al *senhor* Parido. ¿Acaso solo sabes que sacar beneficio con ardides y maquinaciones que hagan daño a los demás?

—¿Cómo te atreves a hablarme de ardides y maquinaciones cuando todo este tiempo las acciones de Parido se han basado únicamente en el deseo de venganza? Esa no es forma de hacer negocios, te lo puedo asegurar. Yo hubiera estado mucho mejor de haberse preocupado Parido por hacer dinero en lugar de tratar de hacérmelo perder a mí.

Daniel meneó la cabeza.

—Siempre te he tenido por persona laxa e indisciplinada, en exceso liberal con el vino y las mujeres, pero jamás te hubiera hecho tan ruin.

—Convéncete a ti mismo de cuantas mentiras quieras —dijo Miguel con amargura—. No te llevaré ante el *ma'amad*. Dejaré que sea tu propio sentido de lo que está bien y lo que está mal el que te mueva a obrar como consideres más apropiado.

Habían salido ya las cartas dirigidas a todos los agentes que Miguel había contratado: en Londres, París, Marsella, Amberes, Hamburgo y media docena de Bolsas más. Él no había contratado a los agentes de los cuales era responsable Geertruid, los que se había asegurado en Iberia con ayuda de su abogado. Geertruid se había ocupado de estos, y desconocía que sus cartas contenían algo muy distinto a las cartas de Miguel.

En el día que Geertruid indicaba, los agentes de Lisboa, Sevilla y Oporto habían de comprar tanto café como les fuera posible. Ya se habría corrido la voz de la baja de valores de Amsterdam a las otras Bolsas. Tras la maniobra de Miguel, los precios habrían caído, y los agentes de Geertruid estarían ya preparados para aprovechar la bajada de precios.

Geertruid llegó a la Bolsa de Amsterdam a mediodía. No era ella la única mujer que allí había, pero las de su género eran aún raras, de modo que, mientras cruzaba el patio con sus vaporosas faldas rojas, con aire regio, llamaba un tanto la atención. Durante las primeras etapas de su aventura, Miguel había sugerido que fuera a la Bolsa a observar cómo se efectuaba la compra y nacía su riqueza. No volvió a repetirlo, pero Geertruid no lo había olvidado.

La mujer sonrió, ladeando la cabeza levemente, de aquella forma tan suya que enloquecía sobremanera a Miguel. Allí estaba, su socio, su amigo, su muñequito. Ella lo había enviado a hacer sus cosas y él había obedecido.

Solo que en esta ocasión, Geertruid echó de ver que estaba haciendo lo contrario. Su socio estaba vendiendo. Estaba en medio de una multitud de comerciantes que anunciaban a voces sus precios.

Miguel vendió sus noventa barriles en pequeñas porciones... diez a este mercader, cinco a ese otro. Desde el reciente ajetreo, el café había empezado a considerarse mercancía peligrosa, y nadie lo adquiría en grandes cantidades.

—¿Qué estáis haciendo? —Corrió a su lado en cuanto la transacción terminó—. ¿Habéis perdido el juicio? ¿Por qué no compráis?

Miguel sonrió.

—Con un poco de mano izquierda y un rumor aquí y allá, he logrado subir el precio del café a treinta y siete florines el barril, así que estoy desprendiéndome de los barriles que compré a Nunes. Sacaré de ellos unos bonitos beneficios, que aumentarán la riqueza que conseguí con mis opciones de venta. Después de los acontecimientos del pasado día de cierre compré algunos futuros a corto plazo y se me hace que habré de sacar también suculentos beneficios de ellos.

—¿Beneficios? ¿Opciones de venta y futuros a corto plazo? ¿Os habéis dormido en los laureles? Cuando los otros mercados sepan que Amsterdam no ha bajado perderemos dinero por toda Europa.

—Oh, eso no me preocupa. Los agentes no comprarán nada. Los he despedido.

Geertruid lo miró fijamente. Trató de hablar, pero se atragantó con las palabras. Lo intentó de nuevo.

—Miguel, ¿a qué estáis jugando? Por favor, decidme qué pasa.

—Lo que pasa —dijo Miguel con calma— es que he mudado los planes para mi beneficio y os he dejado para que salgáis del paso como mejor podáis.

Geertruid abrió la boca, pero nada salió de ella de suerte que se dio la vuelta para tratar de dominarse.

—¿Y seríais capaz de hacerme tal cosa? —Sus ojos pestañearon, mirando al vacío—. ¿Por qué lo habéis hecho?

Miguel sonrió.

—Porque vos me engañasteis y me traicionasteis. Pensabais, aun ahora, que jamás llegaría a mi conocimiento que no nos conocimos por azar. Me habéis manipulado desde el primer momento, pero ahora he sido yo quien os ha manipulado a vos. Esperabais utilizar esta trama del café para arruinarme, pero os descubrí y he sabido sacar de ello un provecho. No es el beneficio que esperaba, lo admito, pero, ciertamente es suficiente para restaurar mi reputación, saldar mis deudas y tener la libertad de comerciar como guste. Por otro lado, vos os habéis comprometido con vuestros agentes de Iberia, y se me hace que acudirán a vos para que paguéis.

Esta vez, Geertruid no pudo hablar.

—Por supuesto, os devolveré vuestro capital. Aun cuando buscabais mi ruina, no seré yo quien os robe. Con tal dinero, acaso podáis pagar una parte del dinero que vuestros agentes han invertido.

—Estoy perdida —musitó Geertruid. Se aferró al brazo de Miguel como si estuviera presenciando su ruina en lugar de ser la responsable.

—Acaso vuestro señor os salvará. Sin duda es su responsabilidad el hacerlo. Sospecho que los tres mil florines que pusisteis eran suyos. Por supuesto, este incidente ha dejado a Parido algo maltrecho, y acaso no se muestre tan generoso como antaño. Pero eso no es asunto que me concierna.

Geertruid seguía sin decir nada y se limitaba a mirar al frente con incredulidad. Miguel tenía aún café por vender, así que se dio la vuelta.

33

Acaso aquello era lo que quería. Cuando se paraba a pensarlo, así lo parecía. No había ocultado el libro con especial esmero, lo dejaba en el bolsillo de su delantal, con una esquina asomando, o bajo un montón de sus pañuelos, dejando que la esquina se marcara a través de la tela.

Lo sacaba con frecuencia, hojeando sus páginas sin cortar, tratando de mirar las imágenes que quedaban escondidas en las páginas que aún estaban unidas. Sabía que hubiera debido separarlas, era su libro, y podía hacer con él como gustase, pero no sabía cómo hacerlo y temía dañarlo.

Las palabras nada significaban para ella. Era incapaz de distinguir unas letras de otras, pero los grabados eran bonitos y la llevaban a un mundo muy distinto del suyo. Frutos delicadamente dibujados, un pez, un bote, un niño jugando. Algunos de ellos eran algo simples, como el de la vaca con rostro casi humano que sonreía con un contento desbocado.

Ella y la nueva moza, Catryn, estaban fregando los suelos antes del *sabbath* cuando Daniel entró en el vestíbulo y pasó por los suelos limpios con los pies llenos de barro. Su rostro era inexpresivo, y apenas si se alteró cuando resbaló y hubo de agarrarse a la jamba de la puerta por no caer. Catryn musitó algunas palabras, pero no miró.

—Ven conmigo —le dijo Daniel a Hannah.

Ella se levantó y lo siguió a su habitación. El libro estaba sobre la cama. Ella sabía que aquello habría de suceder. Lo había estado esperando. Aun así, su estómago se sacudió con tal fuerza que temió por su hija. Trató de respirar hondo y mantener la calma.

—Explícame qué es esto —dijo Daniel señalando con un dedo huesudo al libro.

Hannah lo miró, pero no dijo palabra.

—¿Es que no me oyes, mujer?

—Te oigo.

—Pues entonces contesta. Por Cristo, no te he levantado la mano muchas veces, pero a fe mía que lo haré si te sigues obstinando. ¿Alguien te ha estado enseñando a leer?

Ella negó con la cabeza.

—No.

—Entonces ¿de dónde ha salido este libro?

No tenía sentido ocultarlo. Daniel ya no podía hacerle daño. Y se le antojaba que acaso Miguel querría que lo dijera, que se complacería un tanto en ello.

—Es del *senhor* Lienzo, vuestro hermano —dijo—. Él me lo dio.

Daniel no hubiera enrojecido más ni aún conteniendo la respiración.

—Miguel —dijo en voz muy baja—. Y ¿por qué había él de darte nada?

Ella negó con la cabeza.

—Yo le dije que me gustaría aprender a leer, y por eso me lo dio.

Daniel contuvo la respiración. Se atusó el mentón y acto seguido se metió índice y pulgar en la boca y se puso a hurgar. Al cabo de un momento, paró.

—¿Te dio alguna otra cosa? —preguntó agriamente.

Hannah no sabía que iba a decirlo. No hubiera sido capaz de obligarse a hacer tal cosa. Le hubiera faltado el valor. Y tampoco se sentía con derecho a pronunciarlo. Difícilmente hubiera podido hallar acto más egoísta que implicar a otra persona en sus mentiras, y sin embargo lo hizo. Las palabras se le escaparon.

—El bebé —dijo, llevándose las manos al vientre—. Él me dio este bebé.

Hannah sintió un frío tan grande que casi notó sus dientes castañeteando. Estaba mareada, la vista se le nubló. ¿Qué había hecho? ¿Qué terrible paso había dado? A punto estuvo de arrojarse a los pies de Daniel para decirle que había dicho aquellas palabras por despecho y que, ciertamente, jamás había deshonrado su lecho. Pero, aun cuando fuera la verdad, aquellas palabras sonarían como mentira. Por eso lo había dicho. Una vez saliera de su boca, no podría retirarlo.

Su esposo permaneció inmóvil, con los brazos colgando flácidos a ambos lados. Hannah esperaba que se abalanzaría sobre ella, la golpearía con las manos o con otra cosa. Y estaba preparada para protegerse a sí misma y al bebé.

Él hubiera podido salir de la habitación o insultarla. Pero no hizo tal cosa, y ahora Hannah tenía motivo para arrepentirse de sus palabras, no por cuanto pudieran significar para ella o aun para Miguel, sino por lo que significarían para su esposo. Hannah lo había imaginado furioso, encolerizado, pero no abatido y derrotado.

—Entonces no tengo nada —dijo él en voz baja—. Todo se ha perdido. Habré de vender la casa. Y ahora ni tan siquiera tendré a mi hijo.

—Es una niña —dijo Hannah con suavidad—. Lo soñé.

Daniel no pareció oírla.

—Lo he perdido todo —repitió—. Y a manos de mi hermano. No habré de permanecer aquí.

—¿Adónde irás? —preguntó ella, como si hablara con un amigo apesadumbrado.

—Venecia, acaso Londres. ¿Irás a Miguel?

—Ignoro si querrá aceptarme. —Estas pocas palabras, pronunciadas por rencor hacia Daniel, habían cambiado la vida de Miguel. ¿Cómo podía haber hecho algo tan cruel? Y sin embargo, si podía retractarse, no lo hizo.

—Te aceptará. Es hombre de honor. Conseguiré que el *ma'amad* autorice el divorcio y me iré.

Hannah pensó en acercarse, tomarle la mano y ofrecerle alguna palabra de consuelo..., pero si hubiera hecho tal cosa hubiera sido ante todo por sí misma, para sentirse menos culpable. Y no osaba romper el hechizo.

—Me iré ahora —dijo ella.

—Será lo mejor.

Mientras caminaba por el Vlooyenburg, el miedo iba cayendo gota a gota. Se había imaginado a Miguel rechazándola, insultándola, cerrándole la puerta en su cara. ¿Qué haría entonces? No tendría casa ni dinero, y sí una hija a quien cuidar. Acaso encontraría un convento donde quisieran admitirla, pero ignoraba si había conventos en las Provincias Unidas. Quizá tendría que ir hacia el sur, a Amberes, para encontrar uno. ¿Y cómo llegaría? Solo tenía unas monedas a su nombre.

Pero no deseaba atormentarse. Miguel jamás la abandonaría. Cuando menos, ahora que volvía a ser un gran mercader, le daría con qué sustentarse. También ella podría marcharse a algún lugar y empezar de nuevo, haciéndose pasar por viuda. Acaso no fuera la mejor de las vidas, pero tampoco sería una vida desdichada. Tenía todo el mundo ante ella y, aun cuando no pudiera decidir dónde descansar, sabía que cualquier cosa sería mejor que el lugar de donde venía.

Miguel aún no había contratado a una sirvienta en su nueva casa, de suerte que abrió la puerta él mismo. Por un momento se la quedó mirando, sin saber muy bien qué hacer, luego la invitó a pasar.

—Le he dicho a vuestro hermano que sois el padre de la niña —dijo Hannah en cuanto oyó cerrarse la puerta.

Él se volvió a mirarla, con expresión inescrutable.

—¿Os concederá el divorcio?

Ella asintió.

Miguel no dijo nada. Su mandíbula estaba muy tensa, sus ojos entrecerrados, en tanto meditaba envuelto en un largo, cruelmente largo e insondable silencio.

Hay demasiados postigos cerrados en la casa, pensó Hannah, y los pasillos se veían oscuros y lóbregos, lo que confería a las losas blancas del suelo un tono grisáceo. Miguel vivía allí, pero aún no era su hogar. No había pinturas en las paredes. Un polvoriento espejo estaba apoyado contra el suelo. A lo lejos, Hannah notaba el olor de una lámpara de aceite encendida y veía el débil baile de la luz en otra habitación. En algún lugar de la casa, un reloj tocó la hora.

—Si os acepto por esposa —dijo Miguel al cabo—, ¿aceptaréis obedecerme en todas las cosas?

—No —dijo ella. Y se mordió el labio por tener las lágrimas y la sonrisa.

—¿Ni tan siquiera un poco?

—Bueno. Os obedeceré un poco.

—Bien. Un poco es cuanto pido —dijo, y la abrazó.

34

Con la panza llena de arenque ligeramente curado, servido con nabos y puerros, Miguel se recostó contra la silla por observar la Urca. Aquel era su momento de gloria. Todos los hombres de la Nación Portuguesa hablaban de su maravillosa e incomprensible manipulación del mercado del café, pues era tan insignificante que ni los hombres más reputados le habían dedicado jamás sino una mirada fugaz. Lienzo había demostrado ser persona de sustancia, decían todos. Parido se había propuesto destruirle, pero Lienzo había hecho que sus fechorías se volvieran contra él. Brillante. Ingenioso. Aquel hombre a quien en otro tiempo se tuvo por un necio jugador había demostrado ser un gran comerciante.

Media docena de mercaderes del más alto nivel acompañaban a Miguel en la mesa, bebiendo su parte del vino que él había pagado. En cuanto pasó por la puerta, gran número de sujetos deseosos se habían arremolinado a su alrededor, y a Miguel se le hizo difícil abrirse paso hasta sus nuevos amigos. *Senhores* de más edad que antaño miraran a Miguel con desdén ahora deseaban hacer negocios con él. ¿Le interesaría al *senhor* Lienzo considerar cierto asunto sobre el jengibre? ¿Le interesaría al *senhor* Lienzo escuchar las oportunidades que ofrece la Bolsa de Londres?

El *senhor* Lienzo tenía gran interés en tales materias, y tenía aún más grande interés en el hecho de que los tales hombres buscaran ahora su colaboración. Pero, pensaba, a los hombres de comercio es mejor tratarlos como a rameras holandesas. Si ahora las descuido un poco, más tarde estarán más deseosas. Que esperen. Miguel aún no tenía una idea clara de lo que quería hacer con su recién encontrada solvencia. No era tan rico como hubiera esperado, pero sí lo bastante, y pronto tendría una esposa y —antes de lo que esperaba— un hijo.

No pudo evitar reír por la ironía. El *ma'amad* expulsaba de la comunidad a un hombre justo por ofrecer unas monedas a un mendigo vetado, pero Miguel podía robarle la esposa a su hermano siempre que lo hiciera legalmente. Tendría su divorcio y entonces sería suya. Entretanto, Miguel había alquilado para ella unas habitaciones en una bonita casa del Vlooyenburg. Había contratado a una moza que ella misma eligió, bebía café, se distraía con amigas que nunca creyó tener, mujeres que corrían a su sala de recibir ahora que sabían que era el objeto de un escándalo tan delicioso y maravillosamente resuelto. Y había ido a visitar a Miguel en su nueva casa. Por supuesto. No había razón para esperar la aprobación legal del matrimonio.

Miguel bebió en abundancia con estos amigos y volvió a relatar la historia de su triunfo. La cara de sorpresa de Parido cuando Joachim empezó a vender. El gusto cuando los mercaderes tudescos hicieron bajar los precios. El sorprendente interés de aquellos extranjeros del Levante. ¿De verdad era un indio oriental quien compró cincuenta barriles de café al francés?

Pudieran haber proseguido con la celebración durante horas o cuando menos en tanto Miguel siguiera pidiendo vino, pero Salomão Parido entró y todos guardaron silencio. Miguel sintió una extraña mezcla de placer y miedo. Esperaba ver allí a Parido. Un hombre como él, tan embebido de poder, no podía ocultarse en la derrota. Había de mostrarse públicamente, demostrar a la Nación que aquellas pequeñas pérdidas nada significaban para él.

Parido se inclinó hacia delante y habló a unos amigos con especial cordialidad. Miguel esperaba que el *parnass* permanecería con ellos, que daría la espalda a su enemigo y haría caso omiso de su presencia, pero no era ese su plan. Tras hablar con sus hombres, se acercó a la mesa de Miguel. Aquellos que unos momentos antes estuvieran riendo del fracaso de Parido ahora se daban empellones por mostrarle sus respetos, pero el *parnass* no tenía ningún interés en aquel despliegue.

—Una palabra —le dijo a Miguel.

Miguel sonrió a sus compañeros y siguió a Parido a un rincón tranquilo. Todos los ojos estaban sobre ellos, y Miguel tuvo la desagradable sensación de que estaba siendo objeto de mofas.

Parido se detuvo y se inclinó sobre él.

—Puesto que soy un hombre bueno —dijo el hombre muy tranquilo—, os he concedido estas semanas por que disfrutarais de vuestra gloria. Me pareció un gesto muy cruel aplastaros demasiado pronto.

—¿Quién, entre los hijos de Israel, es tan sabio y bueno como vos?

—Podéis reíros, pero los dos sabemos que jamás he hecho cosa que no fuera por el bien de la Nación y nada de cuanto hice merecía las maquinaciones que arrojasteis en mi contra. Y ¿qué me decís de vuestro pobre hermano? Os protegió y os prestó su dinero cuando estabais más solo, y vos le correspondisteis malbaratando sus finanzas, poniéndole los cuernos y robándole a su esposa.

Miguel no podía convencer al mundo de que no había puesto los cuernos a su hermano sin traicionar con ello a Hannah, así que dejó que el mundo pensara cuanto pluguiere.

—Vos y mi hermano sois igualitos. Intrigáis en mi contra y buscáis mi ruina, y cuando vuestros métodos fracasan me culpáis a mí como si fuere yo quien ha obrado en vuestra contra. Sin duda se trata de un disparate digno de la mismísima Inquisición.

—¿Cómo podéis mirarme a la cara y decir que fui yo quien intrigó contra vos?¿Acaso no buscasteis arruinar mi plan con el aceite de ballena en vuestro propio provecho?

—Yo no buscaba arruinar nada, tan solo beneficiarme de vuestras manipulaciones. Nada que no haga todo hombre diariamente en la Bolsa.

—Sabíais perfectamente que vuestra interferencia me costaría dinero, aun cuando yo había intercedido en vuestro favor con los futuros de brandy.

—Una intervención que me costó dinero —señaló Miguel.

—No parecéis entender que no obré en vuestra contra. Yo había apostado por la bajada del precio del brandy, y mis actividades en ese sentido amenazaban con transformar vuestros futuros en deudas, de suerte que hice cuanto estuvo en mi mano por rescataros. Yo quedé tan sorprendido como el que más cuando el precio subió en el último minuto. A diferencia de vos, que sacasteis un pequeño beneficio, yo perdí por mis intentos.

—Estoy convencido de que no teníais sino la mejor de las intenciones con vuestras intrigas en contra de mis planes con el café.

—¿Cómo podéis hablarme de esa forma? Sois vos quien interferisteis en mis negocios con el café... Vos y vuestro amigo hereje.

Miguel dio en reír.

—Podéis decir que sois el ofendido si gustáis, pero eso no cambiará las cosas.

—Olvidáis que tengo un gran poder con el cual efectuar cambios, y cuando presente este caso ante el Consejo, ya veremos si se os ve tan satisfecho.

—¿Y por qué razón habría de presentarme ante el *ma'amad*? ¿Por haceros quedar como un necio o por negarme a dejarme arruinar por vuestras intrigas?

—Por conducir negocios impropios con un gentil —anunció—. Vos contratasteis a Joachim Waagenaar intencionadamente para provocar una caída en el precio del café. Da la casualidad de que está en mi conocimiento que es el mismo holandés a quien arruinasteis haciendo de corredor para él e imponiéndole vuestro absurdo plan con el azúcar. Se echa de ver que el tal hombre aún no ha tenido bastante, pero se me hace que el *ma'amad* no verá las cosas de igual modo. Habéis transgredido la ley de Amsterdam y por tanto estáis poniendo a vuestro pueblo en peligro.

Miguel escrutó el rostro de Parido. Quería saborear el momento cuanto fuera posible, pues acaso sería el más satisfactorio de su vida. Luego, sabiendo que no podía esperar demasiado, habló.

—Cuando sea llamado ante el *ma'amad*, ¿creéis que debería contar que pedí a Joachim que trabajara conmigo cuando él vino a mí y me confesó que vos habíais intentado obligarle a descubrir la naturaleza de mis diligencias en el negocio del café? Vos, en otras palabras, utilizasteis a un gentil como espía, y no fue ni tan siquiera por asuntos relacionados con el *ma'amad*, sino con la esperanza de arruinar a un judío contra el que lleváis a cabo vuestra venganza. Me pregunto qué dirían los otros *parnassim* ante tal información. ¿Debo mencionar también que conspirasteis con Nunes, un mercader a quien yo había hecho un encargo, y que utilizasteis vuestra posición como *parnass* para obligarle a traicionarme y de esa forma prevalecer sobre mí? Creo que sería una sesión muy interesante.

Parido se mordió el labio inferior un momento.

—Muy bien —dijo.

Pero Miguel no había terminado.

—Debo añadir que está el asunto de Geertruid Damhuis, una holandesa a quien contratasteis con el único propósito de arruinarme. ¿Cuánto hacía que era vuestra sierva, *senhor*? Casi un año, diría.

—Geertruid Damhuis —repitió Parido, con aire algo más alegre—. Algo he oído de eso. Era vuestra socia, pero vos la traicionasteis.

—Simplemente, no le permití que me arruinara. Sin embargo, lo que nunca he acabado de comprender es para qué necesitabais a Joachim si ya la teníais a ella. ¿Acaso no os lo contaba todo? ¿Acaso esperaba la mujer sacar beneficio de su pequeña trampa, y vos no pudisteis soportar la certeza de que no podríais controlar a vuestra propia criatura?

Parido soltó una risotada.

—Estáis en lo cierto salvo por una cosa. No puedo llevaros ante el *ma'amad*. En eso me habéis derrotado. Admito, entre nosotros, que pedí a ese sucio holandés que descubriera cierta información sobre vos. Pero habéis de saber que nada tengo que ver con esa ramera a quien arruinasteis. Que yo sepa, no era más que una honrada mujerzuela que solo pretendía ayudaros, y vos la destruisteis.

—Sois un mentiroso —dijo Miguel.

—No lo creo. Hay una cosa que admiro de vos, Lienzo. Algunos hombres son fríos en materia de negocios. Endurecen su corazón frente a quienes perjudican. Pero vos sois hombre de conciencia, y sé que habréis de sufrir sinceramente por cuanto le hicisteis a vuestra socia.

Miguel encontró a Geertruid en el Tres Sucios Perros, tan borracha que nadie se hubiera sentado con ella. Uno de los clientes le advirtió que se andara con cuidado. Ya había mordido la mejilla de un hombre que había tratado de tocarle los pechos y le había hecho sangre. Pero se conoce que de tanto beber estaba más allá de la cólera, pues cuando vio a Miguel hizo un débil esfuerzo por ponerse en pie y entonces tendió los brazos como si quisiera abrazar a su antiguo socio.

—Es Miguel Lienzo —balbuceó—. El hombre que me arruinó. Esperaba que os vería aquí, y habéis venido. Donde esperaba veros. ¿Queréis sentaros conmigo?

Miguel se sentó con cuidado, como si temiera que el banco se rompiera. Miró a Geertruid, la cual estaba sentada frente a él en la mesa.

—¿Para quién trabajabais? Debo saberlo. Os prometo que no tomaré ninguna acción cuando lo sepa. Necesito saberlo por mí. ¿Era Parido?

—¿Parido? —repitió ella—. Jamás trabajé para Parido. Ni tan siquiera sabría de su existencia de no ser por vos. —Le dio risa y señaló a Miguel—. Yo sabía que eso es lo que pensabais. En cuanto me dijisteis que me habíais arruinado, supe que pensabais que era agente de Parido. Si hubiera sido agente de Parido —explicó—, hubiera merecido que me arruinarais.

Miguel tragó con dificultad. Esperaba poder oír algo muy distinto.

—Me engañasteis para que confiara en vos. ¿Por qué?

—Porque quería ser rica —dijo Geertruid golpeando la mesa con la mano—. Y ser una mujer respetable. Nada más. No trabajaba para nadie. No tenía ningún plan para destruiros. Solo quería hacer negocios con un hombre influyente que me ayudara a hacer mi fortuna. Y cuando perdisteis vuestro dinero permanecí a vuestro lado porque me gustasteis. No soy más que una ladrona, Miguel. Soy una ladrona, pero no una villana.

—¿Ladrona? —repitió él—. Entonces, ¿robasteis ese dinero, robasteis los tres mil florines?

Ella negó con la cabeza, y lo hizo con tal fuerza que Miguel temió que se golpeara la cabeza contra la mesa.

—Lo pedí prestado. A un prestamista. Un prestamista muy desagradable. Tanto que ni tan siquiera los judíos lo quieren.

Miguel cerró los ojos.

—Alferonda —dijo.

—Sí. Fue la única persona que encontré dispuesta a dejarme lo que había menester. Sabía para qué lo quería y sabía quién soy.

—¿Por qué él no me dijo nada? —exigió Miguel en voz alta—. Nos puso el uno en contra del otro. ¿Por qué había de hacer tal cosa?

—No es un buen hombre —dijo ella con tristeza.

—Oh, Geertruid. —Le tomó la mano—. ¿Por qué no me dijisteis la verdad? ¿Cómo pudisteis permitir que os arruinara?

Ella dejó escapar una pequeña risa.

—¿Sabéis, Miguel, dulce Miguel? No os culpo a vos. ¿Qué podíais haber hecho? ¿Enfrentaros a mí? ¿Preguntarme por mis planes? Ya sabíais que era una estafadora y deseabais hacer vuestro dinero como mejor pudierais. No puedo culparos. Pero tampoco hubiera podido deciros la verdad, pues tampoco habríais confiado. Temíais a ese Consejo vuestro simplemente porque estabais haciendo negocios con una holandesa. ¿De veras hubierais pensado que podía salir algún bien de hacer negocios con una holandesa *proscrita*? Sobre todo, una como yo.

—¿Como vos?

—Debo abandonar la ciudad, Miguel. Debo dejarla esta noche. Alferonda me ha estado buscando y no tendrá compasión conmigo. Corren ciertas historias sobre su cólera, ¿sabéis?

—¿Y qué le importa a Alferonda? ¿No podéis darle el dinero que transferí a vuestra cuenta? Os he devuelto los tres mil florines que me prestasteis.

—Le debo otros ochocientos florines en intereses.

—Ochocientos —espetó Miguel—. ¿Es que ese hombre no tiene vergüenza?

—Es un usurero —dijo ella con pesar.

—Dejad que hable con él. Es mi amigo y sé que podemos llegar a un entendimiento. No es menester que os cargue con un interés tan alto. Negociaremos una tarifa más razonable, y os ayudaré a pagarle.

Ella le oprimió la mano.

—Pobre y dulce Miguel. Sois demasiado bueno para mí. No puedo dejar que hagáis tal cosa, pues estaríais malgastando vuestro dinero y no ganaríais salvo vuestra ruina. Acaso Alferonda será vuestro amigo, pero no mío, y no permitirá que su reputación quede maltrecha por mí. Y ¿realmente es tan buen amigo cuando os engaña de esta forma? Aun si pudierais satisfacer sus exigencias, sigo debiendo dinero a los agentes de Iberia. Tienen mi nombre, no el vuestro, y vendrán a Amsterdam a buscar a Geertruid Damhuis. Si me quedo, tarde o temprano estaré perdida. Debo partir esta noche, de modo que no os daré más que lo que merecéis diciéndoos la verdad, por fin.

—¿Hay más?

—Oh, sí. Hay más. —A pesar de la bruma de la borrachera, Geertruid esbozó una de aquellas sonrisas que siempre embebecían a Miguel—. Preguntabais qué he querido decir cuando he dicho una ladrona. Pues os lo voy a decir. —Se inclinó más cerca—. No soy una ladrona corriente, debéis saberlo. No vacío bolsillos ni arranco bolsas o entro a sisar en las tiendas. Muchas veces os habéis preguntado por mis viajes al campo y, necio de vos, habéis leído todos los relatos y los habéis leído porque yo os los di a conocer.

Miguel hubo de recordarse que había de respirar.

—¿Qué me estáis diciendo? Que vos y Hendrick... —No fue capaz de terminar la frase.

—Sí —dijo ella muy serena—. Somos Pieter el Encantador y su comadre Mary. En cuanto a quién es quién, no sabría deciros. —Le dio risa—. Mi pobre Hendrick es más necio que vos, me temo, pero siempre hacía cuanto yo decía y hacía creer a todos que él estaba detrás de los heroicos robos de Pieter. Poco importaba. Había llegado a convencerme de que, en esta época de novelas y aventuras, si podíamos hacer que la gente tuviera a Pieter el Encantador por héroe, nadie lo delataría, y la leyenda solo haría que confundir cualquier intento por atraparlo. Poco sabíamos nosotros cuán bien iba a salir todo. Yo esperaba oír de nuestras aventuras, pero jamás pensé que viera tales relatos impresos. La mitad de las historias que leísteis eran falsas y la otra mitad grandes exageraciones, pero nos han hecho muy buen servicio.

—¿Dónde está Hendrick ahora?

—Ha huido. —Suspiró—. Es un hombre simple, pero no tanto como para no saber qué significa no poder pagar a un cruel usurero. No le he visto desde que perdí todo en la Bolsa. Nunca le gustaron mis tratos con Alferonda ni mis planes para hacer fortuna con los negocios. No acertaba a comprender cómo funcionaba todo ello y pensó que acaso estuviera maldito. Temo que, fuera cual fuese la conclusión de todo esto, las aventuras de Pieter el Encantador estaban destinadas a acabarse.

—¿Cómo he sido capaz de haceros esto? —dijo él, y ocultó el rostro entre las manos.

—Es culpa mía. Os puse en peligro. Y esa pobre joven... la esposa de vuestro hermano... decidle que lamento haber tenido que asustarla.

—Pronto será mi esposa —dijo Miguel, pues sentía que había de ser honrado.

—¿De verdad? Bueno, no puedo decir que comprenda las costumbres de los israelitas, pero no me corresponde a mí comprenderlas.

—¿Qué fue lo que Hannah vio? Ni tan siquiera lo sabía.

Geertruid rió.

—Ni tan siquiera lo sabía. ¡Qué divertido! Me vio hablando con Alferonda, y temí que si os enterabais, recelaríais de mí. Pero —dijo, poniéndose en pie—, basta de charlas, *senhor*. Debo ponerme en camino.

—Estáis demasiado borracha para partir esta noche, señora. Dejad que os lleve a casa.

Ella rió, aferrándose a su brazo por no caer.

—Oh, Miguel, ¡seguís tratando de meteros en mi cama!

—Solo quiero veros segura...

—Shh. —Ella se llevó un dedo a los labios—. No es menester decir nada. Ya no. Debo irme, y ha de ser esta noche. Estando borracha todo será más fácil, no más difícil. —Y sin embargo no se movió—. *Senhor*, ¿os acordáis de la noche que tratasteis de besarme?

Miguel pensó en mentir, hacer que no había tenido importancia para él y que no se molestaba en recordarlo. Pero no mintió.

—Sí, lo recuerdo.

—Yo deseé devolveros el beso —dijo ella—, y más. Si jamás lo permití, no fue porque no quisiera, sino porque sabía que seríais más manejable si os daba solo lo justo para despertaros el apetito. Una mujer como yo ha de saber cómo emplear sus encantos, aun si eso significa retenerlos.

—Dejad que os lleve a casa —dijo Miguel de nuevo.

—No —dijo ella apartándose con una inesperada sobriedad—. He dicho que debo irme y debo irme. Separémonos ya, pues de lo contrario jamás nos despediremos. —Y dicho esto se fue, salió a la oscuridad de la calle. Sin una luz. Si alguna vez hubo una mujer capaz de burlar a ladrones y serenos, esa era Geertruid Damhuis.

Miguel permaneció inmóvil largo rato. Estuvo con la mirada perdida hasta que una hermosa moza se acercó y preguntó si quería algo.

—Vino —susurró él—. Mucho vino. —Cuando lo bebiera, cuando llevara tanto vino encima que no acertara a distinguir lo que está bien de lo que está mal... entonces iría en busca de Alferonda.

de

Las reveladoras y verídicas memorias de Alonzo Alferonda

No pensaba yo que tras la victoria de Miguel Lienzo en la Bolsa todo estuviera arreglado. Yo había ganado, Parido había perdido, y la victoria tenía un dulce sabor, pero aún estaba Miguel. Yo le había pasado por encima, y no habría de tomarlo él a la ligera. Había pensado engañarlo cuando viniera a mí, desconcertar sus ojos con trucos e ilusiones hasta que aun dudara de que hubiera existido nadie llamado Alonzo Alferonda y más aún de que lo hubiere utilizado. Pero siempre me había gustado Miguel y estaba en deuda con él. De primero no era mi intención causarle ningún mal ni a él, ni a sus amigos, sino solo utilizarlos como instrumento para mis propósitos a la par que él hacía unos pocos florines.

Sin duda, no podía resultar ningún mal de aquello. Con algunas mentiras, si algunas monedas se birlaban y luego aparecían mágicamente, ¿qué mal haría en ello? A todo hombre le gustan las trampas y los fulleros. Por eso que campesinos medio muertos de hambre sacrifican sus salarios duramente ganados cuando pasan por los pueblos saltimbanquis y gitanas. A todo el mundo le gusta que lo engañen... pero solo si ha consentido antes en el engaño.

Una noche, estando yo sentado en mis habitaciones sumergido en el estudio de la sagrada Torá —digo palabras ciertas, pues el *cherem* no había mermado mi amor por el conocimiento ni una pizca—, oí que alguien golpeaba fuertemente la puerta de la calle. Unos momentos después, mi sirviente, el viejo Roland (pues, a pesar de lo que se estile entre los holandeses, me gusta tener a un hombre a mi servicio y no permitiré que una nación de comedores de queso me diga a quién he de contratar), llamó con unos toquecitos a la puerta de mi aposento privado y dijo que había «un hebreo del género portugués muy borracho» que llamaba y que, al preguntarle qué quería, dijo que venía a matar al hombre que allí vivía.

Yo señalé con cuidado el lugar del libro y cerré el volumen con reverencia.

—De todos modos —dije yo—, haz pasar a ese hombre.

Pronto tuve ante mí a un Miguel Lienzo aturdido por el beber, tambaleándose para acá y para allá. Pedí a Roland que nos trajera vino. Dudaba que Miguel quisiera beber más de cuanto había bebido, pero aún tenía yo la esperanza de que el encuentro terminara con él dormido. Cuando el sirviente se retiró ofrecí asiento a mi visitante y le dije que esperaba sus palabras.

Él se dejó caer torpemente en el duro asiento, pues en aquella habitación solo recibía visitas que no quería que se quedaran largo rato.

—¿Por qué no me dijisteis que prestasteis dinero a Geertruid Damhuis? —preguntó con la boca pastosa.

—Presto a tantas personas... —dije yo—. No podéis esperar que siga los pasos de cada cual.

Con aquella pequeña ofuscación no pretendía engañarle. En realidad, no estoy seguro de lo que pretendía. Pero sí sé lo que consiguió: encolerizarlo grandemente.

—¡Maldito seáis! —gritó medio incorporándose de la silla—. Si jugáis conmigo, os mataré.

Empecé yo a creer sus palabras, aun cuando él no llevaba arma alguna a la vista y no parecía difícil eludir sus intentos de borracho si las cosas se ponían feas. De todos modos, alcé la mano por detenerlo y esperé a que tomara asiento de nuevo.

—Tenéis razón. No os lo dije porque me convenía que creyerais que estaba compinchada con Parido. Ya debéis saber que estoy más que complacido de que vuestro plan haya arruinado a Parido, pero lo cierto es que he participado yo en ello mucho más de lo que podíais imaginar.

Miguel asintió como si recordara algo.

—Parido ya había invertido en el café antes de que yo iniciara mi empresa, ¿no es cierto? No era él quien pretendía malbaratar mis planes. Era yo quien habría de malbaratar los de él. ¿Es así?

—Sí —confesé—. Parido entró en el negocio del café unos meses antes que vos. Fue algo complicado conseguir que no os enterarais, pero mi hombre en la taberna de café sabía que debía negaros la entrada si Parido estaba allí. Una simple precaución. Veréis, Parido no tenía en las mientes nada tan complejo como vuestro plan de haceros con el monopolio. Él solo quería poner en movimiento opciones de compra y de venta, y cuando vos empezasteis a comprar café de aquella forma, amenazasteis sus inversiones, igual que habíais hecho con el aceite de ballena.

Miguel meneó la cabeza.

—¿De modo que hicisteis que Geertruid me sedujera para entrar en el negocio del café con el solo propósito de perjudicar a Parido y luego la traicionasteis?

—Me halaga que me tengáis por persona tan ingeniosa, pero mi participación fue mucho menos importante. Vuestra señora Damhuis descubrió el café ella solita y os sedujo porque pensó que seríais un buen socio. Cuando supe de vuestro interés, reconozco que os animé porque sabía que sería en perjuicio de Parido y fui dándoos pequeños indicios de cómo Parido intrigaba contra vos. Pero eso fue todo.

—¿Cómo fue que Geertruid acudió a vos para pediros su dinero?

—No sé si estaréis al tanto de la historia de esta mujer, pero debéis saber que es una ladrona, y yo soy el hombre a quien acuden los ladrones cuando necesitan grandes sumas de dinero. Dudo que hubiera podido encontrar a otra persona que le prestara ese dinero.

—No recuperaréis ese dinero. Ha huido de la ciudad.

Yo me encogí de hombros, pues esperaba algo semejante.

—Ya veremos. Tengo agentes en cualquier lugar adonde quiera ir. Todavía no he perdido la esperanza de recuperar mis florines, pero, si están perdidos, es un precio que habré de pagar gustoso por haber perjudicado a Parido. El hombre no solo ha perdido una gran cantidad de dinero, ha quedado como un necio ante la comunidad. Jamás volverá a ser elegido para el *ma'amad*, y sus días de poder se han acabado. ¿Acaso no merece eso las molestias que pueda causarse a una ladrona como Geertruid Damhuis?

—Es mi amiga —dijo Miguel con tristeza—. Podíais haberme dicho lo que sabíais. Solo era menester que me lo contarais, y yo hubiera podido evitar todo esto.

—¿Y qué más habríais evitado? De haber sabido que los intentos de acercamiento de Parido eran sinceros, que él se había interesado por el café primero y que vos amenazabais sus inversiones, ¿hubierais seguido adelante? ¿Os hubierais empeñado en vencerle en aquella contienda u os hubierais retirado? Se me hace que los dos sabemos la verdad, Miguel. Sois un intrigante, pero no tan bueno como para hacer lo que había que hacer.

—No era menester hacer todo eso.

—¡Sí lo era! —Golpeé la mesa con la mano—. Ese retorcido de Parido hizo que se me expulsara de la comunidad porque yo no le gustaba. Empleaba débiles excusas para justificarse, pero no era más que un déspota insignificante que utilizaba el escaso poder que tenía para sentirse importante. Así que, ¿y qué si trató de acercarse a vos, el hermano de un socio, para hacer las paces? ¿Disculpa eso el daño que ha hecho y que seguirá haciendo? He hecho a nuestro pueblo un gran servicio al quitarlo de en medio, Miguel.

—¿Y poco importa que hayáis destruido a Geertruid, que era mi amiga?

—Oh, ella no está acabada, Miguel. Es una ladrona y una fullera. Conozco a las de su calaña y os puedo asegurar que se las arreglará muy bien. Es una astuta mujer que aún goza de gran belleza. El año próximo, por estas fechas, será la esposa de algún burgués de Amberes o la amante de algún príncipe italiano. No debéis preocuparos por ella. Después de todo, soy yo quien ha perdido los tres mil florines. Hubiera podido devolverme algo.

Miguel se limitó a menear la cabeza.

—Estáis furioso por otra cosa, imagino. Habéis ganado algo de dinero. Os habéis librado de las deudas y aún os quedan unos bonitos beneficios, y sois el mercader más popular del Vlooyenburg... al menos de momento. Pero estáis enojado porque no habéis conseguido la opulencia que esperabais.

Miguel lo miró. Acaso le avergonzaba reconocer que, ciertamente, estaba enojado por no haber ganado cuanto creyó poder ganar.

—Entre los dos acaso hubierais logrado haceros con el mercado del café en Europa —dije yo—, pero no lo creo. Ese plan vuestro era demasiado ambicioso; la Compañía de las Indias Orientales no lo hubiera permitido. Mi intención era rescataros antes de que os excedierais. De no haberlo hecho así, en medio año hubierais vuelto a quedar arruinado. Pero, en vez de eso, habéis salido muy bien parado. ¿Acaso pensáis que porque vuestro plan con Geertruid Damhuis ha fracasado no tendréis más que ver con el café? Tonterías. Vos habéis hecho famosa esta mercancía, Miguel, y ahora la ciudad entera está pendiente de vos. Aún podéis hacer una gran fortuna. Queríais un negocio que os permitiera acabar con tantas maquinaciones, y en cambio tenéis uno que solo es un principio. Utilizadlo con sabiduría y tendréis vuestra opulencia a su debido tiempo.

—No teníais derecho a engañarme como lo hicisteis.

Yo me encogí de hombros.

—Quizá, pero os he hecho un gran bien. Tenéis vuestro dinero y, según he oído, pronto habréis de casaros. Mi enhorabuena para vos y la hermosa novia. Decíais que queríais una esposa y familia, y ahora tendréis ambas cosas por mí. Acaso no habré sido vuestro amigo más sincero, pero siempre he sido el mejor que teníais.

Miguel se levantó de la silla.

—Un hombre ha de hacer su propia fortuna, no ser utilizado como una pieza del ajedrez. Jamás os perdonaré.

Dado que se había presentado en mi casa con la intención de matarme, que nunca me perdonara se me antojó una notable victoria.

—Algún día me perdonaréis —dije yo— y aun me daréis las gracias. —Pero ya se había ido, bajaba ya las escaleras con paso tan apresurado que casi cayó. Estaba tan borracho que tardó unos minutos en encontrar la puerta. Oí ruido de botellas que se rompían y un mueble caer, pero eso poco significaba para mí. Cuando se fue le pedí a Roland que dijera a la moza que ya podía salir de su escondite. Annetje estaba mucho más hermosa ahora que yo cuidaba de ella. Sabía que era mejor que Miguel no la viera en mi casa, pues su rostro radiante era un testimonio inconfundible de que yo era mejor amante, y era esta una información de la que acaso fuere mejor proteger a sus frágiles sentimientos en tan delicado momento.

35

Miguel apenas si conocía la distribución de los muebles, y había arcones con ropas y cajas de objetos recién adquiridos repartidos por la habitación. Llamaron a su puerta por la mañana temprano, antes de que el sol ahuyentara las sombras, y Miguel supuso que la sirvienta había salido ya a tomar su leche con pan de la mañana. Le dolía la cabeza, y la dolorosa sensación de algo terrible que no osaba conjurar acechaba sus pensamientos.

Geertruid. Había destruido a Geertruid por nada... por la mezquina venganza de Alferonda contra un hombre que había tratado sinceramente de reconciliarse con Miguel y ser su amigo. Parido no era más que un mercader que trataba de proteger sus inversiones. Miguel había sido el villano.

Mejor volver a dormir y no darle más vueltas, aunque solo fuera por unas horas.

Los golpes en la puerta no lo dejaban tranquilo. Se levantó de la cama —sin disfrutar, por primera vez desde que se mudó, de la sensación de estar en una cama normal en lugar de en una de aquellas monstruosidades—, y se puso algo de ropa y unos zuecos. La casa era un laberinto de arcones y muebles mal colocados, así que Miguel tropezó dos veces antes de llegar a la puerta de la cocina. Solo llevaba quince días en la casa y apenas si sabía dónde estaba la cocina; después de todo, la sirvienta se ocupaba de aquello.

Finalmente, encontró la cocina y abrió la hoja superior de la puerta. Los agradables olores de la mañana —pescado, cerveza, pan recién hecho— saltaron sobre él con tal fuerza que el estómago le dio un vuelco y hubo de cerrar los ojos por no vomitar. Cuando volvió a abrirlos, se encontró mirando el rostro macilento de Hendrick. Había perdido el sombrero, y sus cabellos colgaban sucios alrededor de la cara. Debajo del ojo presentaba el hombre un tajo con un aspecto muy malo y tenía sangre en la camisa. Por alguna razón, Miguel supo enseguida que la sangre no era suya.

—No puedo permitirme perder el tiempo —dijo—, así que no os pediré que me dejéis pasar.

—¿Qué queréis? —Miguel había empezado una nueva vida y no deseaba ser visto en conversación con semejante sujeto. El recuerdo de una conversación resonaba lejano en su conciencia. ¿Acaso no le había prometido Hendrick que lo mataría si traicionaba a Geertruid?

Pero echaba de verse que Hendrick no había venido a matar.

—He venido a por mis cincuenta florines —dijo el hombre limpiándose una cierta mugre del mostacho.

—No os comprendo.

—Teníamos un contrato, vos y yo. Un acuerdo. Vos me ofrecisteis el dinero y yo lo acepté. Anoche. Encontré al sujeto y lo hice.

Joachim. Había dado una paliza a Joachim.

—Pero yo jamás os dije que lo hicierais. Simplemente os pregunté por el asunto.

—Bueno, ahora ya es tarde para andarse con excusas y sutilezas. El asunto está hecho, y yo necesito mi dinero. Así son las cosas. —Y le dio media risa cavernosa que mudó en tos—. El tipo tiene su paliza y será mejor que yo abandone la ciudad sin demora antes de que los guardias me prendan.

—No pienso daros nada. Nunca os pedí que hicierais tal cosa.

La violencia que siempre acechaba en las maneras de Hendrick afloró ahora a la superficie. La sangre le subió al rostro, y sus ojos se abrieron con desmesura.

—Oídme bien, judío. Mejor me dais el dinero, pues de lo contrario habrá más problemas de los que imagináis. Si esa gente me prende, no vacilaré en confesar que fuisteis vos quien me encargó el asunto, así que haréis bien en pensároslo, y deprisita. Sé que no deseáis ser visto en mi compañía, de modo que acabemos con esto cuanto antes.

Miguel sabía que bien valía cincuenta florines hacer desaparecer a Hendrick, de suerte que se excusó y buscó el dinero en monedas, pues imaginaba que el hombre no querría un billete de banco.

—¿Con cuánta dureza le golpeasteis? —preguntó Miguel cuando le entregaba la bolsa.

—Eso es —dijo Hendrick. Se dio unos toquecitos en el tajo del rostro con la manga—. Más de lo que pretendía. Se me hace que no habrá menester sus dos ojos, ¿no os parece? Con uno es más que suficiente.

Miguel tragó con dificultad.

—¿Le habéis arrancado un ojo?

—No se lo arranqué —le corrigió Hendrick—. Él solo salió. Estas cosas pasan, y no es bueno lamentarse por aquello que no se puede deshacer.

—Fuera de aquí —dijo Miguel tranquilo.

—El tipo no sabía lo que estaba pasando, no entendía por qué lo cogía yo y lo arrojaba al suelo y le golpeaba en la cara con el pie. No dejaba de preguntar *por qué por qué por qué...* como cuando te ayuntas con una niña la primera vez. Pero soy hombre honesto. Y le dije que preguntara al judío. El judío le diría por qué, pues que el judío pagaba.

Miguel cerró los ojos y apartó la mirada. Al cabo de un momento —un silencio demasiado largo, pensó—, se volvió hacia aquel desgraciado.

—¿Por qué habéis hecho tal cosa? ¿Por qué le habéis dicho tal cosa?

—Porque mi señora Damhuis me hizo prometer que no os haría daño, a pesar de la forma en que la habéis tratado. Así que decidí que ya estaba bien: no os haría daño, pero habría de vengarme de alguna forma. Y aquí lo tenéis.

—Salid de aquí —dijo Miguel de nuevo.

—Oh, eso no será problema, os lo aseguro. Que os vaya bien, judío. —Hendrick hizo que se tocaba el ala de su sombrero perdido y se fue con un alegre brinco por el lado del canal. Miguel permaneció en la puerta, viendo cómo se alejaba. Cuando hacía ya rato que había desaparecido, él aún seguía en la puerta, con los ojos clavados en el punto en que desapareció.

Después no hubiera acertado a decir cuánto tiempo estuvo allá, asqueado y en silencio. Finalmente, al mirar atrás, vio que la sirvienta cocinaba, sin hacer caso de él, asustada y confusa, haciendo como que era la cosa más natural del mundo que de buena mañana los hombres se quedaran plantados a la puerta de la cocina con sus ropas de cama y la vista clavada en la calle. Ese mismo día, Miguel alzó los ojos y echó de ver que estaba en la Bolsa, y se preguntó cómo fue que había llegado a tal sitio, qué negocios habría hecho y si en aquel estado acertaría a comerciar con más tino que cuando estaba en posesión de sus cinco sentidos. ¿Cómo podía pensar en los negocios? Su amiga Geertruid, arruinada y exiliada por siempre. Joachim, golpeado y acaso malherido. Su hermano, arruinado y humillado.

Miguel esperaba que la guardia se llegaría a preguntar cuál fuera su papel en el asunto, pero la guardia no llegó. Cuando fue en busca de Joachim unos días más tarde, a llevarle unos presentes y asegurarse de que tenía al mejor cirujano, supo que él y su esposa habían abandonado la ciudad, escabulléndose con su parte del dinero del café, según sospechaba Miguel, antes de que encontrara la forma de volver a arrebatárselo. Como siempre, se había ido creyendo que tales gestos de amistad siempre preceden a la traición.

Tal pensamiento lo abatió, y ningún triunfo en la Bolsa hubiere podido apaciguar su pesar. Pero unas semanas más tarde, cuando Hannah fue libre, la tomó por esposa y se prometió que jamás volvería a estar triste. En la comodidad de su vida de casado, le resultó más fácil olvidarse a veces de Joachim, a veces de Geertruid y volver a disfrutar de los negocios. Se puso manos a la obra. Sin duda, Alferonda tenía razón en una cosa: sería una gran necedad que dejara escapar el café. Azuzada por el duelo entre Parido y Miguel en la Bolsa, la fama del café había empezado a extenderse. Miguel veía a veces a exaltados mercaderes, animados por este fruto extraordinario, dando grandes voces. Por toda la ciudad, en las tabernas, los hombres empezaban a pedir el tal brebaje en lugar de la cerveza o el vino. Acaso aún estuviera a tiempo de hacer una fortuna.

Aunque después de tener a su hijo, Hannah vio que no tenía tanto tiempo para aprender a leer como quería, no se quejaba, ni tan siquiera en su corazón. Miguel sabía que ella quería una niña, pero amó de igual modo al niño, Samuel. Hablaron sobre el asunto de ocultar a Daniel que el niño era suyo, pero ya no había forma de deshacer el entuerto. Y Miguel amaba al bebé como si fuera suyo. Sin embargo, cuando tuvieron su segundo hijo, a quien llamaron como su padre, Miguel descubrió que tendía a favorecer a este. En ocasiones se lamentaba por estar repitiendo las mismas preferencias arbitrarias que tanto había denostado en su padre, pero ¿qué podía hacer? Hay cosas, concluyó, que están en la naturaleza del hombre.

NOTA HISTÓRICA

Si los negocios y el comercio de la época dorada de Holanda evocan una imagen para la mayoría de nosotros, es la del comercio que vemos en los cuadros, que se consideraban objetos agradables a la vista más que obras de arte, o la tulipomanía, el loco mercado de tulipanes de la década de 1630, que recientemente hemos visto reproducirse en el efímero *boom* de los punto com. Sin embargo, me sentí atraído por los negocios de la época por su carácter innovador. Si bien sería un poco exagerado decir que el mundo de los negocios como lo conocemos vio la luz en los Países Bajos en el siglo XII, es justo proponer que el concepto moderno de negocios tuvo su origen en aquella época y lugar. Los holandeses desarrollaron nuevos métodos de comercio —las sociedades anónimas, mercados de productos, futuros, acciones y otras formas de comercio especulativo— principalmente porque tenían que hacerlo. Después de salir de una amarga y prolongada guerra de independencia contra España, los holandeses del siglo XVII se encontraron con que tenían pocas cosas de valor, como no fuera su intuición para los negocios y, con este impulso del comercio, transformaron su nación en una de las más poderosas de Europa.

También me sentí atraído hacia esta época por el inusual grado de tolerancia de los holandeses. A pesar de haber vencido a la España católica, ofrecieron a sus católicos un grado de libertad inusual en comparación con otros países protestantes. También los judíos descubrieron que las Provincias Unidas ofrecían una libertad impensable en el resto de Europa. Los judíos españoles y portugueses que se instalaron en Amsterdam se encontraron con que los hombres de negocios del país valoraban mucho sus conexiones internacionales.

Empecé esta novela con la idea de escribir sobre el intento de hacerse con el control de un producto cuando aparece en el mercado. Flirteé brevemente con la idea de escribir sobre el chocolate, en parte porque los documentos del siglo XVII sobre el chocolate son mucho más coloristas que los referentes al café, pero el café y los negocios van juntos de forma tan espontánea que el cambio fue inevitable. Como se sugiere en la novela, el café empezaba a conocerse en Europa hacia la mitad del siglo XVII. Hacia final de siglo, ya se habría establecido como una parte esencial de la vida cotidiana en casi todas las capitales importantes del continente.

Mis esfuerzos por recrear el mundo de los holandeses, los judíos de Holanda y el comercio del café me han exigido mucha investigación. En interés de un descubrimiento pleno, incluyo una lista de mis lecturas.

Obras consultadas

Allen, Stewart Lee, *The Devil's Cup: Coffee, the Driving Force in History,* Soho Press, Nueva York, 1999.

Barbour, Violet, *Capitalism in Amsterdam in the 17th Century,* Ann Arbor, University of Michigan Press, 1950.

Bloom, Herbert I, *The Economic Activities of the Jews of Amsterdam in the Seventeenth and Eighteenth Centuries,* Bayard Press, Williamsport, Penn, 1937.

Bodian, Miriam, *Hebrews of the Portuguese Nation: Conversos and Community in Early Modern Amsterdam,* Indiana University Press, Bloomington, 1997.

Boxer, C. R., *The Dutch Seaborn Empire, 1600-1800,* Alfred A. Knopf, Nueva York, 1965.

Braudel, Ferdinand, *Civilization and Capitalism, 15th-18th century,* 3 vols. Trad. de Sian Reynolds, University of California Press, Berkeley, 1981-1984.

Chancellor, Edward, *Devil Take the Hindmost: A History of Financial Speculation,* Farrar, Straus and Giroux, Nueva York, 1999.

Van Deursen, A. T., *Plain Lives in a Golden Age: Popular Culture, Religion and Society in the Seventeenth Century Holland,* trad. de Maarten Ultee, Cambridge University Press, Cambridge, Inglaterra, 1991.

Gitlitz, David M., *Secrecy and Deceit: The Religion of the Crypto Jews,* Jewish Publication Society, Filadelfia, 1996.

Gluckel of Hameln, *The Memoirs of Gluckel of Hameln,* trad. de Marvin Lowenthal, Schocken Books, Nueva York, 1977.

Gullan-Whur, Margaret, *Within Reason: A Life of Spinoza,* St. Martin's Press, Nueva York, 1998.

Israel, Jonathan I., "An Amsterdam Jewish Merchant of the Golden Age: Jeronimo Nunes da Costa (1620-1697), Agent of Portugal in the Dutch Republic", *Studia Ronsenthalia,* 18/1/1984, 21-40.

Israel, Jonathan I., "The Changing Role of the Dutch Sephardim in the International Trade, 1595-1715", en *Dutch Jewish History: Proceedings on the Symposium of the History of the Jewish in the Netherlands, November 28-December 3, 1982, Tel Aviv, Jerusalem,* ed. Jozeph Michman, 31-50, Hebrew University of Jerusalem, Tel Aviv, 1984

—, *Dutch Primacy in World Trade, 1585-1740,* Clarendon Press, Oxford, 1989.

—, *European Jewry in the Age of Mercantilism, 1550-1750,* 3ª ed., Littman Library of Jewish Civilization, Londres, 1998.

Jacob, Heinrich Eduard, *Coffee: The Epic of a Commodity,* trad., Eden y Cedar Paul, Viking Press, Nueva York, 1935.

Jardine, Lisa, *Worldy Goods: A New History of the Renaissance,* W. W. Norton, Nueva York, 1996.

Mak, Geert, *Amsterdam: A Brief Life of the City,* trad., Philipp Blom, Harvill Press, Londres, 1999.

Nadler, Steven, *Spinoza: A Life,* Cambridge University press, Cambridge, 1999.

Netanyahu, B., *The Marranos of Spain: From the Late 14th to the Early 16th Century, According to Contemporary Hebrew Sources,* 3ª ed., Cornell University Press, Ithaca, Nueva York, 1999.

North, Michael, *Art and Commerce in the Dutch Golden Age,* trad. Caroline Hill, Yale University Press, New Haven, 1997.

Pendergrast, Mark, *Uncommon Grounds: The History of Coffee and How it Transformed Our World,* Basic Books, Nueva York, 1999.

Regin, Deric, *Traders, Artists, Burghers: A Cultural History of Amsterdam in the 17th Century,* Van Gorcum, Amsterdam, 1976.

Roth, Cecil, *A Life of Menasseh ben Israel: Rabbi, Printer and Diplomat,* The Jewish Publication Society of America, Filadelfia, 1934.

Safley, Thomas Max, *Matheus Miller's Memoir: A Mechant's Life in the Seventeenth Century,* St. Martin's Press, Nueva York, 2000.

Schama, Simon, *The Embarrassment of Riches: An Interpretation of Dutch Culture in the Golden Age,* Vintage Books, Nueva York, 1987.

Schivelbusch, Wolfang, *Tastes of Paradise: A Social History of Spices, Stimulants and Intoxicants,* trad., David Jacobson, Pantheon, Nueva York, 1992.

Swetschinski, Daniel Maurice, *The Portuguese Jewish Merchants of Seventeenth-Century Amsterdam: A Social Profile,* tesis doctoral, UMI Dissertation Services, Brandeis University, Ann Arbor, 1980.

Temple, sir William, "Observations upon the United Provinces of the Netherlands", *The Works of Sir William Temple,* vol. I, 31-203, Londres, 1814; reimpresión en Greenwood Press, 1968.
Vega, Joseph de la, *Confusion de confusions: Portions Descriptive of the Amsterdam Stock Exchange,* 1688. Trad. y ed. Hermann Kellenbenz, Baker Library, Boston, 1957.
De Vries, Jan y Ad van der Woude, *The First Modern Economy: Success, Failure and Perseverance for the Dutch Economy, 1500-1815,* Cambridge University Press, Cambridge, 1997.
Westermann, Mariët, *A Worldly Art: The Dutch Republic, 1585-1718,* Harry N. Abrams, Nueva York, 1996.
Zumthor, Paul, *Daily Life in Rembrandt's Holland.* Trad. Simon Watson Taylor, Stanford University Press, Stanford, California, 1994.

Agradecimientos

Las novelas no son en modo alguno empresas solitarias, y este libro no hubiera podido existir sin la ayuda de muchas personas maravillosas.

En primer lugar, mi agradecimiento más sincero es para aquellos que me ofrecieron su tiempo y su saber: J. W. Smit, Deby Abram, Henk Reitsma, Harko Keijzr y el equipo del Museo Histórico Judío de Amsterdam. No puedo expresar suficientemente mi agradecimiento a Rienk Tychon, Thille Dop y toda la gente de las oficinas de Uitgeverij Luitingh-Sijthoff, que hicieron mi investigación en los Países Bajos infinitamente más productiva y agradable. Samantha Heller y Sue Laizik leyeron los primeros borradores de la novela, y sus sugerencias no tienen precio.

De nuevo, estoy en deuda con el personal de Random House, en particular con Dennis Ambrose, Robbin Schiff y, por supuesto, mi editor Jonathan Karp, cuya orientación, entusiasmo y sobrehumano esfuerzo de edición han hecho mi trabajo mucho más manejable. Y estoy eternamente agradecido a mi agente, Liz Darhansoff, y a todos los Darhansoff, Verrill y Feldman por su incesante esfuerzo.

Sería imposible catalogar las razones por las que estoy en deuda con mis amigos y familia: su apoyo, entusiasmo y, quizá lo más importante, el deseo de escuchar mientras yo pensaba en voz alta. Aun así, debo decir que este libro debe mucho a la bondad, la paciencia y la a veces dolorosa sinceridad de mi mujer, Claudia Stokes. Gracias por hacerme reescribir tanto. Nuestra hija, Eleanor, fue para mí una fuente inagotable de inspiración con sus tonterías y su buen humor. Ella me motivó de mil maneras distintas en mil ocasiones distintas. Y doy las gracias a Kiti, el abandonado naranja por aparecer en el momento justo.